등대로

To the Lighthouse

등대로

버지니아 울프

박희진 옮김

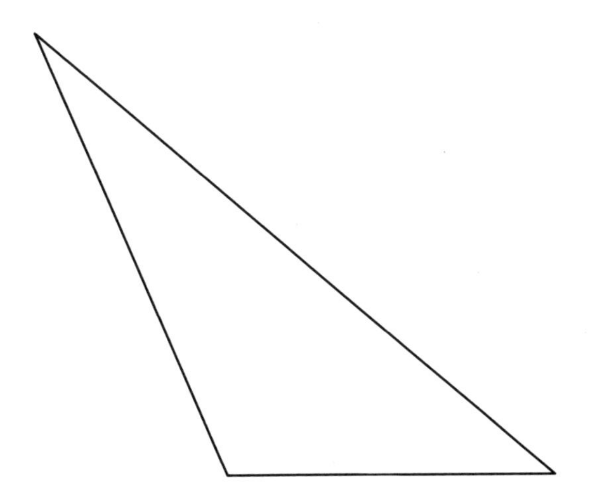

솔

울프 전집을 발간하며

왜 지금 울프인가? 1941년 3월 28일 양쪽 호주머니에 돌을 채워 넣고 우즈 강에 투신 자살한 작가 버지니아 울프의 전집을 이역만리 한국에서 왜 지금 내놓는가?

20세기 초라면 울프에 대한 모더니스트로서의 위상 정립 작업이 필요했을 수도 있다. 또한 1980년대라면 1970년대 이후 서구에서 활발하게 진행된 페미니즘 논의와 연관시켜 페미니스트로서의 위치 설정 작업이 필요하다고 할 수도 있다. 울프는 누가 뭐래도 페미니스트이다. 울프의 페미니즘은 비록 예술이라는 포장지에 곱게 싸여 있기는 하지만 나름대로 격렬한 것이다. 그럼에도 불구하고 페미니즘은 절대로 울프 문학의 진수도 아니며, 전부는 더더욱 아니다.

그녀의 문학은 한마디로 말해서 인간주의 문학이다. 사랑을 설파한 문학, 이타주의利他主義를 가장 소중히 여긴 고전 중의 고전이 그녀의 문학이다. 모더니즘, 페미니즘, 사회주의와 같은 것들은 그녀가 목적지를 향해 나아가는 도중에 잠깐씩 들른 간이역에 불과하다. 궁극적인 목적지는 인본주의라는 정거장이었다. 그동안 그녀는 모더니즘의 기수라는 훤칠한 한 그루의 나무로, 또는 페미니즘의 대모代母라는 또 한 그루의 잘생긴 나무로 우리의 관심을 지나치게 차지하여 우리가 크고도 울창한 숲과 같은 이 작가의 문학 세계를 제대로 보지 못하는 경향이 없지 않았다. 이제는 바야흐로 이 깊은 숲을 조망할 때가 온 것으로 믿는다. 지금 우리가 울프를 다시 읽어야 하는 이유가 여기에 있다.

이 전집이 울프를 바로 이해하는 데 도움이 되고, 나아가 읽는 이의 정서를 순화하는 데 작은 도움이 되었으면 한다.

울프 전집 간행위원회

차례

1부 창

1

"그럼, 물론이지, 내일 날씨만 좋으면 말이야." 램지 부인은 말했다. "하지만 꼭두새벽에 일어나야 할걸." 그녀는 덧붙였다.

이 말은 그녀의 아들에게 마치 등대행이 확정이나 된 듯이, 무슨 일이 있어도 이번에는 등대행이 기필코 이루어지게 되어 있기나 한 것처럼 커다란 기쁨을 안겨주었다. 그렇게나 여러 해를 두고 그가 가슴 설레며 고대해왔던 이 경이로운 일이 하룻밤만 자고 나서, 하루만 배를 타고 가면 성사될 것 같았다. 아직 여섯 살밖에 되지 않았지만 제임스는 이 감정 저 감정을 제대로 구분 못 하고, 나름대로의 기쁨과 슬픔을 지닌 미래의 전망이 당장의 현실에 구름을 드리우게 하는 그런 부류의 아이였기 때문이다. 이러한 아이들에게는 아주 어렸을 때부터 감정의 수레바퀴가 어느 방향으로 돌든 상관없이 어둠이나 밝음이 머무는 순간을 고정시키는 능력을 지니고 있기 때문에 제임스 램지는 마루에 앉아 육해군 백화점 카탈로그에서 그림을 오려내면서, 어머니가 그렇게 말했을 때, 비상한 희열을 느끼며 냉장고 그림을 바라보았다. 그 그림은 가장자리에 기쁨의 술 장식을 두르고 있었다. 손수레, 잔디 깎는 기계, 포플러나무들이 내는 소리, 비가 오기 전에 하얀색으로 변색하는 나뭇잎들, 까악까악거리는 까마귀들, 여기저기 부딪히는 빗자루들, 설그럭거리는 드레스들—이 모든 것이 그의 정신세계에 그렇게나 강하게 채색되고 뚜렷하게 자리를 잡아서 이미 그는 자신의 독특한 암호, 자신만의 비밀스런 언어를 갖고 있었다. 비록 생김생김은—높은 이마 하며, 나무랄 데 없이 솔직담백하고 순수하며, 인간의 약점을 보게 되면 눈살을 찌푸리는 강렬하고 파란 눈 하며—절대로 타협을 용납하지 않는 엄격함을 드러내고 있었지만. 그래서 어머니는 그가 가위로 냉장고를 깔끔하게 오려내는 것을 지켜보면서 빨간 법관복을 입고 판사석에 앉아 있는, 아니면 국가가 위기에 처하게 되었을 때 막중한 임무를 진두 지휘하고 있는 그의 모습을 머릿속에 그려보았다.

"하지만," 아버지가 거실 창 앞에서 말했다. "내일 날씨는 좋지 않을걸."

만약에 가까이에 도끼나 부지깽이, 아버지의 가슴에 구멍을 내어 죽일 수 있는 물체가 있었더라면 거기서 당장 제임스는 그것이 무엇이든 상관하지 않고 움켜잡았을 것이었다. 램지 씨의 존재는 그 자체로 자식들의 마음속에 이처럼 격렬한 감정을 불러일으켰다. 지금과 같이, 칼처럼 깡마르고 칼날처럼 편협한 그가 비꼬는 듯이 희죽이 웃고 서 있을 때 특히 그러했다. 아들을 실망시키고 자기보다 모든 면에서 만 배는 더 나은 아내를 (적어도 제임스는 그렇게 생각했다) 비웃을 뿐만 아니라 자신의 판단의 정확성에 은밀한 자만을 느끼며 서 있을 때 그러했다. 그가 말한 것은 옳았다. 그의 말은 항상 옳았다. 그는 거짓을 모르는 사람이었다. 사실을 왜곡하는 적도 없었다. 그 어떤 인간의 기쁨이나 편의를 위해서 완곡한 표현을 쓰는 법이 없었다. 자기 자식들에게는 더욱 가차없었다. 그는 자식들이 어렸을 때부터 인생은 힘든 것이라는 사실을 알아야만 한다고 생각했다. 즉 현실은 냉혹한 것이라는 것 그리고 그 환상의 땅으로의 여행, 그곳에서 우리의 가장 찬란한 희망들은 좌절되고, 우리의 연약한 배들은 암흑 속에서 침몰되는데, (여기서 램지 씨는 허리를 펴서 작고 파란 눈을 들어 수평선을 바라다보곤 했다) 그 여행을 위해서는 무엇보다도 용기와 진리, 인내심이 필요하다는 사실을 알아야만 한다는 것이다.

"하지만 날씨는 좋아질지도 몰라요—날씨가 좋을 것 같은데요." 조바심이 나서 부인은 짜고 있던 붉은빛이 감도는 갈색 양말을 약간 비틀면서 말했다. 만약 오늘밤 이 양말을 끝내면, 마침내 그들이 등대에 가게 되면 이 양말을 등대지기 아들에게 줄 것이었다. 등대지기 아들은 결핵성 좌골관절염을 앓고 있었다. 양말만 갖다 주는 것이 아니라 해묵은 잡지 꾸러미 그리고 약간의 담배, 사실상 절실하게 필요하지는 않으면서 방만 늘어놓는 것이면 무엇이나 이 불쌍한 사람들에게 갖다 줄 것이었다. 온종일 하릴없이 앉아서 램프나 닦고, 램프 심지를 가다듬거나 아니면 손바닥만한 채소밭이나 일구는 일을 하며 지내는 이들을 기쁘게 해 줄 수 있는 것들이라면 그 무엇이라도 갖다 주어야만 한다. 한번 들어가면 한 달씩이나 그곳에 갇혀 있으니 어떻겠는가. 더욱이 폭풍우가 몰아치는 계절에는 한 달이 넘도록 정구장만한 크기의 바위 위에 갇혀 있어야 하니 더욱더 한심할 것이라고 그녀는 생각하곤 했다. 편지나 신문도 못 받고, 사람도 못 만나고. 만약에 기혼자라면 아내도 못 보고 애들이 아프지나 않은지, 넘어져서 다리나 팔을 부러뜨리지는 않았는지 안부도 모르고, 매주 변함없이 지겹게 파도가 치고 그러고 나서는 무시무시한 폭풍우가 몰려오고, 창문은 물보라로 뒤덮이고, 새들이 램프에 부딪히고, 건물 전체가 흔들리고, 바다로 떨어져나갈까 두려워서 문밖으로 코를 내밀 수조차 없다면? 네가 그러한 처지에 있다면 어떻겠는가? 그녀는 물었다. 특히 딸들에게 그런 질문을 던졌다. 즉 위로가 될 물건이라면 어떤 것이라도 그들에게 가지고 가야 한다고, 그녀는 어조를 바꾸어서 덧붙여 말했다.

"풍향이 정서正西인데." 무신론자 탠슬리가 앙상한 손가락들을 펼쳐서 바람이 그 사이로 지나가게 하면서 말했다. 그는 램지 씨와 테라스에서 저녁 산책을 하는 중이었다. 바람은 등대에 가기에는 가장 나쁜 쪽에서 불고 있었던 것이다. 그렇다. 그가 정말 기분 나쁜 이야기를 했다는 사실을 램지 부인은 인정했다. 램지 씨가 이미 말한 날씨 얘기를 반복해서 강조하여 제임스를 더욱더 실망시킨 것은 정말 미워할 만한 일이었다. 그럼에도 불구하고 그녀는 애들이 그를 비웃는 것을 그대로 내버려두지는 않을 것이었다. 애들은 '무신론자' '꼬마 무신론자'라고 그를 불렀다. 로즈도 그를 조롱했고, 프루도 그를 비웃었으며, 앤드루, 재스퍼, 로저도 그를 비난했다. 심지어는 이가 다 빠져버린 늙은 배저[1]도 그를 물었다. 그는 식구들끼리만 있는 것이 훨씬 좋은데 멀리 헤브러디즈까지 그들을 쫓아온 일백열번째(낸시의 표현에 의하면) 젊은이였기 때문에 미워서 물었던 것이다.

"말도 안 돼." 부인은 아주 엄격하게 말했다. 아이들이 그녀에게서 배운 과장벽이나, 또한 그녀가 너무 많은 사람을 초대해서 그중의 몇 명은 시내에 투숙시켜야 할 정도라는 암시를 주는 것(이것은 사실이었다)은 차치하고서라도, 그녀는 애들이 손님들

1 램지 가에서 기르는 개 이름.

에게 예절바르지 않게 대하는 것은 참을 수 없었다. 특히 젊은 손님들에게. 이들은 매우 가난한, '비상하게 유능한' 젊은이들이라고 남편이 말했다. 이 젊은이들은 남편의 추종자들이었고, 이곳에 쉬러 온 것이었다. 사실상 그녀는 남성 전체를 보호하고 있었다. 이유는 설명할 수 없었다. 그들의 기사도 정신과 용맹 때문에, 그들이 각종 조약을 체결하고, 인도를 지배하고, 국가의 경제를 관장한다는 사실 때문에, 그리고 마지막으로는 여인이라면 그 누구라도 느끼고 기분 좋아할 그녀를 대하는 그들의 태도 때문에. 또한 신뢰감이 가고, 어린애 같고, 존경스러운 그 무엇 때문에. 이러한 것들은 늙은 여인이 위엄을 잃지 않고 젊은 남자에게서 얻어 가질 수 있는 것들이었다. 그리고 이런 가치를 느끼지 못하는 여자에게는, 더욱이 이것의 함의를 절실하게 느끼지 못하는 여자에게는 재난이 있을지니라—그녀의 딸들이 그렇지 않기를 기원하노니!

그녀는 근엄한 표정을 짓고 낸시에게로 몸을 돌렸다. 그가 그들을 따라온 것이 아니라고 부인은 말했다. 그는 초대되어 온 것이라고.

딸들 모두가 이러한 사고방식에서 헤어나는 길을 찾아야만 한다. 좀더 간단한 방법이 있을 텐데, 덜 힘든 길이 있을 텐데 하고 부인은 한숨을 쉬었다. 거울을 들여다보며 나이 쉰에 머리칼은 이미 회색으로 변해버렸고, 볼은 움푹 패인 것을 보고 그녀는 살림을 좀더 잘할 수도 있었는데, 즉 남편, 돈, 그의 책들, 이런 것들을 좀더 잘 관리할 수도 있었는데, 하고 생각했던 것이다. 그러나 그녀 자신에 관해서는 결코 단 일 초도 자신의 결정을 후회하지 않았을 것이고, 어려움들을 피하거나 의무를 소홀히하지 않았을 것이다. 그녀는 지금 바라다보기가 두려울 정도로 위엄을 풍기고 있었다. 그래서 그녀가 찰스 탠슬리에 대하여 그렇게나 엄격하게 이야기한 연후에, 딸들인 프루, 낸시, 로즈는 식사하다가 어머니를 올려다보면서 어머니의 인생과는 다른 인생에 대한 공상을 단지 침묵 속에서만 즐길 수가 있었다. 이 경우 다른 생활이란 어쩌면 파리 같은 곳에서 보내는 좀더 자유분방한 생활을 의미할 수 있다. 시도 때도 없이 특정한 남자를 돌보는 삶이 아닌 좀더 창조적인 삶에 대한 공상을 즐길 수 있었던 것이다. 실은 감히 발설은 못했지만 한결같이 그들은 정중함, 기사도 정신, 영국 경제, 인도 제국, 상류 계층의 사교 생활 등에 관해 회의를 품고 있었던 것이다. 물론 딸들이 이러한 것들에서 아름다움의 본질 같은 것을 느끼지 않은 것은 아니며, 이것은 소녀다운 그들의 마음속에 남성다움에 대한 동경심을 불러일으켰으며, 이 스카이 섬까지 따라온 — 아니 정확하게 표현한다면 초대되어 온 — 한심한 무신론자 때문에 어머니가 식탁에서 그들을 호되게 나무랐을 때, 어머니의 그 위엄이나 지극한 예절을 마치 여왕이 진창에 빠진 거지의 더러운 발을 씻어준 것이나 진배없는 듯 존경하게 만들기도 했다.

"내일 등대행은 절대로 불가능할 거예요." 찰스 탠슬리는 램지 씨와 함께 창가에 서서 손뼉을 치며 말했다. 확실히 그는 도가 지나쳤다. 램지 부인은 그들이 그녀와 제임스는 가만 놔두고 그들의 이야기나 계속했으면 했다. 그녀는 그를 바라다보았다. 아이들은 그가 형편없는 인간이라고 했다. 그는 크리켓 게임도 할 줄 몰랐고, 빈둥거렸으며, 다리를 질질 끌며 걸었다. 빈정대는 짐승 같은 사람이라고 앤드루는 말했다. 그들은 그가 가장 좋아하는 것이 무엇인지를 알고 있었다. 즉 끊임없이 램지 씨와 산책하면서 누가 이 상을 탔고, 누가 저 상을 탔으며, 누가 라틴어 시의 '제일인자'이며, '머리는 좋지만 불건전하다'고 생각하는 사람은 누구인가, 누가 의심할 여지 없이 '베일리얼대학에서 가장 유능한' 친구인가, 또한 누가 잠정적으로 브리스톨이나 배드포드에 재능을 묻고 있지만 조만간 틀림없이 수학이나 철학의 어떤 분야의 서설이 빛을 보게 될 때에 명성을 얻게 될 것인가, 이 서설의 앞부분 교정을 탠슬리 씨가 보고 있는 중인데 램지 씨가 보기를 원한다면 보여줄 수 있다는 것 등에 관해 이야기하는 것이다. 이런 것들이 그들이 주고받는 이야기의 내용이었다.

부인은 때때로 웃지 않을 수 없었다. 며칠 전 그녀는 '산처럼 높은 파도'에 대한 이야기를 했다. 찰스 탠슬리는 그래요, 파도가 약간 세었지요, 라고 정정했다. "흠뻑 젖지 않으셨어요?" 그녀는 물었다. "조금 젖었지요, 흠뻑 젖지는 않았어요." 탠슬리 씨는 그의 소매를 비틀어보고, 양말을 만져보면서 말했다.

그러나 그들이 싫어하는 것은 그것이 아니라고 아이들은 말했다. 그들이 싫어하는 것은 그의 얼굴이 아니었다. 그의 태도도 아니었다. 그 자신, 다시 말하자면 그의 시각이 싫었던 것이다. 그들이 흥미있는 어떤 것에 대하여 이야기를 했을 때, 즉 인물, 음악, 역사, 그밖의 어떤 것, 심지어는 오늘 저녁 날씨가 좋으니까 바깥에 나가 앉는 것이 어떻겠느냐고 말하면 탠슬리는 상황을 백팔십도 전환시켜서 자신을 돋보이게 하고, 그들을 깎아내리게 만들고 나서야 직성이 풀린다는 사실이다. 그리고 그는 화랑에 가곤 하는데, 그는 화랑에서 만난 사람에게 자신의 넥타이가 좋으냐고 묻는다고 그들은 말했다. 그 누가 그것을 좋아하겠느냐고 로즈는 말했다.

식사만 끝나면 즉시 살금살금 램지 부부의 여덟 명의 아들딸들은 그들의 침실로 자취를 감추었다. 침실은 집 안의 요새로 거기서는 어떤 것이라도 토론할 수 있는 자유가 있었다. 그들은 그곳에서 탠슬리 씨의 넥타이, 선거법 개정안의 통과, 해조와 나비, 인물 등에 관해 자유롭게 토론했다. 그 다락방에는 햇볕이 쏟아져 들어오고, 널판지 하나만으로 칸막이가 되어 있어서 발자국 소리도 똑똑히 들렸고, 그리종의 골짜기에서 암으로 죽어가고 있는 그녀의 아버지 때문에 흐느껴 울고 있는 스위스 하녀의 울음소리도 분명하게 들렸다. 쏟아져 들어오는 햇빛은 박쥐들을 환하게 비춰주었고, 플란넬 옷가지, 밀짚모자, 잉크병, 물감통, 딱정벌레들 그리고 작은 새들의 해골들을 비추었다. 또한 햇빛은 벽에 꽂아놓은 길고 가장자리 장식이 붙은 띠 모양의 해초에서 소금과 잡초 냄새를 끌어내었다. 이 내음은 해수욕을 해서 모래가 묻은 타월에서도 났다.

분쟁, 분열, 이견, 편견들이 바로 인간 존재의 섬유 속으로 뒤틀려 들어갔다. 오오, 그들이 그렇게나 일찍이 이 작업을 시작하다니, 부인은 개탄해 마지않았다. 그녀의 자녀들은 유별나게 비판적이었다. 그들은 말도 안 되는 소리들을 했다. 그녀는 제임스가 다른 사람들과는 가지 않으려 했기 때문에 그의 손을 잡고 식당에서 나왔다. 사람들이란 그렇지 않아도 차이가 많은데 그 차이를 넓혀가는 것은 말도 안 되는 것 같았다. 그러지 않아도 이미 사람들은 충분히 다르지 않은가 말이다. 실제의 차이들만으로도 충분하고도 남는다고, 그녀는 거실 창가에 서서 생각했다. 이 순간에 그녀가 생각하고 있었던 것은 빈부의 차이, 계급의 차이 문제였다. 출신 성분이 높은 사람들은 그녀에게서 내키지 않는 약간의 존경을 받고 있었다. 그녀 자신도 혈통상으로는 바로 그 귀족의 피를 지니고 있지 않던가. 그녀는 다소 신화적인 이탈리아 집안의 혈통을 이어받고 있었다. 그 집안의 딸들은 19세기 영국의 이곳저곳의 거실에서 대단히 매력적으로 혀 꼬부라진 발음을 하며 매우 자유분방하게 호통을 치고 있었다. 그녀의 위트며 태도, 기질도 모두 그들에게서 전수된 것이지 느리작거리는 영국인, 아니면 냉정한 스코틀랜드인에게서 받은 것은 아니었다. 그러나 그녀는 좀더 심오하게 빈부의 문제와, 그녀가 여기나 런던에서 날이면 날마다, 주일마다 팔에 가방을 끼고 몸소 과부나 고생하는 부인들을 방문했을 때 직접 목격하게 되는 일들에 관해서 골똘히 생각했다. 공책에다 연필로 공들여 줄을 쳐서 각각의 칸에다 임금과 지출, 고용과 실업 상태를 기록하였다. 이렇게 함으로써 그녀는 자신이 사사로운 여인이 아닐 수 있다는 희망으로 이와 같은 일을 했던 것이다. 따라서 그녀가 베푸는 자선은 자신의 분노를 어느 정도는 삭여주었고, 자신의 호기심도 어느 정도 만족시켜주었으며, 지적인 훈련을 받지 못한 그녀가 대단히 경탄해 마지않는 존재, 즉 거창하게 사회적인 문제를 해결하는 연구원이 될 수 있었던 것이다.

그녀가 제임스의 손을 잡고 거기에 섰을 때 이 문제들은 해결이 불가능한 것 같았다. 애들이 조롱하던 그 젊은이는 그녀를 따라서 거실로 들어와 테이블 옆에 서서 괜시리 어색하게 무엇인가를 만지작거리며 겸연쩍어하고 있었다. 이 사실을 그녀는 실제로 돌아보지 않고도 알고 있었다. 애들은 모두 떠나고 없었다. 민터 도일과 폴 래일리, 어거스터스 카마이클, 남편, 모두 떠나고 없었다. 그리하여 그녀는 돌아서서 한숨을 쉬며 말했다. "탠슬리 씨, 저와 함께 가지 않으실래요?"

그녀는 시내에 대단치 않은 볼일이 있었다. 그녀는 한두 장의 편지를 써야 했는데, 아마 십 분이면 될 것이었다. 그리고 모자만 쓰면 되었다. 아니나다를까 십 분 후에 그녀는 바구니와 파라솔을 들고 다시 나타났다. 만반의 준비가 되었다는 느낌을 풍기면서, 즉 소풍 나갈 준비가 다 되었다는 감을 풍기면서. 그러나 그들이 정구장을 지나갈 때 그녀는 잠시 걸음을 멈추고 카마이클 씨에게 필요한 것이 있느냐고 묻지 않으면 안 되었다. 그는 노란 고양이눈을 반쯤 뜨고 일광욕을 즐기고 있는 중이었다. 그래서 고양이눈을 닮은 그의 두 눈에는 흔들리는 나뭇가지들 혹은 지나가는 구름들이 비치는 것 같았다. 하지만 내적인 생각이나 감정은 전혀 드러나지 않았다.

탠슬리 씨와 자기가 대장정을 하고 있기 때문이라고 부인은 웃으면서 말했다. 그들은 시내에 가고 있었던 것이다. "우표, 편지지, 담배?" 그녀는 카마이클 씨 옆에서 걸음을 멈추면서 말했다. 하지만 그는 원하는 것이 아무것도 없었다. 그는 양손으로 그의 커다란 배 위에 깍지를 끼고 있었고, 마치 그가 이 감미로운 말들에 대하여 상냥하게 대답하고 싶어하는 것처럼 (그녀는 매혹적이었지만 약간 신경질적이기도 했다) 눈을 껌벅거리고 있었다. 하지만 그는 할 수 없었다. 말이 필요 없는 거대하고 자비로운 선의의 나태함이 그들 모두를 감싸안는 회청색 비몽사몽 상태에 빠져 있었기에. 집도, 세계도, 이 세계 안의 사람들 모두 비몽사몽 상태에 있었다. 이는 그가 점심때 그의 술잔에 무언가를 몇 방울 넣었기 때문이었는데, 애들은 그것 때문에, 우유처럼 하얘야 할 콧수염과 턱수염에 선명하게 노란색 줄이 생긴 것이라고 생각했다. 필요한 것이 아무것도 없다고 그는 중얼거렸다.

길을 따라 내려가 어촌에 다다르게 되었을 때 램지 부인은 카마이클 씨는 위대한 철학자가 되었어야만 했다고 말했다. 까만 파라솔을 곧바로 치켜들고, 기대에 찬 묘한 태도로 걸어나가며, 그런데 그는 그만 불행한 결혼을 하고 말았다고 했다. 마치 모퉁이를 돌아서서 누군가를 만나기로 되어 있는 것과 같은 태도로 그녀는 그 이야기를 해나갔다. 옥스포드에서 어떤 여자와의 연애 사건, 조기 결혼, 가난, 인도로 가게 된 일, 약간의 시를 "내 생각으로는 대단히 아름답게" 번역한 일, 남학생들에게 기꺼이 페르시아어 혹은 힌디어를 가르친 일, 그러나 실제로 그것이 무슨 소용이 있겠는가? — 그러고는 그들이 본 바대로 그는 잔디 위에 누워 있던 것이다.

그동안 쭉 홀대되어온 찰스는 부인이 이 이야기를 해주자 기분이 좋아졌고 마음도 달래졌다. 이리하여 찰스 탠슬리는 활기를 되찾았다. 또한 그녀가 남성 지력의 위대성을, 심지어는 그것이 퇴조하고 있을 때조차도 위대하다는 사실을 말하고, 또 모든 아내는 남편의 노고에 종속되어 있음을 암시했을 때 그는 그 어느 때보다도 기분이 좋아졌다. 만일 그들이 택시를 탔더라면 그가 택시 요금을 내고 싶어했을 정도였다. 그녀의 작은 가방으로 말할 것 같으면 그가 들어주면 안 되었을까? 아니, 아니라고 그녀는 사양했다. 그녀는 항상 그 가방은 자신이 들었다고. 사실 그녀는 그렇게 하기도 했다. 그랬다. 그는 그녀에게서 그것을 느꼈다. 물론 그렇다고 해서 그녀가 카마이클 씨의 부인을 탓한 것은 아니었다. 그 결혼은 충분히 나름대로 행복한 것이었다. 찰스는 많은 것을 느꼈다. 특히 설명할 수 없는 여러 가지 이유로 해서 그를 흥분시키고 그의 마음을 산란하게 만드는 어떤 느낌을 받았다. 가운을 입고 모자를 쓰고 대학 행사에 참가하여 행군하는 모습을 그녀가 보기를 바랐던 것이다. 그는 연구원이고 교수고 무엇이건 할 수 있을 것 같다고 느꼈다. 한데 그녀는 무엇을 바라보고 있는 것일까? 광고지를 붙이고 있는 남자를 바라다보고 있었다. 바람에 펄럭이는 거대한 광고지가 쫙 펴지더니, 풀칠하는 붓이 지나갈 때마다 다리들, 후프들, 말馬들, 아름답고 매끈하며 반짝이는 붉은색, 파란색들이 모습을 드러내었다. 그 결과 벽의 절반이 곡마단의 광고로 뒤덮였다. 백 명의 기수, 스무 마리의 재주부리는 물개, 사자, 호랑이들…… 그녀는 근시였기 때문에 고개를 앞으로 길게 내밀고 광고문을 전부 읽었다. "……이 도시를 방문하게 될 것이다." 그녀는 계속 읽어나갔다. 그녀는 팔 하나가 잘려나간 사람이 저렇게 사다리의 꼭대기에 올라서는 것은 대단히 위험스러운 일이라고 소리쳤다. 그의 왼팔은 이 년 전 탈곡기를 가지고 작업을 하다가 잘려나갔다.

"우리 모두 갑시다!" 부인은 계속 걸으면서 외쳤다. 마치 그 모든 승마자들과 말들이 그녀를 어린애와도 같은 기쁨으로 충만케 해서 그녀의 연민을 망각하게 하기나 한 것처럼.

"갑시다." 찰스는 그녀의 말을 되받아서 말했다. 하지만 그는 이 말을 수줍게 내뱉어서 그녀를 움츠러들게 했다. "우리 서커스 보러 갑시다." 아니다. 그는 이 말을 제대로 할 수 없었다. 뿐만 아니라 이 기분을 제대로 느낄 수도 없었다. 그런데 왜 못하는 것일까? 그녀는 의아하게 생각했다. 그러면 그에게 무엇이 잘못된 것일까? 그때 그녀는 그를 대단히 좋아했다. 형제들이 어렸을 때 어른들이 서커스 구경을 데리고 가지 않았느냐고 그녀는 물었다. 마치 바로 그가 원하는 질문을 하기라도 한 듯이 한번도 그런 적이 없었다고 대답했다. 마치 요즈음 내내 어떻게 그들이 서커스 구경을 가지 않았는가를 말하고 싶어하기라도 했던 듯이. 그의 집안은 아홉 명의 형제 자매가 있는 대가족이었는데, 그의 아버지는 자기 고유의 아이디어로 열심히 일하는 사람이었다고 했다. "나의 아버지는 약종상이에요, 램지 부인. 그는 약국을 경영해요." 찰스는 열세 살 때부터 쭉 고학했노라고 했다. 겨울에 외투 없이 지내기도 일쑤였다고 했다. 대학에 다닐 때는 다른 사람에게 대접을 받고도 전혀 '답례'(윤기라고는 전혀 없는 그의 표현)를 할 수 없었다. 그는 사용하는 물건마다 남보다 두 배 오래 쓰지 않으면 안 되었다. 담배는 제일 싼 것, 저질의 담배, 부두에서 소형 선박의 선장들이 피는 것을 피웠다. 그는 열심히 공부했다—매일 일곱 시간씩 했다. 현재 하고 있는 연구의 주제는 어떤 것이 누군가에게 미친 영향이었다—그들은 계속해서 걸었고 부인은 간간히 단어들만 주워들을 수 있을 뿐 전체의 의미는 파악하지 못했다. ……논문, 연구원직, 강사직. 그녀는 볼썽사나운 대학의 은어는 이해할 수 없었는데, 그는 나발나발 매끄럽게 잘도 지껄여댔다. 하지만 그녀는 이제와서 왜 서커스 구경가는 일이 가엾은 그를 단번에 무너뜨렸는가를, 그리고 왜 그가 즉시 그의 아버지와 어머니, 형제 자매들에 관한 그 모든 이야기를 하게 되었는가를 알게 되었다고 생각했다. 이제 그녀는 애들이 더 이상 그를 놀리지 못하도록 할 것이다. 그녀는 프루에게 이 일에 관해 일러놓을 것이었다. 그녀 생각에 그는 랩지 가의 사람들과 서커스가 아니라 입센의 연극을 보러 갔었노라고 말하고 싶을 것이었다. 그는 대단히 유식한 체하는 작자였다—정말 참아내기 힘든 지겨운 사람이었다. 이제는 그들이 시내에 당도해서 자갈 포장도로 위에서 마차들이 소리를 내며 지나가는 신작로 한가운데에 있었는데도 그는 계속해서 빈민구제 사업, 교육, 노동자들 그리고 대학 선생들을 돕는 일, 강의 등에 대하여 이야기했다. 드디어 그녀는 그가 완전히 자신감을 되찾았고, 서커스 충격에서 벗어났으며, 이제 곧 그녀에게 마음속의 말을 하려 하고 있다는 사실을 알게 되었다. (이제 또다시 그가 아주 좋아졌다.) 그러나 양쪽 집들의 모습이 희미해지고 있는 이곳에서 그들은 부두로 나왔고, 만灣 전체가 그들 앞에 펼쳐지고 파란 바다가 그녀 앞에 놓여 있었기 때문에 부인은 "오오, 얼마나 아름다운가!"라고 외치지 않을 수 없었다. 바다 한가운데에는 아스라이 보이는 근엄한 회색 등대가 있었고, 오른쪽으로는 멀리 나른하게 조는 형상으로 나직이 멀어지는 초록색 모래 언덕들이 있었다. 그 언덕 위에는 꽃이 피는 야생의 풀들이 자라고 있었는데, 그것들은 항상 사람들이 살지 않는 어느 달나라로 달려가고 있는 것처럼 보였다.

그녀는 걸음을 멈추고 눈에 회색빛을 한층 더 진하게 띠면서 저것이 남편이 좋아하는 경치라고 말했다.

그녀는 잠시 멈칫했다. 화가들이 여기에 왔다고 그녀는 말했다. 정말 몇 발자국 떨어지지 않은 곳에 화가 한 사람이 서 있었다. 열 명의 어린 소년들이 지켜보고 있었음에도 불구하고, 파나마모자를 쓰고 노란 구두를 신은 사람이 심각한 표정으로 그리고 몰두한 모습으로, 둥근 얼굴에 심오한 만족의 빛을 보이면서 먼 곳을 바라보다가 초록이나 분홍색의 부드러운 물감 덩어리에다 붓끝을 담그고 있었다. 삼 년 전에 폰스포트 씨가 거기에 있었기 때문에 그림이 모두 저렇다고 부인은 말했다. 즉 여기서 그려지는 그림들이 저렇게 초록색과 회색을 띠게 되고, 레몬 빛깔의 돛단배들과 해안의 분홍 옷을 입은 여인들이 그려졌다고 설명했다.

그러나 그녀는 지나갈 때 그림을 주의깊게 흘끗 보면서 할머니의 친구들은 고생을 많이 했다고 말했다. 우선 할머니 친구들은 그들 자신이 직접 물감을 섞고, 그것들을 갈고 그러고 나서 그것들이 마르지 않도록 축축한 천으로 덮었다고 했다.

그래서 탠슬리 씨는 그 그림이 빈약하다는 사실을 자기가 이해하기를 부인이 원하고 있다고 생각했다. 그림이 빈약하다는 말이었던가? 질감이 약하다? 이 말이었던가? 걸어오는 동안 내내 그는 이 이상한 감정의 영향을 받았다. 이 감정은 그녀의 가방을 들어주고 싶어했던 정원에서부터 생긴 것이었는데, 이 감정이 점점 더 그 농도가 짙어져서 시내에 당도했을 때에는 그녀에게 자기 자신에 관한 모든 것을 말하고 싶은 충동을 느끼게 되었다. 그리하여 그는 자신을 제대로 보기에 이르렀고, 그가 여지껏 알아온 모든 것이 조금 이상해졌다. 이것은 대단히 이상한 일이었다.

그는 그녀가 데리고 간 지저분한 작은 집의 거실에서 그녀를 기다리고 서 있었다. 그녀는 어느 여인을 만나보기 위해 잠시 이층에 올라갔다. 그는 그녀의 빠른 걸음 소리를 들었다. 명랑하게 시작했다가 낮아지는 그녀의 목소리도 들었다. 매트와 차통, 유리 갓도 바라보며 바작바작 애를 태우며 기다리고 있었다. 집에 돌아갈 일을 열심히 고대하고 있었고, 이번에는 꼭 그녀의 가방을 들어주리라고 다짐하고 있었다. 그때 그녀가 나오는 소리를 들었다. 문이 닫히는 소리, 창문은 반드시 열어놓고 문은 닫아야 하는 것이라고 이르는 소리, 필요한 것이 없느냐고 묻는 소리가 (어린아이에게 말하고 있음에 틀림없었다) 들렸다. 그때 갑자기 그녀가 들어와서 잠시 동안 말없이 서 있었다. (마치 그녀가 이층에서는 꾸며서 행동을 하다가 이제 잠깐 본래의 모습으로 서 있기나 한 것처럼.) 그녀는 파란 가터 훈장[2]을 두르고 있는 빅토리아 여왕의 그림을 배경으로 하고 잠시 움직이지 않고 서 있었다. 그때 갑자기 그는 그녀가 여지껏 보아왔던 여인 중에서 가장 아름다운 여인이라는 사실을 깨달았다.

눈은 별처럼 빛나고, 머리에는 베일을 쓰고, 시클라멘과 야생의 바이올렛과 — 무슨 말도 되지 않는 생각을 그가 하고 있는 것일까? 그녀는 적어도 쉰은 되었을 것이다. 자녀가 자그마치 여덟 명이나 되었다. 꽃밭을 거닐고 막 터진 봉오리들과 방금 태어난

2 영국의 최고 훈장.

양들을 가슴에 안고, 눈은 별처럼 빛나고, 머리칼은 바람에 휘날리고—그는 그녀의 가방을 들었다.

"엘지, 잘 있어." 부인은 말했다. 그들은 거리를 걸어 올라갔다. 그녀는 파라솔을 곧바로 치켜들고, 마치 모퉁이를 돌아서면 누군가를 만나기라도 할 것처럼, 그렇게 걸어 올라갔다. 찰스 탠슬리는 생전 처음으로 비상한 자긍심을 느꼈다. 하수구를 파고 있던 남자가 동작을 멈추고 그녀를 바라다보았다. 팔을 늘어뜨리고 그녀를 보았다. 생전 처음으로 찰스 탠슬리는 비상한 자긍심을 느꼈다. 바람과 시클라멘과 바이올렛을 느꼈다. 아름다운 여인과 함께 걷고 있었기 때문에. 그는 그녀의 가방을 꽉 잡고 있었다.

2

"제임스, 등대에는 절대로 못 가." 탠슬리는 창가에 서서 말했다. 말투는 거칠었지만 부인에게 경의를 표하느라고 목소리는 부드럽게, 적어도 온화하게 들리게 하려고 애쓰면서.

혐오스러운 사람 같으니라구, 왜 저런 식으로 계속 말을 하는 것일까?

3

"아침에 깨보면 햇빛이 눈부시고 새들이 노래를 부르고 있을지도 몰라." 그녀는 어린 아들의 머리칼을 매만지며 불쌍해서 그렇게 말했다. 남편이 내일 날씨가 나쁠 거라는 잔인한 말을 해서 아이의 기분을 상하게 한 것을 알 수 있었기 때문이었다. 이 등대행이 아들의 간절한 열망임을 그녀는 잘 알고 있었다. 그런데 남편이 잔인하게 내일 날씨가 좋지 않을 거라고 말한 것이 모자라기라도 한 듯이 밉살스러운 저 남자가 가세해서 집요하고 지루하게 이 말을 반복했던 것이다.

"내일은 날씨가 좋을지도 몰라." 그녀는 아들의 머리칼을 어루만지며 말했다.

이제 그녀가 할 수 있는 일이라고는 제임스가 오려낸 냉장고를 칭찬하고, 뾰족한 날이나 손잡이들이 달려서 그것을 오려내는데 고도의 기술과 주의가 필요한 갈쿠리나 벌초기와 같은 물건을 찾아내길 바라면서 백화점 팸플릿의 페이지들을 넘기는 일이 고작이었다. 이 젊은이들은 남편이 하는 대로 따라 하고 있는 것이라고 생각했다. 그가 비가 올 것이라고 하니까 그들은 비바람이 몰아칠 것이 틀림없다고 한술 더 떴다.

그러나 이때, 책장을 넘기다 갑자기 갈쿠리나 벌초기를 찾던 그녀의 동작이 딱 멈추어졌다. 걸걸한 소근거림, 비록 파이프에서 다 탄 담배를 꺼내고 다시 담배를 담아 넣느라고 이따금 중단되기는 했지만, 이 소근댐은 그녀에게 남자들이 행복하게 이야기하고 있다는 확신을 안겨주었다. 물론 그들이 하는 이야기의 내용은 알아들을 수 없었지만 (그녀는 테라스 쪽으로 난 창문 곁에 앉아 있었다) 이 소근대는 소리는 이제는 삼십여 분 계속되었으며, 머리 위에서 들리는 다양한 소리들의 음계 속에 편안하게 자리를 잡고 있었다. 이 소리들 가운데는 공이 배트에 맞는 소리, 크리켓 게임을 하는 아이들이 이따금 느닷없이 심판에게 "아웃인가요? 아웃이에요?" 하고 떠들어대는 소리 등이 섞여 있었다. 그런데 문제의 이 소근대는 소리가 뚝 그친 것이었다. 그러자 단조롭게 해안에 부딪히는 파도 소리가 들려왔다. 파도 소리는 대부분의 경우에는 그녀의 생각에 박자를 맞추고 위로를 안겨주는 소리이고, 애들을 데리고 앉아 있을 때는 자연이 속삭여주는 "내가 너를 보호해주고 있다, 나는 너의 보호자다"라는 그 옛날 어린 시절에 듣던 자장가 단어들을 다정하게 되풀이해서 들려주는 것 같았다. 그러나 또 다른 때에는 갑자기, 그러고 의외로, 특히 그녀의 생각이 실제로 하고 있는 일에서 약간 떨어져나갈 때는 그와 같은 친절한 의미는 사라지고 마치 유령이 북을 두들기듯이 무자비하게 인생의 박자를 맞추고, 섬이 파멸되어 바다에 삼켜지는 것을 상기시킨다. 그러고는 그녀에게 인생은 무지개와도 같이 덧없는 것이라고 경고한다. 아닌게아니라 그녀의 하루는 이일 저일 서둘러 하는 사이에 덧없이 지나갔다. 파도 소리는 다른 소리들 밑으로 희미해지고 사그라졌다가 갑자기 귀에 쩡쩡 울렸고, 그녀는 공포에 질려서 시선을 들어올렸다.

그들이 이야기를 중단했던 것이다. 바로 이 때문이었다. 긴장은 일순간에 사라지고 이번에는 극도로 마음이 편안해졌다. 마치 쓸데없는 감정의 낭비를 보상하려는 것처럼 냉정하게, 재미있어 하면서 그리고 약간 악의마저 섞어서 그녀는 가엾은 찰스 탠슬리가 일당에서 축출된 것이라는 결론을 내렸다. 이것은 그녀에게는 중요한 일이 아니었다. 만약 남편이 제물을 필요로 한다면 (사실상 그는 필요로 했다) 그녀는 기꺼이 찰스 탠슬리를 그에게 바칠 용의가 있었다. 탠슬리는 그녀의 막내아들을 윽박지르지 않았던가.

그녀는 머리를 치켜들고 마치 늘 듣던 소리, 규칙적이고 기계적인 소리가 들리기를 기다리기라도 하는 것처럼 한 순간 더 귀를 기울였다. 그러고 나서는 리드미컬하고, 반쯤은 말로 하고 반쯤은 노래하듯 하는 소리가 정원에서 들려오기 시작했을 때, 즉 그녀의 남편이 테라스를 오르내리면서 개구리 울음 소리 같기도 하고 노랫소리 같기도 한 소리를 냈을 때 그녀는 다시 한 번 위로 받고, 다시 모든 것이 잘되어가고 있다고 확신하고, 무릎 위에 놓여 있는 책을 내려다보고 제임스가 상당한 주의를 기울이면 오려낼 수 있을, 날이 여섯 개나 달린 호주머니칼 그림을 찾아내었다.

갑자기 요란한 소리, 반쯤 깨어난 몽유병 환자가 내는 것과도 같은 소리,

> 총탄과 포탄의 사격을 받았노라.[3]

인가 하는 구절을 그녀의 귀에 대고 더할 수 없이 강렬하게 악을 쓰듯이 노래해서, 그녀는 누구 다른 사람이 혹시 듣지 않았나 해서 걱정스럽게 몸을 돌렸다. 근처에는 릴리 브리스코우밖에 없어서 안심이 되었다. 릴리에게라면 문제가 되지 않았다. 그러나 잔디밭 가장자리에서 그림을 그리고 있는 작은 체구의 릴리 모습이 그녀에게 다음과 같은 사실을 상기시켰다. 그녀는 릴리의 그림을 위해서 가능한 한 같은 위치에 머리를 두고 있기로 되어 있었던 것이다. 릴리의 그림! 부인은 미소 지었다. 눈은 중국 여자의 눈처럼 조그맣고 얼굴은 주름투성이여서 릴리는 결코 결혼하지 못할 것이었다. 또 그렇다고 그림이 대단한 것도 아니었다. 그래도 그녀는 독립심이 강한 여성이었고, 부인은 그 때문에 그녀를 좋아했다. 그래서 그녀의 약속을 기억하고 머리를 숙였다.

3 알프레드 테니슨의 시 「경기병 진격」 제3절 제5행.

4

사실상 램지 씨는 양손을 흔들며 "용감무쌍하게 우리는 잘 달렸다"[4]라고 소리를 지르면서 릴리에게 엄습해, 그녀의 이젤을 거의 넘어뜨릴 뻔했다. 그러나 다행히도 그는 방향을 날카롭게 꺾어서 앞으로 달려나갔다. 그리하여 아마도 발라클라바[5] 고지에서 영광스럽게 죽을는지도 모를 일이었다. 이 남자처럼 이렇게 우스꽝스러우면서 동시에 놀라운 남자도 없을 것이었다. 그러나 그가 계속해서 손을 흔들어대고 소리를 지르는 한 그녀는 안전했다. 그가 가만히 서서 그녀의 그림을 바라보지 않을 것이기 때문에. 그가 그녀의 그림을 바라보는 바로 이 사실을 그녀는 견딜 수 없었을 것이었다. 덩어리, 선, 색깔, 제임스와 창가에 앉아 있는 부인을 바라보는 동안에도 그녀는 계속 주위에 촉각을 곤두세우고 누군가가 살금살금 다가와서 그림을 갑자기 보지 않도록 조심했다. 그러나 이제 감각이란 감각은 모조리 곤두세우고 바라보며 긴장해서 드디어는 벽과 그 너머의 잭매나[6]의 색깔이 그녀의 눈에서 작열할 때 그녀는 누군가가 집에서 나와 그녀를 향해 오고 있는 것을 느꼈다. 그녀는 어떻게 해서인가 발자국 소리로 미루어 그가 윌리엄 뱅크스라는 사실을 알아내었다. 그리하여 그녀의 붓은 떨렸고, 만약 탠슬리 씨나 폴 래일리이거나 민터 도일, 혹은 실제로 어느 다른 사람이었다면 캔버스를 잔디 위에 엎어놓았을 텐데, 그렇게 하지 않고 그대로 세워두었다. 윌리엄 뱅크스가 그녀 옆에 서 있었다.

4 「경기병 진격」 제3절 제6행.

5 1854년 영국과 러시아의 전쟁터. 크리미아 반도에 있는 마을. 테니슨 시의 무대.

6 보라색 꽃을 피우는 식물.

그들은 시내에 방을 얻어 지내고 있었다. 그래서 들락거리면서, 문간에서 헤어지면서, 비누에 관해서, 아이들에 관해서, 그들을 한 패가 되게 한 이런 저런 것에 관해 이야기했다. 그래서 그가 지금 그녀의 옆에 조심스럽게 서 있을 때 (그는 그녀의 아버지뻘 될 만큼 늙었고, 식물학자이며 홀아비였는데 비누 냄새를 풍겼으며, 대단히 꼼꼼하고 깔끔했다) 그녀도 거기에 서 있었다. 그는 그냥 거기에 서 있었다. 그녀의 구두가 훌륭하다는 사실을 그는 주목했다. 그녀의 구두는 발가락들이 마음대로 움직일 수 있게 해주는 편안한 것이었다. 그녀와 같은 하숙집에 묵으면서 그는 또한 그녀가 얼마나 단정한지, 아침식사 시간 전에 일어나서 혼자 그림을 그리러 나간다고 생각했다. 그녀는 가난한 것 같았고, 확실히 도일 양의 아름다운 안색이나 매력은 지니고 있지 않았다. 그러나 도일 양보다 돋보이게 만드는 양식良識을 릴리가 지니고 있다는 사실을 그는 알고 있었다. 예컨대 지금, 램지가 소리를 지르고 이상한 동작을 하면서 그들에게 달려들었을 때 그는 적어도 브리스코우 양은 "큰 실수를 범한 자 그 누구인가"[7]라는 시구를 이해한다고 확신했다.

램지 씨가 그들을 쏘아보았다. 보지 않는 척하면서 쏘아보았다. 그래서 그들은 막연하게 불안해졌다. 그들은 보지 말아야 했을 것을 함께 본 것이다. 사생활을 침범한 것이었다. 이것이 빌미가 되어 뱅크스 씨가 날씨가 차니까 조금 걷는 것이 어떻겠느냐고 즉시 제안을 하여 말소리가 들리지 않는 곳으로 걸어가게 된 것이라고 릴리는 생각했다. 물론 그녀도 동행할 것이었다. 말은 그렇게 했지만 실제로 자리를 떠날 때에는 그림에서 어렵사리 눈을 떼었다.

7 「경기병 진격」 제2절 제4행.

잭매나는 환한 바이올렛색이었고, 벽은 눈에 띄게 흰색이었다. 폰스포트 씨가 다녀간 이후 모든 것을 옅은 빛깔로 우아하고, 반쯤은 투명하게 보는 것이 유행되기는 했지만 그녀는 밝은 바이올렛색과 눈에 띄게 하얀 흰색을 변경시키는 일이 바람직한 일이라고 생각지는 않을 것이었다. 색상 밑에 형체가 있었다. 그녀가 그 형체를 보았을 때는 그것을 아주 분명하게, 또렷하게 볼 수 있었다. 그러나 그녀가 붓을 들었을 때 모든 것은 변했다. 그림과 캔버스 사이의 이 순간의 비상飛上에서 악마들은 그녀에게 내려앉았다. 그 악마들은 가끔 그녀를 거의 눈물 흘릴 지경에 이르게 했고, 구상에서 실제 작업에 이르는 이 과정을 어린애가 어두운 내리막길을 내려갈 때처럼 두려운 것으로 만들었다. 그녀는 자주 다음과 같이 말하고 싶은 충동을 느꼈다—끔찍한 지경에 처해서 용기를 잃지 않으려고 무진 애를 쓰면서—"하지만 이것이 내가 보는 것이야, 이것이 내가 보는 바의 것이야"라고. 그리고는 그녀의 통찰력의 몇 가닥 남은 처참한 찌꺼기를 가슴에 부둥켜 안고 싶은 느낌을 받았다. 이것마저 수많은 힘이 있는 힘을 다해서 그녀에게서 빼앗으려 했다. 그녀가 그림을 그리기 시작했을 때 그때도 썰렁하고 을씨년스럽게 다른 일들이 그녀를 엄습했다. 그녀 자신의 무능력, 브롬튼 로드[8]에서 조금 떨어진 곳에서 아버지를 위해 살림을 꾸려가고 있는 보잘것없는 존재인 그녀, 이와 같이 썰렁한 생각들이 그녀를 엄습해서 그녀 자신을 램지 부인의 무릎에 던지고 하소연하고 싶은 충동을 억제하느라고 별짓을 다 했다. 하지만 부인에게 뭐라고 하겠는가? "나는 당신을 사랑합니다"라고? 아니야, 그것은 사실이 아니야. 울타리, 집 그리고 아이들을 손으로 가리키며. "나는 이 모든 것을 사랑합니다"라고? 이

8 런던 남서부에 위치한 유명한 상거리.

또한 우스꽝스러운 일이었다, 있을 수 없는 일이었다. 그래서 이제 그녀는 붓을 단정하게 상자에 나란히 넣고 윌리엄 뱅크스에게 "갑자기 추워지네요. 햇빛이 약해지는 것 같아요"라고 주위를 돌아보면서 말했다. 아직 충분히 밝았고, 잔디도 부드러운 암녹색이었고, 집은 보랏빛 시계꽃들이 피어 있는 신록 속에서 반짝이고 있었으며, 갈가마귀들은 푸른 창공에서 서늘한 울음 소리를 떨구고 있었으니까. 그러나 그 무엇인가가 움직여 번쩍였고 공중에서 은빛 날개를 뒤집었다. 어쨌거나 계절은 구월이었다. 구월치고도 중순에 접어들어 있었고, 시간은 저녁 여섯 시가 지나 있었다. 그리하여 그들은 늘 가던 방향으로 정원을 걸어 내려갔다. 테니스장을 지나고 팜파스 초원을 지나 투명하게 타는 석탄 화로처럼 빨갛게 달아오른 포커꽃들이 지켜주고, 그 사이에서 만의 푸른색 물이 전보다 더 파랗게 보이는 울창한 울타리 속의 빈터가 있는 데까지.

그들은 거기에 매일 저녁 규칙적으로 어떤 욕구에 이끌려 나왔다. 이곳은 마치 마른 땅에서 침체되어 있던 생각들에 돛을 달아 출발시키는 듯했고, 그들의 육체에 심지어는 약간의 안식까지 제공하는 듯했다. 처음에 색채의 넘실거림이 만을 파란색으로 덮쳤고, 가슴은 그것으로 부풀어올랐고 몸은 헤엄치다가 바로 그 다음 순간 거친 파도 위의 가시 돋친 암흑에 의하여 저지되고 냉각되었다. 그러고 나서는 거대하고 검은 바위 뒤에서 거의 매일 저녁 간헐적으로 분출되는 파도를 주시해야 했고, 하얀 포말의 분수가 찾아왔을 때에는 기뻐했다. 그러고는 그것을 기다리는 동안 창백한 반원형의 해안에서 파도들이 되풀이해서 진주막을 떨구는 것을 지켜보았다.

그들은 거기에 서서 둘 다 미소를 지었다. 일렁이는 파도를 보고 흥분해서 둘이 다 희열을 느꼈다. 그러다가 돛단배 한 척이 재빠르게 물살을 가르고 달려나가 만에 곡선을 그리더니 멈춰 서서 선체를 떨면서 돛을 내리는 광경을 구경한 것이 계기가 되었다. 이윽고 이 빠른 움직임을 구경한 뒤에는 이 광경을 균형있게 완결시키려는 본능의 발로로 그들은 저 멀리 있는 모래 언덕들을 바라다보았다. 즐거움이 아니라 슬픔이 그들을 엄습했다—이 광경이 부분적으로밖에는 완성되지 않았기 때문에, 그리고 멀리 바라다보이는 풍경이 응시자보다 백만 년은 더 오래 살 것처럼 (릴리는 그렇게 생각했다) 보였기 때문에, 또 그 풍경이 이미 하늘과 교류하고 있는 것처럼 보였기 때문에. 그 하늘은 완전히 정지해 있는 지구를 보고 있었다.

멀리 떨어져 있는 모래 언덕들을 바라다보면서 윌리엄 뱅크스는 램지 생각을 했고, 웨스트모어랜드[9]에 있는 어떤 길을 생각하면서 타고난 것인 듯한 고독에 휩싸여 혼자 길을 따라 성큼성큼 걷고 있는 램지 생각을 다시 했다. 그러나 이 상념은 갑자기 중단되었다. 윌리엄 뱅크스는 다음과 같은 일을 기억해냈던 것이다. (이것은 실제로 있었던 사건을 언급하고 있음에 틀림없다.) 병아리떼를 보호하느라고 날개를 활짝 펴는 한 마리의 암탉을 보더니 램지가 걸음을 멈추고 지팡이로 그 암탉을 가리키면서 "아름답다, 아름답도다"라고 말했었다. 이것이 램지의 가슴에 이상한 빛을 던진 것이라고 뱅크스는 생각했다. 그리고 이것은 램지의 소박성, 소박한 것들에 대한 그의 공감을 나타내는 것이었다. 그러나 그들의 우정은 그 길에서 끝난 것 같은 생각이 들었다. 그 후 램지는 결혼했다. 결혼 후 이런 저런 일로 해서 그들의 우정은 시들해졌다. 딱히 누구의 잘못이라고 말할 수는 없었다. 단지 얼마

9 영국 북서부의 지방.

간의 시간이 지난 후 타성이 신선함을 대신했을 뿐이었다. 그들이 만나는 것은 완전히 타성에 의한 것이었다. 그런데 이번에 모래 언덕과 말없이 상담하는 가운데 그는 램지를 향한 그의 애정이 전혀 감소되지 않았다고 주장할 수 있게 되었다. 감소한 것이 아니라 한 세기 동안 이탄泥炭 구덩이 속에 묻혀 있던, 입술이 새빨간 젊은이의 몸처럼 그의 우정은 예리함과 사실성이라는 측면에서 만을 가로질러 모래 언덕 사이에 묻혀 있었던 것이다.

그는 이 우정을 되살려내기 위하여 노심초사하고 있었다. 또한 어쩌면 자기 자신의 마음속에서 자신이 메마르고 오므라들어버렸다는 생각을 없애버리고 싶었는지도 모른다. 램지는 아이들 속에 묻혀 살고 있는데 뱅크스는 자식도 없는 홀아비였으니까. 그는 릴리 브리스코우가 램지를 비방하지 말기를 간절히 바랐다. (그는 나름대로 위대한 사람이었으니까.) 그리고 그들 사이의 상황을 이해해주기를 바랐다. 오래 전부터 그들의 우정은 웨스트모어랜드의 어떤 길 위에서 금이 가기 시작했다. 거기서 암탉이 그녀의 병아리들 앞에서 날개를 활짝 폈었다. 그 이후 램지는 결혼했고, 그들의 길은 갈렸다. 이리하여 확실히 누구의 잘못도 아닌데 그들이 만나게 되면 신선함은 전혀 없고 타성만이 존재할 뿐이었다.

그랬다. 바로 그것이었다. 그는 회상을 끝마쳤다. 풍경에서 눈을 떼었다. 그리고는 보도로 올라가 다른 길로 돌아가려고 몸을 돌리자 뱅크스 씨는 그 모래 언덕들이 그에게 이탄 속에 묻혀 있는 입술이 빨간 그의 우정의 실체를 드러내 보여주지 않았더라면 강한 인상을 주지 않았을 것들을 예리하게 볼 수 있게 되었다—예를 들면 램지의 막내딸 캠이 그랬다. 그 아이는 강둑에서 스위트 앨리스꽃을 따고 있었다. 그녀는 야성적이었다. 유모가 그녀에게 "꽃 한 송이를 이 신사분께 드려라"라고 했는데도 그녀는 막무가내였다. 싫어! 싫어! 싫어! 주기 싫어! 그녀는 주먹을 움켜쥐었다. 또 그녀는 발을 동동 굴렀다. 그래서 뱅크스 씨는 자기가 늙었다고 느꼈고, 서러웠고, 그 아이가 그의 우정을 어떻게 해서인가 그르친 것 같은 느낌이 들었다. 그는 진실로 메마르고 시들어버렸음에 틀림없었다.

램지 가는 부유한 편이 아니었다. 도대체 어떻게 살림을 꾸려나가는지 의아스러웠다. 자식이 자그마치 여덟! 철학 교수를 해서 여덟 명의 아이들을 먹이다니! 또 한 아이가 나타났다. 이번에는 재스퍼였다. 걸어가면서 새를 쏘려 한다며 아무렇지도 않게 지나가면서 릴리의 손을 펌프의 손잡이이기라도 한 것처럼 흔들어대어 뱅크스 씨는 화가 나서 과연 릴리의 인기가 대단하다고 말했다. 먹이는 것만으로 끝날 문제가 아니었다. 교육도 생각해야 했다. (부인이 따로 재산이 조금 있을는지 모르지만.) 뿐만 아니라 허구한 날 옷 입혀야 하고 구두며 양말을 신겨야 하지 않겠는가. 발육이 양호하고 천지를 분간 못하고 날뛰는 어린 것들이니 오죽하겠는가. 어느 놈이 어느 놈인지, 또는 순서가 어떻게 되는지 그로서는 도저히 알 수 없는 노릇이었다. 그는 그 나름대로 아이들을 영국의 왕들과 여왕들과 관련지어서 불렀다. 즉 심술쟁이왕 캠, 무정왕無情王 제임스, 공정왕公正王 앤드루, 금발여왕 프루—프루는 미인이 될 것이 확실하다고 그는 생각했으니까. 그녀는 미인이 될 수밖에 없었다. 그리고 앤드루는 머리가 좋았다. 그가 보도를 걸어 올라가고 있었을 때, 그리고 릴리 브리스코우가 동의하거나 반대하면서 그의 논평에 자신의 의견을 첨가했을 때 (그녀는 그들 모두를 사랑하고 있었으니까. 즉 이 세상을 사랑하고 있었기 때문에) 그는 램지의 경우를 깊이 생각해보고 동정하면서 동시에 부러워했다. 마치 램지가 젊었을 때 그를 영예롭게 했던 고독과 근엄함의 영광들을 모두 벗어버리고 펄럭이는 날개들과 꼬꼬댁거리는 가정사들에 꼼짝없이 묶이는 것을 그가 직접 보기나 한 것처럼. 가족들이 램지에게 무엇인가를 기여한 것은 사실이었다—윌리엄 뱅크스도 그것은 인정했다. 캠이 그의 코트 자락에 꽃 한 송이를 꽂아준다거나 어깨 너머로 기어올라서 폭발하는 베스비우스[10]의 그림을 본다면 기분 좋았을 것이었다. 그러나 또한 그의 옛 친구들은 가족이 그에게 파괴적이었다는 사실도 느끼지 않을 수 없었다. 모르는 사람은 지금 그를 어떻게 생각할 것인가? 예를 들어서 이 릴리 브리스코우는 어떻게 생각할 것인가? 그가 타성에 젖어 있는 사실을 주목하지 않을 도리가 있을까? 타성치고도 괴팍한 타성, 그리고 분명히 약점인 타성들. 그 정도의 지력을 소유한 그가 이렇게까지 바닥으로 내려가서 사람들의 칭찬에 이토록 연연할 수 있단 말인가? —하지만 이것은 지나치게 심한 표현이었다.

"오오, 하지만 그의 업적을 한번 생각해보세요!" 릴리가 말했다.

그녀가 "그의 업적에 관해서 생각할" 때마다 그녀는 항상 그녀의 눈앞에 하나의 커다란 부엌 식탁을 선명하게 떠올렸다. 이것은 앤드루 때문이었다. 그녀는 그에게 그의 아버지가 쓰는 책들의 주제가 무엇이냐고 물은 적이 있었다. "주체와 객체와 리얼리티의 속성"이라고 앤드루는 대답했다. 그녀가 어머나 그게 무슨 뜻인지 전혀 모르겠노라고 하니까 그는 "그러면 당신이 그곳에 있지 않을 때의 부엌 식탁에 관해서 생각해보세요"라고 말했다.

그리하여 이제 그녀는 램지 씨의 저술을 생각할 때에는 항상 깨끗하게 문질러 닦은 부엌 식탁을 생각하게 되었다. 지금 그것

10 나폴리를 굽어보고 있는 이탈리아의 큰 화산.

은 삼지창과도 같은 배나무 가지 안에 있었다. 그들이 과수원에 도착했기 때문에. 그녀는 어렵사리 배나무의 은빛 반점이 있는 껍질이나 물고기처럼 생긴 잎사귀들이 아니라 유령 같은 부엌 식탁에 정신을 집중했다. 이 식탁은 문질러서 닦은 판자 식탁으로서 옹이도 있고 모래알 같은 것들도 박힌 것이었는데, 이것의 덕목이 남성적 고결성을 지닌 채 여러 해 동안 공기 중에 노출되어 있었던 것 같다. 그것이 네 개의 다리를 공중에 치켜든 채 그곳에 고정되어 있었다. 당연히 누군가가 이 각으로 드러나는 중요한 특질을 보면서 지내게 되면, 다시 말해서 홍학과도 같은 구름들과 파랗고 은빛 나는 구름들이 피어나는 아름다운 저녁들을 다리가 네 개 달린 하얀 목재 식탁으로 줄여놓으면서 시간을 보내게 되면, (그런데 이렇게 할 수 있다는 것은 최상의 지력을 지녔다는 표시이다) 자연히 그런 사람은 보통 사람으로 판단될 수는 없는 것이다.

뱅크스 씨는 그녀가 "그의 업적을 한번 생각해보라"고 그에게 명령을 내려서 그녀를 좋아했다. 아닌게아니라 그도 자주 그것에 관해서 생각해왔다. 수도 없이 그는 "램지는 사십 이전에 최상의 작업을 하는 사람들 가운데 하나이다"라고 말해왔다. 그는 스물다섯 살밖에 안 되었을 때 한 권의 작은 책을 써서 철학에 기여했다. 그 이후에 쓴 책들에서는 첫번째 저서의 내용을 증보하거나 반복했다. 하지만 어느 분야를 막론하고 확실한 기여를 하는 사람의 수효는 대단히 적다고 그는 배나무 옆에서 걸음을 멈추면서 말했다. 뱅크스 씨는 옷을 잘 솔질해서 입고 있었고, 더할 나위 없이 단정했으며, 공평무사했다. 갑자기 그의 손의 움직임 때문이었는지 그에 관한 그녀의 축적된 인상들이 비틀거리더니 그녀가 그에 대해서 느낀 모든 것이 눈사태처럼 쏟아져내렸다. 그것은 하나의 감정이었다. 그 다음에는 연기의 형태로 그의 존재의 진수가 뭉게뭉게 피어올랐다. 그것은 성격이 다른 것이었다. 그녀는 자신의 감지력의 강렬함 때문에 자신이 옴짝달싹 못하게 된 것을 느꼈다. 그것은 그의 엄숙함이었고, 선량함이었다. 나는 당신을 속속들이 존경합니다, (그녀는 소리는 내지 않고 그에게 직접 말했다) 당신은 오만하지 않으며, 완전히 이타적이며, 램지 씨보다 훌륭하십니다. 아니 당신은 내가 아는 인간 가운데서 가장 훌륭한 인간입니다. 당신은 아내도 자식도 없고, [성적性的인 감정 없이 그녀는 그 고독을 보듬어 안아주고 싶었다] 당신은 오로지 과학을 위해서 사십니다, (그러려고 하지 않았는데, 감자 토막들이 그녀의 눈앞에 떠올랐다) 칭찬은 당신에게는 오히려 욕이 될 것입니다. 관대하고 순수하고, 영웅적인 인간! 하지만 동시에 그녀는 그가 어떻게 하인을 여기까지 데리고 왔는가도 기억했다. 또한 까다로워서 개가 의자에 오르지 못하게 했으며, 채소 안에 들어 있는 미네랄과 영국 요리사들의 악의에 관해서 여러 시간 동안 지리하게 말을 늘어놓는가도 기억했다. (램지 씨가 참다 못해서 문을 쾅 닫고 방에서 나갈 때까지.)

그렇다면 궁극적인 인간의 평가는 어떻게 이루어지는 것일까? 어떻게 우리는 사람들을 판단할 수 있는 것일까? 어떻게 우리는 이런 것 저런 것을 합해서 우리가 좋아하는 것 혹은 싫어하는 것이라는 결론을 내리는 것일까? 또한 결국 그 단어들에 어떤 의미가 부여되는 것일까? 옴짝달싹 못할 상태로 배나무 옆에 서 있는 그녀에게 이 두 남자의 인상들이 쏟아져내렸다. 그녀의 생각을 따라가는 것은 연필로 받아 적기에는 너무도 빠른 목소리를 따라가는 것과도 흡사했다. 그 목소리는 바로 그녀 자신의 목소리로서 거부할 수 없고 영원하며, 상충적인 것들을 자극하지 않고 말하는 목소리였다. 그리하여 심지어는 배나무 껍질의 갈라진 틈들이나 솟아나온 혹들마저도 영원히 거기에 그대로 고정되어 있었다. 당신은 위대하지만 램지 씨는 전혀 그렇지 않아요, 그녀는 계속했다. 그는 속이 좁고, 이기적이고, 교만하며, 자기밖에는 몰라요. 그는 형편없이 버릇이 없고 폭군이며 부인을 죽도록 지치게 만들어요. 하지만 그에게는 당신에게는 없는 좋은 점이 하나 있지요. (그녀는 뱅크스 씨에게 말했다.) 즉 불 같은 초연함, 그는 시시한 일들에 대해서는 아무것도 몰라요. 그는 개와 애들을 좋아해요. 그에게는 자식이 여덟이나 있지요. 뱅크스 씨는 하나도 없잖아요. 어느날 밤인가는 코트를 두 개나 껴입고 내려와서 부인보고 푸딩 그릇 모양으로 그의 머리칼을 다듬어달라고 하지 않았어요? 이 모든 것이 각다귀떼처럼 하나하나가 따로따로, 그러나 모두가 보이지 않는 고무줄망 속에서 놀랍게 통제되고 있기나 한 것처럼 아래위로 춤을 추었다—릴리의 마음속에서 아래위로, 배나무의 가지들 안과 주위에서 춤을 추었다. 거기에는 아직도 박박 문질러 닦은 부엌 식탁의 모습이 램지 씨의 지력에 대한 그녀의 심오한 존경의 상징으로 걸려 있었다. 그러다가 드디어 점점 더 빨리 돌아가던 그녀의 생각이 그것 자체의 강도를 못 이겨 폭발했다. 그녀는 안도의 숨을 내쉬었다. 가까이에서 탄환이 지나갔고 그것의 조각들에서 놀랍고 과장적이고 소란스럽게 한 떼의 찌르레기가 날아왔다.

"재스퍼!" 뱅크스 씨가 말했다. 그들은 찌르레기들이 날아가는 테라스 위쪽으로 시선을 돌렸다. 하늘에서 재빠르게 날아가는 새들이 흩어지는 모습을 따라가며 그들은 높다란 울타리 나무들 사이로 걸어 들어가다가 램지 씨와 정면으로 마주쳤다. 그는 그들에게 "큰 실수를 범한 자 그 누구인가!"라고 비극적으로 소리쳤다.

그의 눈은 격한 감정으로 번쩍거리고 비극적 격렬함으로 오만했는데, 잠시 그들의 시선을 받더니 그들을 알아보는 순간 떨렸다. 그러나 곧 손을 치켜들어 반쯤 얼굴로 가져갔다. 마치 토라지고 부끄럽고 고뇌스러워서 그들의 정상적인 시선을 피하기라도 하려는 듯이. 또한 마치 그가 불가피하다는 것을 아는 한 순간만 저지시켜달라고 그들에게 애원이나 하는 것처럼. 또한 중단中斷에 대한 어린애 같은 역정을 그들에게 부리기라도 하려는 듯이. 심지어는 발견의 순간에까지도 완전히 패한 것은 아니고 이 맛있는 감정, 그가 부끄러워하기는 하지만 무한히 즐긴 이 불순한 랩소디를 고수할 결심이라는 사실을 확실히 알려주기라도 하려는 듯이 그는 갑자기 몸을 돌리고 그들에게 마음의 문을 쾅 하고 닫아버렸다. 그리하여 릴리 브리스코우와 뱅크스 씨는 불안하게 하늘을 올려다보면서 재스퍼가 그의 총으로 놀래킨 찌르레기의 무리가 느티나무 꼭대기에 자리잡고 있는 것을 보았다.

5

"설사 내일 날씨가 나쁘더라도." 부인은 눈을 들어 지나가는 윌리엄 뱅크스와 릴리 브리스코우를 흘끗 보면서 말했다. "다른 날 갈 수도 있으니까. 그러니." 그녀는 릴리의 매력은 희고 주름투성이인 작은 얼굴에 경사지게 자리잡고 있는 중국 여자의 눈을 닮은 눈이라고, 그러나 머리가 좋은 사람이라야 그녀의 매력을 알아차릴 수 있으리라고 생각하면서, "자 똑바로 서, 네 다리에 대고 내가 짜고 있는 양말의 길이를 재어보게." 하고 말했다. 결국 그들은 등대에 가게 될 테니까 그녀는 양말의 다리 부분을 일이 인치

더 짜야하는 건지 아닌지를 살펴보아야 했다.

윌리엄과 릴리가 결혼해야 한다는 생각이 바로 이 순간에 번쩍하고 떠올랐기 때문에 미소를 지으면서 부인은 주둥이 부분에 쇠바늘들이 얼기설기 얽혀 있는 여러 색깔의 양말을 집어들고 제임스의 다리에 대고 길이를 측정해보았다.

"얘야, 제발 움직이지 말고 좀 가만히 서 있거라." 그녀는 말했다. 우선 등대지기 아들을 위해 잣대 노릇을 하는 것이 싫고, 또 다른 한편으로는 질투도 느껴서 제임스는 일부러 몸을 뒤척였다. 계속 뒤채면 긴지 짧은지 어떻게 알겠느냐고 그녀는 짜증을 내었다.

그녀는 시선을 들었다—귀염둥이 막내가 도대체 왜 이러는 것일까?—그러고 있는데 방의 모습이 시야에 들어왔다. 의자들을 바라보면서 말도 할 수 없이 초라하다고 생각했다. 앤드루가 며칠 전에 말한 것처럼 의자들의 내장이 모두 삐져나와 온 마루에 널려 있었다. 하지만 좋은 의자들을 살 이유가 전혀 없다고 그녀는 생각했다. 사봤자 겨울 내내 이 집을 돌보는 이라고는 늙은 여인 한 사람뿐이어서 습기가 차 못쓰게 될 것이 뻔했기 때문이다. 신경 쓰지 말자. 집세로 말할 것 같으면 몇 푼 안 되고, 애들이 좋아하고, 남편이 서재와 강의와 제자들로부터 삼천, 아니 정확하게 말한다면 삼백 마일 떨어져 있는 것은 대단히 좋은 일이었다. 게다가 손님들이 와서 묵을 수 있는 공간도 있으니 예서 무얼 더 바라겠는가. 매트며, 야외용 침대들, 런던에서 충분히 수명이 다한 의자와 테이블들이 여기서는 훌륭했다. 그리고 한두 장의 사진과 책들이면 족했다. 그녀는 책은 한도 끝도 없이 불어난다고 생각했다. 그것들을 읽을 시간이 전혀 없었다. 안타까운 일이로다! 심지어는 시인이 직접 서명하여 그녀에게 헌정한 책들 "그녀의 소망이 이루어지기를 빌면서……" "우리 시대의 좀더 행복한 헬렌을 위해서……" 말하기 창피하지만 그녀는 그 책들을 결코 읽은 적이 없었다. 인간의 정신에 관한 크룸[11]의 연구서 그리고 폴리네시아의 야만적 관습에 관한 베이스의 글("애야, 움직이지 말고 좀 가만히 서 있어." 그녀는 아들을 나무랐다)—이 두 책 가운데 그 어느 것도 등대에 보낼 수는 없었다. 어떤 순간에 그녀는 그 집이 너무 초라해져서 손을 보아야만 될 것처럼 느꼈다. 애들이 집에 들어올 때에는 발을 닦아서 모래를 묻히고 들어오지 않는 교육만 제대로 시킬 수 있어도 대단히 도움이 될 것이었다. 앤드루가 정말 해부하기를 원한다면 게들을 집에 들여오게 해야 할 것 같았고, 또 재스퍼가 해초로 수프를 만들 수 있다고 믿는다면 해초를 못 들여오게 할 수는 없을 것 같았다. 또 로즈의 물건들—조개들, 갈대들, 돌들도 마찬가지였다. 그녀의 자녀들은 각양각색으로 재주가 있었다. 그녀는 제임스의 다리에다 양말을 대보면서 마루에서 천장까지 방 안 전체를 둘러보고 물건들이 해마다 점점 더 초라해진다고 한숨지었다. 매트는 빛이 바래가고 있었고, 벽지는 너덜너덜 떨어져나가고 있었다. 벽지의 무늬가 장미라고 이제는 더 이상 말할 수 없을 정도로 낡아 있었다. 만약에 집 안의 문이란 문은 항상 열려 있고, 스코틀랜드의 자물쇠 제조업자가 걸쇠 하나 수선할 수 없다면 물건들은 망가지게 마련이다. 문이란 문은 모조리 열려 있었다. 그녀는 귀를 기울였다. 거실의 문도 열려 있었고, 현관 문도 역시 열려 있었다. 침실 문들도 열려 있는 듯했다. 그리고 층계참의 창문은 열려 있는 것이 확실했다. 왜 그녀가 확신할 수 있었느냐 하면 그것은 바로 그녀가 열어놓았기 때문이었다. 창문은 열어야 하고 문은 닫아야 한다는

11 영국의 이성론자.

사실은 간단한데도 아무도 기억할 수 없다는 말인가? 그녀가 밤에 하녀의 침실에 들어가보면 창문들을 꼭꼭 닫아서 가마솥 속처럼 해놓고 자고 있는 것을 보게 된다. 그러나 스위스 소녀 마리의 침실은 예외였다. 그녀는 목욕을 안 하고는 잘 수 있을지언정 신선한 공기 없이는 자지 못했다. 고향에는 "산들이 무척이나 아름다워요"라고 마리가 말한 적이 있었다. 그녀는 어젯밤 눈에 눈물이 가득한 채 창밖을 내다보면서 "산들이 너무 아름다워요"라고 말했다. 램지 부인은 마리의 아버지가 그곳에서 죽어가고 있는 것을 알고 있었다. 그는 그들을 애비없는 자식들로 만들어놓으려 하고 있었다. 야단도 치고 시범(프랑스 여인의 손처럼 날렵한 손으로 침대 만드는 법, 창문 여는 법)도 보이던 부인은 그 소녀가 그렇게 말했을 때, 마치 햇빛을 뚫고 비상한 후 새가 조용히 날개를 접고 깃털 색깔이 푸른빛이 빛나는 강철색에서 보드라운 보랏빛으로 바뀌듯이, 그녀 주위의 모든 것을 고요히 접었다. 그녀는 할말이 없었기 때문에 말없이 거기에 서 있었다. 그는 후두암을 앓고 있었다. 자신이 거기에 어떻게 서 있었고, 그 소녀가 어떻게 "고향의 산들은 대단히 아름다워요"라고 말했는지, 상황은 절망적이라는 생각을 하고는 발작적으로 경련이 일어나서 날카롭게 제임스에게 다음과 같이 외쳤다.

"움직이지 말고 가만히 좀 서 있어. 성가시게 굴지 좀 마." 그래서 그는 즉시 어머니가 진짜 화가 났다는 것을 깨닫고는 다리를 쭉 폈고, 드디어 그녀는 제대로 재어볼 수 있었다.

양말은 적어도 반 인치는 짧았다. 설사 솔리의 아들이 제임스보다 발육 상태가 좋지 않으리라는 사실을 감안한다 하더라도 그래도 역시 짧았다.

"너무 짧아, 많이 짧아." 그녀는 중얼거렸다.

그 어느 누구도 그렇게 슬픈 표정을 지은 사람은 없었다. 밝은 햇빛에서 어두운 심연에 이르기까지 뻗쳐 있는 빛줄기 속에서 중간쯤 내려간 어두운 곳에 어쩌면 눈물이, 쓰디쓰고 검은 눈물이 한 방울 맺혀서 떨어졌는지도 모른다. 바닥에 고인 물이 이리저리 흔들거리다가 그 눈물을 받아서 이윽고 조용해졌다. 그 누구도 그렇게 슬퍼보인 적은 없었다.

하지만 표정만 슬픈 것이냐고 사람들은 물었다. 그녀의 아름다움과 찬란함 뒤에는 어떤 사연이 있는 것은 아닌가? 소문에서 들은 그녀의 옛 애인이 권총을 머리에 대고 쏘아 자살한 것은 아닌가, 사람들은 궁금해했다. 그들이 결혼하기 일주일 전에 그가 죽었는가, 아니면 그도 저도 아닌 것은 아닌가? 단지 도저히 교란시킬 수 없는, 비할 바 없는 아름다움일 따름이란 말인가? 살다가 옛날의 굉장했던 연애 이야기, 실패한 사랑 이야기, 혹은 좌절당한 야망 이야기를 하게 되는 계제가 생겨서 쉽게 속마음을 털어놓을 수 있게 되었을 때에도 그녀는 결코 말을 하는 법이 없었다. 그녀는 항상 입을 다물고 있었다. 그래도 알 것은 다 알고 있었다. 그녀는 배우지 않고도 아는 타입이었다. 그녀의 소박함은 소위 똑똑하다는 사람들이 오해하는 것을 깊이있게 이해했다. 그녀의 외골수 지력은 그녀를 돌처럼 곧바로 하강해서 새처럼 정확하게 목표 앞에 내려앉게 하여 자연히 그녀에게 즐거움을 선사하고, 그녀의 마음을 편안하게 해주고 지탱시켜주는 진리에 도달하게 해주었다—그러나 어쩌면 거짓되게일지도 모른다.

[“조물주는 당신을 빚은 것과 같은 진흙은 얼마 가지고 있지 않아요.” 뱅크스 씨는 그녀가 단지 자신에게 열차에 관한 사실만을 알려주고 있을 뿐이었는데도 그녀의 전화 목소리에 한껏 감동해서 위와 같이 말했다. 그는 그녀가 전화선 끝에 그리스인의 모

습을 하고, 몸을 곧추세우고 푸른 눈을 하고 서 있는 모습을 상상했다. 이러한 여인에게 전화를 건다는 사실이 이상한 것 같았다. 세 명의 미의 여신이 아스포델[12] 초원에서 힘을 모아 저 얼굴을 만든 것 같았다. 그는 유스톤에서 열 시 삼십 분 기차를 탈 것이었다.

"그럼에도 불구하고 그녀는 어린애처럼 자신의 아름다움을 의식하고 있지 않다"라고 말하며 뱅크스 씨는 수화기를 내려놓고 방을 가로질러 걸어가 일꾼들이 그의 집 뒤에서 짓고 있는 호텔 건설의 진척 상황을 살펴보았다. 그러고 나서는 다 끝내지 않은 벽들 사이에서 소란을 피우고 있는 사람들을 바라보면서 램지 부인에 대해 생각했다. 그는 항상 그녀의 얼굴의 조화에는 이상한 요소가 들어 있다고 생각했다. 그녀는 머리 위에 노루잡이의 모자를 아무렇게나 쓰고 있었으며, 투박한 고무장화를 신고 장난치는 애를 잡으러 잔디밭을 가로질러 건너다니기도 했다. 이리하여 우리의 관심이 그녀의 아름다움뿐이면 우리는 그 전율하는 것, 그 생동감 넘치는 어떤 것도 (그가 일꾼들을 지켜보고 있었을 때 그들은 작은 판자 위에 벽돌들을 운반하고 있었다) 반드시 그림 속에 집어넣어야 한다. 만약 우리가 그녀를 단순히 한 여자로 생각한다면 우리는 그녀의 특이한 개성도 고려해야 한다—그녀는 찬탄을 싫어했다—아니면 마치 그녀의 아름다움이, 그리고 남자들이 아름다움에 관해서 하는 말들이 지겹고, 다른 사람들과 마찬가지로 평범하기를 바라기나 하는 것처럼 우아한 자태를 벗어버리고 싶은 내적인 욕망을 지니고 있는지도 모를 일이었다. 그는 알지 못했다. 그는 정말 몰랐다. 그는 이제 그의 일로 돌아가야 한다.]

붉은빛과 갈색이 도는 양말을 짜면서, 그녀의 머리가 금색 액

12 일종의 수선화로서 고전 신화에서는 이 꽃이 낙원을 뒤덮었다고 전해짐.

자에 의하여 우스꽝스럽게 윤곽이 드러나 있는 상태에서, 그 액자의 모서리에 그녀가 던져놓은 초록색 숄, 그리고 미켈란젤로의 정통적 걸작이 있는 가운데, 그녀는 잠시 전에 제임스에게 거칠게 대한 것을 못내 미안해하면서 그의 머리를 치켜들고 이마에 입맞추었다. "오려낼 그림을 또 하나 찾아보자." 그녀는 아들에게 부드럽게 말했다.

6

한데 무슨 일이 일어난 것이지?

누군가가 큰 실수를 범했다.

생각에 잠겨 있다가 퍼뜩 놀라면서 부인은 오랫동안 별다른 의미를 부여하지 않았던 단어들에다 의미를 부여했다. "실수를 범한 자 그 누구인가—" 지금 그녀를 덮치는 남편에게 근시안인 그녀의 눈을 고정시키면서 그가 다가와서 무슨 일이 일어났다는 사실, 누군가가 큰 실수를 범했다는 사실을 드러낼 때까지 꾸준히 그를 응시했다. (반복되는 시의 한 줄이 저절로 일련의 뜻을 가지고 거기에 연결되었다.) 그러나 아무리 해도 그것이 무엇인지는 생각해낼 수 없었다.

그는 부들부들 떨고 있었다. 번개처럼 무섭게 말을 달리고, 부하들을 진두 지휘하여 매처럼 무서운 기세로 죽음의 골짜구니를 달리게 하던 자신의 화려한 무공에 대한 만족감이나 허영심은 자취를 감추었다. 총탄과 포탄의 세례를 받으며 용감하게 말을 달려, 죽음의 골짜구니를 번개같이 휩쓸고, 일제 사격을 가하고,

우레와 같은 소리를 내면서[13] 곧바로 릴리 브리스코우와 윌리엄 뱅크스를 향해 돌진했다. 그는 부들부들 떨고 있었다.

온 세상을 다 준다 해도 부인은 그에게 말을 건네지 않았을 것이다. 그가 몹시 화를 내며 괴로워하고 있다는 것을 그가 이럴 때 늘상 보이는 징후들, 즉 상대방의 시선은 피하고, 이상야릇하게 몸을 마치, 자신을 감싸고 평정을 되찾기 위해서 자기만의 세계로 들어가야 하기나 하는 것처럼 움츠리는 동작들에서 깨달았기 때문이다. 그녀는 제임스의 머리를 어루만졌다. 자신이 남편에 대해서 느낀 것을 아들에게 전달했다. 그녀는 제임스가 백화점 카탈로그에서 신사의 하얀 정장 셔츠에 노란색을 칠하는 것을 지켜보면서 그가 나중에 위대한 화가가 되면 얼마나 좋을까 하고 생각했다. 또 그렇게 되지 말란 법도 없을 터였다. 그의 이마는 정말 잘생겼다. 그리고 그녀의 남편이 다시 한 번 그녀 옆을 지나갈 때 시선을 들고, 파멸은 베일에 가리워지고 가정사가 승리를 거둔 것을 보고 안도의 숨을 내쉬었다. 관습이 낮은 목소리로 위로의 리듬을 노래하고 있어서 그가 다시 돌아왔을 때 일부러 창가에 서면서 몸을 굽혀 제임스의 아무것도 신지 않은 장단지를 깔보고 의심쩍어하며 일시적 기분으로 무슨 나무인가의 가지로 간지르고 있을 때 그녀는 그에게 '그 가엾은 젊은이' 찰스 탠슬리를 내보낸 처사에 대해 그를 꾸짖었다. 탠슬리는 안에 들어가서 그의 논문을 써야 했다고, 그는 말했다.

"제임스도 언젠가는 논문을 써야 할 거요." 그는 아이러니컬하게 나뭇가지를 흔들며 말했다.

아버지를 증오하면서 제임스는 그를 간지르는 나뭇가지를 치워버렸다. 엄격함과 유머가 뒤섞인 그의 특이한 태도로 그는 막

13 앞에 나왔던 테니슨의 시를 참조할 것.

내아들의 맨다리를 이 가지로 간지르고 있었다.

이 지겨운 양말을 솔리의 아들에게 내일 보내기 위해 끝내려는 중이라고 부인은 말했다.

내일 그들이 등대에 갈 수 있는 확률은 눈꼽만큼도 없다고 램지 씨는 화가 나서 톡 쏘아붙였다.

바람의 방향이 자주 바뀌는데 어떻게 아느냐고 그녀는 반문했다.

그녀가 하는 말의 이상한 비합리성, 여인들의 낮은 수준의 지력이 그의 화를 북돋았다. 그는 죽음의 골짜구니를 말을 타고 달렸고, 산산이 부서져서 오한에 떨었다. 그런데 이제 그녀는 어처구니없게도 엄연한 사실들을 무시하고, 자식들로 하여금 어불성설의 상황을 희망하도록 만들고 있었던 것이다. 그러니까 결과적으로는 거짓말을 하고 있는 것이었다. 그는 돌계단에서 발을 동동 굴렀다. "빌어먹을." 그는 내뱉듯 말했다. 하지만 그녀가 뭐라고 했길래? 내일 날씨가 좋을지도 모른다고 했을 뿐인데. 정말 그럴지도 모르는 일이 아닌가 말이다.

기온이 내려가고 정서풍이 불고 있는 한은 날씨는 좋을 수 없다.

다른 사람의 감정 따위는 전혀 아랑곳하지 않고 진실만을 추구하는 것, 그렇게도 방자하게, 그렇게도 잔인하게 문명의 얇은 베일을 찢어버리는 처사는 그녀에게는 끔찍하게 인간의 위엄을 모독하는 일이었기에 멍멍해지고 앞이 안 보이는 상태에서 대답도 하지 않고 마치 들쭉날쭉한 우박의 때림이나, 더러운 물을 홈빽 뒤집어씌우는 일이 비난을 받지 않고 그녀를 더럽히도록 내버려두기라도 하려는 듯이 머리를 숙였다. 도대체 할 말이 없었다.

그는 그녀 옆에 말없이 서 있었다. 그러다가 드디어 대단히 겸손하게, 자기가 직접 가서 그녀만 좋다면 해안 경비원들에게 물어보겠노라고 말했다.

남편만큼 그녀가 존경하는 사람은 없었다.

그녀는 그의 말을 액면 그대로 받아들일 용의가 있노라고 했다. 단지 샌드위치만 만들지 않으면 되니까. 그녀가 여자였으므로 자연히 이런 저런 일로 사람들이 온종일 찾아왔다. 어떤 이는 이것을 원했고, 또 어떤 이는 저것을 원하면서. 자식들은 무럭무럭 자라고 있었다. 그녀는 이따금 자신이 인간의 제반 감정으로 충만한 스펀지에 불과하다고 느꼈다. 그때에 그는 또 제기랄, 하고 내뱉듯 말했다. 그는 비가 올 것임에 틀림없다고 했다. 조금 있다가 그는 비는 오지 않을 것이라고 했다. 그러자 즉시 그녀 앞에 안전한 천국이 열렸다. 그녀가 그보다 더 존경하는 사람은 없었다. 그녀는 그의 구두끈을 매줄 정도도 못 되는 인간이라고 느꼈다.

이미 군대의 선두에 서서 돌격하며 보인 자신의 성급한 언동에 부끄러움을 느끼며 램지 씨는 열적게 아들의 맨다리를 다시 한 번 콕콕 찔렀다. 그러고 나서는 마치 그녀의 허락을 얻기라도 한 듯이, 동물원에서 물고기를 삼킨 후에 뒤로 텀벙거리고 비틀거리면서 물러나 탱크 안에 있는 물을 이리저리 흔들리게 하는 거대한 바다사자를 상기시키는 동작으로 저녁 대기 속으로 돌진해 들어갔다. 저녁의 대기는 이미 엷어져서 나뭇잎들과 울타리나무들에서 생기를 섭취하고 있었다. 그러나 마치 대가라도 지불하듯이 저녁의 대기는 낮에는 지니지 않았던 광채를 장미와 패랭이꽃들에게 다시 가져다주고 있었다.

"실수를 범한 자 그 누구인가." 그는 테라스를 성큼성큼 오르락내리락하면서 되뇌었다.

하지만 그의 어조는 얼마나 바뀌었는지! "유월에는 그는 노래를 제대로 부르지 못한다." 그것은 뻐꾸기 소리와도 같았다. 마치 그가 일시적으로 새로운 기분에 맞는 어떤 구절을 탐색하는 데 이것밖에 쓸 수 있는 것이 없어서 금이 가기는 했지만 그것을 사용하기나 하는 것처럼 그렇게 읊조렸다. 그러나 그것은 우스꽝스럽게 들렸다. 아무런 확신도 없이, 거의 질문의 형태로 노래하듯이 "실수를 범한 자 그 누구인가"라고 읊조렸기 때문에 우스꽝스럽게 들렸던 것이다. 부인은 웃지 않을 수 없었다. 그러고 곧 아니나다를까 오르락내리락하면서 그는 그 구절을 흥얼거리다 말았고, 다시 잠잠해졌다.

이제 그는 안전했다. 그는 그만의 세계에 복귀되었던 것이다. 그는 걸음을 멈추고, 파이프에 불을 붙이고, 창가에 있는 아내와 아들을 한번 쳐다보았다. 그러고는 마치 우리가 급행열차에서 책을 읽다가 눈을 들어 들판, 나무, 옹기종기 붙어 있는 오두막집을 바라보다가 다시 책을 읽기 시작했을 때 책에 있는 내용이 우리에게 힘을 주고 행복감을 안겨주듯이, 그는 아들과 아내를 분간하지 못했지만 그들의 모습은 그에게 힘을 주었고, 행복감을 안겨주었다. 그리고 지금 책의 내용은 그의 찬란한 지성의 에너지를 전부 흡수하고 있는 문제를 완전하고 명확하게 이해하려는 노력을 성스러운 것으로 만들어주었다.

그것은 진실로 찬란한 지력이었다. 만약에 인간의 사고思考가 다양한 음으로 구분된 피아노의 건반과 같은 것이라면, 아니면 알파벳과 같은 것이라면, 그렇다면 그의 찬란한 지성은 하나씩하나씩 그 글자들을 확고하고 정확하게, 마침내 예컨대 Q에 도달할 때까지 스쳐 지나가는 데에 어려움이 전혀 없었다. 그는 Q에 도달했다. 영국을 통틀어서 도대체 Q에 도달할 수 있는 사람이 몇이나 되겠는가. 여기 제라늄이 들어 있는 돌 단지 옆에서 잠깐 걸음을 멈추고 그는 머나먼 곳을 바라보았다. 어린애들처럼 조개껍질도 줍고, 신성할 정도로 순진무구하고, 발치에서 일어나는 사소한 일들에 정신을 빼앗기고, 그가 감지한 악운 그리고 창문 안의 아내와 아들에 대해서 어째서인지 완전히 무방비 상태였다. 그들은 그의 보호를 필요로 했고 그는 그것을 그들에게 주었다. 하지만 Q 다음에는? 다음에는 무엇이 오는가? Q 다음에는 많은 글자가 있는데, 마지막 글자는 인간의 눈에는 거의 보이지 않고 멀리서 붉게 희미한 빛을 발할 뿐이다. Z는 한 세대에 단 한 사람만이, 그것도 딱 한 번 도달하는 글자이다. 만약에 그가 R에 도달할 수 있다 하더라도 그것도 대단한 일일 것이다. 여기 적어도 Q에는 와 있었다. 그는 그의 발꿈치로 Q자를 문질렀다. 그는 Q에 대해서만은 자신이 있었다. 그는 Q라면 제시할 수도 있었다. 만약 Q가 Q라면—R—여기서 그는 파이프의 재를 제라늄 단지의 손잡이에 대고 두세 번 소리를 내며 두들겨서 털어내고 계속했다. "그렇다면 R……" 그는 마음을 다잡아먹고 이를 악물었다.

여섯 개의 작은 빵과 물 한 병만 가지고 찌는 듯 더운 바다에 내맡겨진 배의 선원들을 구조했을 자질들—인내심과 정의감, 선견지명, 헌신, 기술이 그를 도왔다. 그렇다면 R—R은 무엇인가?

두꺼운 도마뱀의 눈꺼풀과도 같은 장막이 그의 강렬한 시선에서 번쩍하더니 R이라는 글자를 지워버렸다. 그 암흑의 번쩍임 속에서 그는 사람들이—그는 낙오자다—그는 R에 도달할 능력이 없다—라고 말하는 소리를 들었다. 그는 결코 R에 다다르지 못할 것이었다. 다시 한 번 R을 향해서, R—

극지대의 외로운 얼음바다를 가로지르는 황량한 탐험에서였다면 그를 지도자, 안내인, 상담자로 만들었을 자질들, 즉 지나치게 낙천적이지도 않고 그렇다고 비관적이지도 않은 그의 기질이 침착하게 앞일을 관측하고 그것을 직면하고 다시 그를 도왔다. R—

도마뱀같이 생긴 눈이 다시 한 번 껌벅거렸다. 이마의 혈관이 툭 불그러져나왔다. 단지 속의 제라늄이 유난히 그의 눈에 들어왔고, 그것의 잎사귀들 사이로 보려고 하지 않아도 인간의 두 계층 사이의 오래되고 분명한 구분을 볼 수 있었다. 한켠에는 초인간적 힘을 지니고 꾸준히 앞으로 나아가고 있는 사람들이 있었다. 이들은 터벅터벅 걸으면서 그리고 인내하면서 알파벳 전체를 순서대로 처음부터 끝까지 되풀이하고 있었다. 다른 한켠에는 재주있고 영감받은 자들이 — 천재답게 기적적으로 눈깜짝할 사이에 글자들을 모두 뭉뚱그렸다. 그는 천재는 아니었다. 스스로 천재라고 주장하지는 않았다. 그러나 정확하게 A부터 Z까지 알파벳의 글자 하나하나를 순서대로 되풀이할 능력은 있었다. 그 사이에 그는 Q에서 옴짝달싹 못하고 정지되어 있었다. R을 향해 나아가야 하느니.

이제 눈이 내리기 시작해서 산꼭대기가 안개로 뒤덮이기 시작했다. 따라서 아침이 오기 전에 누워서 죽어야 한다는 사실을 아는 지도자를 욕되게 하지 않았을 감정들이 살그머니 그에게 다가왔다. 바로 이 감정들이 그의 눈빛을 흐리게 만들고, 테라스에서 돌아서는 이 순간에조차 시들은 노년의 바랜 모습을 그에게 부여했다. 그러나 그는 누워서 죽지는 않을 것이다. 그는 험한 바위를 찾아내어 그곳에서 눈은 폭풍우에 고정시키고 끝까지 어둠을 관통하려고 안간힘을 쓰면서, 서서 죽을 것이다. 그는 도저히 R에는 도달하지 못할 것이다.

그는 제라늄이 흘러넘치는 단지 옆에 꼼짝 않고 서 있었다. 도대체 천만 명 가운데 몇 사람이나 Z에 도달하는 것일까? 하고 그는 생각해보았다. 확실히 위험한 기도企圖의 지도자는 이와 같은 질문을 하고, 뒤를 따르는 탐험대원들을 배반하지 않고 "한 명쯤"

하고 대답할 것이었다. 그렇다면 그가 그 한 사람이 아니라고 해서 책망을 받아야 하는가? 그동안 성실하게 노력해왔고, 능력이 미치는 한 더 이상 줄 것이 없을 때까지 주었는데. 그의 명성은 또 얼마나 지속될 것인가? 설사 죽어가는 영웅이라 하더라도 죽기 전에 후세 사람들이 그를 어떻게 평가할 것인가에 관해서 생각해보는 것은 충분히 있을 수 있는 일이다. 그의 명성은 이천 년쯤은 지속될는지도 모른다. 그런데 이천 년이라는 세월은 과연 무엇인가? (램지 씨는 울타리 나무를 노려보며 아이러니컬하게 자문했다.) 그야말로 만약 당신이 산꼭대기에서 그 아래 유구한 세월의 긴 황무지를 바라본다면 이천 년이란 도대체 무엇이란 말인가? 우리가 구둣발로 걷어차는 바로 이 돌멩이가 셰익스피어보다 더 오래갈 것이다. 그 자신의 일천한 학문은 일이 년 그다지 밝지 못하게 빛날 것이다. 그러고는 좀더 큰 학문 속으로 합병되고, 다시 더 큰 학문 속으로 합병되고 말 것이다. 그는 울타리 나무 속, 얼기설기 어우러진 가지들 속을 들여다보았다. 그렇다면 그 누가 이 위험한 기도를 감행한 대원들을 나무랄 수 있단 말인가. 이들은 어쨌거나 세월의 황무지와 별들의 잠적을 볼 수 있을 정도로 높이 올라간 사람들이 아니던가. 설사 죽기 전에 그의 사지가 움직일 수 없게 굳는다 하더라도 마비된 손가락들을 의식적으로 이마로 가져 가고, 어깨를 쫙 펴서, 탐색대가 당도하면 그들은 그가 자기 자리를 지키는 훌륭한 군인의 자세로 죽은 사실을 알게 될 텐데, 하고 생각했다. 램지 씨는 그의 양어깨를 펴고 단지 옆에 곧바른 자세로 서 있었다.

설사 그가 이런 자세로 잠시 서서 명성, 탐색대원들, 그의 시신 위에 그에게 감사하는 추종자들이 세운 묘비에 관하여 곰곰이 생각한다고 한들 누가 그를 탓하겠는가? 마지막으로 만일에 할 수 있는 한까지 모험을 하고 힘을 온통 마지막 한 방울까지 남김 없이 다 쓰고 나서 그가 다시 깨어날 것인가 아닌가에 대하여 별로 상관치 않고 잠이 들었다가 발가락이 따끔거려서 깨어나 삶에 별 이의를 제기하지 않고 동정과 위스키와 즉시 그의 고난의 이야기를 들려줄 사람을 요구한다손 치더라도 악운의 탐험대의 지도자인 그를 그 누가 원망할 것인가. 그 누가 그를 탓할 것이란 말이냐? 이 영웅이 갑옷을 벗고 창가에서 걸음을 멈추고 아내와 아들을 응시할 때 은밀히 좋아하지 않을 자 어디 있는가? 아내와 아들은 처음에는 대단히 멀리 있다가 점점 가까이 와서 마지막에는 입술과 책과 머리가 바로 그의 앞에 있었다. 비록 그의 농도 짙은 고립과 긴 세월의 황무지와 별들의 잠적 등으로 인해서 아직도 아름답고 서먹서먹하기는 했지만. 마침내 그의 주머니에 파이프를 넣고 그의 멋있는 머리를 그녀 앞에 수그리고—그가 이 세상의 아름다움에 경의를 표한다 한들 그 누가 그를 탓할 것이란 말인가?

7

하지만 그의 아들은 그를 미워했다. 그는 아버지가 그들에게 다가와서 걸음을 멈추고 그들을 내려다보았기 때문에 미워했다. 그는 아버지가 그들을 방해했기 때문에 미워했다. 또한 그는 아버지의 제스처가 의기양양해하는 것이고 비장한 것이어서 미워했다. 아버지가 머리가 좋아서 미워했고, 아버지의 강제성과 이기주의를 미워했다(아버지는 거기 서서 그에게 주의를 기울일 것을 그들에게 명령하고 있었기 때문이다). 그러나 무엇보다도 그는 아버지가 흥분해서 내는 소리들을 미워했다. 이 소리들은 그들 주위에서 진동하여 어머니와 그의 관계의 완벽한 소박성과 양식良識을 교란시켰다. 제임스는 책에 시선을 고정시킨 채 아버지가 떠나기를 바랐다. 한 단어를 손가락으로 가리키면서 그는 어머니의 주의를 환기시키기를 바랐다. 아버지가 걸음을 멈추는 즉시 어머니가 흔들리는 것을 제임스는 알아차리고 화가 났다. 하지만 아니다. 아무것도 램지 씨를 그냥 지나가게 할 수는 없었을 것이다. 그는 동정을 요구하면서 거기에 서 있었다.

긴장하지 않고 편안하게 앉아 있던 부인은 팔로 아들을 감싸 안고 자신을 다잡고 몸을 도사리면서 힘겹게 자신을 일으키는 것 같았다. 그러더니 즉시 대기 속으로 에너지의 비를, 물보라의 기둥을 곧바로 쏟아 붓는 듯이 보였다. 그러면서 동시에 그녀는 마치 그녀의 모든 에너지가 힘으로 녹아들어 활활 타고 빛을 발하고 있기나 한 듯이 생기있고 생동감이 넘쳐보였다. (비록 그녀가 조용히 앉아서 양말을 집어들긴 했지만.) 그리고 이 맛좋은 비옥함, 삶의 샘과 물보라 속으로 남성의 치명적인 불모성이 비생산적이고 헐벗은 놋쇠의 부리와도 같이 돌진해 들어갔다. 램지 씨는 동정을 요구했다. 자기는 낙오자라고 말했다. 부인은 뜨개질 바늘을 번쩍였다. 램지 씨는 그녀의 얼굴에서 시선을 떼지 않은 채 자기는 낙오자라고 되풀이해서 말했다. 그녀는 그에게 다음과 같이 대꾸했다. "찰스 탠슬리……" 그러나 그는 그 이상의 어떤 것을 받아야만 했다. 그는 동정을 원했고, 그의 천재성에 대한 확신을 원했으며, 삶의 한가운데로 인도되어 온기를 느끼고 위안을 받기를 원했으며, 감각을 되찾아 그의 불모성이 비옥해지고, 집 안의 모든 방이 삶의 훈기로 꽉 차기를 바랐다—거실, 거실 뒤에 있는 부엌, 부엌 위에 있는 침실들 그리고 그들 너머에 있는 육아실들, 이 모든 곳들에 삶의 훈기가 공급되어 꽉 차야만 하는 것이다.

찰스 탠슬리는 램지 씨가 당대의 가장 위대한 철학자라고 생각한다고 그녀는 말했다. 그러나 그는 그 이상의 어떤 말을 들어야만 했다. 그는 동정을 받아야만 한다. 그는 그도 인생의 한가운데에서 살고 있다는 확신을 가져야만 했다. 즉 사람들이 그를 여기서뿐만 아니라 전세계적으로 필요로 해야만 했다. 자신만만한 상태에서 몸을 꼿꼿이 세우고 바늘을 번쩍이면서 그녀는 거실과 부엌을 창조했고, 그들을 작열하게 했으며, 그에게 거기서 편안하게 들락거리면서 즐기라고 명령했다. 그녀는 웃으며 뜨개질을 했다. 그녀의 양무릎 사이에 대단히 뻣뻣하게 서서 제임스는 그녀의 모든 힘이 솟아올라와 동정을 요구하며 되풀이해서 사정없이 내리치는 남성의 척박한 언월도偃月刀, 놋쇠 부리에 의하여 마셔져서 꺼지고 있다고 느꼈다.

그는 자기는 낙오자라고 되풀이해서 말했다. 그러면 바라보세요, 그러면 만져보세요. 뜨개질 바늘을 번쩍이며, 주위를 흘끗 바라보고, 창밖을 내다보고, 방 안을 들여다보고, 제임스를 쳐다보면서 그녀는 그것이 사실이라고, 즉 집 안은 충만하고, 정원에는 꽃들이 피고 있다고, 추호의 의심도 없이 그에게 확신시켰다. 그녀의 미소, 균형감각, 자신감에 의하여. (마치 등불을 들고 캄캄한 방을 가로질러 가는 유모가 까다로운 아이에게 확신을 주듯이.) 만약에 그가 그녀를 암암리에 믿어만 준다면 그는 어떤 해도 입지 않을 것이다. 아무리 그가 깊숙이 틀어박히거나 높이 올라간다 하더라도 그녀는 일순간도 그를 떠나지 않을 것이다. 이와 같이 에워싸고 보호하는 그녀의 능력을 뽐내느라고 막상 그녀에게는 자신을 인지할 수 있는 힘이 거의 남아 있지 않았다. 자신의 모든 것이 낭비되고 소모되었다. 그리고 그녀의 양무릎 사이에 빳빳하게 서 있는 제임스는 그녀가 잎이 무성하고 가지들이 춤을 추는 장밋빛 꽃이 핀 과일나무 안에서 발기勃起하는 것을 느꼈다. 그 속으로 놋쇠 부리, 즉 아버지의 척박한 언월도가 동정을 요구하며 돌진해 들어갔다.

그녀의 말을 실컷 듣고, 젖을 실컷 먹고 어머니에게서 떨어져 나가는 아이처럼 그는 드디어 그녀를 겸허한 감사의 염으로 바라보면서 회생된 상태에서, 한바퀴 돌겠노라고 말했다. 그는 애들이 크리켓 게임을 하고 있는 것을 구경하겠노라고 했다. 그는 떠났다.

즉시 부인은 몸을 다잡는 것처럼 보였다. 꽃잎을 하나씩 닫고서는 꽃 전체가 지쳐서 떨어졌다. 그리하여 그녀는 손가락만을 움직일 정도의 힘밖에는 없어서 지친 동작으로 정교하게 그림 동화책[14]을 손가락으로 짚어가며 읽어나갔다. 그러고 있는 동안에 마치 샘물의 고동이 울컥거리고 있다가 물이 가득 차면 얼마 후에 그 고동이 조용하게 가라앉듯이 성공적인 창조의 환희가 부인의 전신에 고동쳤다.

그가 그 자리를 떠났을 때 이 맥박의 고동 하나하나가 그녀와 남편을 에워싸고 각자에게 마치 하나는 높고 하나는 낮은 두 개의 음이 함께 연주되어 결합될 때 서로서로에게 주는 것 같은 그러한 위안을 주는 듯했다. 하지만 여운이 사그라졌을 때, 그리고 그 즉시 동화로 다시 돌아왔을 때 부인은 신체적으로 기진맥진한 상태였을 뿐만 아니라 (그 당장은 아니고 시간이 좀 지난 후에, 그녀는 늘 이러했다) 기원이 다른 약간 기분 나쁜 감정이 신체적 피로에 가미되어 있었다. 소리를 내어 어부의 아내 이야기

14 독일에서 오랫동안 전해져온 민간 설화를 그림Grimm 형제가 편집한 민화집.

를 읽고 있었을 때 그런 느낌이 어디서 왔는가를 그녀가 정확하게 알고 있었다는 이야기는 아니다. 또한 그녀가 읽던 동작을 멈추고 멍청하고 불길하게 파도가 부딪치는 소리를 들었을 때, 책장을 넘기면서 어떻게 그것이 이것에서 온 것인가를 깨달았을 때 불만을 표현하고자 함도 아니었다. 즉 그녀는 단 일 초도 자신이 남편보다 낫다고 느끼고 싶지 않았다. 더욱이 그녀가 그에게 말을 건넸을 때 자신이 한 말의 진부여하에 대해서도 확신할 수 없는 사실을 견딜 수 없었다. 대학들, 그를 필요로 하는 사람들과 강의, 저서 그리고 그들이 가장 중요한 인물들이라는 사실—이 모든 것에 대해서 그녀는 한 순간도 의구심을 품어본 적이 없었다. 그러나 그녀를 불편하게 만든 것은 그들의 관계였고, 그가 공공연하게 이런 식으로 다가온 사실이었다. 그러면 사람들은 그들 둘 중에서 그가 훨씬 더 중요한 존재이고, 그가 세상에 기여한 것에 비한다면 그녀는 보잘것없는 존재라는 사실을 알아야만 하는데도 그가 그녀에게 의존한다고 말하기 때문이다. 그러나 다른 이유도 있었다. 예를 들면 온실의 지붕 수리와 오십 파운드 가량 될지 모르는 수리비건에 관해서 그에게 사실대로 말하는 것이 겁나서 곧이곧대로 말할 수 없는 측면도 있었다. 또한 최근에 내놓은 그의 책이 결코 최상의 것은 아니지 않나 하고 약간 그 질을 의심하고 있다는 사실을 그가 짐작할지도 몰라서 겁을 먹고 있어서이기도 했다. (그녀는 이 사실을 윌리엄 뱅크스에게서 얻어들었던 것이다.) 그리고 자질구레한 일상사를 숨기고, 애들은 그것을 보고, 그것이 그들에게 안겨준 아픔의 짐—이 모든 것이 함께 울리는 두 음의 완벽한 기쁨, 순수한 기쁨을 감소시켰다. 그리고 그 소리로 하여금 지금 황량한 진부함을 지니고 그녀의 귓가에서 스러지게 했다.

책장에 그림자 하나가 비쳐서 그녀는 시선을 들었다. 그것은 발을 질질 끌면서 지나가고 있는 어거스터스 카마이클이었다. 그는 공교롭게도 정확하게 바로 이 순간, 인간 관계의 불완전성을 상기하는 것이 괴로운 이 순간에 지나가고 있었던 것이다. 즉 가장 완벽한 관계도 결함이 있으며 다음과 같은 시험을 견뎌내지 못한다는 사실, 즉 그녀의 남편을 사랑하면서 사실을 사실로 파악할 수 있는 본능을 지니고 그녀는 사실 쪽으로 몸을 돌린 것이다. 또한 자신의 무가치성을 명확하게 느끼고 괴로워할 때, 그리고 이 거짓말들과 이 과장들에 의하여 그녀의 고유한 기능을 방해받고 있을 때 — 바로 이런 순간에, 그녀가 그렇게나 득의양양했던 직후에 비참하게 초조해하고 있을 때, 카마이클 씨가 그의 노란 슬리퍼를 신고 발을 질질 끌며 지나가고 있었던 것이다. 그리고 그녀는 내면의 어떤 악마의 농간으로 그가 지나갈 때 다음과 같이 외치지 않을 수 없었다.

"카마이클 씨 들어가시는 건가요?"

8

그는 아무 말도 하지 않았다. 그는 아편을 복용했다. 아이들은 그가 턱수염에 노란색 아편을 묻혔다고 말했다. 그럴는지도 몰랐다. 한 가지 그녀에게 확실한 것은 이 불쌍한 사람이 불행하기 때문에, 일종의 도피행각으로 해마다 그들에게 온다는 사실이었다. 하지만 매해 그녀는 그가 그녀를 믿지 않는다고 느꼈던 것이다. 그녀는 "마을에 가는데 우표나 종이나 담배나 사다 드릴까요?" 하고 물었다. 그러면 그가 움츠러드는 것을 그녀는 감지했다. 그는 그녀를 믿지 않았던 것이다. 이 모든 것이 다 그의 아내 때문이었다. 램지 부인은 그의 아내가 그에게 못되게 굴던 것을 아직도 기억하고 있었다. 그 일은 세인트 존스 우드에 있는 그 끔찍한 작은 방에서 램지 부인을 경직시켰었다. 그때 그녀는 두 눈으로 직접 그 가증스러운 여자가 그를 쫓아내는 광경을 목격했던 것이다. 그는 단정한 편이 못 되었다. 그는 코트에 이것저것 흘리고 다녔고, 이 세상에 도대체 할 일이라고는 없는 늙은이 같은 따분함을 풍기고 있었다. 그의 아내는 그를 방에서 내쫓았다. 그녀는 또 가증스럽게 "자, 램지 부인과 나는 할 얘기가 있어요"라고 말했으며, 램지 부인은 마치 바로 그녀의 눈앞에서 일어나기나 한 것처럼 그의 인생의 헤아릴 수 없는 비참한 양상들을 미루어 짐작할 수 있었다. 담배를 사서 피울 돈이나 있을까? 그 돈마저 아내에게 달라고 해야 하는 것은 아닌지, 반 크라운? 십팔 페니? 오오, 램지 부인은 그의 아내가 그에게 겪게 한 작은 고통들을 생각하면 괴로워서 견딜 수가 없었다. 그리고 이제 그는 항상 램지 부인에게서 몸을 사렸다. (왜 그러는지 그녀는 알 도리가 없었다. 단지 어쩌면 그의 아내 때문인지도 모른다는 사실밖에는.) 그는 램지 부인에게 아무 이야기도 하는 법이 없었다. 하지만 그녀가 더 해줄 수 있는 일이 무엇이란 말인가? 그에게는 유난히 햇볕이 잘 드는 방을 내주었고, 애들은 그에게 친절했다. 그녀는 그에게 그가 달갑지 않은 손님이라는 기색을 드러낸 적이 없었다. 그녀는 정말 지나치게 친절했다. 우표가 필요하신가요, 담배가 떨어지셨나요? 이 책을 좋아하실 것 같아서, 등등. 하기는 결국—결국 (이쯤에서 그녀는 무의식적으로 자세를 바로잡았다. 그녀 자신의 아름다움이 이따금 그렇듯이 그녀의 의식에 떠올랐기 때문에)—그녀는 힘 안 들이고 사람들이 그녀를 좋아하게 만들었다. 예컨대 조지 매닝, 월러스 씨와 같은 사람들이 그랬다. 그들은 대단한 유명인사들이지만 저녁이면 조용히 그녀를 찾아와서 벽난로 가에서 그녀와 이야기하곤 했다. 그녀는 분위기에서 아름다움의 횃불을 반사하고 있었다. 이 사실은 그녀 자신도 느끼지 않을 수가 없었다. 그녀는 이 횃불을 들어가는 방마다 곧바로 치켜들고 들어갔다. 결국 그녀가 그 횃불을 베일로 가린다 하더라도, 그리고 설사 그것이 그녀의 단조로운 태도에 움츠러들어도, 그녀의 아름다움은 밖으로 드러난다. 그녀는 계속 찬미의 대상이었다. 또한 그녀는 쭉 사랑을 받아왔다. 그녀는 상喪을 당한 집들을 방문해왔다. 그녀가 있는 곳에서 사람들은 늘 눈물을 흘렸다. 남자들 그리고 여자들도 복잡다단한 세상사를 모두 잊고 그녀와 더불어 소박하게 안도의 한숨을 내쉬었다. 그가 몸을 움츠러뜨리는 사실이 그녀의 마음을 아프게 했다. 그 사실이 그녀에게 상처를 안겨주었다. 자기 쪽에도 잘못이 있는 것 같은 왠지 떳떳지 못한 기분이 들었다. 그녀가 신경을 쓰는 부분은 바로 이 부분이었다. 그녀가 남편에 대하여 불만을 품고 있는데, 엎친 데 덮친 격이 된 것이었다. 즉 카마이클 씨가 옆구리에 책 한 권을 끼고 노란 슬리퍼를 신고 그녀의 물음에 건성으로 고개만 끄덕거리면서 발을 질질 끌며 지나갔을 때 그녀가 느낀 감정, 즉 그녀를 믿어주지 않는다는 느낌이 신경 쓰인 부분이었던 것이다. 또한 베풀려는, 그리고 남을 도우려는 그녀의 욕망이 결국 따지고 보면 허영이라는 것도 신경 쓰였다. 진실로 그녀 자신의 만족감만을 위한 것이었단 말인가? 그녀가 그렇게나 거의 본능적으로 돕고 베풀기를 원해서, 사람들이 그녀에 관한 이야기를 할 때 "오오 램지 부인! 사랑하는 램지 부인…… 물론 두말할 나위 없이 램지 부인이지!"라고 말하고, 그녀를 필요로 하고, 그녀를 부르러 사람을 보내고, 그녀를 찬미하는 것이? 은밀히 그녀가 원하는 것은 이것이 아니었던가, 그러므로 아까 그랬던 것처럼 카마이클 씨가 그녀에게서 몸을 사리고 어느 구석으로 가서 아크로스틱[15]이나 풀고 있을 때 그녀는 본능적으로, 밀쳐진 기분을 느낀 정도가 아니라 자신의 왜소함을, 또 인간 관계들이 얼마나 불완전하고, 경멸스럽고, 고작 해보았자 자기 위주인가를 상기했다. 초라하고 지치고, 이제는 더 이상 (그녀의 양볼은 우묵하게 패었으며 그녀의 머리카락은 하얬다) 보는 이의 눈을 즐겁게 해주지 못하는 존재인 그녀는 어부와 그의 아내의 이야기에 정신을 집중시키는 편이 나았다. 그렇게 함으로써 예민하기 이를 데 없는 아들 제임스의 마음을 평정시켜주는 것이 나았다. (그녀의 자녀 중에서 그보다 더 예민한 아이는 없었다.)

"그 남편의 마음은 점점 더 무거워졌지요." 그녀는 소리를 내서 읽었다. "그래서 그는 가려고 하지 않았답니다. 혼잣말로 '이것은 옳지 않은데'라고 했지만 그는 결국 갔습니다. 그가 바다에 당도했을 때 바닷물은 짙은 보라색 그리고 검푸른 회색이었으며, 물결은 거세었고, 더 이상 그렇게 아름다운 초록색과 노란색은 아니었지만 그래도 잔잔하기는 했어요. 그는 거기 서서 말했지요—"

램지 부인은 남편이 바로 그 순간 걸음을 멈추지 않기를 바랐다. 그는 왜 그가 말한 대로 애들이 크리켓 게임 하는 것을 구경하러 가지 않았단 말인가? 그러나 그는 말은 하지 않았다. 그는 바라다보기만 하고 고개를 끄덕이고 가던 길을 계속 갔다. 지금까지 여러 번 거기서 휴식을 취하고, 생각을 정리하고, 결론의 암시를 얻은 울타리를 저 앞에 보며 아내와 자식을 바라보면서, 또 그의 사고의 과정을 장식하며, 그 잎사귀들이 마치 전속력으로 독

15 수수께끼 놀이에서 첫 글자 또는 마지막 글자를 짜 맞추면 하나의 말이 되는 희시戱詩.

서하는 도중에 메모를 해두는 종이 쪽지나 되는 것처럼 그의 사상이 적혀 있는 잎사귀를 가진 붉은 제라늄이 치렁치렁 늘어진 화분을 다시 보면서,—이 모든 것을 바라보면서 그의 생각은 매년 셰익스피어의 생가를 찾는 미국인들의 수효에 관한『타임스』지의 기사가 암시하는 추리로 자연히 옮겨졌다. 만약에 셰익스피어가 존재하지 않았더라면 세상이 지금과 많이 달라졌을까, 하고 생각해보았다. 문명의 발전이 위인들에게 달려 있는 것인가? 고대 이집트 시대보다 현재의 평범한 인간의 운명이 더 낫다고 할 수 있는가? 하지만 평범한 인간의 운명이 우리가 문명의 척도라고 판단하는 범주에 드는가, 그는 자문했다. 그렇지 않을 것이었다. 어쩌면 최고의 선善은 노예계급을 필요로 할는지도 모른다. 지하철의 엘리베이터 운전원은 영원히 필요한 존재인 것이다. 이 생각은 그에게 혐오감을 불러일으켰다. 그는 머리를 흔들었다. 이 생각을 하지 않기 위해서 그는 예술의 우위를 배격할 방도를 찾고 싶었다. 그는 이 세상은 평범한 인간을 위해서 존재하는 곳이라고 주장하고 싶었다. 예술이란 단순히 인간의 생활에 얹힌 장식에 불과하다고 주장하고 싶었던 것이다. 예술은 인간의 생활을 표현하지 못한다고 주장하고 싶었던 것이다. 또한 인간의 생활에는 셰익스피어도 필요하지 않았다. 정확한 이유는 알지 못하지만 그는 셰익스피어를 비방하고 싶었고, 영원히 엘리베이터 문간에 서 있는 운전원을 구제하고 싶어서 울타리에서 나무 잎새 하나를 세차게 뜯어내었다. 그는 다음 달 카디프[16]의 청년 노동자들에게 강연을 할 때 이 모든 것에 관한 이야기를 하리라 마음먹었다. 여기 테라스에서 그는 다만 한가하게 산책하며 온갖 생각을 마음대로 하고 있을 뿐이었다. (그는 그렇게 성깔을 부리

16 영국 웨일즈 지방의 항구 도시, 석탄 선적으로 유명한 도시.

며 뜯어낸 나뭇잎을 던져버렸다.) 마치 그의 말에서 한 다발의 장미를 따기 위해 손을 뻗치는 사람처럼, 아니면 어릴 때부터 잘 알던 골목길과 들판을 유유하게 거닐면서 그의 주머니 가득 밤을 주워넣는 사람처럼. 이 골목길, 들판을 가로지르는 이 디딤대, 모두가 그에게는 낯익은 것들이었다. 저녁이면 그는 파이프를 물고 낯익은 골목길과 들판을 오르내리고 드나들면서 이렇게 시간을 보내곤 했다. 이 낯익은 골목길과 들판에는 저기 저 전투의 역사, 여기 이 정치가의 생애가 시詩들과 일화들과, 이 사상가, 저 군인의 그림들로 가득 차 있었다. 모두가 대단히 활기차고 분명했다. 그러나 마침내는 골목길, 들판, 광장, 밤이 많이 달린 밤나무와 꽃이 피는 울타리 나무들이 그를 계속 인도하여 더 멀리 있는 골목길에 당도하게 했다. 거기서 그는 항상 말에서 내리고, 그의 말을 나무에 붙들어 매고는 혼자 계속 걸었다. 그는 초원의 가장자리에 당도해서 그 밑에 있는 만을 내려다보았다.

그가 이와 같이 바다가 서서히 잠식해 들어오고 있는 육지의 좁고 뾰죽한 모래톱 위에 나와 서는 것은, 황량한 바다새처럼 거기에 서 있는 것은, 그가 원하건 원하지 않건 간에 그의 운명이었고 그의 개성이었다. 갑자기 모든 겉치레를 벗어버리고 움츠러들고, 오므라들어서 한층 더 벗은 상태로 보이고, 한층 더 신체적으로조차 시든 것처럼 느끼면서도 정신력의 강렬함에서는 전혀 잃은 것이 없이 인간의 무지의 암흑을 직면하면서, 바다가 우리가 서 있는 육지를 잠식해 들어오는 모습을 직면하면서 그가 작은 널판 위에 서 있는 것은 그의 능력이었으며 천부적인 재능이었다! 그것은 그의 운명이고, 타고난 재능이라고 강렬하게 느꼈던 것이다. 그가 말에서 내렸을 때 모든 제스처와 겉치레, 밤톨과 장미 따위의 전리품들을 던져버리고 움츠러들어서 명성뿐만 아니라 그 자신의 이름까지도 잊어버린 상태이기 때문에 그는 그 황량함 속에서조차도 정신을 바짝 차리고 환상이나 환영에 빠져들지 않았다. 그가 윌리엄 뱅크스에게 (간간히) 그리고 찰스 탠슬리에게 (비굴하게) 그리고 지금 아내에게 심오하게 존경과 연민과 감사의 마음을 주입시킨 것은 바로 이러한 모습 때문이었다. 아내는 시선을 들어 잔디밭 가장자리에 서 있는 그를 바라다보면서 위에 진술한 바와 같이 느낀 것이었다. 그것은 마치 해협 바닥에 박아놓은 말뚝 위에 갈매기들이 앉아 있고 그 주변에 파도가 부서지는 것을 보고, 배에 가득 승선한 홍겨운 선객들 마음속에 그 말뚝이 물 한복판에 외롭게 서서 수로를 표시하는 소임을 다하고 있음에 대해서 감사하는 기분을 불러일으키는 것과도 흡사했다.

"하지만 여덟 아이의 아버지로서는 선택의 여지가 없지"라고, 거의 옆 사람한테 들릴 정도로 소리를 내어 중얼거리면서 그는 걸음을 멈추고, 몸을 돌리고, 한숨을 짓고, 시선을 들어 막내아들에게 이야기책을 읽어주고 있는 아내의 모습을 애써 찾으면서, 파이프에 담배를 채워넣었다. 그는 인간의 무지와, 운명과, 우리가 서 있는 땅을 잠식해 들어오는 바다를 외면했다. 이 바다는 만약에 그가 고정된 시선으로 응시했더라면 그로 하여금 다르게 행동하게 했을 것이었다. 그러나 그는 바로 지금 그의 앞에 놓여 있는 엄숙한 주제에 비한다면 한없이 보잘것없는 일들에서 위안을 느끼고서는, 마치 이 비참한 세상에서 행복에 붙들려 있는 일은 진지한 인간에게는 가장 멸시할 만한 죄악이기나 한 것처럼 그 위안을 어물쩍 넘겨버리고, 한 걸음 더 나아가 이 위안을 비난하고 싶은 심정이 되었던 것이다. 대체적으로 이야기해서 그가 행복하다는 것은 사실이었다. 그에게는 아내도 있었고, 자식들도 있었으며, 일도 있었으니까. 그는 한 달 반 가량 뒤에 카디프 청년들에게 로크, 흄, 버클리 그리고 프랑스 혁명의 제반 원인에 관한 '시시한 이야기'를 하기로 약속해놓은 상태였다. 그러나 이와 같은 강연에서 그가 얻는 즐거움, 그가 쓴 글로 인하여 누리는 영광, 젊음의 정열과 아내의 아름다움, 스원시, 카디프, 엑시터, 서덤튼, 키더민스터, 옥스포드, 캠브리지 등지에서 날아온 찬사들로 인하여 그가 향유하는 영광—이 모든 것은 '시시한 이야기'라는 표현하에 비난받고 감추어져야만 한다. 이는 결국 따지고 보면 그가 할 수도 있었을 일을 해내지 못했기 때문이다. 이것은 하나의 위장이었다. 다시 말해 이것은 바로 이것이 내가 좋아하는 것이라고 말할 수 없는, 즉 자신의 감정을 고백하기를 두려워하는 자의 도피였던 것이다. 이리하여 왜 이와 같이 숨겨야 하는지 그 이유가 납득되지 않는 윌리엄 뱅크스와 릴리 브리스코우에게는 그가 약간 불쌍하게 보이기도 하고 기분 나쁘게 여겨지기도 했다. 또한 왜 그는 항상 칭찬만 들으려고 하는 건지, 사고의 측면에서는 그토록 과감한 그가 실제 생활에서는 왜 그다지도 소극적인지, 왜 그는 이상하게도 존경스러우면서 동시에 비난받아 마땅한 인물인지가 뱅크스와 브리스코우에게는 영원한 수수께끼였다.

인간은 가르치고 설교하는 일은 할 수 없는 것인지도 모른다고 릴리는 생각했다. (그녀는 물건들을 치웠다.) 기고만장하면 왠지 모르지만 우리는 실패하기 마련이다. 부인은 그의 요구를 너무 쉽게 들어주었다. 그러다가 어느 날인가는 낙차가 지나쳐서 감당하기 어려울 것임에 틀림없다고 릴리는 말했다. 그는 계속 책을 읽다가 들어와서 우리 모두가 게임을 하고 있거나 잡담을 하고 있는 것을 본 것이다. 그가 사색하고 있던 일들과 얼마나 다른 광경이었겠느냐고 그녀는 말했다.

그는 그들에게 압박감을 주고 있었다. 이제 그는 딱 멈추어 서서, 선 채로 말없이 바다를 바라다보고 있었다. 그러다가 다시 그는 몸을 돌렸다.

9

그래요, 뱅크스 씨는 그가 떠나가는 것을 지켜보면서 말했다. 참으로 유감천만이었다. (릴리는 램지 씨가 그녀를 겁에 질리게 한다는 투의 말을 한 적이 있었다—그의 기분은 갑자기 극단적으로 바뀌곤 했으니까.) 그래요, 램지가 여느 다른 사람들처럼 처신할 수 없는 것은 유감스러워요, 뱅크스 씨는 말했다. (뱅크스는 릴리 브리스코우를 좋아했으니까. 그는 아주 공공연하게 그녀와 램지 이야기를 할 수 있었으니까.) 바로 그 이유 때문에 젊은 사람들이 칼라일[17]을 읽지 않는다고 뱅크스 씨는 말했다. 즉 이런 식으로 곧잘 화를 내는 심술궂은 늙은 투정쟁이, 그가 왜 우리에게 설교를 해야 한담? 뱅크스 씨는 젊은애들이 요즈음 이렇게 생각한다고 여기고 있었다. 뱅크스 씨가 생각하듯이 칼라일을 인류의 위대한 스승 중의 한 사람으로 생각한다면 참으로 안타까운 노릇이었다. 릴리는 학교를 졸업한 이래 칼라일을 읽은 적이 없다는 말을 하기가 부끄러웠다. 그러나 그녀는 램지 씨가 자기의 새끼손가락이 아프면 온 세상이 끝날 것이라고 생각하기 때문에 우리가 그를 그만큼 더 좋아하는 것이라고 생각했다. 그녀의 신경에 걸리는 부분은 그것이 아니었다. 그에게 속아넘어갈 사람은 아무도 없을 것이기 때문이다. 그는 자기에게 아첨하고 자기를

17 Thomas Carlyle: 1795~1881. 영국의 평론가, 역사가.

칭찬하기를 공개적으로 요구하였다. 그러나 그가 쓴 작은 속임수들에 넘어가는 사람은 하나도 없었다. 그녀가 정말로 싫어하는 부분은 그의 편협함, 맹목적성이라고, 그녀는 그의 잔등이를 바라보면서 말했다.

"위선자적인 면이 약간 있지요?" 뱅크스 씨는 램지 씨의 잔등이를 바라다보면서 넌지시 한마디 던져보았다. 그는 그의 우정, 그에게 한 송이의 꽃을 주기를 거부하던 캠, 그리고 램지의 모든 자녀들, 그 자신의 안락하기 이를 데 없는 집, 그러나 아내가 죽은 후로는 조금 지나치게 조용한 그의 집을 생각하고 있지 않았던가? 물론 그에게는 일이 있었다…… 그럼에도 불구하고 그는 자기가 말한 대로 램지는 '위선자적인 면이 약간 있다'는 데 그녀가 동의해주었으면 했다.

릴리 브리스코우는 시선을 아래위로 굴리면서 붓들을 계속 치웠다. 시선을 들면 거기에는 램지 씨가 있었다—전혀 신경을 쓰지 않고, 초연한 상태로 몸을 흔들면서 그는 그들을 향해 다가오고 있었다. 위선자적인 면이 약간 있다고? 그녀는 곱씹어 생각해보았다. 오오, 아니야—가장 진지한 인간이지, 가장 진실되고, (그가 가까이 와 있었다) 최상의 인간이야. 하지만 시선을 아래로 떨구면서 그녀는 그가 자신에 몰두되어 있고, 폭군적이고, 정의롭지 못하다고 생각하고서는 일부러 시선을 계속 아래로 떨구고 있었다. 그렇게 함으로써만 그녀는 램지 가의 사람들과 머무르면서 균형감각을 잃지 않고 서 있을 수 있었기 때문이다. 시선을 들어서 그들을 보는 순간 소위 그녀의 '사랑에 빠진 상태'가 그들을 뒤덮었다. 그들은 그 초현실적이지만 관통력이 있고 신나는 세상, 즉 사랑의 눈을 통해서 볼 수 있는 세상의 일부가 되었다. 하늘이 그들에게 달라붙어 있었고, 새들은 그들을 통해서 노래를 불렀다. 그리고 한층 더 신나는 일은 그녀도 램지 씨가 덮쳤다가 물러나는 모습을 보고, 램지 부인이 창가에 제임스를 데리고 앉아 있는 모습을 보고, 떠다니는 구름과 굽어 휘는 나무를 바라보면서 삶이 우리가 하나씩 살아가는 작고 분리된 사건들로 구성된 것에서 하나의 파도처럼 곡선을 이루고 온전한 전체가 되는 양상을 목격했다. 이 파도는 우리를 그것과 더불어 붕 떠오르게 했다가 단숨에 저기 해안으로 던져버리는 것이었다.

뱅크스 씨는 릴리가 대답할 것이라고 생각했다. 그리고 아닌 게 아니라 그녀는 부인도 그녀 나름대로 대단히 사람을 놀라게 하고 강압적이라는 요지로 헐뜯는 이야기를 하려던 참에 뱅크스 씨는 기쁨에 들떠서 그녀가 말할 필요가 전혀 없게 했다. 육십이 다 된 그의 나이, 그의 청결함, 그의 초연함 그리고 그를 휘감고 있는 듯한 하얀 실험복을 고려해볼 때 그것은 희열이라고 할 수밖에 없었다. 램지 부인을 응시하고 있는 그를 볼 때, 그것은 릴리가 생각하기에는 하나의 희열이었고, 열두어 명의 젊은이의 사랑에 버금가는 것이었다. (또한 부인은 열두어 명의 젊은이로 하여금 그녀에게 사랑을 느끼게 한 적도 없을 것이다.) 그녀는 캔버스를 옮기는 척하면서 이것은 걸러지고 증류된 사랑이라고 생각했다. 다시 말해서 대상을 움켜잡으려는 시도를 한 적이 없는 사랑, 하지만 수학자들이 그들의 기호들에 대해서 품는 사랑, 아니면 시인들이 그들의 구절들에 대해서 갖는 애정, 이와 같은 사랑은 온 세상에 퍼져서 인간의 성취의 일부가 되도록 의도된 것이었다. 정말 그랬다. 뱅크스 씨가 왜 저 여인이 그를 그렇게 기쁘게 하는지 그 이유를 말할 수 있었다면 온 세상 사람들은 틀림없이 그 기쁨을 나누어 가졌을 것이다. 즉 그녀가 아들에게 동화책을 읽어주고 있는 모습이 왜 그에게 과학 문제를 풀어낸 것과 정확하게 같은 효과를 내는지, 그리하여 그가 그 모습을 응시하고는 식물의 소화기관에 관해서 절대적인 명제를 증명해냈을 때의 느낌, 다시 말해서 원시성이 순화된 느낌, 즉 혼돈의 치세가 정복되었다는 느낌을 맛보았던 것이다.

그러한 환희가—환희라는 이름말고 어떤 다른 이름으로 부를 수 있겠는가? —릴리 브리스코우에게 그녀가 하려던 말을 완전히 잊어버리게 했다. 그것은 전혀 중요하지 않았다. 부인에 관한 어떤 것, 그것은 이 '환희', 이 무언의 응시 옆에서는 빛을 잃었다. 이것에 대해서 그녀는 깊은 감사를 느꼈다. 그 어느 것도 이 숭고한 힘, 이 천상의 선물처럼 그렇게 그녀를 위로하고 그녀를 인생의 당혹감에서 헤어나게 해주고, 기적적으로 삶의 짐들을 치워주는 것은 없기 때문이었다. 이리하여 우리는 삶이 지속되는 동안 절대로 그것을 방해하지 않을 것이었다. 마치 우리가 마루를 가로질러 평평하게 누워서 햇살을 분해시키지 않듯이.

사람들이 이와 같이 사랑해야 하는 것, 뱅크스 씨가 램지 부인에게 이렇게 느껴야 하는 것은 (그녀는 생각에 잠겨서 그를 흘끗 바라다보았다) 도움이 되었고, 그녀를 고양시켰다. 그녀는 일부러 천한 짓을 사서 한다는 태도로 낡은 걸레 조각에다 붓을 하나씩하나씩 닦았다. 그녀는 모든 여인들을 덮고 있는 존경에서 안식처를 찾았다. 그녀는 자기가 칭찬을 받은 기분이었다. 그가 바라보겠으면 마음대로 보게 하자. 그녀는 자기 그림을 몰래 슬쩍 보았다.

그녀는 울려면 울 수도 있었다. 그림은 엉망이었다. 정말 말도 할 수 없이 엉망이었다! 물론 다르게 그릴 수 있었다. 즉 색깔을 엷게 써서 마지막에 스러지게 할 수도 있었다. 형태는 추상화하고. 폰스포트가 보고 싶어했을 것이 바로 이런 것이었다. 하지만 그녀의 생각은 달랐다. 그녀는 색깔이 강철 같은 구조 위에서 작열하고 있는 것을 보았다. 성당 아치에 놓여 있는 나비 날개의 빛을 보았던 것이다. 그 모든 것 가운데서 캔버스 위에 아무렇게나 극적거려놓은 몇 개의 자국만이 남아 있었다. 그리고 그것은 결코 남에게 보이지 않을 것이었다. 어디에 걸지도 않을 것이었다. 탠슬리 씨가 그녀의 귓전에서 "여자는 그림을 그릴 수가 없어, 여자는 책을 쓸 수 없어……"라고 작은 소리로 외치고 있었다.

이제 그녀는 자기가 부인에 관해서 무슨 말을 하려 했는지가 생각났다. 그녀가 그것을 구체적으로 어떻게 표현했었을지는 몰랐다. 그러나 그것은 비판적인 내용이었을 것이었다. 며칠 전 어느 날 밤 부인의 강압적인 태도 때문에 마음이 불편했던 적이 있었다. 부인을 바라다보는 뱅크스 씨의 시선을 따라가면서 릴리는 그가 경배하는 식으로는 어떤 여인도 다른 여인을 숭배할 수는 없다고 생각했다. 그들은 뱅크스 씨가 그들 두 사람 위에 드리우고 있는 그늘 아래에서 안식처를 찾을 수 있을 따름이라고 생각했다. 그의 햇살을 따라가면서 그녀는 거기에다 부인이 (동화책을 읽느라고 몸을 구부리고 있는) 의심할 여지없이 가장 아름다운 사람이라고 생각하면서, 자신의 다른 빛줄기를 더했다. 부인은 최상의 인간일는지 모르지만 또한 우리가 거기에서 실제로 보고 있는 완벽한 모습과는 다른 인물일지도 몰랐다. 하지만 왜 다르고, 또 어떻게 다른지 그녀는 이제는 그것들 안에 아무 생명도 지니고 있지 않은 흙덩이처럼 보이는 파란색과 초록색의 물감 덩어리를 팔레트에서 긁어내면서 생각해보았다. 그러나 그녀는 내일 그 흙덩이에 생명을 불어넣어 유연하게 흐르게 하겠다고 굳게 마음먹었다. 부인은 어떻게 달랐는가? 그녀의 내면에 도사리고 있는 정신은 도대체 무엇인가. 즉 만약 당신이 소파의 한

귀퉁이에서 구겨진 장갑 한 짝을 발견했다면, 비틀어진 손가락 부분 때문에 그것이 틀림없이 부인의 것이라는 것을 알게 할 그 기본적인 것이 무엇인가? 부인은 무서운 속력을 내는 새, 곧바로 날아가는 화살과도 같았다. 그녀는 고집이 세었고, 매사에 명령적이었다. (물론 릴리는 자기가 부인과 여인들의 관계를 생각하고 있고, 자기는 부인보다 훨씬 나이가 어리고 브롬프튼에서 조금 떨어진 곳에서 사는 보잘것없는 인간이라는 사실을 상기했다.) 부인은 침실의 창문은 열고 문은 닫았다. (이런 식으로 그녀는 머릿속에서 부인의 특징을 생각해보려고 했다.) 밤늦게 도착해서 낡은 털코트를 휘감고 침실 문에 가볍게 노크하면서, (그녀의 아름다움의 성격은 항상 그랬으니까—황급한 옷차림이지만 언제나 격에 맞는 것이었다) 그녀는 다시 상대를 불문하고 영향력을 행사하기 시작하곤 했다—우산을 잘 잃어버리는 찰스 탠슬리, 코를 훌쩍거리고 킁킁거리는 카마이클 씨, "야채에 들어 있는 미네랄이 요리를 잘못해서 없어졌어요"라고 말하는 뱅크스 씨. 그녀는 능란하게 이 모든 문제를 해결하곤 했다. 심지어는 악의로 뒤틀어놓기도 했다. 그리고 창가로 걸어가서, 가야 하는 척하면서—새벽녘이어서 그녀는 해가 떠오르는 것을 볼 수 있었다—, 더 다정하게 몸을 반쯤 돌리지만 그래도 항상 웃으면서 릴리도, 민터도, 모두 결혼해야만 한다고 주장한다. 이 세상에서 그녀가 어떤 영광을 누린다 해도, (하지만 부인은 릴리의 그림은 안중에도 없었다) 혹은 그녀가 아무리 많은 승리를 거둔다 해도, (어쩌면 부인은 나름대로 승리를 거두었는지도 몰랐다) 그리고 여기서 부인은 슬퍼지고, 우울해져서 의자로 돌아와 모두가 결혼해야 한다는 것에 대해서는 이론의 여지가 있을 수 없다고 말했다. 이유는 결혼하지 않은 여인은 (그녀는 가볍게 릴리의 손을 잠깐 잡았다) 인생의 최상의 것을 놓치기 때문이라는 것이다. 집 안에는 잠든 아이들과 귀기울이고 있는 부인으로 그득한 느낌이 들었다. 갓을 씌운 등들 그리고 고른 숨소리로 집 안은 그득한 느낌이 들었다.

오오, 하지만 릴리는 돌봐드려야 할 아버지가 계시다고, 관리해야 할 가정이 있노라고, 심지어는 용기만 있다면 그림 그리는 일이 있노라고 말하고 싶었다. 하지만 이 모든 것은 너무 순진하고 너무 작은 변명에 불과한 듯이 여겨졌다. 그러나 밤이 이울어가고, 커텐 사이로 흰 빛이 새어 들어오고, 심지어는 이따금 새가 정원에서 노래를 불렀을 때 필사적으로 그녀는 온 누리에 적용되는 법에서 자신만은 면제되기를 기원하였다. 그녀는 홀로 있고 싶었다. 그녀는 결혼에 소질이 없었다. 그리하여 그지없이 그윽한 두 눈의 시선을 받아야 했으며, 부인의 단순한 확신 (그런데 그녀는 지금은 어린아이 같았다) 즉 그녀가 아끼는 릴리, 그녀의 귀여운 릴리가 바보라는 확신을 직면하지 않으면 안 되었다. 그러자 그녀는 자기가 부인의 무릎을 베고 누워서 부인이 전혀 이해하지 못하는 사람의 운명을 불변의 냉정함으로 좌지우지하는 그녀를 생각하고는 계속 웃다가 드디어 거의 히스테리컬해졌던 일을 기억했다. 거기에 그녀는 단순하고 심각한 상태로 앉아 있었다. 그녀는 이제는 제정신으로 돌아왔다 ― 이것이 장갑의 뒤틀린 손가락 부위였다. 그러나 우리는 그 어떤 성역을 뚫고 들어온 것인가? 마침내 릴리 브리스코우는 시선을 들었다. 거기에는 무엇 때문에 그녀가 웃었는지 전혀 모르는 상태로 부인이 여전히 좌중을 관장하고 있었는데, 하지만 이제 고집의 흔적은 전혀 찾아볼 길 없었고, 그 대신 구름들이 오랜만에 보여주는 공간처럼 해맑은 어떤 것이 있었다 ― 달 옆에서 잠자는 작은 하늘과도 같은 공간이 있었다.

그것은 지혜였는가? 지식이었던가? 다시 한 번 말하건대 그것은 아름다움의 기만이었던가, 그리하여 반쯤 진실을 향하여 가던 우리의 모든 감지력이 금빛 망에 걸려서 엉켜버렸단 말인가? 아니면 그녀는 그녀의 내면에 릴리 브리스코우가 확실히 이 세상이 어쨌거나 굴러가게 하기 위해서는 사람들이 가져야만 한다고 믿는 비밀을 가지고 있었을까? 모두가 그녀처럼 그렇게 생활에 허덕이고 허둥댈 수는 없었다. 그러나 그들이 안다고 해서 그들이 아는 바를 우리에게 알려줄 수는 있을까? 마루에 앉아서 부인의 무릎을 양팔로 감싸안고 가능한 한 다가가서 부인은 자기가 왜 그렇게 가까이 가는지를 결코 모른다고 생각하고 회심의 미소를 지으면서 그녀는 상상하였다. 지금 이렇게 몸을 맞대고 있는 이 여인의 마음속에 있는 밀실에는, 마치 왕릉 속의 비장한 보물과도 같이, 성스러운 비문이 새겨진 비석들이 세워져 있는 것이라고. 그 비문들은 우리가 잘 해독하기만 하면 우리에게 모든 것을 가르쳐주겠지만 결코 공개되지 않을 그런 비문이었다. 이들 내밀한 방들 속으로 뚫고 들어갈 기술을 사랑이나 간계가 가르쳐줄 수 있겠는가? 한 항아리에 쏟아 부은 물처럼 뗄 수 없는 하나가 되게 하는 방법이 있을까, 다시 말해서 우리가 숭배하는 대상과 하나가 되게 하는 묘수가 과연 있을까? 신체가 혹은 정신이 두뇌나 가슴의 복잡한 흐름들 속에서 오묘하게 섞일 수 있을까? 소위 사랑이라는 것이 그녀와 부인을 하나로 만들 수 있을까? 그녀가 원하는 것은 지식이 아니라 하나됨이었고, 명판銘板에 새긴 비문들이 아니었으며, 즉 일찍이 인간이 알아온 언어로 씌어질 수 있는 것은 절대로 아니었고, 친밀함 그 자체였다. 이 친밀함은 지식이라고 그녀는 부인의 무릎에 머리를 얹으면서 생각했다.

아무 일도 일어나지 않았다. 아무 일도! 그 어떤 일도! 그녀가 부인의 무릎을 베고 누웠을 때. 그러나 그녀는 지식과 지혜가 부인의 가슴에 저장되어 있는 것을 알았다. 그렇다면, 그렇게 봉합된 상태에서 어떻게 우리는 사람들에 관해서 이것저것을 알 수 있는가, 하고 자문해보았다. 단지 벌처럼 어떤 향기나, 구체적으로 만지거나 맛볼 수는 없지만 대기 중에 있는 예리함에 이끌려서 우리는 원형圓形의 벌집에 자주 들르고, 세계의 여러 지방의 황야를 홀로 헤매고, 그러고는 소근댐과 움직임이 있는 벌집을 부지런히 찾아드는 것이다. 벌집은 곧 사람들인 것을. 부인은 일어났다. 릴리도 일어났다. 부인은 떠나갔다. 여러 날을 두고 그녀의 주위에는 꿈을 꾸고 난 후 꿈에서 본 사람에게 약간의 변화가 느껴지듯이, 그녀가 말한 그 어느 것보다도 생생하게 속삭이는 소리가 맴돌았다. 그리고 그녀가 거실 창 옆에서 버드나무 안락의자에 앉아 있을 때 릴리의 눈에는 이 부인이 거룩한 자태로, 원형의 웅장하고 아름다운 건물의 모습으로 비쳤다.

이 빛줄기는 램지 씨의 줄기와 평행으로 지나가서 곧바로 제임스를 무릎에 올려놓고 앉아 있는 부인에게로 갔다. 그러나 지금 그녀는 아직도 바라보고 있는데 뱅크스 씨는 이제는 더 이상 바라보지 않았다. 그는 안경을 썼다. 그는 뒤로 물러섰다. 그는 손을 치켜 들었다. 그는 맑고 푸른 눈을 가느스름하게 떴다. 그때 릴리는 정신을 차리고 그가 무슨 일을 하려는지를 깨닫고, 때리려고 손을 치켜든 것을 본 개처럼 몸을 움츠렸다. 그녀는 이젤에서 그림을 확 잡아챌 수도 있었다. 그러나 그녀는 해내야 한다고 생각했다. 그녀는 누군가가 자기의 그림을 바라보는 이 끔찍한 시련을 견뎌내기 위해서 몸을 도사렸다. 견뎌내야 한다, 기필코 견뎌내야 한다, 그녀는 말했다. 그리고 어차피 누군가가 볼 것이라면 뱅크스 씨가 보는 편이 램지 씨가 보는 것보다는 덜 경악스러웠다. 그러나 누구라도 그녀의 삼십삼 년 인생의 찌꺼기를 보아야 한다는 것, 매일매일의 삶이 그 모든 세월을 살아내면서 말로나 행동으로나 표현한 적이 없는, 한층 은밀한 어떤 것과 섞인 것을 보여야 한다는 것은 고뇌스러운 일이었다. 동시에 그것은 무지무지하게 신나는 일이기도 했다.

어떤 것도 이보다 더 시원하고 더 조용할 수는 없었다. 작은 주머니칼을 꺼내서 뱅크스 씨는 뼈로 된 손잡이로 캔버스를 건드렸다. 보랏빛 삼각형을 '바로 거기에' 있게 해서 무엇을 나타내고 싶은 것이냐고 그는 물었다.

그녀는 그것은 부인이 제임스에게 동화책을 읽어주고 있는 모습이라고 말했다. 그녀는 그가 이의를 제기할 것을 알고 있었다—즉 아무도 그것을 인간의 형태로 알아보지 못할 것이라는 이의 제기. 하지만 그녀는 알아보게 하려는 의도가 아니었다고 대답했다. 그러면 그들을 왜 그림에 넣었느냐고 그는 물었다. 정말 왜 그랬을까?—단지 저 구석이 밝으니까 여기 이 구석은 어두워야겠다고 느꼈기 때문이다. 간단하고, 분명하고, 평범한 것이지만 뱅크스 씨는 관심을 보였다. 그렇다면 어머니와 아들이군—누구나 경외하는 대상들, 그리고 이 경우에는 어머니가 아름답기로 이름난 분이고—이 대상들을 모독하지 않고 보랏빛 그림자로 축소시켜놓을 수도 있겠다고 그는 골똘히 생각에 잠겼다.

하지만 그림은 그들을 그린 것은 아니예요, 라고 그녀는 말했다. 아니, 최소한 그가 생각하는 의미로는 아니다. 우리가 그들을 경외할 의미는 다른 쪽에도 몇 가지 있었다. 예를 들자면, 여기에 그림자 그리고 저기에 빛. 그녀가 막연히 생각한 대로 그림이 굳이 하나의 찬사여야 한다면 그녀의 찬사는 그런 형태를 취했던 것이다. 어머니와 아들이 무리없이 하나의 그림자로 축소될 수 있었다. 이쪽이 밝기 때문에 저쪽은 어두워야만 했던 것이다. 그는 곰곰이 생각해보았다. 그는 흥미를 느꼈다. 그는 그것을 확고한 신념을 지니고 과학적으로 받아들였다. 사실 그의 모든 편견은 다른 쪽에 있다고 그는 설명했다. 많은 화가들이 칭찬을 아끼지 않고, 그가 산 가격보다 더 높은 가격을 매긴, 그의 거실에 걸려 있는 가장 큰 그림은 케넷 강둑[18]에 핀 벚나무들을 그린 것이었다. 그는 신혼여행을 케넷 강둑에서 지냈노라고 했다. 릴리도 꼭 와서 그 그림을 보라고 말했다. 그러나 이제 — 그는 캔버스를 과학적으로 검토하기 위해 안경을 쓰고 몸을 돌렸다. 문제가 질량들의 관계, 빛과 그림자의 관계, 솔직히 말해서 그가 결코 전에 생각해본 적이 없는 문제이기 때문에 그는 그녀가 속시원하게 해명해주기를 바랐다 — 도대체 이런 관계들을 다뤄서 그녀가 궁극적으로 하려는 일은 무엇이었던가? 그리고 그는 그들 앞에 펼쳐져 있는 장면을 가리켰다. 그녀도 바라다보았다. 그녀는 그에게 자기가 하려는 일을 보여줄 수가 없었다. 심지어는 자기 자신도 손에 붓을 쥐고 있지 않을 때에는 볼 수 없었다. 그녀는 어슴푸레한 눈과 정신나간 듯한 자세로, 훨씬 더 보편적인 것에 주의를 기울이면서 다시 한 번 늘상 하던 대로 그림 그리는 자세를 취했다. 다시 한 번 그녀가 분명하게 보았고 지금은 울타리들과 집들, 어머니들과 아이들 가운데서 더듬어 찾지 않으면 안 되는 그 통찰력의 힘에 굴복하면서 그녀의 그림, 그것은 어떻게 오른쪽에 있는 이 물질과 왼쪽에 있는 저 물질을 연결시키느냐 하는 문제였다고 그녀는 생각해냈다. 그녀는 가지의 선을 그렇게 가로지르게 함으로써 그 일을 해낼 수도 있었다. 아니면 앞부분에 있는 빈

18 윌트셔에 있는 강. 템즈 강의 지류.

곳을 물체를 하나 그려넣어 없앰으로써 (어쩌면 제임스를 그려서) 할 수도 있을 것이었다. 그러나 위험한 점은 그렇게 함으로써 전체의 통일성이 깨질 수도 있다는 것이다. 그녀는 동작을 멈추었다. 그녀는 그를 지루하게 하고 싶지 않았다. 그녀는 가볍게 이젤에서 캔버스를 치웠다.

그러나 그것은 이미 남에게 보여졌다. 그것은 이미 그녀를 떠났다. 이 남자가 그녀와 심오하게 내밀한 그 어떤 것을 나누어 가졌다. 그리고 이 일에 대하여 램지 씨에게 감사하고, 부인에게 감사하고 그리고 시간과 공간에게 감사하고, 그녀가 감지하지 못했던 힘을 세상이 지닌 사실을 인정하고—즉 이제는 더 이상 저 긴 회랑을 쓸쓸히 혼자가 아니고 누군가와 팔짱을 끼고 걸어 내려갈 수 있다는—이것은 이 세상에서 가장 신비스러운 감정이고, 가장 즐거운 느낌이었다—그녀는 필요 이상으로 세차게 물감 상자를 닫아서 요란한 소리가 났다. 그 소리는 원을 이루며 영원히 물감 상자, 잔디밭, 뱅크스 씨 그리고 무서운 속력으로 스쳐 지나가는 저 악당 캠을 에워싸는 듯이 보였다.

10

이유는 캠이 이젤을 일 인치 정도의 차이로 스치고 지나갔기 때문이다. 비록 뱅크스 씨가 악수하려고 손을 내밀었어도 그녀는 뱅크스 씨와 릴리 브리스코우를 보고 걸음을 멈추려 하지는 않았다. 그는 캠 같은 딸이 있었으면 싶었다. 그녀는 심지어 자기 아버지를 보고도 걸음을 멈추려 하지 않았다. 아버지도 거의 일 인치 차이로 스치고 지나갔다. 그녀가 무서운 기세로 지나갔을 때

"캠, 잠깐만 보자!"라고 어머니가 소리쳤는데도 가던 걸음을 멈추지 않았다. 그녀는 한 마리의 새처럼, 총알처럼 아니면 화살처럼 날아갔다. 그 어떤 욕망에 이끌려서, 누가 쏘아서, 어디를 목표로 삼고 가는 건지 알 도리가 없었다. 부인은 그녀를 지켜보면서, 무엇일까, 무엇일까? 하고 곰곰이 생각해보았다. 그것은 하나의 조개, 손수레, 울타리 저쪽에 있는 동화 속 왕국일는지 모른다. 아니면 속도의 영광 그 자체인지도 모른다. 도무지 알 방도가 없다. 그러나 부인이 "캠!" 하고 또 불렀을 때 그녀는 질주하던 걸음을 멈추고 도중에 잎사귀 하나를 따고서는 느릿느릿 어머니에게로 돌아왔다.

무슨 공상을 하고 있을까, 램지 부인은 캠이 거기 서서 생각에 잠겨 있는 것을 보며 궁금해했다. 캠이 너무 생각에 몰두해 있어서 어머니는 이야기를 되풀이하지 않으면 안 되었다—밀드레드에게 앤드루, 도일 양 그리고 래일리 씨가 돌아왔는가 물어보라는 이야기—그 낱말들은 우물 속으로 떨어져버린 것처럼 보였다. 설사 물은 맑다 하더라도 심한 굴곡 현상을 일으켜서, 떨어져 내려갈 때조차도 그 아이의 마음의 밑바닥에 어떤 파문의 무늬를 그릴지는 아무도 알 수 없는 그런 우물 말이다. 캠이 요리사에게 제대로 말을 전하려나? 부인은 마음이 놓이지 않았다. 그리고 사실상 단지 참을성 있게 기다리다가, 부엌에는 노파가 한 사람 있었는데, 그 노파는 양볼이 유난히 붉고 수프를 양푼으로 마신다는 이야기를 듣고서야 부인은 드디어 무색무취의 노랫가락 같은 어조로, 밀드레드의 대답을 앵무새같이 정확하게 되풀이하는 딸아이의 전갈을 들을 수 있었다. 뒤뚱뒤뚱 발을 옮기면서 캠은 되풀이해서 말했다. "아니요, 그들은 돌아오지 않았대요, 그리고 엘렌에게 찻상 치우라고 일렀어요."

민터 도일과 폴 래일리는 그렇다면 돌아오지 않은 것이었다. 이것은 단 한 가지 의미만을 지닐 수 있다고 부인은 생각했다. 즉 민터는 그의 청혼을 받아들이든가 거절하든가 양자택일하는 수밖에 없는 것이다. 비록 앤드루가 따라가기는 했지만 점심식사 후 산책을 나선다는 것 — 이것은 민터가 그 좋은 친구의 청혼을 수락하기로 결심한 것을 의미할 수밖에 없다고 부인은 생각했다. (그런데 그녀는 민터를 너무도 좋아했다.) 그 친구는 머리가 비상하지는 않을지도 모른다. 하지만 부인은 제임스가 어부와 그의 아내에 관한 동화를 계속 읽어달라고 그녀의 옷자락을 잡아 끄는 것을 깨닫고 자기의 가슴속에서는 예컨대 찰스 탠슬리와 같이 논문을 써내는 똑똑한 사람들보다 둔한 사람들을 무한히 더 좋아한다고 생각했다. 민터와 폴의 관계가 지금쯤은 어느쪽으로든 결정이 났을 것임에 틀림없었다.

그러나 그녀는 계속 읽었다. "다음날 아침 아내가 먼저 깨었다. 막 동이 틀 무렵이었다. 그녀는 침대에서 아름다운 시골 풍경이 눈앞에 펼쳐져 있는 것을 보았다. 그녀의 남편은 아직도 기지개를 켜고 있었다……"

하지만 이제와서 어떻게 민터가 그를 받아들이지 않겠다고 할 수 있겠는가? 오후 내내 시골길을 단둘이 싸다니겠다고 동의한 이상 거절은 할 수 없는 것이다 — 앤드루는 게를 잡은 후에는 곧 떠났을 테니까 — 그러나 어쩌면 낸시가 함께 있었을는지는 몰랐다. 부인은 점심식사 후 현관 문간에 서 있는 그들을 머릿속에 그려보았다. 거기 그들은 하늘을 바라보면서 날씨를 궁금해하며 서 있었고, 한편으로는 그들의 수줍음을 가려주기 위해서, 그리고 또 다른 한편으로는 그들이 자리를 뜨도록 하기 위하여 그녀는 다음과 같이 말했다. (그녀는 여러 가지로 폴 편이었기 때문에.)

"수 마일 거리에 구름이라고는 한 점도 없는데." 이 말에 그녀는 그들을 따라 나온 꼬마 찰스 탠슬리가 킬킬거리고 웃는 것을 감지할 수 있었다. 그러나 그녀는 고의로 그렇게 했다. 낸시가 거기 있는지 없는지는 확실치 않지만 그녀는 마음속의 눈으로 민터와 폴을 번갈아 바라보았다.

그녀는 계속해서 읽어나갔다. "'아아, 여보.' 남편은 말했다. '왜 우리가 왕이 되어야 하오? 나는 왕이 되고 싶지 않소.' '그래요.' 아내는 말했다. '당신이 왕이 되지 않겠으면, 내가 왕이 되겠으니, 도다리에게 가세요, 내가 왕이 될 테니까.'"

"들어오든가 나가든가 해라, 캠." 그녀는 캠이 '도다리'라는 단어에만 이끌렸고, 곧 늘 그랬던 것처럼 몸을 비비꼬고 제임스와 싸울 것임을 알고 말했다. 캠은 쏜살같이 지나갔다. 부인은 안도의 숨을 내쉬면서 동화책을 계속 읽었다. 그녀와 제임스는 취미가 같았으며, 같이 있으면 편했으니까.

"그리고 그가 바다에 나왔을 때 날씨는 어두운 회색빛을 띠고 있었고, 물은 밑에서부터 솟아올라 악취를 내고 있었다. 그때 그는 물 옆에 서서 말했다.

> 도다리님, 바닷속의 도다리님,
> 간청하건대 여기 내게로 오시오.
> 나의 아내, 이사벨이 내 말을 듣지 않아요.

'그래요, 아내가 원하는 것이 무엇인데요?' 하고 도다리는 물었다." 그런데 지금쯤 그들은 어디 있을까? 부인은 힘 하나도 안 들이고 읽고 생각하는 작업을 동시에 해내면서 궁금해했다. 어부와 그의 아내의 이야기는 하나의 멜로디를 은은하게 반주하는 저음과도 같은 것이기 때문에 그러했다. 이 저음이 이따금 예기치 않은 순간에 멜로디 속으로 불현듯 들어오곤 했다. 그런데 언제 그녀에게 알려올까? 아무 일도 일어나지 않으면 그녀는 민터에게 따끔하게 타일러야만 할 것이다. 설사 낸시가 같이 있었다고는 해도 시골길을 남자와 마구 싸다니는 것은 용인될 수 없으니까. (그녀는 길을 따라 내려가는 그들의 뒷모습을 머릿속에 그려보고 그들의 수효를 세어보려고 애썼으나 허사였다.) 그녀는 민터의 양친에게 민터에 관해서 책임을 져야 했다—올빼미와 부지깽이. 그녀가 지은 그들의 별명이 그녀가 동화책을 읽고 있을 때 뇌리에 떠올랐다. 올빼미와 부지깽이—그렇다, 램지 가족과 머물고 있는 민터가 어쩌고저쩌고 하는 것을 사람들이 보았다는 말이 그들의 귀에 들어가면 그들은 기분 언짢아하리라. "부지깽이는 하원의원이며, 가발을 쓰고 있었고, 올빼미는 파티를 자주 열면서 유능하게 그를 내조했다." 이것은 그녀가 어느 파티에서 돌아오면서 남편을 웃기기 위해 했던 말인데, 지금 그 말이 생각나서 되풀이해본 것이었다. 부인은 저런, 저런, 그들이 어떻게 이런 엉뚱한 딸을 낳았단 말인가? 구멍난 양말을 신고 있는 이 선머슴아 같은 민터를, 하녀가 항상 앵무새가 흐트려놓은 모래를 먼지 담는 그릇에 담아 치우고, 대화란 고작 거의 완전히 그 새의 아슬아슬한 묘기의 범주를 넘지 못하는—재미는 있을지 모르지만 한없이 답답한—그 숨막히는 분위기에서 민터가 어떻게 살았는지? 하고 혼잣말을 했다. 자연히 사람들이 그녀를 점심에, 차 모임에, 정찬에, 마지막에는 핀레이[19]에서의 체류에 초대를 하기에 이르렀다. 이 일 때문에 민터의 어머니인 올빼미와 약간 마찰이 생겼었고, 더 많은 방문 그리고 더 많은 대화, 더 많은

19 런던 교외의 지명.

모래, 그리고 진실로 끝에 가서 그녀는 앵무새에 관하여 평생 써먹을 수 있는 거짓말들을 했다. (부인은 남편에게 그날 밤 파티에서 돌아오면서 그렇게 말했다.) 그러나 민터가 왔다…… 그렇다, 그녀가 온 것이었다, 부인은 생각했다, 이 생각의 얽힘에 가시가 박혀 있었다고. 그 가시를 빼내보니까 그것은 이것이었다. 즉 한 여인이 언젠가 그녀 보고 "내게서 내 딸들의 애정을 빼앗아간다"고 비난한 적이 있었던 것이다. 도일 부인이 한 말 가운데서 그녀로 하여금 이 비난을 다시 생각나게 한 말이 있었다. 지배하려 하고, 간섭하려 들고, 사람들로 하여금 그녀가 원하는 대로 하게 하려 한다는 것이 그녀를 상대로 사람들이 퍼붓는 비난의 화살이었다. 그녀는 이것이 가장 부당한 것이라고 생각했다. 그녀인들 어찌할 수 있단 말인가? 아무도 그녀가 인위적으로 노력을 경주해서 남에게 깊은 인상을 주려 한다고 비난할 수는 없다. 그녀는 이따금 자신의 보잘것없음에 대하여 부끄럽게 생각했다. 그녀는 지배적이지도 않고, 폭군적이지도 않다. 병원, 하수도 그리고 낙농업에 관한 소문이 더 진실에 가까웠다. 이러한 것들에 대해 그녀는 깊은 애정을 지니고 있었고, 기회만 주어졌더라면 사람들의 목덜미를 잡아 끌어서 이것들의 심각성을 일깨우고 싶어했을 것이었다. 섬 전체에 병원이 단 하나도 없었다. 이것은 진실로 부끄러운 일이 아닐 수 없었다. 런던에서는 먼지로 갈색이 된 우유가 집집마다 배달이 되고 있는 실정이었다. 이러한 현상에 대응하는 법적인 조치가 반드시 있어야 한다. 모범적인 낙농업 그리고 이곳에 병원을 짓는 일—이 두 가지가 그녀가 진실로 하고 싶었던 일이었다. 그렇지만 어떻게? 이 많은 자식들을 거느리고? 앤드루가 좀 크면, 그러면 어쩌면 시간이 날는지도 몰랐다. 애들이 모두 학교 다니기 시작하면.

오오, 하지만 그녀는 제임스가 하루라도 더 나이 먹기를 결코 원치 않았다! 캠도. 그녀는 이 두 아이가 지금의 상태에서 조금도 변화하지 않기를 바랐다. 못된 짓하는 악당들, 즐거움을 주는 천사들의 존재로 그냥 남아 있기를 바라 마지않았다. 그들이 자라서 다리가 긴 괴물이 되는 것을 보고 싶지 않았다. 그 상실을 메울 수 있는 것은 아무것도 없었다. 그녀가 방금 제임스에게 "그리고 거기에는 많은 병정들이 팀파니와 트럼펫을 가지고 있었다"라는 동화책의 대목을 읽었을 때, 그리고 그의 눈에 검은 그림자가 드리우는 것을 보았을 때, 그녀는 왜 이들이 자라서 이 모든 것을 잃어야 하나, 하고 생각했다. 제임스는 자녀들 가운데서 가장 재주가 있었고, 가장 예민했다. 그러나 그녀의 자녀 모두 전도가 유망하다고 그녀는 생각했다. 프루는 타인에게 천사처럼 처신하고, 요즈음에는 특히 밤이면, 그녀의 아름다움이 사람들을 질리게 한다. 앤드루로 말할 것 같으면 —심지어는 남편까지도 그의 수학에 대한 재능은 탁월하다고 인정할 정도이다. 그리고 낸시와 로저는 둘 다 지금으로서는 놓아먹인 말처럼 천방지축이었다. 온종일 시골길을 이리저리 뛰어다녔다. 로즈로 말할 것 같으면 입이 좀 큰 편이지만 손재주가 비상했다. 제스처 게임을 하게 되면 로즈가 의상을 만들었다. 의상뿐만 아니라 모든 것을 만들었다. 특히 식탁, 꽃 등 무엇이나 배열하기를 더없이 즐겼다. 그녀는 재스퍼의 새 사냥도 좋아했다. 그러나 이런 것은 단지 하나의 단계에 지나지 않았다. 그들은 모두 여러 개의 단계를 통과했다. 그녀는 턱을 제임스의 머리에 갖다 대면서 왜 이들은 그렇게나 빨리 성장해야 하나, 하고 생각해보았다. 왜 이들은 학교를 다녀야 하나? 그녀는 항상 이들을 어린아이의 상태로 데리고 있고 싶었다. 그녀는 애기를 안고 있을 때 가장 행복했다. 그런데 사람들은 그녀가 폭군적이라고, 지배적이라고, 기분이 내키면 독단적이라고까지 한다. 하지만 그녀는 개의치 않았다. 제임스의 머리칼에 입술을 갖다 대고 그녀는 생각에 잠겼다. 제임스는 결코 다시는 이와 같이 행복할 수는 없을 것이라고. 그러나 그녀는 자제했다. 그런 말을 했다가 남편이 얼마나 화를 냈던가를 상기하고. 하지만 그것은 사실이었다. 그들은 지금 미래의 그 어느 때보다 행복했던 것이다. 싸구려 소꿉이 캠을 여러 날 행복하게 해주었다. 그녀는 그들이 잠에서 깨어나는 즉시 머리 위에서 애들이 발을 구르고 마루에서 떠드는 소리를 들었다. 그들은 소란을 떨며 낭하를 걸어왔다. 그때 문은 용수철을 튕긴 듯 활짝 열리고 그들은 장미처럼 신선하고 마치 아침식사를 마치고 정찬용 식당에 들어오는 일이, 평생 매일같이 하는 일인데도, 대단한 사건이기나 한 것처럼 잠이 활짝 깬 상태에서 강한 시선으로 사물을 바라보면서 들어왔다. 그녀가 잘 자라는 키스를 해주러 이층에 올라가서 그들이 버찌와 나무딸기 사이에 누워 있는 새들처럼 아직도 누워서 아무것도 아닌 일에 대해 계속 이야기—그들이 주워들은 것, 그들이 정원에서 주운 것—를 만들어내며 침대에 갈 때까지 온종일 그들은 매사 이런 식이었다. 그들 모두는 나름대로의 보물을 지니고 있었다. ……그래서 그녀는 내려가서 남편에게 말했다. 왜 저 애들이 자라서 이 모든 것을 잃어야 하나요? 그들은 다시는 결단코 저렇게 행복하지는 못할 거예요. 그러면 그는 화를 내었다. 왜 인생에 대하여 그렇게 부정적인 견해를 갖느냐고. 그렇게 생각하는 것은 현명하지 못하다고. 참 이상한 일이었지만 평소에는 그가 우울하고 절망에 빠져 허우적거리는 적이 많았지만 대체적으로 이야기해서 그녀보다 그가 더 행복하고 낙관적이라는 것이 사실이라고 그녀는 생각했다. 갖가지 근심 걱정에 덜 노출되어서 그런지도 몰랐다. 그에게는 언제고 찾아가서 기댈 수 있는 일이 있었다. 그가 그녀를 질책하는 대로 그녀 자신이 "비관적"이어서는 아니었다. 단지 그녀는 인생을 생각해보았을 뿐이다—그리고 그녀의 눈앞에 전개된 작은 조각의 시간, 다시 말해서 그녀의 오십 년 인생을 생각해본 것뿐이다. 그녀 앞에 인생이 놓여 있었다. 인생, 그녀는 생각했다—하지만 그녀는 생각을 끝내지는 못했다. 그녀는 인생을 한번 바라다보았다. 그녀는 그곳에 분명히 존재하는 인생을 느꼈다. 그것은 자식들과도, 심지어는 남편과도 나누지 못한 실질적인 어떤 것, 은밀한 어떤 것이었다. 이는 일종의 교섭이 인생과 그녀 사이에서 진행되고 있었다는 이야기이다. 이 교섭 속에서 그녀는 이쪽에 있고 인생은 저쪽에 있었다. 그리고 인생이 이기려고 기를 쓰듯이 그녀도 항상 인생을 이겨보려고 안간힘을 쓰고 있었다. 또한 때로는 (주로 그녀가 혼자 앉아 있을 때) 그녀와 인생은 서로 대화하기도 했다. 대단한 화해의 장면도 있었던 것을 그녀는 기억했다. 하지만 대체적으로는 이상하게도 그녀가 인생이라고 부르는 것이 끔찍하고, 적대적이고, 기회만 생기면 잽싸게 습격할 성격의 것이라는 사실을 인정하지 않으면 안 되었다. 영원히 풀리지 않는 문제들이 있었다. 예컨대 고통, 죽음, 가난과 같은 것들이 그러한 것들이다. 심지어는 여기서도 암으로 죽어가고 있는 여인은 항상 있었다. 그러나 그녀는 자녀 모두에게 결국은 그들도 이 영원히 풀리지 않는 문제들과 마주하게 될 것이라고 말해두었다. 여덟 명에게 냉혹하게 그렇게 이야기한 것이다. (그런데 온실 수리비는 오십 파운드나 나올 것이었다.) 이 이유 때문에, 그들 앞에 있는 것—사랑과 야심과 황량한 장소에서 홀로 비참한 상태에 있는 것—의 정체를 알고 그녀는 왜 그들이 자라서 이 모든 것을 잃어야만 하나, 하는 생각을 이따금 했던 것이다 — 그리고 나서는 인생에다 대고 그녀의 칼을 휘두르면서 말도 안 돼, 하고 혼잣말을 했다. 그들은 완벽하게 행복할 것이었다. 그리고 그녀는 다시 민터와 폴 래일리의 결혼을 주선하면서 인생이 약간 사악한 존재라고 느끼고 있다고 생각했다. 그녀가 그녀 자신의 거래에 대하여 어떻게 생각하든지 간에 그녀는 모든 사람에게 일어날 필요는 없는 경험들을 했기 때문이다. (그녀는 그것들을 구체적으로 거론하지는 않았다.) 그녀는 마치 사람들은 반드시 결혼해서 자식을 낳아야만 한다고 말하는 것이 그녀에게도 하나의 피난처라도 되듯이 자신이 계속 내몰리고 있다는 사실, 내몰려도 너무 빨리 내몰리고 있다는 사실을 알고 있었다.

지난 일, 이 주 간의 자신의 처신을 돌아보며, 스물네 살밖에 안 된 민터에게 진실로 어떤 압력이라도 행사해서 결정을 내리게 한 것은 아닌가 생각해보면서, 자신이 잘못한 것은 아닌가 자문해보았다. 그녀는 그것을 웃어넘기지 않았던가? 그녀가 사람들한테 얼마나 영향력을 행사하는가를 또 잊고 있었단 말인가? 결혼에는 오오, 온갖 종류의 자질이 모두 필요했다. (온실 수리비가 오십 파운드나 나올 것이었다.) 그녀가 구체적으로 거론할 필요는 없지만 필수적인 자질이 하나 필요한데, 그것은 그녀가 남편과 공유하고 있는 자질이었다. 그들이 그 자질을 지니고 있을까?

"그때 그는 바지를 입고 미친 사람처럼 달려나갔다." 그녀는 읽어나갔다. "그러나 밖에는 심한 폭풍우가 몰아치고 있었기 때문에 제대로 서 있을 수가 없었다. 강둑과 나무들도 비틀거렸고, 산들도 떨었고, 바위들은 바다로 굴러 떨어지고, 하늘은 칠흑빛이었으며, 천둥 번개가 쳤고, 바다에는 교회의 종탑이나 산더미같이 높은 파도가 일고, 꼭대기에는 온통 흰 거품이 일고 있었다."

그녀는 책장을 넘겼다. 몇 줄 더 남아 있을 뿐이었다. 그래서 그녀는 잠자리에 들 시간은 지났지만 읽던 이야기를 마저 끝내려 했다. 시간은 점점 늦어지고 있었다. 정원의 빛이 이 사실을 그녀에게 알려주었다. 꽃빛이 하얘지고 나뭇잎이 약간 회색이 되는 것도 합세해서 그녀를 불안하게 했다. 처음에는 왜 불안한지 잘 몰랐다. 그러다가 생각이 났다. 폴과 민터와 앤드루가 아직 돌아오지 않았던 것이다. 그녀는 다시 한 번 현관 문 앞에 서서 시선을 들어 하늘을 바라보는, 테라스 위의 작은 무리를 상기했다. 앤드루는 그물과 바구니를 들고 있었다. 이것은 그가 게와 기타 해산물 낚시를 하겠다는 뜻이다. 다시 말해서 바위에 기어오르겠다는 뜻인데, 그렇게 되면 바위에서 굴러 떨어질 가능성도 배제할 수 없다. 아니면 절벽 위 좁은 길들을 일렬로 돌아오다가 한 사람쯤 미끄러질 수도 있다는 이야기가 된다. 그는 그러다가 뒹굴어 떨어질 것이었다. 이제는 완전히 깜깜해지고 있었다.

그러나 그녀가 이야기를 다 읽었을 때 목소리를 조금도 변화시키지 않고 책장을 덮으면서, 제임스의 눈을 들여다보면서, 마치 그녀가 꾸며내기나 한 것처럼 다음과 같은 마지막 말, "그리고 거기에 그들은 지금도 여전히 살고 있다"를 덧붙였다.

"이게 끝이다." 그녀는 말하고 그의 눈에서 이야기에 대한 흥미가 사라지자 다른 어떤 것이 그 자리를 차지하는 것을 목격했다. 즉 빛의 반사와도 같이 그를 응시하게 만들고 동시에 경탄하게 만드는 창백한 궁금증 같은 것을 보았던 것이다. 몸을 돌려 그녀는 만 건너편을 바라다보았다. 과연 거기에는 등대의 불빛이 파도를 가로질러 정기적으로 비치고 있었다. 처음에는 빠르게 두 번, 그리고 나서는 하나의 길고 줄기찬 줄기의 빛으로. 등대불이 이미 켜져 있었다.

조금 있으면 그는 그녀에게 "우리 등대에 갈 건가요?" 하고 물어올 것이었다. 그러면 그녀는 "아니, 내일은 안 돼, 아버지가 안 된다고 하셔"라고 말해야 할 것이었다. 다행히 밀드레드가 그들을 데리러 왔고, 떠들썩해지는 바람에 정신이 없었다. 그러나 그는 밀드레드가 그를 데리고 나갈 때 어깨 너머로 계속 시선을 이쪽으로 보내고 있었다. 그는 내일 우리가 등대에 가지 않을 것이라는 것에 대하여 생각하고 있으며, 이 일을 평생 잊지 못할 것이라고 그녀는 생각했다.

11

아니야, 그녀는 그가 오려낸 그림들—냉장고, 잔디 깎는 기계, 정장을 한 신사—을 한데 모으면서 애들은 절대로 잊어버리지 않는다고 생각했다. 그렇기 때문에 우리가 하는 말 그리고 우리가 하는 행위는 대단히 중요한 것이다. 그들이 잠자리에 들자 안도의 숨을 쉴 수 있었다. 이제 그녀는 누구에 관해서도 생각할 필요가 없었으니까. 그녀는 이렇게 혼자서 진정한 자신이 될 수 있었다. 그리고 바로 이것이 그녀가 이따금 절실하게 필요하다고 느낀 것이었다—사색에 잠기는 것, 아니 심지어는 아무 생각도 하지 않는 상태에 있는 것. 말없이 혼자 있는 것. 모든 존재와 행위가 팽창하고, 반짝이고, 증발해서 우리의 존재가 엄숙하게 오그라들어 남들에게는 보이지 않는 어떤 것, 쐐기 모양의 어둠의 핵심, 다시 말해 진정한 자신이 되는 것이었다. 비록 그녀가 곧바로 앉아서 뜨개질을 계속했지만 느낌은 이러했던 것이다. 그리고 모든 애착을 떨구어버린 자신은 자유로워서 별 이상한 모험도

다 할 수 있었다. 삶이 잠시 가라앉았을 때 경험의 범위는 무한해 보였다. 그리고 누구에게나 항상 이와 같이 무궁무진한 자원의 느낌은 있는 법이라고 그녀는 생각했다. 하나씩하나씩, 그녀, 릴리, 어거스터스 카마이클이 우리의 외양은 유치할 따름이라고 느낄 것임에 틀림없다. 그 외양 밑에는 모든 것이 캄캄하고, 널리 퍼져나가며, 측량할 길 없이 깊다. 그러나 때때로 우리는 표면 위로 올라오는데 그때의 모습이 바로 당신이 우리를 보는 그것인 것이다. 그녀의 지평은 무제한인 것 같았다. 그녀가 보지 못한 곳 투성이였다. 인도의 평원들. 그녀는 자신이 로마에서 한 교회의 두터운 가죽 커튼을 밀어젖히는 것을 느꼈다. 아무도 이것을 보지 못하기 때문에 이 어둠의 핵심은 갈 수 없는 곳이 없었다. 그들은 그것을 막을 수 없다고 그녀는 기뻐하며 생각했다. 거기에는 자유가 있었고, 평화가 있었으며, 무엇보다도 환영할 만한 것이 있었으니, 그것은 모든 것을 불러모으는 것, 즉 안정성이라는 정거장에서의 휴식이었다. 현재의 자신으로서는 우리가, 그녀의 체험에 비추어보건대, (그녀는 여기서 뜨개질 바늘로 묘기를 연출했다) 휴식을 절대로 찾을 수 없었다. 그러나 어둠의 쐐기로서는 가능했다. 개성을 잃어버리고 우리는 초조, 서두름, 소란을 잃었다. 그리고는 사물이 이 평화 속에, 이 휴식 속에, 이 영원성 속에 모아질 때 항상 그녀의 입술에 인생을 이긴 승리의 외침이 떠올랐다. 그리고 거기에 멈춰 서서 그녀는 시선을 멀리 던져 셋 가운데 마지막 것, 등대의 빛줄기, 길고도 줄기찬 그 빛을 맞이했다. 그것은 그녀의 빛줄기였다. 항상 이 시간에 이런 기분으로 그 빛줄기들을 지켜보면서 우리는 특별한 하나에 애착을 느끼지 않을 수 없기 때문이다. 이것, 이 길고도 줄기찬 빛줄기는 그녀의 것이었다. 가끔 그녀는 자신이 일감을 손에 쥔 채 앉아서 바라보고 또 바라보아서, 결국에 가서는 그녀가 바라보는 물체 그 자체가 되는 적이 있었다—예컨대 등대의 빛줄기가 그랬다. 그러면 그녀의 마음속에 간직되어 있었던 어떤 작은 문구를 떠올리곤 했다—"애들은 잊어버리지 않아, 애들은 절대로 안 잊어버리는데"—이 말을 그녀는 되뇌이고, 거기다 끝날 거야, 끝나겠지라는 말을 덧붙이기 시작하곤 했다. 그런 일은 일어날 거야, 일어나고야 말 거야, 하다가 갑자기 그녀는 우리는 하나님의 수중에 있는 존재들이야, 하고 덧붙였다.

그러나 즉시 그녀는 그렇게 말하는 자신에 대하여 화가 났다. 누가 그런 말을 했지? 그녀는 아니야. 의중에도 없는 말을 하도록 함정에 걸렸던 거야. 그녀는 뜨개질감 너머로 시선을 들어 세 번째 빛줄기를 맞이하였는데, 그것은 그녀에게는 자기의 눈과 눈이 눈길을 맞추고 있는 것 같은 느낌을 주었다. 그녀만이 자기의 머리와 가슴속을 탐색할 수 있기 때문에 탐색을 하고, 그 거짓, 아니 어떤 거짓이라도 순화시켜 사라지게 할 수 있었다. 그녀는 그 빛줄기를 칭찬하면서 허영심 없이 자신을 칭찬했다. 그녀는 그 빛줄기처럼 엄격하고, 탐색적이었으며, 아름다웠기 때문이다. 우리가 혼자 있으면 나무나 시냇물, 꽃과 같은 무생물체와 가까워져서, 그들이 하나를 표현하고, 그들이 하나이고, 그들이 하나를 알고, 어떤 의미에서는 하나라고 느끼고, 마치 자신에 대하여 느끼듯이 이성을 초월한 애정을 느끼게 되는 것은 이상한 일이라고 그녀는 생각했다. (그녀는 그 길고 꾸준히 비치는 빛줄기를 바라보았다.) 거기에는 우리 존재의 호수에서부터 안개, 다시 말해서 연인을 만나러 가는 신부가 피어오르고 있었다. 이성의 바닥을 떠나 거기에서 구불구불 피어올랐고, 그녀는 뜨개질 바늘을 치켜든 채로 바라보고 또 바라보았다.

왜 "우리는 하나님의 수중에 있다"라고 말하게 되었을까, 하고 그녀는 생각해보았다. 진실들 가운데로 슬그머니 미끄러져 들어오는 이 불성실성이 그녀를 화닥닥 놀라게 했고, 또한 화나게 하기도 했다. 그녀는 다시 뜨개질을 하기 시작했다. 도대체 어떻게, 그 어떤 하나님이 이 세상을 만들었을 수가 있단 말인가? 그녀는 물어보았다. 그녀의 이성으로 늘 이 세상에는 고통, 죽음, 가난이 있을 뿐 이성, 질서, 정의 같은 것은 존재하지 않는다는 사실을 확실하게 파악하고 있었다. 그녀는 이 세상이 저지르기에 지나치게 야비한 배신은 없다는 사실을 알고 있었다. 지속되는 행복이란 존재하지 않는다는 사실도 알고 있는 터였다. 그녀는 대단히 침착하게, 약간 입술을 오무리고, 이 사실을 의식하지는 못한 상태에서 뜨개질을 계속했다. 그녀 얼굴의 선들이 그렇게나 경직되고 침착해서 남편이 지나갈 때, 비록 철학자 흄이 무지무지하게 뚱뚱해져서 수렁에 빠져 헤어나지 못했던 일을 생각하고 킬킬거리며 웃고 있었지만, 그녀의 옆을 지나가면서 그는 그녀의 아름다움의 핵심에 존재하는 엄숙함을 주목하지 않을 수 없었다. 이것은 그를 슬프게 했다. 그녀의 초연함은 그에게 아픔을 주었다. 그는 지나가면서 그녀를 보호할 수 없다고 느꼈다. 울타리에 다다랐을 때 그는 슬펐다. 그는 그녀를 전혀 도와줄 수가 없었다. 그저 구경꾼처럼 곁에 서서 그녀를 지켜보는 수밖에 없었다. 사실상 끔찍한 진실을 말할 것 같으면 그는 사태를 오히려 악화시켰던 것이다. 그는 신경질적이었다—그는 성미가 까다로웠다. 그는 등대 일로 화를 냈었다. 그는 울타리 속, 그것의 얽히고설킴, 그것의 어둠 속을 들여다보았다.

램지 부인은 우리가 항상 어떤 작은 것, 어떤 소리, 어떤 광경을 붙잡고 마지못해 고독에서 자신을 도와 헤어나게 된다고 느꼈다. 그녀는 귀를 기울였다. 그러나 주위는 대단히 조용했다. 크리켓 게임도 끝났고, 애들은 목욕을 하고 있었으며, 들리는 소리라고는 파도 소리뿐이었다. 그녀는 뜨개질하던 동작을 멈추었다. 그녀는 길고, 붉은색과 갈색이 감도는 양말을 잠깐 손에 대롱대롱 들고 있었다. 그녀는 빛줄기를 다시 보았다. 그녀의 의문 속에 약간의 아이러니를 담고, 우리가 잠이 깨었을 때는 제반 관계가 달라지고 마니까, 그녀는 그 꾸준한 빛줄기, 그 인정사정 없고 냉혹한 것, 그렇게나 그녀를 닮았으면서 또 다른 한편으로는 그녀와 그렇게나 다른, 그 빛을 바라다보았다. 그것은 그녀를 좌지우지하는 존재였다. (그녀는 한밤중에 깨어나서 그 빛이 그들의 침대를 가로질러 구부러져서 마루를 어루만지는 것을 보았다.) 그러나 그럼에도 불구하고 그녀는 홀딱 반해서 그 빛을 지켜보며 최면에 걸린 상태에서, 마치 그 빛이 은으로 된 손가락으로 그녀의 두뇌 안의 봉합된 용기容器를 어루만지고 있기나 한 것처럼 그것을 바라보았다. 그런데 그 용기가 폭발하듯이 열리게 되면 그녀에게 기쁨의 홍수를 퍼부을 것이었다. 그녀는 행복, 정교한 행복, 강렬한 행복을 쭉 알아왔다. 그리고 그것은 해가 지고 바다의 파란색이 사라졌을 때 거친 파도를 은빛으로 부드럽게 만들어주었다. 그리고 그 빛은 순수한 레몬빛 파도 속에서 뒹굴었다. 그런데 그 파도는 굽이치고 부풀어올라 해안에서 부서졌고, 황홀감이 그녀의 눈에서 작열했으며, 순수한 기쁨의 파도는 그녀의 마음의 밑바닥 위로 질주해나갔고, 그녀는 더 바랄 것이 없어! 대 만족이야! 라고 느꼈다.

그는 몸을 돌려 그녀를 바라보았다. 아아! 그녀는 아름다웠다. 그 어느 때보다도 아름답다고 그는 생각했다. 그러나 그는 그녀에게 말을 건넬 수가 없었다. 그는 그녀를 방해할 수가 없었다. 그는 제임스가 떠나서 드디어 그녀가 홀로 있게 되었으니까 간절하게 그녀에게 말을 건네고 싶었다. 하지만 그는 말을 건네지 않기로 했다. 그는 그녀를 방해하고 싶지 않았다. 아름다움 속에서, 그녀는 지금 그에게서 멀리 떨어져나가 있었다. 그는 그녀를 그냥 내버려두고 싶어서 한마디 말도 하지 않고 그녀 옆을 지나갔다. 비록 그녀가 그렇게 멀리 있어 보여서 그녀에게 다다를 수 없는 것이 아픔으로 다가왔지만 그는 그녀를 돕기 위해서 아무 일도 할 수 없었다. 만약에 그녀가 바로 그 순간에 그에게 그가 결코 요청하지 않으리라고 알고 있는 것을 자진해서 해주지 않았더라면 그는 이번에도 한마디 말도 건네지 않은 채 지나쳤을 것이다. 그가 그녀를 보호해주고 싶어하는 것을 알았기 때문에 그녀는 그를 소리 내어 불러서 사진틀에서 초록색 숄을 거두어 가지고 그에게 갔다.

12

그녀는 초록색 숄을 양어깨에 둘렀다. 그녀는 그의 팔을 잡았다. 그녀는 정원사 케네디 이야기를 시작하면서 정원사가 너무 잘생겨서 도저히 해고시킬 수 없다고 말했다. 온실 수리를 시작했기 때문에 온실에 기대어놓은 사다리가 하나 있었고, 연마제 덩어리들이 여기저기 달라붙어 있었다. 그렇다, 하지만 그녀가 남편과 함께 산책했을 때 그녀는 그 특정한 걱정거리의 근원을 마침내 알아냈다고 생각했다. 그들이 산책을 하고 있을 때 그녀는 하마터면 '비용이 오십 파운드나 될 거예요'라고 말할 뻔했지만 대신 재스퍼의 새 사냥 이야기를 했고, 그는 즉시 그녀를 달래면서 사내아이로서는 자연스러운 일이고, 머지않아 더 재미있는 일거리들을 찾아 즐기게 될 것을 믿어 의심치 않는다고 대꾸했다. 돈 이야기는 할 용기가 나지 않아서 못한 것이었다. 그녀의 남편은 대단히 현명하고 또한 매사에 옳은 판단을 내렸다. 그래서 그녀는 "그래요, 아이들은 누구나 성장 과정에 여러 단계를 거치기 마련이지요"라고 대꾸하고 커다란 못자리에 심어져 있는 달리아를 응시하기 시작했고, 내년에 필 꽃들에 관해 궁금해하면서, 애들이 지은 찰스 탠슬리의 별명을 들은 적이 있느냐고 물었다. 애들은 그를 무신론자, 꼬마 무신론자라고 불렀다. "그는 세련미의 표본적인 인물은 못 되지" 하고 램지 씨가 말했다. 부인은 "절대로 못 되지요"라고 말을 받았다.

램지 부인은 구근球根을 내려보내는 것이 소용이 있는 일인지, 구근을 심기나 하는지 궁금해하면서 정원사가 멋대로 하게 내버려두는 수밖에 없다고 생각했다. "오오, 그는 논문을 써야 하니까." 램지 씨는 말했다. 그녀도 다 알고 있다고 부인은 말했다. 그는 다른 이야기는 전혀 하지 않았다. 논문은 누가 무엇에 끼친 영향에 관한 것이었다. "그래요, 그것이 그가 의지할 수 있는 전부이니까." 램지 씨는 말했다. "제발 그가 프루를 사랑하게 되지 않았으면 좋겠어요." 부인은 말했다. 프루가 그와 결혼하게 되면 우리가 물려줄 유산까지 다 없앨걸, 램지 씨는 말했다. 그는 그의 아내가 응시하고 있는 꽃들을 바라다보지 않고 일 피트 가량 높은 지점을 바라다보았다. 그는 남에게 해를 입히는 인물은 절대로 아니야, 그는 덧붙였다. 그리고 어쨌거나 자기의 무엇인가를 찬미하는 영국의 유일한 젊은이라고 막 말을 하려 하고 있었다. 그러다가 그 말은 하지 않고 삼켜버렸다. 그는 그의 저서 문제로 다시금 그녀를 성가시게 하고 싶지 않았다. 그는 시선을 내려뜨리면서, 그리고 붉은 꽃, 갈색 꽃을 주목하면서 이 꽃들은 훌륭해 보인다고 말했다. 그래요, 하지만 이것들은 그녀가 직접 심은 것들이라고 그녀는 말했다. 문제는 그녀가 구근을 내려보내면 어떻게 되는 것인가, 과연 케네디가 그것을 심었는가? 하는 것이었다. 그녀는 계속 걸으면서 문제는 치료 불가능한 그의 나태벽이라고 덧붙여 말했다. 만약 그녀가 손에 삽을 들고 온종일 서서 그를 감독하면 그는 일을 조금 했다. 이렇게 그들은 어슬렁어슬렁 걸어서 새빨간 포커꽃이 피어 있는 쪽으로 갔다. "당신은 딸애들에게 과장벽을 가르치고 있어요"라고 램지 씨는 그녀를 나무랐다. 카밀라 아주머니는 자기보다 더 심했노라고 부인은 말했다. "그러니 아무도 당신 아주머니 카밀라를 미덕의 모델로 천거하지는 않지 않소" 하고 램지 씨가 말했다. "그녀는 내가 본 여인 가운데서 가장 아름다운 분이에요." 부인이 말했다. "그건 아닌데." 램지 씨가 말했다. 프루가 그녀보다 훨씬 더 아름다울 거예요, 부인이 말했다. 그럴 기미를 전혀 느끼지 못한다고 램지 씨가 말했다. "그럼 오늘밤에 자세히 보세요." 부인은 말했다. 그들은 걸음을 멈추었다. 그는 앤드루를 좀더 열심히 공부하게 만들고 싶어했다. 그렇게 하지 않으면 장학금 받을 기회를 모두 놓치고 말 것이었다. "오오, 장학금!" 그녀는 말했다. 장학금과 같은 중요한 사안에 대해서 그런 식으로 말하는 그녀가 어리석다고 그는 생각했다. 그는 앤드루가 장학금을 받게 되면 자랑스러울 거라고 말했다. 안 받아도 받은 것과 꼭 마찬가지로 자랑스럽게 생각한다고 그녀는 대꾸했다. 이 점에 관해서 그들은 늘 의견이 달랐다. 그러나 이것은 문제가 되지 않았다. 그녀는 그가 장학금을 중요하게 생각하기 때문에 좋아했고, 그는 무조건 앤드루를 좋아하는 그녀를 좋아했던 것이다. 갑자기 그녀는 벼랑 가의 작은 길들이 생각났다.

그녀는 늦지 않았느냐고 물었다. 그들이 아직 돌아오지 않았던 것이다. 램지 씨는 아무렇게나 시계 뚜껑을 열어젖혔다. 그러나 일곱 시 반밖에 되지 않았다. 그는 잠시 동안 시계 뚜껑을 연 채로 들고서 그가 테라스에서 느낀 감정을 그녀에게 말할까말까 저울질해보고 있었다. 우선 그렇게 신경을 쓰는 것이 합리적이지 못했다. 앤드루는 자신을 감당할 수 있는 나이였다. 그리고 그녀에게 그가 지금 막 테라스를 걷고 있을 때 ―여기서 그는 마치 그가 그녀의 그 고독, 그 초연함, 그 떨어져 있음을 침범해 들어가기나 하는 것처럼 불안해졌다. ……하지만 그녀는 그를 재촉했다. 등대행에 관한 것일 거라고 생각하면서 그녀는 무슨 말을 하려고 했느냐고 다그쳤다. 즉 그가 "제기랄"이라고 말해서 미안하다는 이야기일 것이라고 생각하면서. 하지만 아니었다. 램지 씨는 그녀가 그렇게 서글퍼보이는 것이 싫다고 했다. 그녀는 약간 얼굴을 붉히면서 부질없는 공상에 잠겨 있었을 뿐이었노라고 했다. 마치 그들이 계속 걸어야 할지 돌아가야 할지 모르기나 하는 것처럼 둘 다 불안해했다. 그녀는 제임스에게 동화를 읽어주고 있었노라고 말했다. 아니, 이런 이야기는 공유가 안 되지, 이런 이야기는 할 수 없어.

그들은 새빨간 포커꽃들이 피어 있는 덤불 사이의 틈에 다다랐고, 다시 등대가 나타났다. 그러나 그녀는 그것을 바라다보지 않으려 했다. 만약 그가 그녀를 바라보고 있는 것을 알았더라면 그녀는 거기 앉아서 사색에 잠겨 있지 않았을 것이라고 생각했다. 그녀는 자신이 사색에 잠겨 앉아 있는 모습을 남이 본다는 사실을 상기시키는 것은 그 어느것이나 싫어했다. 그래서 그녀는 어깨 너머로 마을을 바라다보았다. 불빛들이 마치 바람에 꽉 잡힌 은색 물방울들 처럼 물결 모양을 지으면서 달리고 있었다. 그리고 모든 가난, 모든 고통이 그것으로 향했구나, 하고 부인은 생각했다. 그것은 마을과 항구와 배들의 불빛들이 침몰한 것을 찾아내려고 거기에 부유하고 있는 유령 어망처럼 보였다. 그래, 만약 그가 그녀의 사색을 공유할 수 없다면, 그러면 그는 자리를 떠서 자기 나름대로의 생각이나 할 것이라고 생각했다. 그는 어떻게 흄이 수렁에 옴짝달싹 못하게 빠졌는가, 하는 이야기를 하면서 계속 생각하고 싶어했다. 그는 웃고 싶어했다. 그러나 우선 앤드루 걱정을 하는 것은 말도 안 되는 일이었다. 그가 앤드루만했을 때에 그는 호주머니에 작은 빵 하나만을 넣고 온종일 시골길을 싸돌아다니곤 했다. 그래도 아무도 그에게 신경 쓰는 사람이 없었으며, 벼랑에서 떨어졌으리라고 생각하는 사람도 없었다. 날씨가 개이면 하루쯤 여기를 떠나서 걷다 오려고 한다고 소리를 내어서 말했다. 뱅크스와 카마이클과 이제는 충분히 오래 같이 있었기 때문에 조금 혼자 있고 싶었다. 그럴 거라고 그녀는 말했다. 그녀가 항의하지 않아서 오히려 그는 신경이 더 쓰였다. 그녀는 그가 절대로 그렇게 하지 못할 것을 잘 알고 있었다. 그는 이제 너무 늙어서 호주머니에 작은 빵 하나 가지고 온종일 걸을 수가 없었던 것이다. 그녀는 아이들 걱정은 할망정 그에 대해서는 염려하지 않았다. 그들이 새빨간 포커꽃들이 우거진 덤불 사이에서 있었을 때 그는 만의 건너편을 바라보면서 결혼하기 여러 해 전 온종일 걸었던 것을 생각했다. 그는 여인숙에서 빵과 치즈로 끼니를 때웠었다. 쉬지 않고 열 시간씩 일을 하기도 했다. 나이 많은 여자가 이따금 들러서 난로의 불이 꺼지지 않게 보아주는 게 고작이었다. 그는 저 너머에 있는 시골을 제일 좋아했다. 바로 저 모래 언덕들, 점점 작아져서 어둠 속으로 사라져버리는. 거기서는 한 사람도 만나지 않고 온종일 걸을 수 있었다. 몇 마일을 계속 걸어도 마을 하나, 집 한 채 없었다. 거기서는 홀로 방해받지 않고 끝까지 고민해낼 수가 있었다. 그곳에는 태초부터 인적이 없었던 작은 모래사장들이 있었다. 바다표범들이 몸을 곧추세우고 앉아서 바라보았다. 때로 그는 저기 있는 작은 집에서, 혼자서 — 하고 생각했다. 그는 갑자기 생각을 중단하고 한숨을 내쉬었다. 그에게는 그럴 권리가 없었다. 여덟 명이나 되는 아이들의 아버지 — 그는 이 생각을 했던 것이다. 현재의 상태에서 단 한 가지라도 변경되기를 바란다면 그는 짐승만도 못한 놈이고 비겁한 놈이 될 것이었다. 앤드루는 커서 그보다 나은 인물이 될 것이었다. 프루는 미인이 될 것이라고 아내가 말했다. 그들은 거친 세파를 그보다는 좀더 낫게 헤쳐나갈 수 있을 것이었다. 대체적으로 이야기해서 그의 여덟 자녀는 수작이었다. 그들은 그가 작은 우주를 완전히 망치지는 않았다는 사실을 드러내 보여주었다. 오늘과 같은 저녁에 그는 육지가 점점 작아져 사라져버리고, 그렇지 않아도 작은 섬이 불쌍하게도 더 작아보이고, 반쯤은 바닷속에 삼켜지는 현상을 바라다보면서 생각했다.

"가엾은 작은 땅." 그는 한숨을 쉬며 중얼거렸다.

그녀에게는 그가 하는 말이 들렸다. 그는 가장 우울한 이야기를 한 것이다. 그러나 그가 그 말을 하자마자 항상 보통 때보다 더 명랑해 보인다는 사실도 그녀는 놓치지 않고 주목했다. 이렇게 말을 하는 것은 하나의 놀이에 지나지 않는다고 그녀는 생각했다. 만약 그녀가 그가 한 말의 반만 했더라도 그녀는 지금쯤은 권총으로 머리를 쏘아 자살했을 것이었기 때문이다.

남편의 이 말장난은 그녀의 신경에 거슬렸다. 그래서 그녀는 그에게 지극히 자연스러운 어조로 더할 나위 없이 아름다운 저녁이라고 말했다. 그러고는 반은 농담조로 반은 불평조로 무엇이 불만이냐고 물었다. 그녀는 그가 무슨 생각을 하고 있는지 대충 알 것 같았기 때문이다—즉 그는 만약 결혼을 하지 않았더라면 더 나은 책들을 써낼 수 있었을 거라고 생각하고 있을 터였다.

그는 불평하고 있지 않다고 말했다. 그녀도 그가 도대체 불평할 수 있는 것이 아무것도 없다는 것을 알고 있었다. 그는 그녀의 손을 꼭 잡고 입술로 가져가더니 강렬하게 키스했다. 그녀는 감격해서 눈물을 흘릴 정도였다. 그러나 그는 재빨리 손을 놓았다.

그들은 풍경에서 시선을 거두고, 팔짱을 끼고 연초록색 창槍 모양의 풀들이 자라고 있는 길을 걸어 올라가기 시작했다. 그의 팔은 거의 젊은이의 그것처럼 살이 없고 단단하다고 부인은 생각했다. 그녀는 그가 예순이 넘었는데도 아직도 얼마나 건장하며, 때묻지 않고 낙천적이며, 온갖 종류의 끔찍한 일들을 확실히 알고 있으면서도 의기소침해지지 않고 오히려 기운을 내는 것은 얼마나 신기한 일인가, 라고 생각하며 기뻐했다. 이건 정말 이상한 일이 아니냐고 그녀는 곰곰이 생각했다. 정말이지 그는 다른 사람들과는 다르게 만들어진 사람이라는 느낌이 종종 들었다. 즉 그는 타고나기를 일상사에 대해서는 장님이고, 귀머거리이며, 벙어리이지만 특이한 일들에 대해서는 독수리의 눈과도 같이 예리한 눈을 지니고 있었던 것이다. 그러나 그는 꽃들을 주목해 보는가? 아니다. 자연 풍광의 아름다움은 주목하는가? 그것도 아니다. 심지어는 자기 딸들의 아름다움, 아니면 그의 접시에 푸딩이 올라와 있는지 로스트 비프가 올라와 있는지는 아는가? 그는 그들과 식탁에 앉아 있을 때면 마치 꿈을 꾸고 있는 사람 같았다. 그리고 소리 내어 중얼거리는 습관, 시를 소리 내어 암송하는 습관은 이제는 완전히 몸에 배어서 그녀는 겁이 날 정도였다. 때로는 참으로 거북했기 때문에—

가장 훌륭하고 가장 아름다운 사람이여, 어서 오시라![20]

이렇게 그가 기딩즈 양에게 소리를 질렀을 때 가엾은 그녀는 거의 혼비백산의 상태가 되었다. 그러나 부인은 즉시 이 세상에 득실거리는 기딩즈와 같은 사람들을 상대로 남편의 편을 들면서 그녀는 그가 언덕길을 너무 빨리 걸어서 따라가기가 힘들다는 암시로 그의 팔을 약간 꼬집고, 강둑에 두더지 굴이 또 생겼나 보기 위하여 잠시 쉬어야 했다. 그러고는 그녀는 몸을 굽혀 굴을 찾으면서 자기 남편과 같은 천재는 우리와 모든 면에서 다를 것임에 틀림없다고 생각했다. 그녀가 여지껏 알아온 모든 위인들도 그러했다고 생각했다. 토끼 한 마리가 들어갔다고 단정짓고. 그러고는 젊은이들이 그의 말을 듣기만 해도, 그를 바라다보기만 해도 좋을 것이라고 생각했다. (비록 강의실의 분위기는 그녀에게는 거의 견딜 수 없을 정도로 답답하고 우울했지만.) 그러나 토끼 사냥을 하지 않는 한 어떻게 그것들이 들어가는 것을 막을 수 있는가? 그녀는 생각했다. 토끼일 수도 있고 두더지일 수도 있었다. 어쨌거나 어떤 동물이 그녀의 사향장미를 망쳐놓고 있는 것만은 확실했다. 시선을 들어 그녀는 앙상한 나무들 위로 막 떠오르는 별이 맥박치듯 반짝이고 있는 것을 보았다. 그러고는 그 광경이 그렇게나 예리한 기쁨을 안겨주었기에 남편도 그것을 보게 해주고 싶어했다. 그러나 그녀는 자제했다. 그는 도대체 사물을 바라다보지를 않았다. 혹시 바라다보면 특유의 한숨을 내쉬면서 가엾은 작은 세상이라니, 라고 말할 뿐이었다.

그 순간 그는 그녀를 즐겁게 해주기 위하여 "대단히 아름다워"라고 말하고, 꽃들을 찬미하는 척했다. 하지만 그녀는 그가

20 쉘리의 시에 나오는 한 구절.

그것들을 찬미하지 않는다는 사실을 너무도 잘 알고 있었다. 아니 심지어는 그것들이 거기 있다는 사실조차 깨닫지 못하고 있다는 것을 잘 알고 있었던 것이다. 단지 그녀의 비위를 맞추느라고…… 아아, 그런데 저건 윌리엄 뱅크스와 산책하고 있는 릴리 브리스코우가 아닌가? 그녀는 근시인 그녀의 눈을 멀어져가는 두 사람의 잔등이에 맞추었다. 그랬다, 정말 그랬다. 저건 그들이 결혼할 것이라는 것을 의미하지 않는가? 그래, 틀림없어! 기막힌 생각이다! 그들은 기필코 결혼해야 한다!

13

암스테르담에도 가보았어요, 뱅크스 씨는 릴리 브리스코우와 잔디밭을 가로질러 산책하면서 말하고 있었다. 렘브란트의 그림도 보았지요. 마드리드에도 갔었는데 불행히도 마침 성 금요일[21]이어서 프라도 미술관은 닫혀 있었어요. 로마에도 갔었어요. 브리스코우 양은 로마에 가본 일이 없다고요? 오오, 가봐야 해요—굉장한 경험이 될 거예요—시스틴 성당[22], 미켈란젤로 그리고 조토[23]의 작품이 많은 파도바 거리[24]. 아내가 여러 해 동안 건강이 좋지 않아서 관광을 제대로 할 수는 없었지요.

릴리는 브뤼셀에도 가보았다. 파리에도 가보았지만 앓고 있는 아주머니를 찾아뵙기 위한 짧은 여행일 뿐이었어요. 드레스

21 예수 수난일.

22 법왕청에 속한 미켈란젤로의 벽화로 유명함.

23 13세기의 유명한 이탈리아의 화가, 조각가, 건축가.

24 베니스 지방의 중심 도시.

덴[25]에 갔었는데 거기에는 생전 처음 보는 그림이 무진장이었어요. 하지만 릴리 브리스코우는 어쩌면 유명한 그림들을 보지 않는 편이 더 나을지도 모른다고, 그것들을 보면 자신의 그림에 절망적으로 불만을 품게 될 따름이라고 생각했다. 뱅크스 씨는 그러한 시각을 우리가 과다하게 지닐 수 있다고 생각했다. 우리 모두가 티치아노[26]가 되고 우리 모두가 다윈이 될 수는 없는 것이라고 말했다. 동시에 그는 우리들과 같은 비천한 사람들이 존재하기 때문에 다윈이나 티치아노와 같은 위인이 있을 수 있는 것이 아닌가 생각한다고 했다. 릴리는 그에게 아첨하고 싶었다. 뱅크스 씨, 당신은 비천하지 않아요, 라고 그녀는 말하고 싶었다. 그러나 그는 아첨을 싫어했다. (대부분의 사람들은 좋아하는데, 하고 그녀는 생각했다.) 그리고 그녀는 자신이 느낀 충동에 대해서 약간은 부끄러워하고 그가 어쩌면 그의 말이 그림에는 해당되지 않을지도 모른다고 말하는 동안 아무 말도 하지 않았다. 그녀의 작은 비진실성을 떨구어버리면서 릴리는 어쨌거나 재미있기 때문에 계속 그림을 그리겠노라고 말했다. 그렇다고, 그녀가 그렇게 할 것을 확신하노라고 뱅크스 씨는 말했다. 그러고는 그들이 잔디밭 끝에 이르렀을 때 그는 그녀에게 런던에서 소재를 찾기가 어려우냐고 묻고 있었는데, 그때 그들은 몸을 돌렸고 램지 부부를 보았다. 그래 저게 바로 결혼 생활이구나, 남자와 여자가 공놀이하는 딸을 바라보는 것, 릴리는 생각했다. 저것이 바로 지난 밤 부인이 내게 말하려 했던 것이구나, 그녀는 생각했다. 부인은 초록색 숄을 두르고 있었고, 그들은 가까이 서서 프루와 재스퍼가 공놀이하고 있는 모습을 지켜보고 있었기 때문이다. 그리

25 남 독일의 도시.

26 1488년경~1576, 이탈리아의 화가.

고 갑자기, 아무런 이유도 없이, 마치 그들이 지하철에서 걸어 나올 때, 아니면 초인종을 누를 때 느닷없이 나타나서 그들을 상징화하고, 그들을 대표적인 인물로 만드는 그 특수한 의미가 그들에게 내려앉아서, 지금 저녁의 어둠 속에서 무엇인가를 구경하고 있는 이들을 결혼의 상징인 남편과 아내로 생각하게끔 하였다. 그러고 나서 즉시 실제 인물들을 초월했던 상징적 윤곽이 다시 가라앉았고, 그들은 만났을 당시 공놀이하는 애들을 지켜보고 있는 실제의 램지 부부가 되었다. 부인은 언제나와 다름없는 미소로 그들을 맞으면서 (오오, 그녀는 우리가 결혼하려 한다고 생각하고 있다고 릴리는 생각했다) "오늘밤은 내가 이겼어요"라고 말했는데, 이것은 오늘 저녁만큼은 뱅크스 씨가 자기의 하숙으로 돌아가서 그의 요리사가 야채의 미네랄을 손상시키지 않고 맛있게 해놓은 요리를 먹지 않고 여기서 저녁 식사를 하기로 동의했다는 뜻이었다. 그러나 한순간 공이 하늘 높이 던져졌을 때 사물이 폭발한 것 같은 느낌, 넓디넓은 공간감각, 책임감의 굴레에서 벗어난 자유로운 느낌을 맛보았다. 그들은 모두 시선으로 공을 따라갔지만 결국은 놓치고, 하나의 별과 나뭇잎이 무성한 가지를 보았다. 희미한 빛 가운데서 그들의 윤곽은 모두 예리하게 부각되었고, 꿈속에서처럼 멀리 떨어져 있는 것처럼 보였다. 그때 광활한 공간 너머로 뒤로 돌진하면서, (마치 견고성이 완전히 사라진 것처럼 보였기 때문에) 프루는 곧바로 그들에게 달려들어 왼손으로 높이 떠 있는 공을 멋있게 잡았다. 그러나 그녀의 어머니가 "그들은 아직도 안 돌아왔니?"라고 말하자 마법은 깨어지고 말았다. 램지 씨는 흙이 수렁에 옴짝달싹 못하게 빠졌는데 주기도문을 외운다는 조건으로 한 늙은 여자가 그를 구해주었다는 생각을 하고 너털웃음을 웃을 정도로 자유롭게 느꼈다. 그는 킬킬거리면서 서재를 향하여 어슬렁어슬렁 걸어갔다. 부인은 프루를 다시 공놀이하게 하면서 물었다, "낸시가 그들과 같이 갔니?"

14

[틀림없이 낸시는 그들과 같이 갔다. 낸시가 점심식사를 마친 후에 끔찍한 가정사에서 헤어나려고 다락방을 향해 떠나려고 했을 때 민터 도일이 손을 내밀면서 멍청한 표정으로 같이 가자고 했기 때문이다. 그러니 별수없이 가야 한다고 낸시는 생각했던 것이다. 사실은 가고 싶지 않았다. 그녀는 도대체가 그런 일에 끌려 들어가고 싶지 않았다. 그들이 길을 따라 절벽까지 걸어가고 있었을 때 민터는 그녀의 손을 계속 잡고 있었다. 절벽에 이르러서야 손을 놓아주었다. 그러더니 그녀는 손을 다시 잡으려 들었다. 그녀는 무엇을 원하는 것이었을까? 낸시는 생각해보았다. 물론 원하는 것이 있기는 있을 터였다. 민터가 그녀의 손을 잡고 놓지 않았을 때 낸시는 마지못해서 마치 안개 사이로 보이는 콘스탄티노플이기나 한 것처럼 발 아래에 온 세계가 펼쳐져 있는 것을 보았다. 그러고 나서는 제아무리 둔한 사람이라 하더라도 저것이 산타 소피아[27]인가? 저것은 골든 혼[28]인가? 하고 묻지 않을 수 없는 것이다. 그래서 낸시도 민터가 그녀의 손을 잡았을 때 물었다. 그녀가 원하는 것은 무엇인가? 저것인가? 그리고 그것은 무엇이었나? 여기저기 끼어 있는 안개로부터 (낸시가 아래에 펼쳐져 있는 인생의 조감도를 내려다보았을 때) 이름없는 돌출물

27 콘스탄티노플 시에 있는 회교 사원.

28 콘스탄티노플 항구.

들이 즉, 하나의 뾰죽탑, 하나의 둥근 지붕이 나타났다. 그러나 그들이 언덕바지를 달려 내려가면서 민터가 했듯이 손을 떨구었을 때 그 모든 것, 둥근 지붕, 뾰죽탑, 안개 사이로 돌출했던 것이 무엇이었든지 간에 가라앉아서 사라져버렸다. 앤드루가 관찰하기로는 민터는 잘 걷는 편이었다. 대부분의 여자들보다 옷도 센스있게 입었다. 그녀는 대단히 짧은 스커트와 까만 반바지를 입었다. 그녀는 시냇물에 곧장 뛰어들어가서 허우적거리며 건너가곤 했다. 그는 그녀의 경솔함을 좋아했다. 그러나 그는 이 경솔함의 끝이 좋지 않을 것이라는 사실을 알고 있었다 — 그녀는 조만간 어처구니없는 방법으로 자살할 것이었다. 그녀는 황소 말고는 무서워하는 것이 아무것도 없는 것 같았다. 들판에서 황소를 보기만 해도 양팔을 번쩍 치켜들고 비명을 지르면서 도망가곤 했다. 그런데 사실은 바로 이와 같은 동작이 황소를 격노하게 만든다는 것은 당연한 일이었다. 그러나 그녀는 이 사실을 인정하는 것을 조금도 꺼려하지 않았다. 누구라도 이것은 인정해야 한다. 그녀는 자신이 황소에 관한 한 대단한 겁쟁이라는 사실을 알고 있다고 말했다. 그녀는 애기였을 적에 유모차에서 들까불렸음에 틀림없다고 생각했다. 그녀는 자신의 말이나 행위에 대하여 신경을 쓰는 것 같지 않았다. 갑자기 그녀는 절벽의 가장자리에 몸을 던져 누우면서 노래를 부르기 시작했다.

망할 놈의 눈, 당신의 눈.

그들도 모두 합창을 하지 않을 수 없었다. 그리하여 다 함께 고함을 질렀다.

망할 놈의 눈, 당신의 눈.

하지만 그들이 해안으로 나가기 전에 조수가 밀려 들어와 좋은 사냥터[29]를 모조리 뒤덮어버리는 날에는 큰일이었다.

"큰일이지." 용수철을 튕긴 듯이 발딱 일어나며 폴도 동의했다. 그리고 그들이 주르르 미끄러져 내려갔을 때 그는 계속 안내서를 인용하였다. "이 섬들은 공원과도 같은 전망과 넓이와 기묘하고 다양한 해양 생물들로 해서 당연히 유명하다"라고 안내서에는 적혀 있었다. 그러나 앤드루는 절벽을 내려오면서 이렇게 고함을 지르고 망할 놈의 눈이라고 외쳐대고, 잔등이를 치면서 그를 "이 녀석" 하고 부르는 것 등은 전혀 옳은 일이 아니라고 생각했다. 이번이 여자들을 산책길에 데리고 나와서 겪을 수 있는 일 가운데 최악의 것이었다. 한번은 해변가에서 그들은 갈라졌다. 그는 포프의 코라는 곳까지 계속 가서 구두를 벗고, 구두 속에 양말을 말아 넣고, 폴과 민터는 내버려두었다. 낸시는 물속을 걸어서 바위로 나가 그녀 자신의 연못을 찾느라고 그 두 사람을 내버려두었다. 그녀는 나즈막하게 쭈그리고 앉아서 매끈매끈한 고무와도 같은 바다 아네모네를 만지작거렸다. 아네모네는 젤리 덩어리처럼 바위의 한 면에 달라붙어 있었다. 생각에 잠겨서 그녀는 연못을 바다로 바꾸고, 작은 물고기들을 상어와 고래로 만들고, 손으로 태양을 가려서 이 작은 세계 위에 거대한 구름을 드리웠고, 이리하여 하나님처럼 수많은 무지하고 순진한 피조물들에게 암흑과 황량함을 가져다주었다. 그러고는 갑자기 손을 치우고 햇빛이 흘러 내려가게 했다. 멀리 파리하고 종횡으로 움직이는 모래 위에, 환상적으로 거대한 어떤 것이 긴 장갑을 끼고, 옷

29 표본 채집을 하는 장소.

가장자리에는 술장식을 달고 으스대며 유유히 걷고 있었다. (그녀는 아직도 연못을 크게 만들고 있었다) 그러고는 산이 있는 쪽의 거대한 틈바구니로 미끄러져 들어갔다. 그러고서는 시선을 살며시 연못 위로 미끄러뜨려서 바다와 하늘의 흔들리는 경계선 위에, 증기선의 연기가 수평선 위에서 흔들거리게 하는 나무 몸통 위에 머물게 하면서 그녀는 그 모든 힘이 야만적으로 휩쓸고 들어와서 불가피하게 나가는 수밖에 없는 상태에서 최면에 걸렸다. 그리고 그 거대함과 이 작음에 대한 두 감각이 그 안에서 피어나 (연못은 다시 작아졌다) 그녀로 하여금 자신이 옴짝달싹 못하게 묶여서 그녀 자신의 몸, 생명 그리고 이 세상에 있는 모든 사람들의 생명들을 영원히 무화하는 감정들의 격렬함 때문에 도저히 움직일 수가 없다고 느끼게 했다. 그리하여 파도 소리에 귀를 기울이면서 쭈그리고 앉아 연못을 내려다보면서 그녀는 깊은 생각에 잠겼다.

그리고 앤드루는 바닷물이 밀려 들어오고 있다고 외쳤다. 그리하여 그녀는 야트막한 파도를 헤치느라고 첨벙거리면서 해안에 깡충 뛰어올라 걸어갔다. 그녀 자신의 성급함과 재빨리 움직이고 싶은 충동에 이끌려서 어떤 바위 뒤로 갔는데 거기에 — 오오, 이럴 수가! 폴과 민터가 서로 껴안고 있었다. 키스를 하고 있는 중인지도 몰랐다. 그녀는 말할 수 없이 화가 났다. 그녀와 앤드루는 죽은듯이 조용한 가운데 그 일에 관해서 한마디도 하지 않고 구두와 양말을 신었다. 사실상 그들은 서로에게 약간 화가 나 있었다. 그녀가 가재이든 아니든 간에 그 비슷한 것을 보았을 때는 그를 부를 수도 있었던 것이라고 그는 투덜거렸다. 그러나 그들은 둘 다 우리 잘못은 아니라고 생각했다. 그들은 이런 끔찍하게 귀찮은 일이 일어나기를 바라지 않았다. 그럼에도 불구하고 낸시가 여자라는 사실은 앤드루에게는 신경 쓰이는 일이었고, 낸시에게는 앤드루가 남자라는 사실이 신경 쓰이는 일이었다. 그리하여 그들은 구두끈을 대단히 얌전하게 매고 리본 모양으로 약간 조였다.

그들이 곧바로 절벽의 정상에 다시 올라갔을 때 민터는 할머니의 브로치를 잃어버렸다고 소리쳤다—그녀 할머니의 브로치, 할머니가 소지하셨던 유일한 장신구—그것은 진주에 물린 우는 버들이었다. (그들은 기억해야만 한다.) 양볼에 눈물을 줄줄 흘리면서 그녀는 할머니가 돌아가시는 날까지 모자를 고정시키는 장식으로 쓰셨던 브로치를 그들은 틀림없이 보았을 것이라고 말했다. 그런데 이제 그녀가 그것을 잃은 것이었다. 무엇을 잃어도 그것만은 잃고 싶지 않은 것이었거늘! 그녀는 되돌아가서 그것을 찾아보고 싶어했다. 그리하여 그들 모두는 되돌아갔다. 그들은 여기저기 쑤셔도 보고, 자세히 들여다보기도 하면서 찾아보았다. 그들은 계속 고개를 깊이 숙이고, 말은 짤막짤막하고 퉁명스럽게 했다. 폴 래일리는 미친 사람처럼 그들이 앉아 있던 바위 주위를 온통 뒤졌다. 폴이 그에게 "이 지점에서 저 지점까지 철저하게 수색"하라고 했을 때 브로치 하나를 두고 벌인 이 큰 소란은 도대체 가당치 않다고 앤드루는 생각했다. 밀물이 빠른 속도로 밀려 들어오고 있었다. 순식간에 그들이 앉았던 장소를 바닷물이 뒤덮어버릴 것이었다. 지금 브로치를 찾을 가능성은 전혀 없었다. "길이 끊길 거예요!" 갑자기 겁에 질린 민터가 비명을 질렀다. 위험이 임박하기라도 한 것처럼! 다시 황소의 경우와 마찬가지였다—앤드루는 그녀가 전혀 자신의 감정을 조절하지 못한다고 생각했다. 일반적으로 여성들이 대개 다 그랬다. 불쌍한 폴이 그녀를 진정시키는 수밖에 없었다. 남자들은 (앤드루와 폴이 즉시 남성다워져서) 래일리의 지팡이를 앉았던 곳에 꽂아놓고 썰물 때 다시 와보기로 잠정적인 결정을 보았다. 지금으로서는 더 이상 할 일이 없었다. 만약 브로치가 거기 있으면 아침에 와도 그대로 있을 것이라고 그들은 그녀를 안심시켰다. 그러나 민터는 절벽 꼭대기까지 올라가는 동안 내내 흐느껴 울었다. 할머니 브로치인데, 그녀가 절대로 잃어버리고 싶지 않은 것인데. 하지만 낸시는 민터가 물론 브로치를 잃어버린 것을 속상해하지만 단지 그 이유 때문만으로 저렇게 울고 있는 것은 아니라고 생각했다. 그녀는 다른 이유 때문에 울고 있었다. 우리도 모두 주저앉아서 울었으면 좋겠다고 그녀는 느꼈다. 그러나 그녀는 구체적인 이유는 알지 못했다.

폴과 민터는 함께 앞으로 나아갔고, 폴은 민터를 위로하고, 그가 물건을 잘 찾기로 유명하다고 큰소리를 쳤다. 어렸을 적에 한 번은 그가 금시계를 찾은 적도 있었다. 꼭두새벽에 일어나서 반드시 찾고야 말 것이었다. 그때쯤에는 거의 깜깜할 것이고, 해안에는 사람이 없을 테니까 약간 위험하리라는 생각이 들었다. 그러나 그는 그녀에게 꼭 찾고야 말겠다고 말하기 시작했고, 그녀는 그가 새벽에 일어난다는 이야기를 듣고 싶지 않다고 했다. 어차피 브로치는 잃어버린 것이라는 엄연한 사실을 그녀는 잘 알고 있었다. 그녀는 그날 오후 그것을 착용했을 때 이미 예감이 있었다. 그는 은밀하게 그들이 모두 잠들었을 때 새벽에 살그머니 집을 빠져나와 만약에 그가 브로치를 찾지 못하면 에딘버러에 가서, 잃어버린 브로치와 똑같으면서 더 아름다운 것을 그녀에게 사주겠노라고 결심했다. 그는 자신의 능력을 증명해 보일 것이었다. 그리하여 그들이 언덕으로 나와 발 밑에 도시의 불빛들을 보았을 때, 하나씩하나씩 갑자기 나타나는 불빛이 그에게 앞으로 일어날 일들을 예고하는 것 같았다—그의 결혼, 자녀들, 가정. 그리고 그는 그들이 주요 도로로 나왔을 때, 그 도로는 높직한 덤불로 그늘져 있었는데, 어떻게 그들이 함께 아무도 없는 곳으로 물러나서, 항상 그가 그녀를 인도하면서, 그리고 그녀가 그의 옆구리에 바싹 붙어서 (지금 하고 있는 것처럼) 계속 걸을 수 있는가, 하고 생각해보았다. 그들이 십자로에서 방향을 돌렸을 때 그는 자기가 얼마나 끔찍한 경험을 했는가를 생각해보았다. 그는 누군가에게 이야기를 해야만 했다—물론 그것은 램지 부인이었다. 그가 어떤 상태에 처해 있었으며 어떤 일을 했는가를 생각하면 호흡이 멎을 지경이었다. 그가 민터에게 결혼하자고 했을 때가 그의 인생의 최악의 순간이었다. 그는 곧바로 부인에게 달려갈 것이었다. 그는 어쩐 일인지 민터에게 구혼하게 한 장본인이 부인이라고 느꼈기 때문이다. 그녀는 그가 무슨 일이든지 할 수 있다고 생각하게 만들었던 것이다. 아무도 그를 대단하게 여기는 사람은 없었다. 그러나 부인은 그가 원하는 것이면 뭐든지 할 수 있다고 믿게 했다. 그는 오늘 온종일 그녀의 시선이 그에게 보내지고 있다고 느꼈다. 마치 그녀가 그를 따라다니면서 "그래, 너는 할 수 있어. 나는 너를 믿어. 또한 네가 그러기를 바라"라고 말하고 있기나 한 것처럼. (비록 그녀가 실제로는 한마디도 하지 않았지만.) 바로 그녀가 이 모든 것을 느끼게 했다. 그리고 그들이 돌아오자마자 (그는 만 위로 집 안의 불빛들을 찾아보았다) 그는 그녀에게로 가서 "해냈어요, 램지 부인. 감사드립니다"라고 말하고 싶었다. 그리하여 집으로 가는 골목길로 돌아서면서 그는 이층 창문들에서 비치는 불빛들이 이리저리 움직이는 것을 볼 수 있었다. 그렇다면 그들이 매우 늦었음이 분명했다. 사람들은 만찬 준비를 하고 있었다. 집 안의 등이라는 등은 모조리 켜져 있어서, 어두운 곳에 있다가 갑자기 밝은 데로 나오게 되어 눈이 부셨다. 그는 애처럼 인도를 걸어 올라가면서 빛들, 빛들, 빛들, 하고 생각했으며, 사람들이 집 안으로 들어와서 얼굴 근육이 경직되어 있는 그를 강한 시선으로 살펴볼 때 멍한 채 빛들, 빛들, 빛들, 하고 되뇌였다. 그러나 그는 넥타이에 손을 얹으면서 맙소사 나는 어리석게 굴면 안 돼, 하고 혼잣말을 했다.]

15

"그래요." 프루는 그녀 특유의 침착한 어조로, 어머니의 질문에 답하면서, "낸시가 그들과 같이 간 것으로 알아요" 하고 말했다.

16

그렇다면 좋아, 낸시가 그들과 함께 갔군, 램지 부인은 브러시를 내려놓고 빗을 집어들면서 낸시가 그들과 같이 갔다는 사실이 모종의 사건이 발생할 가능성을 높이는지 낮추는지 의아해했다. 왜인지는 모르지만 가능성이 낮아진다고 느꼈다. 따지고 보면 그러한 규모의 대참사는 가능하지 않은 것이었으니까. 그들 모두가 익사했을 수는 없었다. 그리고는 누가 문에 노크하니까 "들어오세요" 하고 응답했다. (재스퍼와 로즈가 들어왔다.) 또다시 그녀는 숙적宿敵인 인생 안에서 혼자임을 느꼈다.

밀드레드가 만찬 시간을 늦추어야 하나 알고 싶어한다고 재스퍼와 로즈가 말했다.

"절대로 아니지." 부인은 힘주어 말했다.

"그것만은 절대로 아니야." 그녀는 재스퍼를 보고 웃으면서 덧붙였다. 그는 어머니의 악덕을 공유하고 있었으니까. 그도 과장벽이 있었다.

재스퍼가 요리사 밀드레드에게 전갈을 하러 간 사이에 로즈보고 그녀가 착용할 보석 장신구를 골라주지 않겠느냐고 어머니는 말했다. 열다섯 사람이나 참석할 만찬에서 시간을 무한히 지연시킬 수는 없는 일이었다. 이제 그녀는 그들이 이리 늦는 것에 대하여 짜증을 느끼기 시작했다. 그들 편에서 지각이 없는 짓이었다. 그들에 대한 걱정에 더해서 하필 오늘밤 외출해서 늦는 것이 특히 짜증스러웠다. 사실 그녀는 오늘의 만찬이 특별히 훌륭하기를 바랐으니까. 그 이유는 윌리엄 뱅크스가 드디어 그들과 식사를 같이 하기로 동의했기 때문이었다. 그들은 밀드레드의 걸작—비프 스튜를 먹을 것이었다. 요리가 준비되는 정확한 순간에 내놓아지느냐 그렇지 못하냐에 요리의 성패가 완전히 달려 있었다. 소고기, 건조시킨 베이베리의 잎, 그리고 포도주—모든 것이 나무랄 데 없이 준비되어야 한다. 지연시킨다는 것은 어불성설이었다. 그런데 하필이면 오늘밤 그들이 외출을 했고, 늦게 돌아와서 음식을 중도에서 내보내거나 다시 데워 내놓게 하다니. 문제의 비프 스튜는 완전히 망쳐질 것이었다.

재스퍼는 그녀에게 오팔 목걸이를 착용하라고 권했고, 로즈는 금목걸이를 권했다. 어느것이 그녀의 까만 드레스에 더 잘 어울릴까? 그녀는 자신의 목과 어깨를 거울에 비춰보면서 (하지만 얼굴은 피하면서) 아무 생각 없이 정말 어느것이 좋을까, 하고 말했다. 그러고 나서는, 애들이 그녀의 장신구들을 뒤적이는 동안 창을 통해서 항상 그녀를 기쁘게 해주는 바깥 광경을 내다보았다—바깥 광경이란 어느 나무에 앉으면 좋을까, 하고 망설이는 떼까마귀들이었다. 매번 그들은 마음을 바꾸는 것 같았다. 결정을 바꾸고는 다시 대기 속으로 솟아올랐다. 이는 그녀가 조지프라고 이름을 지어준 늙은, 아버지 떼까마귀가 대단히 까다로운 성격의 새였기 때문이다. 그는 악명 높은 늙은 새로, 날개의 깃털이 거의 다 떨어져나가고 없었다. 그는 선술집 앞에서 뿔피리를 불고 있는, 실크 모자를 쓴 수상쩍은 늙은 신사와도 같았다.

"저것 좀 봐!" 부인은 웃으면서 말했다. 그들은 실제로 싸우고 있었다. 조지프와 메리는 싸우고 있었다. 어떻게 해서인지 그들은 모두 다시 올라갔고, 대기는 그들의 검은 날개에 의하여 한켠으로 밀쳐져서 정교한 언월도 형상이 그려졌다. 밖으로, 밖으로, 밖으로 파닥거리는 날갯짓은—부인이 도저히 정확하게는 묘사할 수 없었지만—그녀에게는 가장 아름다운 것 중의 하나였다. 저거 좀 봐라, 그녀는 로즈가 자기보다 더 분명하게 보기를 바라면서 로즈에게 말했다. 아이들이 부모의 관찰을 능가하는 일이 종종 있기 때문에.

그런데 어느것을 하기로 했던가? 그들이 그녀의 보석 상자 서랍들을 모조리 열어놓았다. 이탈리아제 금목걸이, 아니면 제임스 아저씨가 인도에서 갖다 준 오팔 목걸이, 그것도 아니면 자수정 장신구들?

"애들아, 좀 골라보렴." 그녀는 그들이 서둘러주기를 바라면서 말했다.

그러나 그녀는 그들이 천천히 고르게 내버려두었다. 그녀는 특히 로즈가 이것저것 집어보고, 까만 드레스에 보석들을 대어보게 했다. 밤마다 거행되는 이 작은 보석 고르기 의식은 로즈가 가장 좋아하는 일이라는 것을 그녀는 알고 있었기 때문이다. 그녀는 나름대로 어머니가 착용할 보석을 고르는 이 일에 큰 의미를 부여하는 숨은 이유를 가지고 있었다. 부인은 로즈가 고른 목걸이를 걸어주도록 움직이지 않고 서서 그 이유가 무엇일까 생각해보았다. 자신의 과거를 거울 삼아 로즈 나이에 자신의 어머니에 대하여 보통 우리가 갖는 심오하고, 은밀하며, 말로는 전혀 표현이 안 되는 감정을 헤아려보면서. 자신에 대하여 우리가 품는 감정이 항용 그렇듯이 그것은 우리를 슬프게 한다고 부인은 생각했다. 자식이 품고 있는 이런 애정에 그녀는 무엇으로 보답할 것인가? 그리고 로즈가 느낀 것은 실지의 그녀와는 얼토당토 아니한 것이었다. 로즈는 성장할 것이었다. 그리고 로즈는 이 심오한 감정들로 인하여 고통을 당할 것이라고 그녀는 생각했다. 그녀는 이제 준비가 되었다고 말했다. 그들은 내려갈 것이었다. 그리고 재스퍼는 신사이기 때문에 어머니에게 팔을 내밀어 부축할 것이었고, 로즈는 숙녀이니까 손수건을 지참할 것이었다. (부인이 로즈에게 손수건을 주었다.) 그리고 또 무엇이 있더라, 그렇지, 추울지도 모르니까 숄이 필요해. 숄 하나 골라줄래, 그녀는 말했다. 이렇게 말하면 로즈는 기뻐할 것이었기 때문이었다. 로즈는 그렇게 고통을 받도록 운명지어져 있었다. "저런." 그녀는 층계참의 창가에서 걸음을 멈추며 "저들이 또 왔네" 하고 말했다. 조지프는 다른 나무 꼭대기에 내려앉았다. "날개가 부러진 것을 그들이 신경 안 쓴다고 생각하니?" 그녀는 재스퍼에게 말했다. 왜 그는 가엾은 조지프와 메리를 쏘고 싶어할까? 그는 층계에서 약간 발을 질질 끌었고, 무안해했다. 그러나 그 정도는 심하지는 않았다. 그녀는 새 사냥의 묘미를 알지 못했기 때문이고 그들은 감정이 없으니까. 그의 어머니로서 그녀는 다른 세상에 살고 있었다. 그럼에도 불구하고 그는 메리와 조지프에 관한 그녀의 이야기들을 좋아했다. 그녀는 그로 하여금 웃게 했다. 하지만 그녀가 어떻게 그들이 메리와 조지프라는 사실을 안단 말인가? 그녀는 매일 밤 같은 새들이 같은 나무에 온다고 생각하는 것일까? 그는 생각해보았다. 그러나 여기서 갑자기 그녀는 그에게 조금치의 주의도 기울이지 않게 되었다. 그녀는 홀에서 들려오는 덜거덕거리는 소리에 귀를 기울이고 있었다.

"그들이 돌아왔다!" 그녀는 소리를 질렀다. 그리고 즉시 안도감을 느끼기보다는 그들에게 더욱 화를 내었다. 그리고는 일은 벌어졌을까? 하고 궁금해했다. 그녀가 내려가면 그들은 말을 하겠지—그러나 아니지. 사람들이 이렇게 많은데 이야기를 할 리가 없지. 그러니 내려가서 만찬을 시작하고 기다려야지. 그러고서는 백성들이 홀 안에 모인 것을 보고 그들을 굽어보고 그들 사이에 내려가서 말없이 그들의 치하를 받고 헌신과 복지부동을 받아들이는 여왕처럼 (폴은 그녀가 지나갔을 때 곧장 앞만 바라보면서 근육 하나 움직이지 않았다) 그녀는 내려가서, 홀을 가로질러 걸어가 머리를 까딱할 뿐이었다. 마치 그들이 말로 표현할 수 없는 것, 즉 그녀의 아름다움에 바치는 찬사를 수령하기라도 하는 것처럼.

그러나 그녀는 걸음을 멈추었다. 음식이 타는 냄새가 났다. 설마 비프 스튜를 태우고 있는 것은 아니겠지? 그녀는 아니기를 기원하면서 걱정했다. 그때 웅장한 징 소리가 엄숙하게, 권위있게, 여기저기 흩어져 있는 모든 사람들에게 즉 다락방에, 침실에, 자신의 작은 횃대에서 책을 읽거나, 글을 쓰거나, 머리 손질 마무리를 하거나, 아니면 드레스를 입고 있는 사람들이 하던 일을 멈추고, 세면대와 옷 입는 방의 자질구레한 물건들 그리고 침실 테이블에 놓여 있는 소설들, 또한 대단히 은밀한 일기들을 그대로 내버려두고 식당에 모여서 식사를 해야 한다는 사실을 알렸다.

17

램지 부인은 식탁의 상석에 자리잡고 앉아, 식탁 위에서 하얀 원들을 그리는 접시들을 바라보면서, 하지만 나는 나의 인생을 가지고 무엇을 했는가? 하고 생각해보았다. "윌리엄, 내 옆에 앉아요." 그녀는 말했다. "릴리는 저기 앉고요"라고 그녀는 기운없이 말했다. 그들—폴 래일리와 민터 도일은 저것을 가지고 있고, 그녀는, 이것, 즉 한없이 긴 식탁과 접시들과 칼들만을 가지고 있을 따름이었다. 저쪽 먼 끝에, 그녀의 남편이 이맛살을 찌푸린 채 한 무더기의 형상으로 앉아 있었다. 무엇이 못마땅해서 저러고 있는 것일까? 그녀는 알지 못했다. 그녀는 알고 싶지도 않았다. 그녀는 자신이 도대체 어떻게 그에 대하여 애정을 느낄 수 있었는지 이해가 되지 않았다. 그녀는 수프를 떠서 돌리면서 자신이 모든 것을 지나치고, 통과하고, 벗어난 것처럼 느꼈다. 마치 거기에 소용돌이가 있어서 우리가 그 속에 휘말릴 수도 있고, 아니면 휘말리지 않을 수도 있는데, 그녀는 그것에서 벗어난 것처럼. 그들이 하나씩 들어왔을 때 그녀는 이제 모든 것이 끝났다고 생각했다. 찰스 탠슬리—"거기 앉으시지요." 그녀는 말했다—어거스터스 카마이클은—그리고 그들은 앉았다. 그러는 동안에 그녀는 누군가가 대답하기를, 무엇인가가 일어나기를 수동적으로 기다리고 있었다. 하지만 수프를 국자로 퍼내면서 사람이 입 밖으로 소리 내어 말하는 것은 아무것도 아니라고 생각했다.

그녀의 생각과 실제로 하고 있는 일—수프를 퍼 담는 일—사이의 괴리에 눈썹을 치켜올리면서—그녀는 점점 더 강하게 그 소용돌이 밖에 있음을 느꼈다. 아니면 마치 그늘이 져서 색깔을 퇴색시켜 그녀가 사물을 더 잘 보게 되기나 한 것 같은 기분이었다. 방 안은 대단히 누추했다. (그녀는 방 안을 둘러보았다.) 어디에도 아름다움은 없었다. 그녀는 램지 씨를 애써 바라다보지 않았다. 아무것도 융합의 상태에 있지 않았다. 그들 모두는 각각이었다. 융합시키고, 흐르게 하고, 창조하는 노력 전체가 그녀에게 달려 있었다. 또다시 그녀는 남성 특유의 불모를 적의없는 하나의 사실로 느꼈다. 그녀가 그 일을 하지 않으면 아무도 하지 않을 것이었기 때문이다. 그리하여 시계가 멎으면 약간 흔들어서 가게 하듯이 그녀는 자신의 몸을 약간 흔들어서 맥박이 하나, 둘, 셋, 하나 둘 셋, 이런 식으로 정상으로 뛰게 했다. 그런 식으로 그녀는 그것에 귀를 기울이면서 마치 우리가 신문지로 약한 불꽃을 지키듯이 아직도 약하기만 한 맥박을 키우고 보호하면서 되풀이해서 몸을 흔들었다. 그리하여 그녀는 말없이 윌리엄 뱅크스 쪽으로 몸을 굽히면서 다음과 같이 결론을 내렸다—가엾은 사람! 이라고. 아내도 자식도 없이 오늘밤 말고는 하숙집에서 혼자 식사하는 그였으니까. 그를 동정해서, 삶이 이제는 그녀를 지탱시켜 줄 정도로 충분히 강하기 때문에 그녀는 이 모든 작업을 시작한 것이었다. 이는 마치 지친 선원이 바람이 그의 돛을 부풀리는 것을 보았지만 다시 출범하기를 원치 않고, 만약 배가 가라앉으면 그가 어떻게 소용돌이에 휘말려들어 정신없이 돌고 돌다가 바다 밑바닥에서 휴식을 취하게 될 것인가, 하고 생각하는 모습과 흡사했다.

"당신한테 온 편지들 보셨어요? 현관에 갖다 놔두라고 했는데요." 그녀는 윌리엄 뱅크스에게 말했다.

릴리 브리스코우는 사람들을 추적하는 일이 불가능한 신비한 무아지경으로 부인이 표류해 들어가는 것을 지켜보았다. 그러나 그들이 떠나가는 것은 그들을 지켜보는 사람들에게 오싹한 느낌을 주기 때문에 그들은 항상 적어도 돛들이 수평선 아래로 가라앉을 때까지 가물거리는 배를 눈으로 따라가려고 하는 것이다.

릴리는 부인이 대단히 늙어보이고, 지쳐보이고, 초연해보인다고 생각했다. 그러고 나서 부인이 미소 지으면서 윌리엄 뱅크스 쪽으로 몸을 돌렸을 때 그것은 마치 배가 방향을 틀고 태양이 다시 돛들을 때리고 있기나 한 듯했고, 릴리는 안도감을 느꼈기 때문에 약간 즐기면서 왜 부인은 그를 동정하는 것일까? 하고 생각해보았다. 부인이 그의 편지들이 현관에 있다고 말했을 때 그녀는 가엾은 윌리엄 뱅크스라고 말하고 있는 듯한 인상을 주었으니까. 마치 그녀 자신이 사람들을 동정하느라고 지치기나 한 것처럼. 그녀 내면의 생명, 다시 살아보려는 결의가 동정에 의하여 자극을 받아오기나 한 것처럼. 그런데 이것은 사실이 아니라고 릴리는 생각했다. 이것은 다른 사람들이 아니라 바로 부인 자신의 욕구에서 우러나온 본능적인 것으로 보이는 오판 중의 하나라고 릴리는 생각했다. 그는 조금도 불쌍하지 않은 것이다. 그에게는 그만의 일이 있지 않은가, 라고 릴리는 생각했다. 그녀는 갑자기 마치 보물을 찾아내기라도 한 것처럼 그녀에게도 일이 있다는 사실을 상기했다. 즉시 그녀는 그녀의 그림을 바라보고 생각했다. 그래, 나무를 좀더 중앙으로 밀어놓아야겠다. 그러면 저 어색한 공간이 처리되니까. 그렇게 해야겠다. 그것 때문에 머리가 아팠던 것이다. 그녀는 나무를 옮길 것을 상기시키도록 소금 그릇을 집어서 다시 테이블보의 무늬 가운데 있는 꽃 위에 내려놓았다. 나무를 옮길 것을 상기시키도록.

"우편으로 대수로운 것을 받는 일이 드물지만 우리는 늘 편지 받기를 원하는 것이 신기해요." 뱅크스 씨가 말했다.

핥아먹은 것처럼 수프를 깨끗하게 다 먹고 난 뒤 스푼을 정확하게 그의 접시의 한가운데에 내려놓으면서 별 시시한 이야기도 다 한다고 찰스 탠슬리는 생각했다. 그는 마치 식사는 철저하게 하기로 결심이나 한 듯했다. (그는 등을 창문에 갖다 대어서 정확하게 바깥 경치의 한가운데에, 부인의 맞은편에 앉아 있었다.) 그의 주위의 모든 것은 그 빈약한 고정성, 그 살벌한 추함을 지니고 있었다. 그러나 그럼에도 불구하고 우리가 그들을 바라보면 그 어느 누구도 싫어할 수 없다는 사실은 여전했다. 그녀는 그의 눈을 좋아했다. 그의 눈은 푸른색이고, 깊숙이 자리잡고 있었으며, 보는 이에게 두려움을 안겨주었다.

"탠슬리 씨, 편지를 많이 쓰시나요?" 릴리는 부인이 그도 가엽게 여기면서 물었다고 생각했다. 부인은 늘 그랬으니까—마치 남자들은 항상 무엇인가를 결여하고 있기라도 한 것처럼 동정의 대상이었으니까—여자들을 동정하는 법은 없었다. 마치 여자들은 무언가를 가지고 있기나 한 것처럼. 그는 그의 어머니에게는 편지를 쓴다고, 아니면 한 달에 한 장도 안 쓸 거라고 짤막하게 말했다.

그는 이 사람들이 그가 말하기를 바라는 시시한 이야기를 하지 않으려 하고 있었다. 그는 이 바보 같은 여인들에 의하여 격하되려 하지 않고 있었다. 그는 그의 방에서 책을 읽고 있었다. 그러다가 내려온 그에게는 모든 것이 바보 같고, 피상적이고, 빈약해 보였다. 왜 그들은 정장을 했는가? 그는 일상복 차림으로 내려왔다. 그는 정장이 없었다. "우리는 우편으로 가치있는 것을 받는 적이 없다"—이것이 그들이 늘상 하는 종류의 말이었다. 그들은 사람들로 하여금 그런 종류의 말을 하게 했다. 그래, 그것은 사실이기도 하다고 그는 생각했다. 한해의 연말부터 다음해 연말까지 그들은 가치있는 것은 전혀 받지 못한다. 그들은 지껄이고 먹는 일 이외에는 아무 일도 하지 않았다. 모두 다 여자들 탓이었다. 여자들이 온통 그들의 '매력', 그들의 어리석음으로 문명을 불가능하게 만들었던 것이다.

"램지 부인, 내일 등대행은 불가능합니다." 그는 우쭐대며 말했다. 그는 그녀를 좋아했고, 숭배했다. 그는 아직도 홈통 작업을 하던 사람이 넋을 놓고 그녀를 올려다보던 생각을 하고 있었다. 그럼에도 불구하고 그는 그녀 앞에서 우쭐댈 필요를 느꼈다.

정말 그는 여지껏 그녀가 만났던 사람들 가운데서 가장 매력없는 인간이라고 릴리 브리스코우는 생각했다. 그의 눈은 매력적이지만 못생긴 코, 손들을 보아라. 그런데 왜 그의 말에 신경을 쓰는 것일까? 여자들은 글을 쓸 수 없어, 여자들은 그림을 그릴 수 없어 — 그가 하는 이 말들이 무슨 대수란 말인가. 분명히 이것은 그에게 진실이 아니었으나 이런 말을 하는 것은 권위적인 발상에서 나온 것이고 왜 그런지 그에게 도움이 되었고, 그래서 그가 이 말을 한 것일까? 그렇다면 왜 그녀의 전 존재가 바람 부는 가운데 서 있는 옥수수처럼 휘고, 대단한 그리고 약간 고통스러운 노력하에서만 이 굴욕에서 다시 몸을 일으켜세울 수 있는 것인가? 그녀는 그림의 구도를 다시 한 번 생각해보았다. 테이블보 위에는 나뭇가지가 있었고, 그림이 저기 있고, 나무를 가운데로 가져가야만 한다. 이것이 중요할 뿐 — 다른 것은 전혀 중요하지 않다. 그것에 꽉 매달릴 수는 없는가 그녀는 생각했고, 화를 내지 않고, 따지지 않고 그리고 만약 복수하고 싶으면 그를 비웃으면 되지 않는가?

“오오, 탠슬리 씨.” 그녀는 말했다, “저를 등대에 데리고 가주세요. 가고 싶어요.”

릴리가 거짓말을 하고 있다는 사실을 그는 알 수 있었다. 그녀는 왠지는 모르지만 단순히 그의 약을 올리기 위하여 마음에도 없는 이야기를 하고 있었다. 그녀는 그를 비웃고 있었다. 그는 낡은 플란넬 바지를 입고 있었다. 그는 다른 옷이 없었다. 그는 자신이 대단히 촌스럽고, 고립되어 있고, 외롭다고 느꼈다. 그는 왜인지는 모르지만 그녀가 그를 애먹이려 하고 있다는 것을 알았다. 그녀는 그와 함께 등대에 가고 싶어하지 않았다. 그녀는 그를 무시했다. 프루 램지도 그랬다. 그들 모두가 그랬다. 그러나 그는 여자들의 놀림감이 되지는 않을 것이었다. 그리하여 의자에서 일부러 방향을 틀어 창밖을 내다보며 갑자기 대단히 무례하게 내일은 그녀가 배를 타기에는 물결이 너무 거셀 거라고 말했다. 그녀는 뱃멀미를 할 거라고.

램지 부인이 듣고 있는데 릴리가 그로 하여금 그런 식으로 말하게 했어야 했다는 사실이 마음에 걸렸다. 책에 파묻혀 자기 방에서 홀로 작업을 하고 있을 수 있었으면 오죽 좋으랴 하고 그는 생각했다. 그곳이 제일 편안한 곳이었다. 그는 평생 단 한푼도 남에게 빚을 져본 적이 없었다. 열다섯 살 이후 그는 아버지에게서 일 전도 타다 쓴 적이 없었다. 오히려 그의 저축에서 집안 식구들을 도왔다. 그가 누이동생의 학비를 대고 있었다. 그럼에도 불구하고 그는 브리스코우 양에게 제대로 대꾸할 줄을 알았더라면, 하고 바랐다. 그는 그런 식으로 그렇게 갑자기 내뱉지 않았기를 바랐다. “뱃멀미를 할 거예요.” 그는 램지 부인에게 자기가 공부밖에 모르는 멋대가리 없는 골샌님에 지나지 않는 존재가 아니라는 사실을 드러내줄 어떤 말을 생각해낼 수 있었으면 하고 바랐다. 그들은 한결같이 그를 무미건조한, 박식한 체하는 꼴불견으로 알고 있었다. 그는 램지 부인에게로 몸을 돌렸다. 그러나 그녀는 그가 들어본 적이 없는 사람들에 관해서 윌리엄 뱅크스에게 이야기하고 있었다.

"그래요, 치워요." 그녀는 하녀에게 말을 건네기 위하여 뱅크스씨에게 하고 있던 말을 중단하면서 짤막하게 말했다. "십오 년—아니 이십 년—전이었음이 틀림없어요, 내가 그녀를 마지막으로 본 것이." 마치 그녀가 그들의 이야기의 한 순간도 놓칠 수는 없다는 듯이 다시 그에게로 몸을 돌리면서 말하고 있었다. 그녀는 그들의 이야기에 온통 정신을 빼앗기고 있었으니까. 그러니까 그녀는 실제로 오늘 저녁 그녀의 소식을 들었구나! 그렇다면 캐리는 아직도 말로우에 살고 있고, 모든 것이 여전하다는 말인가? 오오, 그녀는 마치 어제 있었던 일인 양 기억할 수 있었다—대단히 추워하면서 강 위를 지나가던 일을. 하지만 매닝 가족은 일단 계획을 세우면 일사불란했다. 그녀는 허버트가 찻숟가락으로 강둑에서 말벌을 죽이던 일을 잊을 수가 없다! 부인은 이십 년 전 그녀가 그렇게나 몹시 추워했던 템즈강 둑 위의 그 거실의 테이블과 의자들 사이를 유령처럼 미끄러지듯 다니면서 아직도 여전하구나 하고 생각에 잠겼다. 그러나 이제 그녀는 그들 사이를 유령처럼 다녔고, 그 특정한 날이 그 긴 이십 년이라는 세월 동안 거기 그대로 남아 있었다는 사실이 그녀를 황홀감에 젖어들게 했다. 그녀가 변화하는 동안 그날이 이제는 대단히 조용하고 아름다워진 상태로 존재한다는 사실을 매우 신기하게 느끼고 있었다. 캐리가 직접 편지를 썼나요? 그녀는 물었다.

"그래요. 그들이 당구장을 새로 짓고 있다고 해요." 그는 말했다. 그럴 리가! 말도 안 돼! 당구장을 짓다니! 그녀에게는 말도 안 되는 일 같았다.

뱅크스 씨에게는 그다지 이상할 것이 없어보였다. 그들은 지금 대단히 유복하게 지내고 있었다. 그녀의 안부를 캐리에게 전할까요?

"오오." 약간 놀라면서 램지 부인은 말했다, "아니예요." 새 당구장을 지은 이 캐리라는 사람을 그녀가 알지 못한다는 사실을 깨닫고는 덧붙여 말했다. 하지만 그들이 아직도 거기 살고 있다는 것이 얼마나 이상한 일이냐고 되풀이해 이야기해서 뱅크스 씨가 재미있어했다. 그녀가 그동안 한 번 정도밖에는 그들 생각을 하지 않았는데 긴 세월 동안 그들이 거기 계속 살 수 있었다는 생각이 이상하기 때문이었다. 같은 세월 동안 그녀 자신의 인생은 얼마나 다사다난했던가. 그러나 어쩌면 캐리 매닝도 그녀 생각을 하지 않았을지도 몰랐다. 이 생각은 이상하고 뒷입맛이 씁쓸한 것이었다.

"사람들은 곧 뿔뿔이 흩어지지요." 그러나 결국 뱅크스 씨는 매닝 가와 램지 가를 다 안다는 생각에 약간의 만족감을 느끼면서 말했다. 스푼을 내려놓고 면도를 말끔하게 한 입술을 꼼꼼하게 닦으면서 자기는 떨어져나가지 않았다고 생각했다. 그는 모든 계층의 친구들이 있었다. ……부인은 이쯤에서 말을 중단하고 하녀에게 음식을 식지 않게 하도록 일러두지 않으면 안 되었다. 이래서 그는 혼자 식사하고 싶어했다. 이 모든 방해들이 그를 화나게 했다. 윌리엄 뱅크스는 예절바른 태도를 견지하면서 마치 기계공이 아름답게 광내고 여가에 사용 가능한 상태의 연장을 검사하듯이 왼손 손가락들만을 테이블보 위에 펼치면서 우리의 친구라는 사람들이 우리에게 요구하는 희생들이 바로 이러한 것들이라고 생각했다. 그가 초대를 거절했으면 그녀는 마음이 상했을 것이었다. 그러나 그로서는 여기에 오는 것은 가치가 없는 일이었다. 그의 손을 바라다보면서 만약에 혼자였으면 식사는 거의 지금쯤은 끝나고 자유로이 작업할 수 있을 것이라고 생각했다. 그래, 정말 끔찍한 시간 낭비라고 생각했다. 애들은 아직도 드나들고 있었다. "누구 로저의 방에 좀 올라가 봐라." 부인은 애들에게 말하고 있었다. 이 모든 것이 일과 비교한다면 얼마나 시시하고 얼마나 따분한가, 하고 그는 생각했다. 여기에 그는 손가락으로 테이블보를 두들기며 앉아 있었다. 일을 하고 있을 수 있었는데 —그는 잠깐 작업의 조감도를 머릿속에 그려보았다. 정말 얼마나 시간 낭비였던가! 하지만 그녀는 가장 오랜 친구 중의 하나라고 그는 생각했다. 그는 항상 그녀에게 헌신적이다. 그러나 지금 바로 이 순간에 그녀의 존재는 그에게 전혀 의미가 없었다. 그녀의 아름다움도 무의미했다. 그녀가 막내아들을 데리고 창가에 앉아 있는 모습—그것도 정말 아무것도 아니었다. 그는 그저 혼자이고 싶었고 책을 읽고 싶었을 따름이다. 그는 불안했다. 그는 그녀 옆에 앉아서도 그녀에 대하여 아무것도 느끼지 못할 수 있다는 사실에 배신감마저 느꼈다. 사실은 그는 가정 생활을 즐기지 못했다. 바로 이런 상태에서 인생의 목적은 무엇인가? 라고 생각하는 것이다. 도대체 왜 인류를 존속시키기 위하여 이 고생을 하는가? 이렇게 하는 것이 대단히 바람직한 일인가? 우리 인간은 하나의 종족으로서 매력이 있는 것인가? 별로, 라고 그는 약간 단정치 못한 애들을 바라보면서 생각했다. 그가 총애해 마지않는 캠은 이미 잠자리에 든 것 같았다. 바보 같은 질문들, 헛된 질문들, 몰두할 일이 있으면 결코 묻게 되지 않는 질문들이었다. 이것이 인생인가? 저것이 인생인가? 우리는 이런 일에 관하여 생각해볼 시간이 결코 없다. 그러나 여기서 그는 이러한 종류의 질문을 자신에게 던지고 있는 것이다. 램지 부인이 하인들에게 지시를 내리고 있었고, 또한 캐리 매닝이 아직도 살아 있다는 소식에 램지 부인이 놀라는 것을 보며 우정이라는 것은, 심지어는 최상의 그것도, 허물어지기 쉬운 나약한 것이라는 생각이 갑자기 떠올랐기 때문이기도 하다. 우리는 떨어져나간다. 그는 다시 한번 자신을 꾸짖었다. 그는 램지 부인 옆에 앉아 있는데, 원 어떻게 된 일인지 세상에 그녀에게 할말이 도통 없었다.

"대단히 죄송해요." 램지 부인은 드디어 그가 있는 쪽으로 몸을 돌리면서 말했다. 그는 마치 물에 푹 잠겼다가 말라 비틀어져서, 무진 애를 써도 잘 신어지지 않는 한 켤레의 구두같이 딱딱하고 메마른 느낌이 들었다. 하지만 그는 그 구두를 신어야만 했다. 그는 무슨 수를 써서라도 이야기를 하지 않으면 안 되었다. 그가 대단히 주의하지 않으면 그녀가 그의 배신을 알아차리게 될 것이었다. 그가 그녀에게 조금도 관심이 없다는 사실을 말이다. 그러면 기분이 좋을 리가 없다고 그는 생각했다. 그래서 그는 그녀 쪽으로 정중하게 머리를 조아렸다.

"이 떠들썩한 장소에서 식사하는 것을 얼마나 싫어하실까." 그녀는 특별히 신경 쓰지 않을 때 늘 하는 대로 사교적인 태도를 십분 발휘하면서 말했다. 그래서 어떤 모임에서 어느 나라 말을 사용할 것인가에 관하여 분란이 있을 경우 회장이 통일을 기하기 위하여 모두 프랑스어를 쓰라고 제의한다. 엉터리 프랑스어가 될지도 모르고, 또 프랑스어에는 화자의 생각들을 표현하는 단어들이 없을지도 모르지만 그럼에도 불구하고 프랑스어로 말하는 것은 약간의 질서, 약간의 통일성을 부여한다. 프랑스어로 그녀에게 대답하면서 뱅크스 씨는 "아니예요, 전혀 아니예요"라고 말했고, 프랑스어를 전혀 모르는 탠슬리 씨는 단음절 단어로 이렇게 말해서 즉시 이 말의 성실성을 의심했다. 램지 가 사람들은 엉터리 같은 이야기만 하였다. 그는 이 새로이 등장한 기회가 반가워 덤벼들어가지고 조만간 한두 명의 친구에게 소리 내어 읽어주려고 기록을 해두었다. 하고 싶은 말을 마음대로 할 수 있는 모임에서 그는 '램지 가에서의 체류'를 냉소적으로 묘사하고 싶었다. 다시 말해서 그들이 얼마나 웃기는 이야기를 하는가를 말해주고 싶었다. 이들과 한번은 같이 있어볼 만하지만 다시는 아니라고 말할 것이었다. 여자들이 그렇게 진부할 수가 없었노라고 그는 말할 작정이었다. 물론 램지는 아름다운 여인과 결혼해서 여덟 명의 자녀를 낳고 꿈을 꺾어버렸다. 대충 이런 식으로 이야기가 꼴이 잡힐 것이었다. 그러나 지금 이 순간 그의 옆에 빈자리가 있는 채로 꼼짝 못하고 앉아 있는 상태에서는 어떤 것도 전혀 모양새를 갖추지 못했다. 모두가 단편의 상태였다. 그는 극도로, 심지어는 육체적으로도, 편안치가 않았다. 그는 누군가가 자신을 주장할 수 있는 기회를 주었으면 했다. 그는 그 기회를 너무도 절실하게 원해서 이 사람, 그 다음에는 저 사람을 바라보면서 의자에 앉은 채 안절부절을 못하고 그들의 이야기에 끼여들려고 입을 열었다 닫았다 하고 있었다. 그들은 수산업에 관하여 이야기하고 있었다. 왜 아무도 그의 의견을 묻지 않는 것일까? 그들이 수산업에 관하여 알면 얼마나 안단 말인가?

릴리 브리스코우는 이 모든 것을 알고 있었다. 그의 맞은편에 앉아서 그녀는 마치 엑스광선이 투여된 가슴을 보듯, 그의 엷은 살갗 밑에 거무스름하게 숨어 있는 이 욕망의 갈비뼈나 넓적다리뼈를 환히 볼 수 있었다—관습이 끼어들어 말하고 싶은 열망 위에 덮어놓은 그 엷은 안개. 하지만 중국 여자처럼 생긴 눈을 가늘게 뜨면서, 그리고 그가 "그림 못 그려, 글을 쓸 수 없지" 하고 여자들을 비웃던 일을 기억하고는 왜 내가 그가 편안해지도록 도와주어야 해? 하고 생각했다.

그녀가 알기로는 소위 행동규범이라는 것이 있는데, 제7조에 (아마도) 이와 같은 경우에는 그녀의 직업이 무엇이든지 간에 여자라면 마땅히 맞은편에 앉은 남자를 도와서 우쭐대고 싶은 간절한 그의 욕망과 허영심의 넓적다리뼈, 갈비뼈를 드러내고 편안해지도록 도와주어야 한다고 되어 있다. 마찬가지 이치로 만약 지하철이 폭발해서 화염을 뿜어 올리는 경우 그들이 마땅히 우리 여자들을 도와주듯이, 라고 그녀는 노처녀다운 공정성에 입각해서 생각했다. 그 때에는 확실히 탠슬리 씨가 나를 구출해내줄 것을 기대해야 한다고 그녀는 생각했다. 그런데 만약 우리가 쌍방 모두 이런 일을 하지 않는다면 어떻게 될까? 하고 그녀는 생각해보았다. 그래서 그녀는 거기 앉아서 미소만 짓고 있었다.

"릴리, 등대에 갈 계획이 아니지요." 램지 부인은 말했다. "가엾은 랭글리 씨를 잊지 말아요. 그는 세계 일주를 여러 차례 했지만 우리 남편이 그를 데리고 갔을 때만큼 고생한 적은 없었다고 내게 말했어요. 탠슬리 씨, 배 잘 타세요?" 그녀는 물었다.

탠슬리 씨는 망치를 치켜들고 공중에 대고 높직이 흔들었으나 그것이 내려올 때 이와 같은 연장으로 이 나비를 내리칠 수는 없다는 사실을 깨닫고 평생 뱃멀미를 해본 적이 없다고 말했을 뿐이었다. 하지만 그 문장 속에 폭약처럼 그의 할아버지가 어부였다는 사실 그리고 아버지는 약종상이었다는 사실, 그리하여 그는 완전히 자수성가했노라고, 또한 이 사실을 자랑스럽게 생각한다고, 다시 말해서 그는 다름아닌 찰스 탠슬리라고—거기 있는 누구도 인식하고 있는 것같이 보이지 않는 사실, 그러나 조만간 모르는 사람이 없게 될 사실을 빡빡하게 담아내었다. 그는 앞을 노려보고 있었다. 그는 이 연약하고 세련된 사람들, 조만간 그의 내면에 도사리고 있는 폭약에 의하여 털 뭉치처럼, 그리고 사과통처럼 높이 하늘 위로 날아오를 이들을 거의 동정할 수 있을 지경이었다.

"저를 데리고 가시겠어요, 탠슬리 씨?" 릴리는 빨리, 다정하게 말했다. 그 까닭은, 만약 램지 부인이 다음과 같은 말을 그녀에게 하였다 하여도 (기실 결과적으로 그런 말을 한 것이나 진배없지만) 릴리로서는 별 도리가 없었을 것이다. 즉 "릴리, 나는 지금 불바다속에서 익사할 지경이에요. 당신이 지금의 이 고통에다 빨리 약을 발라주는 격으로 저 청년에게 뭔가 다정하고 듣기좋은 말을 해주지 않는 한, 인생은 좌초하고 말 거예요"—실제로 나는 이 순간 마찰의 껄끄러운 소리와 화가 나서 으르렁거리는 소리를 듣는다. 나의 신경은 현악기의 줄처럼 팽팽하게 당겨져 있다. 한번만 건드리면 끊어져버릴 것이다—부인이 이 모든 것을 눈길로 수도 없이 말했을 때 릴리 브리스코우는 이 실험을 그만두고 다정하게 굴지 않으면 안 되었다—우리가 저 젊은이에게 잘 대해주지 않으면 무슨 일이 일어날까—라는 실험.

그녀의 기분의 향방을 정확하게 판단하고 나서—그녀가 이제 다시 그에게 다정하다는 사실을 알아차리고서—그는 에고이즘에서 벗어날 수 있어서, 그녀에게 그가 아기였을 때 배에서 어떻게 내동댕이쳐졌는가에 관해 이야기하였다. 즉 그의 아버지가 어떻게 배 갈쿠리로 그를 건져내곤 했는가, 그런 식으로 그가 수영을 배웠다는 이야기. 그의 아저씨 한 사람이 스코틀랜드에서 좀 떨어져 있는 어떤 바위 위에 등대를 보유하고 있었노라고 말했다. 폭풍우가 이는 가운데 그는 아저씨와 함께 거기에 있었다. 그는 쉬는 동안에 이 말을 커다랗게 했다. 그가 폭풍우가 이는 가운데 아저씨와 등대 안에 있을 수밖에 없었다고 이야기했을 때 그들은 주의깊게 들어야만 했다. 담화가 이와 같이 상서로운 방향으로 나아가게 되었을 때, 그리고 부인이 감사해하고 있는 것을 느꼈을 때, (부인은 이제는 잠시 자유로이 이야기할 수 있으니까) 릴리 브리스코우는 아아, 하지만 당신을 위하여 내가 얼마나 큰 희생을 감수했는가?라고 생각했다. 그녀는 진실하지 못했던 것이다.

그녀는 늘상 쓰던 속임수를 썼던 것이다—다시 말해 본의 아니게 그에게 잘 대해주었던 것이다. 그녀는 결코 그를 제대로 알지 못할 것이었다. 그도 결코 그녀를 제대로 알지 못할 것이었다. 대인관계란 모두 이러하다고 그녀는 생각했다. 그리고 그중에서도 최악이 (뱅크스 씨만 예외이고) 남녀관계였다. 불가피하게 남녀관계는 극도로 진실하지 못하다고 그녀는 생각했다. 그때 그녀의 눈에는 소금 그릇이 들어왔는데, 그것은 그녀가 자신을 상기시킬 목적으로 미리 거기에 놓아둔 것이었다. 다음날 아침 그녀는 가운데로 나무를 더 가까이 밀어놓을 것이었다. 그림 생각을 하자 기분이 몹시 좋아져서 그녀는 탠슬리 씨가 하고 있는 말에 호탕하게 웃어제꼈다. 하고 싶으면 밤새도록이라도 이야기하라지.

"하지만 등대에 근무시키는 기간은 얼마나 되나요?" 그녀는 물었다. 그는 그녀에게 일러주었다. 그의 지식은 놀라웠다. 그리고 그가 감사하게 생각했고, 그녀를 좋아했으며, 스스로 즐기기 시작하고 있었기 때문에 이제 그녀는 저 꿈의 나라, 비현실적이며 고혹적인 곳, 이십 년 전 말로우의 매닝 가의 거실로 돌아갈 수 있다고 부인은 생각했다. 그곳에서는 우리가 서둘거나 걱정할 필요 없이 돌아다닐 수 있었다. 거기에는 걱정할 미래가 없으니까.

그녀는 그들에게 일어난 일, 또 그녀에게 일어난 일을 알고 있었다. 이것은 마치 좋은 책을 다시 읽는 것과도 같았다. 이야기의 결말을 그녀가 이미 알고 있으니까. 그것은 이십 년 전에 일어난 일이었고 인생은 거기서 봉해지고 말았으니까. 인생은 이 식당의 테이블에서도 폭포수처럼 어디선지 모르게 쏟아져 내려와서 호수처럼 잔잔하게 강둑 사이에 놓여 있었다. 그는 그들이 당구장을 지었다고 했다—가능한 일인가? 윌리엄은 매닝 가에 관하여 계속 이야기할 것인가? 그녀는 그가 그랬으면 했다. 그러나 아니다—왠지 그는 더 이상 그럴 기분이 아니었다. 그녀가 노력해보았지만 그는 반응을 보이지 않았다. 그녀는 그에게 강요할 수는 없는 노릇이어서 그만 실망하고 말았다.

"애들은 형편없어요." 그녀는 한숨을 내쉬면서 말했다. 그는 시간 지키는 일은 인생의 후반기에 이를 때까지는 그다지 중요하지 않은 덕목 중의 하나라는 유의 이야기를 했다.

"덕목류에 끼기나 한다면이지요." 램지 부인은 단순히 공백을 메우기 위하여, 윌리엄이 노처녀같이 되어가고 있다고 생각하면서 말했다. 그의 배신을 의식하고, 좀더 다정한 이야기를 그녀가 하고 싶어한다는 것을 알지만 지금으로서는 그럴 기분이 아니어서 그는 거기 앉아 기다리면서 인생의 불쾌감이 엄습하는 것을 느꼈다. 혹시 다른 사람들은 재미있는 이야기를 하고 있는 것은 아닐까? 그들은 무슨 이야기를 하고 있을까?

어획고가 시원치 않았고, 사람들이 이민을 가고 있다는 것, 그리고 그들은 임금과 실업 사태에 관하여 이야기하고 있었다. 그 젊은이는 정부를 욕하고 있었다. 윌리엄 뱅크스는 사적인 삶이 유쾌하지 못할 때 이런 종류의 화제를 잡는 것이 얼마나 위안이 되는가, 라고 생각하면서 그가 '현 정부의 치부 중의 하나'에 관하여 하는 이야기를 들었다. 릴리도 듣고 있었고, 부인도 듣고 있었다. 그들 모두 듣고 있었다. 그러나 이미 싫증이 난 릴리는 무언가 개운치 못하다고 느꼈다. 뱅크스 씨도 무언가 결여되어 있다고 느꼈다. 숄을 두르면서 부인도 무언가 석연치 않다고 느꼈다. 그들 모두는 잘 들어보려고 몸을 굽히고 생각했다. '제발 내 마음속의 생각이 드러나지 말아야 할 텐데.' 각자는 '다른 사람들은 이렇게 느끼고 있다. 그들은 어부 처우 문제 때문에 격노한 상태에 있다. 그런데 나는 전혀 아무것도 느끼지 않는다'라고 생각했기 때문이다. 그러나 어쩌면 그가 탠슬리 씨를 바라보았을 때 이 사람이야말로 기다리고 기다리던 영웅이라고 생각했는지도 모른다. 우리는 항상 그와 같은 남자를 기다리고 있으니까. 기회는 늘 있었다. 어느 때고 지도자는 분연히 일어선다. 다른 분야에서와 마찬가지로 정치에서도 천재는 나타나는 법이다. 되도록 관대하게 선의로 해석하려 하면서도 뱅크스 씨는 이 친구가 정권을 잡으면 우리 같은 완고파의 비위에는 맞지 않는 짓을 할 것이라고 생각했다. 뱅크스 씨는 신기한 육감에 의해서 그가 질투하고 있다는 사실을 알았기 때문이다. 부분적으로는 그 자신에 대하여, 어쩌면 그 자신보다는 그의 일에 대하여 더 질투를 느끼고 있는지도 모를 일이었다, 그의 견해에 대하여, 그의 학식에 대하여 질투하고 있는지도 몰랐다. 고로 그는 완전히 마음을 털어놓거나 완전히 공평무사하지는 않았다. 당신의 인생을 완전히 낭비했어요. 당신네들은 모두 틀렸어요. 가엾은 구식 고집쟁이들 같으니라구, 당신네들은 절망적으로 시대에 뒤떨어져 있어요, 라고 탠슬리 씨는 말하고 있는 듯했다. 이 젊은이는 약간 자신감이 지나쳐 보였다. 그리고 그의 태도도 나빴다. 하지만 뱅크스 씨는 자신에게 좀더 관찰해보라고 명했다. 그는 용기가 있고 능력이 있지 않느냐고. 사실에 대한 그의 지식은 극에 달해 있었다. 어쩌면 탠슬리가 정부를 비방하는 것으로 미루어보아 그의 말에는 많은 의미가 담겨 있을 것이라고 뱅크스 씨는 생각했다.

"자 이제 얘기해봐요……" 그는 말했다. 그래서 그들은 정치 논쟁을 벌였고, 릴리는 테이블보 위의 나뭇잎을 바라다보았고, 부인은 논쟁을 완전히 두 남자에게 떠맡기고 자기가 이런 이야기를 왜 이토록 따분해하나 생각해보고, 식탁의 다른 쪽 끝에 앉아 있는 남편을 쳐다보면서 그가 무슨 말을 좀 했으면 하고 바랐다. 한마디라도 좋으니까. 그가 한마디 하면 확 달라질 테니까. 그는 사물의 정곡을 찌르니까. 그는 진심으로 어부들과 그들의 임금 문제에 신경을 썼다. 그는 가엾은 어부들 생각에 잠을 이루지 못할 정도였다. 그가 말을 하면 사정은 완전히 달랐다. 그가 말을 하면 우리는 '내가 그런 일에 관심이 없다는 것을 제발 당신이 알아차리지 말게 하소서'라는 느낌은 갖지 않는다. 왜냐하면 관심이 있기 때문에. 그러고 나서 이것은 그녀가 그를 너무나도 존경해서 그가 말하기를 기다리고 있는 것이라는 사실을 깨닫고 그녀는 마치 누군가가 그녀의 남편과 그들의 결혼을 칭찬하고 있는 듯한 느낌을 받았다. 그래서 그녀는 그를 칭찬한 것은 다름아닌 자기 자신이었다는 사실을 깨닫지 못하고, 온몸이 작열하고 있음을 느꼈다. 그녀는 그를 바라보며 그의 얼굴에서 존경할 만한 점을 찾아보려 했다. 즉 그가 훌륭해 보일 것이라고 그녀는 생각했던 것이다…… 그러나 전혀 아니었다! 그는 오만상을 찌푸리고 있었고, 화가 나서 얼굴을 붉히고 있었다. 도대체 무엇 때문에 저러는 것일까? 그녀는 궁금했다. 무슨 일일까? 단지 늙은 어거스터스가 수프 한 그릇 더 달라고 한 것밖에는 없는데. 그러나 램지 씨에게 이런 일은 생각도 할 수 없는 일이었고, 끔찍하게 혐오스러운 일이었다. (그래서 그는 식탁을 가로질러 그녀에게 신호를 보냈다.) 어거스터스가 수프부터 다시 시작하고 있노라고. 자기는 끝냈는데 사람들이 계속 먹고 있는 것을 그는 못견디게 싫어했다. 그녀는 그의 분노가 한 떼의 사냥개처럼 그의 눈, 이마로 날아 들어가는 것을 보았다. 그녀는 곧 격렬한 어떤 것이 폭발하리라는 것을 알아차렸다. 그러자 다행스럽게도 그녀는 그가 자신을 억제하는 것을 보았다. 그리고 그의 몸 전체에서는 단어가 아니라 불꽃이 튀어나오는 것 같았다. 그는 오만상을 찌푸리고 앉아 있었다. 그는 아무 말도 하지 않았다. 그는 그녀가 지켜보아주기를 바랐다. 그녀가 그의 이와 같은 처신에 칭찬을 보내주기를 바랐다. 그러나 도대체 왜 불쌍한 어거스터스가 수프 한 그릇을 더 청하면 안 된단 말인가? 그는 단순히 엘렌의 팔을 건드리고 다음과 같이 말했을 뿐인데.

"엘렌, 미안하지만 수프 한 그릇만 더." 그런데 램지 씨는 그와 같이 오만상을 찌푸렸던 것이다.

왜 안 되나요? 램지 부인은 물었다. 확실히 그가 원하면 어거스터스가 수프를 더 먹게 할 수 있는 일이었다. 사람들이 음식에 탐닉하는 것을 싫어한다고 램지 씨는 그녀를 향해 낯을 찡그렸다. 그는 무엇이든지 이런 식으로 여러 시간 질질 끄는 것은 딱 질색이었다. 하지만 램지 씨는 자제했고, 그는 그녀가 그의 자제하는 모습을, 그 광경이 비록 거부감을 주는 것이기는 했지만, 지켜봐주기를 바랐다. 하지만 왜 그렇게 분명하게 내색을 하느냐고 부인은 물었다. (그들은 긴 식탁 아래로 이 질문과 답변들을 보내면서 각자 상대방의 감정을 정확하게 아는 상태에서 서로를 바라다보았다.) 모두가 지켜보고 있다고 부인은 생각했다. 로즈는 아버지를 뚫어지게 바라보고 있었고, 로저도 아버지를 응시하고 있었다. 둘 다 발작적인 웃음을 터뜨리기 일보 직전이라는 사실을 그녀는 알고 있었다. 그래서 그녀는 즉시 (사실상 바야흐로 때가 되었다) 다음과 같이 말했다.

"초에 불을 댕겨라." 그러자 그들은 발딱 일어나서 찬장을 뒤졌다.

왜 그는 감정을 감출 수 없을까? 램지 부인은 그것이 궁금했다. 그녀는 어거스터스 카마이클이 눈치채지 않았을까 궁금했다. 눈치챘을지도 모르고 아닐지도 몰랐다. 그녀는 수프를 마시면서 태연자약하게 앉아 있는 그를 존경하지 않을 수 없었다. 수프를 더 원하면 더 달라고 했다. 사람들이 그를 비웃든지 그에게 화를 내든지 그는 상관하지 않았다. 그가 그녀를 좋아하지 않는다는 사실을 그녀는 알고 있었다. 그러나 역설적이지만 부분적으로는 바로 그 이유 때문에 그녀는 그를 존경했다. 수프를 마시고 있는, 희미한 불빛 속에 거대하고, 차분하고, 기념비적이며, 명상적인 모습의 그를 바라보면서 그때 그의 감정은 어떤 것일까, 그리고 왜 그는 항상 만족해하고 위엄을 잃지 않는지 궁금해했다. 그리고 그녀는 그가 얼마나 앤드루를 사랑하며, 자주 자기 방으로 앤드루를 불러들이고 앤드루의 말에 의하면 여러 가지 물건들을 보여주는 것일까 하고 생각해보았다. 그는 저기 잔디 위에 온종일 누워서 어쩌면 그의 시에 관하여 심사숙고하곤 하는지도 몰랐다. 그러다가 우리에게 고양이가 새들을 지켜보는 것을 상기시키고 그리고는 적절한 단어를 찾아냈을 때는 손뼉을 쳤다. 남편은 "가엾은 어거스터스 ― 그는 진짜 시인인 것을"이라고 말했다. 이것은 그녀의 남편이 할 수 있는 최상의 찬사였다.

이제 여덟 개의 초가 식탁 아래 쪽에 세워졌고, 처음에 흔들거리더니, 이윽고 불꽃이 곧추서서 긴 식탁 전체를 환하게 비추었다. 식탁 한가운데에는 노랗고 보랏빛 나는 과일 접시가 놓여 있었다. 부인은 로즈가 어떻게 저리도 절묘하게 꾸며놓았나, 의아해했다. 로즈가 포도와 배, 뿔 모양의 핑크빛 줄이 간 조개 그리고 바나나를 배열해놓은 것이 바다 밑바닥에서 건져온 트로피를 연상시켰기 때문이다. 즉 바다의 신 넵튠의 연회, 표범 가죽과 붉은색과 황금색으로 춤추는 횃불들 사이로 바커스의 어깨 너머로 담쟁이 이파리들과 함께 걸려 있는 송이를 (어떤 그림의) 연상시켰기 때문이다…… 이렇듯 갑작스럽게 밝아지자 식탁이 굉장히 크고 깊어 보였다. 마치 지팡이를 짚고 언덕을 올라갈 수 있는 세계 같다고 그녀는 생각했다. 그러고는 골짜구니로 내려와서 그녀는 기뻐하면서 (순간적으로나마 그들에게 공감대가 형성되게 했으니까) 어거스터스도 같은 과일 접시를 황홀하게 바라보고 있는 것을 보았다. 그는 돌진해 들어가서 여기서 꽃 한 송이를 따고, 저기서 술 하나를 뽑고는 실컷 즐기고 자신의 자리로 돌아갔다. 이것이 그녀와 다른, 사물을 바라보는 그의 방식이었다. 방식은 달랐지만 함께 바라다보는 행위가 그들을 결속시켰다.

이제 모든 초에 불이 댕겨졌다. 식탁 양켠의 얼굴들이 촛불로 인해서 해질 무렵에는 그렇지 않았는데, 좀더 가까워졌고, 그들은 식탁을 에워싸고 차분하게 일당을 이루었다. 밤이 이제 유리창들에 의하여 차단되고, 유리창들이 바깥 세계를 정확하게 보여주기는커녕 바깥 세계가 이상하게 흔들거려서 방 안이 질서와 마른 땅의 화신으로 보였고, 밖에서는 사물이 물처럼 흔들거리다 사라지는 듯이 보였기 때문이었다.

그들은 즉시 모종의 변화를 체험했다. 그리하여 그들은 모두 섬의 우묵한 곳에서 함께 일당을 이루고 있다는 사실을 의식했다. 즉 바깥 세계의 유동성을 상대로 체결한 공동의 대의명분을 느꼈던 것이다. 폴과 민터가 돌아오기를 기다리면서 불안해하고 있던 부인도 이제는 불안이 기대로 바뀌어 있는 것을 느꼈다. 이제 분명히 그들이 들어올 것이기 때문이다. 그리고 릴리 브리스코우는 이 갑작스러운 환희의 원인을 분석해보려고 노력하면서 이것을 정구장에서의 다음과 같은 순간에 비유했다. 즉 갑자기 견고성이 사라지고 그들 사이에 거대한 공간이 가로놓이는 순간에 비유했던 것이다. 이제 가구가 별로 없는 방, 커튼을 치지 않은 유리창들 그리고 촛불에 비치는 밝고 가면과도 같은 얼굴들의 표정에서 켜놓은 여러 개의 초가 같은 효과를 연출해내고 있었다. 약간의 무게가 그들에게서 떨어져나갔다. 어떤 일도 일어날 수 있다고 그녀는 느꼈다. 부인은 문간을 바라보면서 그들이 이제는 꼭 올 것이라고 생각했다. 바로 그 순간 민터 도일과 폴 래일리가 양손에 거대한 접시를 든 하녀와 함께 들어왔다. 너무 늦었노라고, 끔찍이 늦었노라고, 식탁의 다른 쪽 끝으로 자리를 찾아가면서 민터가 말했다.

"브로치를 잃어버렸어요—할머니의 브로치를요." 민터는 애절한 목소리로 말하고, 램지 씨 옆에 앉아서 그녀의 커다란 갈색 눈에 눈물이 흥건히 고인 채 시선을 아래위로 보냈다. 그는 기사도 정신이 발휘되어 그녀를 놀렸다.

보석 장신구를 달고 바위틈을 기어오르다니, 그런 바보가 어디 있느냐고 했다.

그녀는 그를 두려워하고 있는 중이었다—그는 너무도 똑똑했고, 그의 옆에 앉았던 첫날 밤 그가 조지 엘리엇[30]에 관하여 물었을 때 그녀는 정말 겁이 났었다. 그녀는 『미들 마치』[31]의 셋째 권

30 영국의 여류 소설가, 1819~1880.

31 조지 엘리엇의 소설.

을 기차에 두고 내려버려서 그 소설의 결말 부분에 어떤 일이 일어났는지는 알지 못했다. 그러나 후에는 두 사람 사이가 좋아졌다. 그가 그녀에게 바보라고 하기를 좋아하기 때문에, 그녀는 실제보다 한층 더 무식한 척했다. 그리하여 오늘밤 그가 그녀를 비웃자마자 그녀는 전혀 겁을 먹지 않았다. 게다가 그녀는 방에 들어오자마자 기적이 일어났다는 사실, 즉 그녀가 그녀 특유의 금빛 안개를 쓰고 있다는 사실을 알아차렸다. 어떤 때는 이 금빛 안개를 쓰고 있었고, 어떤 때는 아니었다. 그녀는 그 안개가 왜 나타나는지 왜 사라지는지, 아니면 그녀가 방 안에 들어올 때까지 그것을 지니고 있는지 아닌지를 결코 알 도리가 없었다. 그래서 그녀는 어떤 남자가 그녀를 바라보는 방법에 의하여 순간적으로 자신이 금빛 안개를 쓰고 있는지 아닌지를 알 수 있었다. 그렇다, 오늘밤 그녀는 그 안개를 듬뿍 뒤집어쓰고 있었다. 그녀는 이 사실을 램지 씨가 그녀보고 바보짓하지 말라고 하는 말투에 의하여 알아차렸다. 그녀는 미소를 지으면서 그의 옆에 앉아 있었다.

그렇다면 틀림없이 그들은 약혼했다고 부인은 생각했다. 그러고는 한순간 그녀는 다시는 느끼리라고 기대하지 못한 것을 느꼈으니 ―그것은 다름아닌 질투였다. 남편도 민터의 작열하는 아름다움을 감지했기 대문이다. 그는 이런 처녀들을 좋아했다. 이들 금빛, 붉은빛이 도는 처녀들, 약간 들떠 있고, 약간 야성적이고 단정치 못한 처녀들, '머리 손질을 단정하게 하지' 않는 처녀들. 그는 릴리 브리스코우에 관하여는 "……빈약하다"고 말하면서. 민터에게는 부인이 지니지 못한 어떤 특질이 있었으니 즉 매력적이고, 기쁨을 선사하고, 그가 민터와 같은 처녀들을 좋아하게 만드는 어떤 광채, 어떤 기름짐이 바로 그것이었다. 그들은 그의 머리카락을 잘라서 그에게 시계줄을 땋아주거나 아니면 "램지 씨 오세요, 이제 우리가 그들을 이길 차례예요"라고 하며 그를 부르면서 (그녀는 그들이 부르는 소리를 실제로 들었다) 그의 일을 중단시켰다. 그는 정구하러 밖으로 나갔다.

그러나 이따금 다분히 자신의 잘못으로 인하여 늙은 모습을 거울 속에서 보고 약간 화가 날 때를 제외하고서는 (온실 비용과 기타의 문제로) 사실은 그녀는 질투하지 않았다. 그녀는 그들이 그를 놀리는 것을 고맙게 여겼다. ("램지 씨 오늘은 파이프를 몇 대나 피우셨어요?" 등으로.) 그들은 램지 씨가 젊은이처럼 보일 때까지 놀려댔다. 즉 여자들에게 대단히 매력있는 남자, 그의 노고의 크기와 이 세상의 슬픔들과 명성이나 실패의 무게에 치이지 않고 다시 그녀가 처음 그를 만났을 때처럼 수척하지만 기사를 연상시키는 젊은이처럼 보일 때까지 놀려대었던 것이다. 부인은 램지 씨가 배에서 그녀를 구출해준 일을 기억했다. 저렇게 유쾌하게. (그녀는 그를 바라다보았고, 그는 민터를 애먹이고 있었는데, 놀라울 정도로 젊어보였다.) 그녀는 스위스 하녀가 비프 스튜가 담긴 거대한 갈색 그릇을 그녀 앞에 얌전하게 놓을 수 있게 도와주면서 "거기 놓아요"라고 말했다. 부인으로 말하자면 멍청이들을 좋아했다. 폴을 그녀 옆에 앉혀야만 했다. 그녀는 그를 위해 자리를 마련해놓고 있었다. 정말 그녀는 이따금 그녀가 멍청이들을 가장 좋아한다고 생각했다. 그들은 논문 따위로 우리를 성가시게 하지 않았던 것이다. 따지고 보면 이 소위 똑똑하다는 친구들, 인생에서 얼마나 많은 것을 놓치고 사는가! 정말 그들은 얼마나 메말라지고 마는가. 폴에게서는 대단히 매력적인 분위기가 감돈다고 그녀는 폴이 앉아 있는 모습을 바라보면서 생각했다. 그의 태도는 유쾌하기 그지없었고, 오똑 선 콧날, 빛나는 파란 눈도 매력적이었다. 그는 또한 대단히 사려 깊었다. 이제 모두들 다시 이야기하기 시작했으니까 무슨 일이 일어났는지 그녀에게 말해 줄 것인가?

그녀 옆에 앉으면서 그는 "우리는 민터의 브로치를 찾으러 돌아갔어요"라고 말했다. "우리"—이 한마디로 족했다. 이 말을 하기가 힘이 들어서 목소리가 높아지고 안간힘을 쓰는 것에서 그가 '우리'라는 단어를 처음 쓴다는 사실을 그녀는 알아차렸다. '우리가 이랬어요, 우리가 저랬어요.' 그들은 평생 이렇게 말할 것이라고 그녀는 생각했고, 마르테가 약간 허세를 부려가며 뚜껑을 열었을 때 커다란 갈색 그릇에서 올리브, 기름 그리고 국물의 정교한 향내가 피어올랐다. 요리사가 이 요리를 만드느라고 꼬박 사흘을 소비했다. 그녀는 윌리엄 뱅크스에게 특별히 연한 고기를 골라주기 위하여 조심해서 국자를 그릇에 넣어야 한다고 생각했다. 그러고는 반짝이는 그릇의 안벽들, 맛좋은 갈색 그리고 노란색 고기들, 베이나무 잎들[32], 그리고 포도주가 어지러이 혼합되어 있는 그릇 속을 뚫어져라고 들여다보면서 생각했다. 이것이 축하하게 될 것이라고—괴상하면서 동시에 부드러운, 페스티벌을 축하하는 이상한 느낌이 그녀의 내면에서 일어났다. 마치 두 개의 상반된 감정이 내면에서 일어나기라도 하듯이, 하나는 심오한 감정으로—남녀간의 사랑보다 더 심각한 것이 무엇이 있을 수 있겠는가, 그 내면에 죽음의 씨앗을 지니고 있는 이 사랑보다 더 인상적이고 힘있는 것이 무엇이겠는가, 그러나 동시에 이 연인들, 눈을 반짝이며 환상 속으로 빠져드는 이 사람들을 가운데 놓고 둘레에서 딴 사람들은 조롱의 춤을 추고 있을 것이다.

"이건 대성공이에요." 뱅크스 씨는 칼을 잠시 내려놓으면서 말했다. 그는 천천히 맛을 음미하면서 먹었다. 고기는 연했고 맛있

32 향료로 요리에 넣는 월계수 잎들.

었다. 요리 솜씨도 완벽했다. 이 시골 구석에서 어떻게 이런 요리를 해내느냐고 그는 그녀에게 물었다. 그녀는 대단한 여인이었다. 그의 모든 사랑, 모든 존경심이 돌아왔고, 그녀는 그 사실을 알고 있었다.

"할머니의 프랑스 요리 레시피예요." 목소리에서 크나큰 즐거움이 울려 퍼지게 하면서 부인은 말했다. 물론 프랑스 요리였다. 소위 영국의 요리라는 것들은 형편없다. (그들은 모두 이에 동의했다.) 영국 요리는 양배추를 물에 담근 것이고, 고기를 가죽같이 될 때까지 익히는 것이며, 맛있는 야채 껍질을 잘라버리는 것이다. "그 속에 야채의 온갖 영양소가 다 들어 있는데" 하고 뱅크스 씨가 말했다. 또 그 낭비라니, 부인이 말했다. 프랑스 가정의 온 식구가 영국의 요리사 한 사람이 버리는 것으로 실컷 먹고살 수 있을 정도니까. 윌리엄의 애정이 다시 그녀에게 돌아왔다는 느낌, 그리고 모든 것이 다시 좋아졌다는 느낌, 그녀의 엉거주춤한 상태가 이제는 끝이 났다는 것, 그리하여 이제 그녀는 자유로이 의기양양해하거나 남을 조롱할 수도 있을 만큼 자신이 생겨서 웃고, 과다한 몸짓도 해 보여서 릴리는 그녀의 내면적인 아름다움을 다시 열어젖히고 저기 앉아서 야채 껍질 이야기를 하면서 얼마나 애같이 굴고 얼마나 바보같이 구는 것인가, 하고 생각했다. 그녀의 분위기에는 무서운 일면이 있었다. 한마디로 그녀는 못말렸다. 그녀는 항상 끝에 가서는 자기 마음대로 한다고 릴리는 생각했다. 이제 그녀는 이 일을 성취해내고야 말았다—폴과 민터는 약혼했다고 볼 수 있으며, 뱅크스 씨도 결국 여기서 식사를 하고 있지 않은가. 그녀는 단도직입적으로 소망해서 그들 모두에게 마법을 걸었다. 릴리는 이 부인의 풍성함과 자기 자신의 빈약한 정신을 대조시켜보고서는 이것은 부분적으로는 이 신비롭고, 이 겁나는 것, 그녀 옆에 앉아 있는 폴 래일리로 하여금 온통 전율하면서도 넋이 나간 듯하고, 골몰하면서 침묵하게 만드는 것에 대한 확신이라고 생각했다. (부인의 얼굴은 온통 환하게 작열했으니까—젊어 보이지는 않으면서도 광채가 났다.) 부인은 야채 껍질 이야기를 할 때 결혼을 찬양하고, 숭배하고, 그것을 보호하고 있지만 성사시킨 뒤에는 왠지 웃으면서 그녀의 희생양들을 제단으로 인도한다고 릴리는 느꼈다. 이제는 바야흐로 그녀에게도 그것이 엄습했다—즉 사랑의 감정, 사랑의 이 떨림. 폴 옆에서 그녀 자신이 얼마나 시시하다고 그녀는 느꼈던가! 그는 작열하고, 타오르고 있는데 그녀는 초연하고 냉소적이고. 그는 모험의 장정에 나섰고, 그녀는 해안에 정박한 상태에 있고. 그는 대담하게 진수進水했고 그녀는 홀로 남겨진 상태에 있었다. 그리고 만약 그것이 재난이라면 그의 재난에서 한몫을 애원해볼 태세로 그녀는 수줍게 말했다.

"언제 민터가 브로치를 잃어버렸나요?"

폴은 추억에 가리어지고 꿈에 물이 든 가장 정교한 미소를 지었다. 그는 고개를 가로저었다. "해안에서요." 그는 말했다.

"제가 찾아낼 거예요." 그는 말했다, "내일 아침 일찍 일어날 거예요." 이 사실은 민터에게는 비밀이기 때문에 그는 목소리를 낮추고 웃으며 램지 씨 옆에 앉아 있는 민터 쪽으로 시선을 돌렸다.

릴리는 그를 돕고 싶은 욕망을 끈질기게 주장하고 싶었다. 어떻게 이른 새벽 해안가에서 돌멩이에 반쯤 가려 있는 그 브로치를 쪽집게처럼 그녀가 집어낼 것인가를 머릿속에 그려보면서. 그러니 선원들과 모험가들 틈에 그녀도 끼어야 한다고 주장하고 싶었던 것이다. 하지만 그녀의 제의에 그는 무어라고 대응했던가? 사실 그녀는 잘 드러내지 않는 감정을 드러내어, "동행하게 해주세요"라고 말했고, 그는 웃었다. 그것은 긍정 혹은 부정을 의미했다—어쩌면 둘 다였는지도 모른다. 하지만 그것이 그의 진심은 아니었다—그는 괴상하게 킬킬거리고 웃었다. 마치 그가, 그러고 싶다면 절벽에서 뛰어내리라지, 나는 상관 안 할 테니까, 라고 말하기라도 하듯이. 그는 그녀의 뺨에다 대고 사랑의 열기, 사랑의 공포, 사랑의 잔인성, 사랑의 무모함을 던졌다. 그것이 그녀를 담금질했다. 릴리는 식탁의 저쪽 끝에 앉아 있는 램지 씨에게 매력적인 존재인 민터를 바라보면서 그녀가 이들 야수의 독아毒牙에 노출된 사실에 움찔하며 감사해했다. 어쨌건 테이블 무늬 위의 소금 그릇을 보면서 천만다행하게도 자신은 결혼하지 않아도 된다고 생각했다. 즉 그녀는 그 수모를 견뎌내지 않아도 되는 것이다. 그녀는 그 퇴색에서 구제되었던 것이다. 그녀는 나무를 조금 중앙으로 밀어놓을 것이었다.

사물의 복잡성은 이 정도였다. 램지 가의 사람들과 함께 생활하면서 그녀는 두 가지 상반되는 감정을 동시에 격렬하게 느끼지 않을 수 없었다. 그건 당신이 느끼는 것이고, 하는 것이 하나였고, 이건 내가 느끼는 것이라는 것이 다른 하나였다. 그러고 나서는 그것들이 지금처럼 그녀의 마음에서 갈등을 일으켰다. 이 사랑은 너무 아름답고, 너무 신나는 것이어서 나는 그것의 가장자리에서 전율하고, 내가 늘상 하던 바와는 전혀 다르게 해안에서 브로치를 찾겠다고 나서는 것이다. 또한 이 사랑은 인간의 감정 가운데서 가장 어리석고, 가장 야만적인 것이기도 해서 보석의 그것과 같은 옆얼굴을 가진 근사한 젊은이를 (폴의 옆얼굴은 정말 정교했다) 마일 앤드 로드[33]의 쇠지렛대를 들고 있는 (그는 뽐내고 있었으며, 무례했다) 공갈배로 변모시킨다. 하지만 여명기

33 런던의 빈민굴 지대.

부터 사랑에 대한 송가는 있어왔다고 그녀는 생각했다. 화환이 쌓였고, 장미가 쌓였고. 열 사람 중 아홉 사람에게 물어보면 그들은 이 사랑밖에 원하는 것이 없다고 말할 것이다. 자신의 경험에 비추어보건대 여자들은 항상 우리가 원하는 것은 이게 아닌데, 이것보다 더 따분하고, 유치하고, 비인간적인 것은 없는데, 라고 느끼고 있다. 하지만 이 사랑은 그럼에도 불구하고 아름답고 필요한 것이다. 그렇다면, 그렇다면? 그녀는 다른 사람들이 논의를 계속해나가기를 기대하면서 마치 이와 같은 논의에서 우리의 사정거리가 확실히 짧아서 도저히 목표물에 도달하지 못하기 때문에 다른 사람들이 계속 해나가도록 내버려두기나 하듯이 물었다. 그리하여 그녀는 다시 그들이 사랑이라는 문제에 빛을 던져주지는 않을까 싶어서 그들이 하고 있는 말에 귀를 기울였다.

"자." 뱅크스 씨가 말했다. "영국 사람들이 소위 커피라고 하는 액체가 있지요 아마" 하고.

"오오, 커피!" 램지 부인은 말했다. 그러나 문제는 진짜 버터와 깨끗한 우유가 없다는 것이라고 그녀는 분발해서 대단히 힘주어 말했다. 열을 올리고 유창하게 말하면서 그녀는 영국 낙농업의 부정을 묘사했다. 다시 말해서 문간에 배달되는 우유의 열악한 상태, 그리고 그녀가 왜 이런 것들을 고발하려고 하는가를 증명하려 하고 있었다. 그녀가 이 문제를 파고 들어갔을 때 중앙에 앉아 있는 앤드루부터 시작해서 마치 가시금잔화의 잔디에서 잔디로 튀어오르는 불꽃처럼 그녀의 자녀들이 웃음을 터뜨렸다. 그녀의 남편도 웃었다. 그래서 부인은 높이 들었던 깃발을 내리고 포대砲臺를 철거하지 않을 수 없었고, 다만 영국의 대중적 편견을 공격하였을 때에 겪어야 하는 고통의 좋은 예가 지금 이 좌석에서 드러난 야유와 조소라는 사실을 뱅크스 씨에게 제시함으로써 소극적인 보복을 시도하는 도리밖에 없었다.

하지만 탠슬리 씨에 관련된 일로 부인을 도왔던 릴리가 이 일에는 전혀 말참견을 하지 않으려고 하는 것에 신경을 쓰고 있던 부인은 고의적으로 릴리만을 예외로 했다. 그래서 부인은 "여하간 릴리는 나하고 생각이 같아요"라고 말했고, 이렇게 부인 편으로 끌려 들어간 릴리는 다소 당황하고 놀랐던 것이다. (그녀는 사랑에 관하여 생각하고 있었기 때문에.) 그들, 릴리와 찰스 탠슬리, 둘이 다 여러 사람 틈에 끼지 않고 있다고, 부인은 생각하고 있었다. 둘이 다 다른 두 사람이 빛남으로 인하여 손해를 보고 있었다. 그가 자신이 완전히 찬밥 신세라고 느끼고 있는 것은 분명했다. 그 방에 폴 래일리가 있는 한 어떤 여인도 탠슬리에게는 시선을 보내려 하지 않을 것이었다. 가엾은 친구! 하지만 그는 그의 논문을 가지고 있었다. 누가 무엇에 미친 영향, 어쩌고저쩌고 하는 논문. 그러니 그는 그런대로 지낼 수 있었다. 릴리의 경우는 달랐다. 그녀는 민터의 빛남 속에서 시들어가고 있었다. 회색빛 작은 옷 속에서, 자그마하고 주름살투성이인 얼굴과 작은 중국인 특유의 눈을 한 그녀는 그 어느 때보다도 더 볼품이 없었다. 그녀의 분위기는 전체적으로 너무도 왜소했다. 그러나 그녀의 도움을 요청하면서, 그녀를 민터와 비교하면서 둘 중에서 나이 사십이 되면 릴리가 더 좋아보일 것이라고 부인은 생각했다. (릴리는 부인이 그녀의 낙농업에 관하여 이야기하는 것을 끝까지 들어주어야 하니까. 하지만 램지 씨가 그의 구두에 관해서 이야기하는 것보다는 덜할 것이었다—그는 구두 이야기를 시작하면 보통 짧아야 한 시간이니까.) 릴리에게는 한 가지 특징이 있었는데, 이것을 부인은 정말 대단히 좋아했지만 다른 사람은 아무도 좋아할 것 같지 않았다. 아무도 좋아하지 않을 것은 불을 보듯 뻔했다.

혹시 윌리엄 뱅크스처럼 나이가 많은 사람이라면 또 몰라도. 그러고 보니까 그의 아내가 죽은 후 어쩌면 그가 자기를 좋아하는지도 모른다고 부인은 이따금 생각했다. 물론 그가 '사랑에 빠진 것'은 아니었다. 뭐랄까, 이름짓기 어려운 종류의 애정이었다. 오오, 하지만 말도 안 돼, 윌리엄은 릴리와 결혼해야 해, 그녀는 생각했다. 그들은 공통점이 대단히 많았다. 릴리는 꽃을 대단히 좋아했다. 그들은 둘 다 냉정하고, 초연하고, 타인을 별로 필요로 하지 않는 편이었다. 그들이 함께 먼 길을 걸을 수 있도록 주선해야겠다고 그녀는 생각했다.

바보같이 그녀는 그들을 나란히 앉히지 못하고 마주보게 앉혔다. 내일은 이를 시정할 수 있을 터였다. 날씨가 좋으면 소풍을 가도 좋을 것이다. 모든 것이 가능할 것 같았다. 모든 것이 제대로 될 것 같았다. 바로 지금 (그들이 모두 구두 이야기를 하고 있는 동안 그 순간에서 자신을 떼어내며, 하지만 이것은 지속될 수 없다고 그녀는 생각했다) 바로 지금 그녀는 안전한 곳에 다다랐다. 그녀는 공중에 매달린 매처럼, 기쁨의 대기 속에 떠 있는 깃발처럼 배회했다. 기쁨은 그녀의 몸의 모든 신경을 꽉꽉 그리고 향기롭게, 시끄럽지 않게 오히려 엄숙하게 채웠다. 거기서 식사하고 있는 사람들 모두를 바라보면서 그녀는 그것이 남편과 아이들과 친구들에게서 생겨나는 것이라고 생각했으니까. 이 모든 것이 이 심오한 정적 속에서 솟아오르며, 이제는 어떤 특별한 이유도 없이 연기처럼 솟아오르는 수증기처럼 그들을 안전하게 함께 붙잡아주면서 거기 머무는 듯이 보였다. (그녀는 윌리엄 뱅크스에게 대단히 연한 고기 조각을 한 조각 더 주려고 토기 그릇의 깊은 내면을 뚫어져라 들여다보았다.) 아무런 이야기도 할 필요가 없었고, 아무 이야기건 할 수도 없었다. 이런 분위기는 그들을 온통 에워싸고 있었다. 그녀는 조심스럽게 뱅크스 씨에게 특별히 연한 조각을 접시에 놓아주면서 이것이 영원에 참여하는 것이라고 느꼈다. 그녀가 이미 그날 오후에 한번 다른 어떤 것에 대하여 느꼈던 바대로. 사물에 일관성이 있었으며, 안정감이 있었다. 다시 말하자면 그 무엇인가가 불변의 것으로서 루비처럼 유동적이고, 화살같이 날아가고, 유령 같은 것에 맞서서 빛을 발하고 있다는 뜻이다. (그녀는 반사광으로 잔물결치는 창문을 흘끗 바라다보았다.) 그리하여 오늘밤 또다시 그녀는 이미 오늘 한번 느꼈던 평화, 휴식의 감정을 만끽했다. 이러한 순간들에서 영원한 것이 만들어지는 것이라고 생각했다.

"그래요." 그녀는 윌리엄 뱅크스를 안심시켰다. "얼마든지 있어요."

"앤드루, 접시를 좀더 낮게 들어라, 흘리겠다." 그녀는 말했다. (비프 스튜 요리는 완전한 성공작이었다.) 그녀는 스푼을 내려놓으면서 여기에 사물의 핵심부에 놓여 있는 정지된 공간이 있노라고 느꼈다. 이 공간에서는 우리가 마음대로 움직이고, 쉴 수 있고, 이제는 귀기울이며 기다릴 수 있는 것이다. (그들은 모두 음식을 배당받았다.) 그 때에는 높은 곳에서 갑자기 하강하고, 웃으면서 빙글빙글 돌며 가라앉는 매처럼 그녀의 몸무게를 전적으로 식탁의 다른 쪽 끝에서 남편이 1253의 제곱에 관하여 이야기하고 있는 것에 실었다. 이 숫자는 그의 시계 위에 씌어 있는 숫자였다.

도대체 무슨 뜻인가? 오늘날까지 그녀는 전혀 몰랐다. 제곱? 그게 뭐지? 그녀의 아들들은 알고 있었다. 세제곱 그리고 제곱에 대해서는 그녀는 그들에게 의지했다. 바로 그것에 관하여 그들이 지금 이야기하고 있었다. 볼테르[34] 그리고 스탈 부인[35], 나폴레옹의 성격, 프랑스의 토지 보유제도에 관하여, 로즈베리 경[36]에 관하여, 크리비[37]의 회고록에 관하여. 그녀는 남성적 지성의 이 감탄할 만한 특징이 그녀를 지탱시켜주고, 떠받들어주게 했다. 이 남성의 지성은 쇠로 된 대들보처럼 흔들거리는 구조물을 정신없이 빨리 돌게 하면서, 세상을 떠받치면서 올라갔다 내려왔다 했으며, 이리저리 건너다녔다. 그리하여 그녀는 전적으로 자신을 그것에 맡기고 심지어는 눈까지 감거나 어린아이가 베개에서 올려다보며 나뭇잎의 수많은 층에 윙크하듯이 잠시 눈을 깜박였다. 그러다가 그녀는 정신이 들었다. 이야기의 바탕은 아직도 구성되는 과정에 있었다. 윌리엄 뱅크스는 웨벌리 소설들[38]을 칭찬하고 있었다.

그는 육 개월마다 웨벌리 소설을 읽는다고 했다. 그런데 왜 그 말이 찰스 탠슬리를 화나게 하는 것일까? 그는 급히 들어와서 (모두 프루가 그에게 잘 대해주지 않으려 들기 때문이라고 부인은 생각했다) 아무것도 모르면서, 도통 아무것도 모르면서 웨벌리 소설을 비난한다고, 그의 말에 귀를 기울인다기보다는 그를 지켜보면서 부인은 생각했다. 그녀는 그의 태도로 미루어 상황을 판단할 수 있었다—그는 잘난 척하고 싶었던 것이다. 그가 교수직을 얻게 되거나 결혼하게 되어서 '나—나—나'를 항상 뇌이고 있지 않게 될 때까지는 늘 그러할 것이었다. 그것이 가엾은 월

34 프랑스의 계몽 사상가, 1694~1778.
35 프랑스 여류 작가, 1766~1817.
36 영국의 정치가·저술가·수상, 1847~1895.
37 영국의 정치가, 1768~1838.
38 월터 스코트의 소설들.

터 경, 아니면 어쩌면 제인 어스틴[39]에 대한 그의 비판의 결과였으니까. 그녀가 그의 목소리의 울림이나 그의 초조함으로 미루어보아 알 수 있듯이 그는 자신과 타인에게 주고 있는 인상에 관하여 생각하고 있었다. 성공을 하면 그는 좋아질 것이었다. 어쨌거나 그들은 다시 이야기를 시작했다. 이제 그녀는 들을 필요가 없다. 그것은 지속될 수 없다는 사실을 그녀는 알고 있었다. 그러나 그 순간 그녀의 눈은 너무도 투명해서 그 눈이 식탁 주위를 돌면서 이 사람들 하나하나의 베일을 힘 안 들이고 벗기는 듯했다. 즉, 그들의 생각과 감정의 베일을 벗겨놓은 듯했다는 것이다. 마치 물밑으로 살그머니 내려와서 그 안에 있는 잔물결과 갈대와 흔들거리고 있는 작은 물고기들을 비추는 빛과도 같이. 그리하여 갑자기 조용한 송어 떼가 공중에 매달려 떨고 있는 상태에서 온통 환하게 비추어졌다. 이리하여 그녀는 그들의 모습을 보았고, 그들의 소리를 들었다. 그러나 그들이 무어라고 하든지 간에, 거기에는 이와 동일한 성질의 것이 있었다. 그것은 마치 그들의 이야기 내용이 송어의 움직임과 같아서 우리가 잔물결과 자갈밭 바닥을 보는 동시에, 오른쪽에도 무엇인가가 보이고 왼쪽에도 무엇인가가 보여 그 모두가 하나의 통일된 전체를 이루는 것과 같았다. 실제 생활에서 그녀는 그것을 그물로 건져내어 다른 것과 구분지으려 할 것이기 때문이다. 그녀는 웨벌리 소설을 좋아한다고 말하거나 아니면 그것들을 아직 읽지 못했노라고 말하고 싶어할 것이었다. 그녀는 자신을 독려할 것이었다. 이제 그녀는 아무 말도 하지 않았다. 잠시 동안 그녀는 공중에 매달린 상태에 있었다.

"아아, 하지만 얼마나 가리라고 생각하세요?" 하고 누군가가

39 영국의 여류 소설가, 1775~1817.

말했다. 마치 그녀는 밖으로 뻗은 떨리는 안테나를 가지고 있는 듯했다. 이 안테나가 특정한 문장들을 가로채어서 강제로 그녀에게 주의를 기울이도록 하는 것 같았다. 이 문장이 바로 그런 문장이었다. 즉시 그녀는 남편에게 위험이 다가왔음을 감지했다. 이와 같은 질문은 거의 확실하게 그에게 자신의 실패를 상기시키는 어떤 이야기로 이어지게 될 것이었다. 그의 저서는 언제까지나 읽힐 것인가—그는 즉시 이 생각을 할 것이었다. (이와 같은 허영에서 완전히 자유로운) 윌리엄 뱅크스는 웃고, 유행의 변화에 그는 어떤 의미도 부여하지 않는다고 말했다. 문학이건, 사실상 그 어느것에 있어서나 어떤 것의 생명을 그 누가 알 수 있단 말인가?

"그냥 즐깁시다." 뱅크스는 말했다. 그의 인격은 램지 부인에게는 정말 존경스러워 보였다. 그는 단 한 순간도, '하지만 이것이 내게 어떤 영향을 미치지?' 하고 생각하는 법이 없는 듯했다. 그렇지만 다른 기질, 즉 반드시 칭찬을 들어야만 하는, 타인의 격려를 받아야만 하는 기질의 소유자이면 당연히 당신은 불안해지기 시작한다. (그래서 그녀는 램지 씨가 바야흐로 그래지기 시작하고 있다는 것을 알았다.) 즉 누군가가 오오, 그러나 당신의 작품은 생명이 길 거예요, 램지 씨, 아니면 이와 유사한 말을 해줄 것을 그는 원하고 있었다. 이제 그는 다음과 같이 짜증 섞인 말투로 말함으로써 그의 불안을 아주 분명하게 드러내었다. 즉 어쨌거나 스코트의 (아니면 셰익스피어였나?) 명성은 그의 생전에는 사라지지 않을 것이라고 말함으로써. 그는 신경질적으로 그 말을 했다. 모두 이유는 모르는 채 약간 불편하게 느꼈다. 예민한 민터 도일은 자기는 누구도 실제로는 셰익스피어 작품을 즐긴다고 생각하지 않는다고 퉁명스럽게 말했다. 램지 씨는 그들이 좋아한다고 말하는 만큼 실제로 즐기는 사람은 거의 없다고 (하지만 그는 이미 불안한 상태에서 벗어나 있었다) 엄숙하게 말했다. 그러나 셰익스피어의 희곡 가운데 몇 개는 대단히 훌륭하다고 덧붙였고, 부인은 어쨌거나 당분간은 괜찮으리라고 생각했다. 그는 민터를 비웃을 것이고, 그녀는 그 자신에 대하여 극도로 불안하다는 사실을 깨닫고 나름대로 그가 보살핌을 받고 있다는 사실을 알며, 어떻게 해서라도 그를 칭찬할 것이라고 생각했다. 하지만 그녀는 그것이 필요하지 않기를 바랐다. 그것이 필요하게 된 것은 그녀 탓인지도 몰랐다. 어쨌거나 이제 그녀는 우리가 소녀 시절에 읽은 책들에 관하여 폴 래일리가 하려고 애쓰고 있는 이야기를 허심탄회하게 들을 수 있었다. 그때 읽은 책들은 수명이 길다고 그는 말했다. 학교 다닐 때 그는 톨스토이 작품을 몇 개 읽었다. 그 중의 한 권은, 제목은 잊어버렸지만, 아직도 기억하고 있다. 러시아의 고유명사는 도저히 외울 수가 없어요, 부인이 말했다. "브론스키." 폴이 말했다. 그는 그 이름을 기억하는데, 이유는 이 이름이 악당의 이름으로는 너무 좋은 이름이라고 늘 생각했기 때문이다. "브론스키." 부인이 말했다. "오오, 『안나 카레니나』." 그러나 이런 이야기는 오래가지 못했다. 책은 그들의 주요 관심사가 아니었기에. 아니다. 찰스 탠슬리가 즉시 책에 관하여 그들 둘 다를 바로잡아줄 것이었다. 그러나 내가 올바른 이야기를 하고 있나? 내가 좋은 인상을 주고 있나, 이와 같은 생각들과 모두 뒤죽박죽이 되어서 결국은 톨스토이에 관해서보다는 그에 관해서 더 알게 되었고, 반면에 폴의 이야기는 자신이 아니라 바로 사물 그 자체에 관한 것이었다. 우둔한 사람들이 다 그렇듯이 그에게는 겸손한 구석도 없지 않았다. 즉 타인의 감정에 대한 배려, 적어도 한 번은 그녀가 다소간 매력적이라고 생각한 것과 같은 것이 그러했다. 이제 그는 그 자신이나 톨스토이가 아니고 그녀가 추운지, 그녀가 문틈으로 새어 들어오는 바람을 느끼는지, 그녀가 배를 좋아할 것인지를 생각하고 있었다.

아니, 배는 먹고 싶지 않다고 그녀는 말했다. 실제로 그녀는 질투심 어린 시선으로 (이 사실을 의식하고 있지는 않았지만) 누구도 그것을 건드리지 않기를 바라면서 과일 접시를 지켜보고 있었다. 그녀의 눈은 저지대산 포도의 진한 보라색 가운데서 과일의 곡선과 그림자 사이를 들락거리고 있었다. 그러고는 조개의 각진 가장자리 위에 보라색에 대비되게 노란색을 놓고, 둥근 형태와 대조를 이루도록 곡선이 진 형태를 놓았다. 왜 그녀가 그렇게 하는가는 알지 못했다. 아니면 왜 그녀가 이 일을 할 때마다 점점 더 마음이 고요해지는 것을 느끼는지 모르다가 드디어 오오, 손 하나가 뻗어 나와 배를 잡더니 전체를 망쳐놓았다. 얼마나 유감천만인가. 동정심이 일어서 그녀는 로즈를 바라보았다. 그녀는 재스퍼와 프루 사이에 앉아 있는 로즈를 바라다보았다. 이상도 하지, 바로 우리 자식이 저런 일을 하다니.

그녀의 자녀들이 거기에 한 줄로 앉아 있는 모습은 참으로 기이했다. 재스퍼, 로즈, 프루, 앤드루, 거의 말은 하지 않지만, 그들의 입술이 실룩거리고 있는 것으로 미루어보아 그들 나름의 농담은 계속되고 있는 듯했다. 그것은 완전히 다른 것에서 떨어져 있는 것으로서, 그들 방에서 따로이 즐기기 위하여 비축해두고 있는 것이었다. 그녀는 그것이 그들의 아버지에 관한 것이 아니기를 바랐다. 그렇지는 않을 것이라고 생각했다. 그것은 무엇일까, 그녀는 약간 서글프게 생각해보았다. 그들은 그녀가 없을 때 웃을 것이라는 생각이 들었기 때문이다. 약간 경직되고, 조용하며 가면과도 같은 저 얼굴들 뒤에 비축된 모든 것이 있었다. 그들은 쉽사리 끼어들지 않았으니까. 그들은 성인들에게서 분리된, 아니면 약간 고양된, 망보는 사람들, 측량사들과 같았기 때문이다. 그러나 오늘밤 그녀가 프루를 바라다보았을 때 그녀는 이 이야기가 프루에게 이제는 완전히 적용되는 것은 아니라는 사실을 깨달았다. 프루는 아이들 무리에서 막 떨어져나오기 시작하여 어른들의 세계로 내려오고 있었다. 마치 맞은편의 민터의 작열, 약간의 흥분, 약간의 행복 예견이 그녀에게 반사된 듯이, 마치 남녀간의 사랑의 태양이 식탁보의 가장자리 위로 솟아오르고, 그것의 정체는 모르는 채 그녀가 그것 쪽으로 몸을 굽혀 그것을 맞이하듯이, 그녀의 얼굴에는 약한 빛이 어려 있었다. 그녀는 수줍게, 그러나 신기하다는 듯이, 계속 민터를 바라다보았다. 그래서 부인은 둘을 번갈아 바라보면서 마음속으로 프루에게 다음과 같이 말했다. 너도 조만간 민터만큼 행복해질 거라고. 너는 내 딸이니까 더 행복해질 거라고 덧붙였다. 그녀의 딸은 다른 사람들의 딸들보다 더 행복해야만 했던 것이다. 하지만 만찬은 끝났고, 이제는 바야흐로 흩어질 시간이었다. 그들은 접시 위 물건들을 가지고 놀고 있을 뿐이었다. 그녀는 남편이 하고 있는 이야기를 듣고 그들이 실컷 웃을 때까지 기다릴 것이었다. 그는 어떤 내기에 관하여 민터와 농담을 하고 있는 중이었다.

부인은 갑자기 자기가 찰스 탠슬리를 좋아한다고 생각했다. 그녀는 그의 웃음을 좋아했다. 그가 폴과 민터에게 격렬하게 화를 내기 때문에 그를 좋아했다. 그의 어색함을 좋아했다. 결국 그 젊은이에게는 점수를 줄 수 있는 점이 많았다. 그리고 그녀의 접시 옆에 냅킨을 놓고 릴리는 항상 그녀 특유의 놀이를 즐기고 있다고 그녀는 생각했다. 우리는 릴리에게는 신경을 쓸 필요가 없다. 부인은 기다렸다. 그녀는 냅킨을 접시의 가장자리 밑에 밀어넣었다. 자 이제 이들은 식사를 마쳤는가? 아니다. 이야기는 꼬리를 물고 계속되고 있었다. 남편은 오늘밤 기분이 대단히 좋아서, 수프 사건 이후 늙은 어거스터스와 화해하고 싶어서 그들 둘이 다 대학 시절에 알았던 어떤 사람에 관한 이야기들을 계속하고 있었다. 그녀는 유리창이 까매서 초의 불꽃이 한층 더 환하게 빛나는 창문을 바라보았고, 밖을 내다보고 있으니까 목소리들이 마치 성당에서 예배드릴 때 나는 소리들과 같이, 단어들에 귀를 기울이지 않으니까 대단히 이상하게 들렸다. 갑작스럽게 터져 나오는 웃음 소리, 그러고 나서는 혼자 이야기하는 (민터의) 목소리가 로마의 가톨릭 성당에서 거행되는 예배 의식의 라틴어 단어들을 외치는 남자들과 소년들을 상기시켰다. 그녀는 기다렸다. 남편이 말했다. 그는 무슨 말인가를 되풀이해서 하고 있었고, 그녀는 그것이 리듬과 환희의 울림과 그의 목소리 안에 배어 있는 우울로 짐작건대 시詩라는 것을 알고 있었다.

나와서 정원길을 오르시오,
루리아나 루릴리.
중국 장미가 만개해 있고, 노란 벌이 윙윙거리고 있소.

그 단어들이 (그녀는 창을 바라보고 있었다) 마치 그것들이 그들 모두로부터 단절된 채, 저 멀리 물위에 떠 있는 꽃들처럼, 마치 아무도 그 단어들을 말하지 않았는데 자생적으로 생겨나기나 한 것처럼, 그렇게 부유하고 있었다.

"우리가 여지껏 살아온 모든 생애 그리고 미래의 모든 생애가 나무와 변화하는 잎사귀들로 가득 차 있었다." 그녀는 그것들의 의미는 알지 못했으나 음악처럼 그 단어들은 자신의 목소리가 그녀의 밖에서 다른 일들을 이야기하는 동안 저녁 내내 그녀가 생각하고 있던 바를 아주 쉽게 그리고 자연스럽게 말하고 있는 것 같았다. 그녀는 몸을 돌려 바라보지 않고도 식탁에 앉아 있는 사람 모두가 다음과 같이 이야기하고 있는 목소리에 그녀가 느낀 바로 그러한 안도감과 기쁨을 느끼면서 귀를 기울이고 있다는 사실을 알고 있었다.

그것이 당신에게도 그렇게 느껴지는지 모르겠소
루리아나, 루릴리

마치 이것이 자연스러운 말이라는 듯이, 이것이 그들 자신이 하고 있는 말이라는 듯이.
그러나 목소리는 뚝 끊겼다. 그녀는 주위를 둘러보았다. 그녀는 억지로 몸을 일으켰다. 어거스터스 카마이클은 일어나서 식탁 냅킨을 긴 하얀 옷처럼 보이게 들고 서서 노래를 불렀다.

왕들이 말을 타고 종려나무 잎새와 향나무단들을 들고
잔디밭과 데이지가 핀 초원을 넘어서 달리는 것을 본다오
루리아나, 루릴리,

그리고 그녀가 그를 스치고 지나갔을 때 그는 약간 그녀 쪽으로 몸을 돌리고 마지막 단어들을 되뇌이었다.

루리아나, 루릴리,

그리고는 마치 그녀에게 경의를 표하기라도 하듯 허리를 굽혀

절을 했다. 정확한 이유는 모르지만 그가 그 어느 때보다도 그녀를 좋아한다고 그녀는 느꼈다. 그리하여 안도감과 감사의 감정을 느끼면서 그녀는 답례를 했고, 그가 그녀를 위하여 열어놓고 있는 문을 지나갔다.

이제는 모든 것을 한 단계 더 끌고 나가는 것이 필요했다. 그녀가 문지방을 밟고 서서 한순간, 그녀가 바라보고 있는 순간에조차도 사라지고 있는 장면에서 기다리다가 움직이기 시작하여 민터의 팔을 붙잡고 방을 떠났을 때 사태는 변했다. 어깨 너머로 마지막으로 바라다보면서 이것도 이미 과거라는 사실을 알아차렸다.

18

늘 그랬던 것처럼, 하고 릴리는 생각했다. 항상 정확하게 그 순간에 해야만 하는 일이 있었다. 부인이 그녀 나름대로의 이유로 즉각적으로 하기로 결정한 일이 늘 있었다. 지금처럼 그들이 흡연실로 들어갈 것인지, 거실로 갈 것인지, 다락방으로 올라갈 것인지 결정하지 못하고 모두가 농담을 건네면서 서 있는 경우에도 그렇다. 그러다 보면 부인이 이 왁자지껄한 가운데서 민터의 팔을 끼고 서서 '그렇지요, 이제 바야흐로 그럴 시간이지요'라고 생각하고, 즉시 은밀한 태도로 혼자 무슨 일을 하러 떠나는 모습이 보인다. 그녀가 자리를 뜨자마자 그들은 와해되었다. 그들은 중심을 잃고 흔들리면서 각기 다른 방향으로 흩어졌다. 뱅크스 씨는 찰스 탠슬리의 팔을 잡고 테라스로 나가서 만찬 때 시작한 정치 토론의 매듭을 지으려고 했다. 그날 저녁의 균형 방향을 완전히 바꾸어서 무게가 다른 쪽으로 가도록 하는 것 같았다. 그들이 떠나는 것을 바라보면서 그리고 노동당 정책에 관한 이야기를 한두 마디 들으면서 그들이 선박의 브리지에 올라가서 선박의 진로를 정할 것 같다고 릴리는 생각했다. 시에서 정치로의 방향 전환은 그녀에게 이와 같은 인상을 주었다. 그렇게 뱅크스 씨와 찰스 탠슬리는 떠났고, 다른 사람들은 부인이 램프 하나만을 들고 이층으로 올라가는 모습을 바라다보고 서 있었다. 부인은 어디를 저렇게 급히 가는 것일까, 하고 릴리는 궁금해했다.

사실 그녀가 뛰어간다든가 서둘렀기 때문은 아니었다. 그녀는 오히려 느릿느릿 걸어갔다. 오히려 그녀는 그렇게 수다를 떤 후에 잠시 동안 가만히 있으면서 그 특정한 것, 중요한 것을 골라내어 모든 감정과 사물의 잡동사니로부터 말끔히 씻어내어 그것을 치켜들고 재판석에 가지고 가고 싶었다. 거기에는 비밀회의의 형태로 그녀가 선임한 판사들이 둘러앉아 있었다. 이것은 좋은가, 나쁜가, 옳은가, 그른가? 우리는 어디로 가고 있는 것인가? 등등. 그리하여 그녀는 이 사건의 충격 이후 몸을 바로하고, 아주 무의식적으로 그리고 어울리지 않게, 밖에 있는 느티나무 가지들을 자세를 바로잡는 데 이용했다. 그녀의 세계는 변하고 있었다. 그들은 조용했다. 이 사건은 그녀에게 활력을 주었다. 모든 것은 질서 정연해야 한다. 그녀는 무의식적으로 나무들의 정적인 상태의 위엄을 찬양하면서 그것을 바로잡아야 한다고 생각하고, 이제 또다시 바람이 그들을 일으켜 세웠을 때 느티나무 가지들의 훌륭한 솟아오름을 찬양했다. (파도를 올라탄 배의 주둥이같이.) 바람이 불었으니까. (그녀는 잠시 서서 밖을 내다보았다.) 바람이 불어서 나뭇잎들이 이따금 별의 모습을 드러내주곤 했는데, 별들도 흔들거리고 있는 듯했고, 나뭇잎들 가장자리 사이로 빛을 발하려고 애쓰고 있는 듯했다. 그렇다, 그것은 그러니까 행해졌고 성취된 것이었으며, 행해진 모든 일이 다 그렇듯이 엄숙해졌다. 이제 우리는 그것에 관해 생각했는데, 잡담과 감정이 말끔히 벗겨진 상태에서 그것은 항상 모든 것을 갑자기 안정되게 해왔는데, 그 모습이 드러난 것이 시기적으로 지금일 따름이고, 지금 이런 모습인 것이라고 생각했다. 그들은 아무리 오래 살아도 생각을 되풀이하면서 이 밤, 이 달, 이 바람, 이 집으로 돌아올 것이라고 그녀는 생각했다. 그들의 가슴속에 감겨들어가 그들이 아무리 오래 살아도 그들의 인생에 그녀가 짜여들어갈 것이라는 생각은 그녀를 더할 나위 없이 기쁘게 했다. 그녀는 층계참에 있는 소파(그녀의 어머니의 것), 흔들의자(그녀의 아버지의 것), 헤브러디즈[40]의 지도를 보고 애정 어린 시선으로 비웃으며 이층으로 올라가면서 이것, 이것, 이것 하고 생각했다. 이 모든 것이 폴과 민터의 생활에서 재연될 것이었다. "래일리 부부" ― 그녀는 새 이름을 되풀이해서 불러보았고, 육아실 문에 손을 얹은 채 칸막이 벽들이 너무 얇아서 사실상 (이것은 안도와 행복의 느낌이었다) 모든 것이 온통 하나의 흐름으로 의자, 테이블, 지도 모두가 그녀의 것이었고, 그들의 것이었으며, 누구의 것인가는 문제가 되지 않는, 타인들과의 공동체 의식을 느꼈다. 그녀가 죽고 나면 폴과 민터가 이 작업을 계속할 것이었다.

찍찍거리는 소리가 나지 않도록 부인은 손잡이를 세게 돌렸다. 그러고는 마치 소리를 내어서 말을 해서는 안 된다는 사실을 자신에게 상기시키기라도 하려는 듯이 입술을 약간 오므리면서 안으로 들어갔다. 하지만 들어가자마자 그녀는 미리 주의할 필요가 없었다는 사실을 깨닫고는 기분이 언짢아졌다. 애들은 자지 않고 있었다. 이것이 무엇보다도 신경 쓰이는 일이었다. 밀드레

40 스코틀랜드 서쪽의 영국령 열도.

드는 좀더 신경을 써야만 하는데. 제임스도 대낮인 양 깨어 있었고, 캠은 몸을 곧추세우고 앉아 있었고, 밀드레드는 맨발로 침대에서 나와 있었는데, 시간은 거의 열한 시였는데도, 그들은 모두 이야기를 하고 있었다. 무슨 일이란 말인가? 또 그 끔찍한 두개골이 문제였다. 그녀는 밀드레드에게 그것을 치우라고 일러두었는데, 물론 밀드레드가 잊어버렸고, 지금 벌써 여러 시간 전에 잠들었어야 할 캠은 말똥말똥 깨어 있었고, 제임스도 활짝 깬 상태에서 캠과 다투고 있었던 것이다. 무슨 귀신이 씌어서 에드워드는 이 끔찍한 두개골을 보냈는지? 그녀가 그것을 어리석게도 저 위에 못질을 해서 걸었던 것이다. 단단히 못질이 되어 있다고 밀드레드는 말했고, 캠은 방 안에 그것이 있는 한 잘 수가 없었으며, 제임스는 캠이 그것을 건드리기만 해도 비명을 질러댔다.

캠은 자야만 한다 (그 두개골 위에 커다란 뿔들이 나 있다고 캠은 말했다) — 잠들어서 아름다운 궁정들을 꿈나라에서 보아야 한다, 라고 침대 위 캠 옆에 앉으면서 부인은 말했다. 캠은 온 방 안에서 뿔들이 보인다고 말했다. 그것은 사실이었다. 등불을 어느 곳에 놓든지 간에 (그리고 제임스는 등불을 켜놓지 않고서는 잠을 잘 수 없었다) 항상 어딘가에 그림자가 있었다.

"하지만 생각해봐, 캠, 늙은 돼지에 불과하잖니." 부인은 말했다, "들에 있는 돼지들처럼 까맣고 멋진 돼지말이야." 그러나 캠은 온 방 안에서 그녀에게 가지를 뻗치고 있는 끔찍한 것이라고 생각했다.

"좋아, 그러면." 부인은 말했다, "안 보이게 덮어버리자." 그러고서는 그들 모두가 어머니가 서랍장 있는 데로 가서 작은 서랍들을 하나씩 열고 적당한 것이 없으니까 재빨리 자신의 숄을 벗어서 두개골을 덮고는 캠에게로 돌아와서 캠의 베개 옆 베개에 머리를 거의 납작하게 대고 이제는 얼마나 아름다워 보이느냐고, 요정들이 이것을 얼마나 좋아하겠느냐고, 마치 새의 둥지 같다고, 외국에서 본, 계곡이 있고 꽃이 피어 있으며, 종들이 울리고, 새들은 노래하고, 새끼 염소와 영양羚羊들 그리고…… 아름다운 산과도 같다고 말했다. 부인은 그녀가 이런 말을 했을 때 캠의 마음속에서 이 말들이 리드미컬하게 메아리치는 것을 느낄 수 있었다. 그리하여 캠은 어머니를 따라 그것이 산같이 보이고 새둥지같이 보이고 정원같이 보이고 거기에는 어린 영양들이 있다는 말을 반복하였고 눈을 떴다 감았다 하였다. 부인은 더욱더 단조롭고 리드미컬한 어조와 무의미한 말로 이젠 눈을 감고, 산과 계곡, 떨어지는 별과 앵무새와 영양과 정원과 또 모든 아름다운 것들이 나오는 꿈을 꾸어야 할 시간이라고 얘기해주었다. 부인은 더욱더 기계적으로 이야기하면서 몸을 곧추세워 앉고, 캠이 잠든 것을 알아차렸다.

자, 부인은 제임스의 침대로 건너가면서 작은 소리로 말했다. 너도 잘 들어야 한다, 보아라, 그녀는 말했다. 수퇘지의 두개골은 여전히 여기 있지 않으냐, 그것은 건드리지도 않았어, 그가 원하는 대로 된 것이야. 전혀 건드려지지 않은 채 그것은 거기 있었다. 그는 두개골이 숄 밑에 여전히 건재하다는 사실을 확인했다. 그러나 그는 무얼 좀더 물어보고 싶어했다. 내일 등대에 갈 것인가?

아니, 내일은 아니야, 그녀는 말했다. 하지만 곧, 그녀는 약속했다. 다음에 날씨가 좋은 날. 그는 대단히 말을 잘 들었다. 그녀는 그를 잘 덮어주었다. 그러나 그가 이 일을 결코 잊지 못할 것이라는 사실을 그녀는 알고 있었고, 찰스 탠슬리, 남편 그리고 그녀가 그의 기대를 부풀게 했기 때문에 그녀 자신에 대하여 화가 났다. 그러고서는 숄을 더듬적거리다가 그것으로 수퇘지의 두개골을 덮어놓은 것을 기억하고 일어나서 창문을 일이 인치 잡아내리고, 완벽하게 무관심한, 오싹한 밤 공기를 들여마시고는 밀드레드에게 밤 인사를 중얼거리고 방문의 손잡이 고리쇠를 서서히 놓으면서 밖으로 나왔다.

부인은 찰스 탠슬리가 성가신 사람이라고 생각하면서, 제발 그가 아이들이 자고 있는 머리 위 방바닥에다 책을 떨어뜨려 소음을 내지 말았으면 했다. 제임스나 캠은 깊이 잠드는 애들이 아니었기 때문이다. 그애들은 쉽게 흥분하는 애들이었고, 또 탠슬리가 등대에 관해서 낮에 그런 말을 했기 때문에 부인은 그가 아이들이 막 잠들려는 순간에, 책상 위에 쌓여 있는 책들을 뒤퉁맞게 팔꿈치로 밀어내 방바닥으로 떨어뜨릴 것처럼 생각되었기 때문이다. 그 청년은 아마도 이층으로 공부하러 올라갔으리라고 추측했다. 그러나 그 청년은 너무 외로워보였다. 그럼에도 불구하고 청년이 자리를 뜨면 그녀는 안심이 되는 것이었다. 그러나 내일은 그가 더 나은 대접을 받도록 신경을 써야겠다고 생각했다. 그러나 그 청년은 그녀의 남편과는 이무 탈없이 어울린다. 그러나 그의 태도에는 고칠 점이 많다. 하지만 부인은 그의 웃음이 마음에 들기도 한다. 이런 생각을 두서없이 하면서 아래층으로 내려오는 도중에 그녀는 층계 중간에 있는 창문을 통하여 중추명월을 바라보면서 계속 계단을 내려가는 순간, 그들은 층계 위에 서 있는 그녀를 보았다.

"저분이 나의 어머니이시다." 프루는 생각했다. 그렇다, 민터는 그녀를 바라봐야 하고, 폴 래일리도 그녀를 바라봐야 한다. 마치 이 세상에 저런 분은 단 한 사람, 그녀의 어머니뿐이기라도 한 것처럼, 저분이 이 세상에서 가장 중요한 분이라고 프루는 느꼈다. 그리고 완전히 성장해버린 상태에서 한순간 전만 해도 다른 사람들과 이야기하고 있던 그녀가 다시 어린애가 되었고, 그들이 하고 있던 일은 하나의 놀이가 되었고, 그들의 놀이를 어머니가 인정하실 것인지 아니면 비난할 것인지 프루는 궁금해했다. 그리고 민터와 폴이 어머니를 볼 수 있는 것이 얼마나 좋은 기회인가 생각하면서 그리고 그녀를 어머니로 갖게 된 것이 얼마나 엄청난 행운인가 하고 느끼면서, 또한 그녀는 결코 성장하지 않고, 집을 떠나지 않으리라고 마음을 다지면서 어린애처럼 "파도 구경하러 해안가로 내려가려고 했어요"라고 말했다.

즉시 아무 이유도 없이 부인은 기쁨으로 충만한 이십대 처녀처럼 되어버렸다. 갑자기 그녀는 잔치 기분에 사로잡혔다. 아무렴 그들은 가야 하고말고, 물론 그들은 가야 한다고 웃으면서 외치고 마지막 서너 발자국은 재빨리 달려 내려가면서 그녀는 이 사람에게서 저 사람에게로 몸을 돌리고 웃으며 민터의 숄을 끌어당기면서 그녀도 가고 싶을 따름이라고 말하기 시작했으며, 늦을 거냐고, 누구 시계 가진 사람 없느냐고 했다.

"폴이 가지고 있어요." 민터가 말했다. 폴은 작고 부드러운 암소가죽 주머니에서 아름다운 금시계를 꺼내어 부인에게 보여주었다. 그리고 시계를 쥐고 있을 때 그는 '부인은 모든 것을 알고 있다. 말을 할 필요가 전혀 없다'라고 느꼈다. 그는 그녀에게 시계를 보여주면서 "기어코 해내었어요, 부인. 모두 당신 덕분이에요"라고 말하고 있었다. 부인은 그의 손 안의 금시계를 보면서 민터는 대단히 운이 좋다고 느꼈다. 민터는 부드러운 암소가죽 주머니에 들어 있는 금시계를 가진 남자와 결혼하려 하고 있었던 것이다.

"나도 얼마나 같이 가고 싶은지!" 부인은 외쳤다. 그러나 감히 그것의 정체를 생각해볼 엄두조차 못 내는 모종의 대단히 강력

한 어떤 것이 그녀의 소망을 제지했다. 말할 것도 없이 그녀는 그들과 같이 갈 수 없었다. 그러나 다른 일이 아니었더라면 그녀도 가고 싶었으며, 자신의 어리석은 생각에 실소를 금치 못하며 (부드러운 암소가죽 시계 주머니를 가지고 있는 남자와 결혼한다는 것은 얼마나 운이 좋은 일인지) 입술에 미소를 머금고 남편이 책을 읽고 있는 다른 방으로 들어갔다.

19

물론, 부인은 방으로 들어오면서 혼잣말을 했다. 그녀는 여기에 그녀가 원하는 것을 가지러 오지 않으면 안 되었다. 우선 그녀는 특정한 등 밑에 특정한 의자에 앉기를 원했다. 하지만 그녀는 구체적으로 그것이 무엇인지를 알지는 못하면서, 그녀가 원하는 것이 진정 무엇인지 생각해낼 수 없으면서, 그 이상의 어떤 것을 원했다. 그녀는 남편을 바라다보았다. (양말을 집어들고 뜨개질을 시작하면서) 그리고 그가 방해받기를 원치 않는다는 사실을 알아차렸다—그것은 분명했다. 그는 대단히 감동적인 책을 읽고 있었다. 그는 반쯤은 웃고 있었고, 그러고는 자신의 감정을 억제하고 있다는 사실을 그녀는 알아차렸다. 그는 책장을 넘기고 있었다. 그는 책의 내용을 연기演技하고 있었다—어쩌면 그는 자신이 그 책에 등장하는 인물이라고 생각하고 있는지도 몰랐다. 그녀는 그것이 무슨 책일까, 하고 궁금해했다. 오오, 그것은 월터 경의 책이라는 것을 램프의 갓을 조정해서 빛이 뜨개질감에 떨어지게 해놓고 알아내었다. (그녀는 마치 머리 위에서 책들이 충돌하는 소리를 듣기를 기대하기라도 하는 것처럼 올려다보았다.) 찰스 탠슬리가 사람들이 이제는 더 이상 스코트를 읽지 않는다고 말하고 있었으니까. 그리고 남편은 '바로 그 이야기를 내 책에 관해서도 하게 될 것이다'라고 생각해서, 자기 책을 한 권 집어들었다. 만약에 그가 찰스 탠슬리의 말이 옳다는 결론에 다다르면, 그는 스코트에 관한 이야기도 받아들일 참이었다. (그녀는 그가 책을 읽으면서 이것과 저것의 무게를 저울질하고, 심사숙고하며 비교하고 있는 사실을 알 수 있었다.) 하지만 자신에 관해서는 그렇지 못했다. 이 사실이 그녀의 신경에 걸렸다. 그는 끊임없이 자신의 저서에 관해서 걱정을 하고 있을 것이었다—읽힐 것인지, 질이 우수한지, 왜 좀더 낫지 못한지, 사람들은 그에 관해서 어떻게 생각하는지? 남편을 그런 식으로 생각하기 싫은 부인은 만찬 때 사람들이 명성과 생명이 긴 저서들에 관한 이야기를 했을 때 왜 갑자기 그가 신경질을 부렸는지, 그들이 그 이유를 눈치채지는 않았는지, 애들이 이 사실을 비웃지는 않았는지 궁금해하면서 양말을 갑자기 뒤집었다. 그녀의 입가와 이마에는 마치 강철 연장으로 그어놓은 듯한 잔주름이 생겼고, 그녀는 마구 흔들리던 한 그루의 나무가 이제는 바람이 잦아들어 잎사귀 하나하나가 고요 속으로 자리잡는 나무와도 같았다.

그녀는 이것은 전혀 문제가 되지 않는다고 생각했다. 위대한 인간, 위대한 책, 명성—그 누가 판정할 수 있단 말인가? 그녀는 그런 것에 관해서는 아무것도 몰랐다. 그러나 초미의 관심사는 남편의 태도, 그의 진실성이었다—예컨대 만찬 때 그녀는 완전히 본능적으로, 그가 말만 한다면 오죽 좋으랴, 하고 내내 생각하고 있었다. 그녀는 그를 완전히 신뢰했다. 그리고 우리가 다이빙을 할 때 때로는 잡초, 때로는 지푸라기, 혹은 거품을 헤치고 지나가듯이 이 모든 것을 물리쳐버리고 그녀는 다시 더 깊이 침잠하면서 홀에서 다른 사람들이 이야기를 주고받고 있을 때 느꼈던 것처럼 내가 무엇인가 원하는 것이 있었는데—나는 그 어떤 것을 내것으로 만들기 위하여 온 것이라고 생각하면서—그리고 딱히 그것의 정체는 모르는 채 눈을 감고 점점 더 깊은 생각에 빠졌다. 그러고는 그녀는 뜨개질하면서, 왜 이럴까 의아해하면서, 잠시 기다렸다. 그러고 나서 식탁에서 사람들이 "중국 장미는 지금이 한창이고 꿀벌이 윙윙거리고 있노라" 하고 읊조린 시구가 그녀의 마음의 양쪽 해안을 리드미컬하게 씻어내기 시작했다. 그렇게 하면서 그 시구는 작은 갓을 씌운 적, 청, 황색의 등불처럼 그녀의 마음의 어두운 곳을 환하게 밝히고 이윽고는 횃대에서 날아가버려 종횡으로 엇갈려 날거나 외쳐대고 메아리를 울리는 것처럼 들렸다. 그리하여 그녀는 몸을 돌려 더듬적거려 테이블 옆의 책 한 권을 집어들었다.

그리고 우리가 여지껏 산 생애
그리고 미래의 삶,
이들은 나무와 변모하는 잎사귀들로 가득하나니,

그녀는 바늘을 양말 속에 찔러 넣으면서 읊조렸다. 그리고 그녀는 책을 펴들고 여기저기를 무턱대고 읽기 시작했으며, 이렇게 하고 있으면서 그녀는 그녀 위로 곡선을 이루고 있는 꽃잎들 아래에서 그들을 밀치고 올라가며 위로, 위로 올라가고 있다고 느껴서, 이것이 하얗다거나 아니면 저것이 빨갛다는 것만을 알 수 있을 뿐이었다. 그녀는 처음에는 그 단어들의 의미를 전혀 알지 못했다.

노를 저어라, 지쳐버린 선원들이여, 바람을 안은 돛대 달린 소나무 배를 이리로 몰아오라

그녀는 읽고 몸을 흔들면서 책장을 넘기고 이쪽 저쪽으로, 한 가지에서 다른 가지로 옮기듯이 한 줄에서 다른 줄로, 빨갛고 하얀 꽃에서 다른 꽃으로 왔다갔다하다가 드디어 한 작은 소리—남편이 무릎을 치는 소리—에 정신이 번쩍 들었다. 그들의 눈은 잠시 마주쳤으나 서로 말을 건네기는 원치 않았다. 그들은 할말은 없었으나 그럼에도 불구하고 무엇인가가 그에게서 그녀에게로 건너가는 것 같았다. 그로 하여금 무릎을 치게 만든 것은 생명이었고, 생명력이었으며, 무지무지한 유머라는 것을 그녀는 알고 있었다. 나를 방해하지 말아요, 아무 말도 하지 말아요, 그저 거기 앉아 있어요, 라고 말하고 있는 듯했다. 그리고 그는 계속해서 책을 읽었다. 그의 입술은 실룩거렸다. 그것이 그에게 충만감을 안겨주었고 힘을 내게 해주었다. 그는 그날 저녁의 잡다한 일들은 까맣게 잊어버렸나니, 사람들이 끝도 한도 없이 먹고 마시는 동안 가만히 앉아 있는 것이 얼마나 따분했던가. 그들이 그의 책들을 완전히 간과해버렸을 때 그가 얼마나 아내에게 짜증을 내고 신경질을 부리고 신경을 썼는지. 하지만 지금은 누가 Z에 도달하든지 문제가 되지 않는다고 그는 느꼈다(만약 인간의 사고가 알파벳처럼 A에서 Z까지 흐르는 것이라고 한다면). 누군가가 그것에 다다르겠지—그가 아니면 다른 사람이. 이 사람의 힘과 건전성, 솔직담백하며 소박한 것들에 대한 그의 선호, 이 어부들, 머클배키트[41]의 오두막집에 있는 이 가엾고 늙고 약간 이상한 인간이 그를 그렇게나 활기있게, 그렇게나 편안하게 해주어서 그는 정

41 스코트의 소설 『고물 연구가*Antiquary*』에 등장하는 인물.

신이 번쩍 든 기분이었고, 의기양양한 느낌이었으며, 흐르는 눈물을 도저히 삼킬 수가 없었다. 얼굴을 가리기 위하여 책을 약간 치켜들고서 그는 눈물을 떨구고, 머리를 좌우로 흔들고, 자신을 완전히 잊어버렸다. (그러나 도덕과 프랑스 소설, 또 영국 소설에 관해서 그리고 스코트의 붓이 어떤 속박을 받고 있다는 사실에 대한 한두 가지 고찰은 잊어버리지 않았으나, 남편의 견해는 다분히 그의 다른 견해와 마찬가지로 옳은 것이었다.) 가엾은 스티니[42]의 익사와 머클배키트의 슬픔(이 대목은 스코트의 최상의 부분이었다) 그리고 그것이 그에게 준 놀라운 기쁨과 활력 속에서 그 자신의 신경 쓰이는 일들과 실패들은 완전히 잊어버렸다.

그는 읽던 장章을 끝내고 이보다 더 잘 쓸 수 있으면 써보라지, 하고 생각했다. 그는 누군가와 논쟁을 하다가 이긴 것 같은 기분이었다. 그들이 무어라 해도 그보다 낫게 쓸 수는 없을 터였으니 그 자신의 입장은 더 안전해졌다. 다시 그의 정신 세계에서 이 모든 것을 가다듬으면서 그 연인들은 시시하다고 생각했다. 이것저것을 비교하면서 이것은 엉터리이고 저것은 일류라고 그는 생각했다. 하지만 그는 그것을 다시 읽어야 한다. 그는 그것을 온전히 모두 기억할 수가 없었다. 그는 자신의 판단을 유보하는 수밖에 없었다. 그래서 그는 다른 생각으로 돌아왔다 — 요사이 젊은이들이 이것을 좋아하지 않는다면 그들은 그의 저서도 물론 좋아하지 않을 것이다. 요즈음 젊은이들이 그의 저서를 찬미하지 않는다고 아내에게 불평을 늘어놓고 싶은 충동을 억제하려고 애를 쓰면서 불평을 해서는 안 된다고 램지 씨는 생각했다. 그는 단호했다. 그는 다시는 그녀를 괴롭히지 않을 것이었다. 여기서 그는 책을 읽고 있는 그녀를 바라보았다. 책을 읽고 있는 모습이 그

42 『웨벌리』에 나오는 인물.

지없이 평화로워 보였다. 모두 떠났고 그와 그녀만이 남아 있다고 생각하니 기뻤다. 그는 스코트와 발자크, 영국 소설과 프랑스 소설로 돌아오면서 여인과 잠자리에 드는 것만이 인생의 전부는 아니라고 생각했다.

부인은 머리를 쳐들고 반쯤 잠들어 있는 사람처럼, 그가 원한다면 물론 깨겠지만, 그렇지 않다면 조금만 더 자고 싶다고 말하는 것 같았다. 그녀는 이 꽃 그리고 저 꽃에 손을 얹으면서 이리저리 가지들을 헤치며 기어오르는 기분이었다.

"장미의 심홍색도 칭찬하지 말지니." 읽어나갔고, 그렇게 읽으면서 그녀는 꼭대기로, 정상으로 올라가고 있다고 느꼈다. 얼마나 기분이 좋은지! 얼마나 편안한지! 하루의 모든 잡동사니가 이 자석에 붙어버려서 말끔히 청소되고 깨끗해진 느낌이었다. 그러고는 거기에 그것이 갑자기 온전한 상태에 있었으니, 그녀는 그것을 양손에 아름답고, 합리적이며, 투명하고, 완전한 상태로 꼭 잡고 있었다. 다시 말해 이것은 인생에서 빨려나와 여기서 완성된 것—바로 소네트였으니.

그러나 그녀는 남편이 자기를 바라보고 있는 것을 의식하기 시작하고 있었다. 그는 마치 그녀가 환한 대낮에 잠자는 것을 가볍게 놀리기라도 하듯이 이상야릇하게 그녀를 보고 미소를 짓고 있었으나 동시에 그는, 계속 책을 읽으라고 속으로 격려하고 있었다. 지금은 당신이 슬퍼보이지 않는다고 그는 생각했다. 그리고 그는 그녀가 무슨 책을 읽고 있는지 궁금해하고 그녀의 무지, 소박성을 과장했는데, 그 이유는 그녀가 똑똑지 못하며, 책에 대한 지식이 전무하다고 생각하고 싶었기 때문이다. 그는 그녀가 지금 읽고 있는 책을 이해하기나 하는지 의심쩍어했다. 아마도 이해하지 못할 거라고 생각했다. 물론 가능한 일은 아니었지만 그녀는 말할 수 없이 아름다웠다. 이것은 물론 가능한 일은 아니었지만 그녀는 점점 더 아름다워지는 것 같았다.

> 그러나 계절은 아직도 겨울 같았고, 너의 그림자와 더불어
> 네가 놀듯이 나는 이것들과 같이 놀고,

그녀는 끝마쳤다.

"뭐라구요?" 그녀는 읽던 책에서 시선을 들며 꿈꾸듯이 그의 미소에 답하면서 말했다.

> 너의 그림자와 더불어 네가 놀듯이 나는 이것들과 같이 놀았나니,

그녀는 책을 테이블에 놓으면서 중얼거렸다.

그녀는 뜨개질감을 다시 집어들면서 그와 그녀가 단둘이 있었던 이래 무슨 일이 일어났는가? 의아해했다. 그녀는 옷을 입고 달을 보던 것을 기억했다. 앤드루는 만찬 때 그의 접시를 너무 높직이 들고 있었고, 무슨 일 때문인지 기분이 우울해진 윌리엄이 한 말, 나뭇가지 사이의 새들, 층계참의 소파, 애들이 깨어 있던 것, 찰스 탠슬리가 책들을 바닥에 떨구어서 애들을 잠에서 깨어놓던 것 — 오오, 아니야, 이건 그녀가 꾸며낸 이야기야, 그리고 폴이 부드러운 암소가죽 시계 주머니를 가지고 있다는 사실. 이 가운데서 무슨 이야기를 남편에게 할까?

"폴과 민터는 약혼했어요." 그녀는 뜨개질을 시작하면서 말했다.

"내 그럴 줄 알았소." 그는 말했다. 이리하여 이 일에 관하여 더

이상 할말이 없게 되었다. 그녀의 머리는 아직도 시로 인하여 아래위로 흔들거리고 있었고, 그는 스티니의 장례식에 관한 부분을 읽고 나더니 아직도 활기에 넘치고, 기탄없이 하고 싶은 말을 내뱉고 있었다. 그리하여 그들은 입을 다문 채 앉아 있었다. 그러다가 그녀는 그가 무슨 이야기라도 하기를 바란다는 사실을 깨닫게 되었다.

계속 뜨개질을 하면서 그녀는 어떤 이야기라도 좋겠다고 생각했다. 어떤 이야기라도 괜찮을 것이었다.

"부드러운 암소가죽 시계 주머니를 가진 남자와 결혼을 하면 얼마나 좋겠어요." 이런 이야기는 그들이 함께 나누곤 하던 종류의 농담이어서 그녀는 이렇게 말했다.

그는 콧방귀를 뀌었다. 그는 이 약혼에 대해서도 다른 약혼에 대해서 느꼈던 것처럼 느꼈으니, 처녀가 이 젊은이에게는 과분하다는 것이었다. 그렇다면 도대체 왜 우리는 사람들이 결혼하기를 바라는 것일까, 하는 생각이 천천히 그녀에게 떠올랐다. 삶의 가치는 무엇이며, 의미는 그 무엇이란 말인가? (이제 그들이 하는 말은 모조리 진실일 것이었다.) 오로지 그의 목소리를 듣기를 바라면서 제발 무슨 이야기 좀 하라고 그녀는 독촉했다. 그림자, 그들을 감싸는 것이 또다시 그녀를 에워싸는 것을 느꼈기 때문에 마치 도움을 청하듯이 그를 바라보면서 무슨 말이거나 좀 하라고 애걸했다.

그는 시계줄 위의 나침반을 이리저리 흔들면서, 그리고 스코트와 발자크의 소설들을 생각하면서 입을 다물었다. 하지만 그들은 함께 다가섰기 때문에 그들의 친밀함의 어슴푸레한 장벽들을 통해서 무의식중에 가까이, 아주 가까이 다가서서 그녀는 마음에 그림자를 드리우는 치켜올려진 손처럼 그의 마음을 느낄 수 있었고, 그는 그녀의 생각이 그가 싫어하는 방향으로 돌아간 이상—소위 그가 '비관주의'라고 부르는 것으로—말은 하지 않았지만 바야흐로 손을 이마에 얹고, 머리카락을 한줌 움켜쥐었다 놓았다 하면서 안절부절못하기 시작하고 있었다.

그는 그녀가 짜고 있는 양말을 손가락으로 가리키면서 "오늘 밤 그 양말을 끝내지 못할 거요"라고 말했다. 이것이 바로 그녀가 듣고 싶었던 말이었으니—그녀를 질책하는 그의 목소리에 스며 있는 가혹함이라니—만약 그가 비관적인 것이 잘못이라고 한다면 그것은 잘못일 수도 있다고 그녀는 생각했으니, 이리하여 결혼 생활은 다시 아무 일도 없게 될 것이었다.

"못 끝낼 거예요." 그녀는 양말을 무릎 위에 내려놓으면서 말했다.

그러고는? 그녀는 그가 아직도 그녀를 바라보고 있었지만 표정은 바뀌었다는 사실을 감지했다. 그는 무엇인가를 원했다—그녀가 항상 그에게 주기가 어렵다고 느낀 그것을 원했으니, 즉 그녀가 그에게 사랑한다고 말하기를 원했던 것이다. 그런데 그것은, 아니다, 그녀는 그렇게 할 수가 없다. 그는 그녀보다 말하는 것을 쉬워한다. 그가 말을 잘할 수 있는 데 반해서 그녀는 결코 그렇게 할 수가 없었다. 따라서 당연히 항상 말을 하는 쪽은 그였는데, 어쩐 일인지 그는 갑자기 이 사실에 신경이 거슬려져 가지고 그녀를 질책하고 있는 것이었다. 그는 그녀를 매정한 여자라고 불렀고, 결코 그에게 사랑한다는 말을 한 적이 없다고 했다. 하지만 그렇지는 않았다—정말, 그렇지는 않았다. 단지 그녀가 감정을 표현할 수 없을 뿐이었다. 그의 코트에 빵 부스러기는 붙어 있지 않은지? 그를 위해 해줄 일은 없는지? 몸을 일으켜서 그녀는 손에 붉고 갈색이 도는 양말을 들고 부분적으로는 남편을 외면하려고, 또 부분적으로는 밤 바다가 가끔 얼마나 아름다운가를 기억하기 때문에 창가에 섰다. 그러나 그녀가 돌아섰을 때 그는 이미 머리를 돌린 사실을 알고 있었다. 왜냐하면 그는 그녀를 지켜보고 있었기 때문이다. 그가 당신은 지금 그 어느 때보다도 아름다워요, 라고 생각하고 있다는 것을 그녀는 느끼고 있었다. 그리고 그녀도 자신이 대단히 아름답다고 느꼈다. 꼭 한번만 당신이 나를 사랑한다고 말해주지 않겠소? 그는 그렇게 생각하고 있었다. 민터와 그의 저서 그리고 시간이 하루의 끝부분에 이르러 있다는 사실, 그리고 그들이 등대행 건으로 다투었다는 사실 등에 의하여 정신이 번쩍 든 상태에 있었으니까. 하지만 그녀는 그럴 수 없었으니, 그녀는 그 말을 할 수 없었다. 그가 그녀를 지켜보고 있다는 사실을 알고, 무슨 말을 하는 대신 그녀는 양말을 들고 몸을 돌려 그를 바라보았다. 그리고 그를 바라보면서 미소 짓기 시작했다. 비록 그녀가 한마디도 하진 않았지만 그는 그녀가 자기를 사랑한다는 사실을 알고 있었다. 그는 그것을 부정할 수 없었다. 그리고 미소를 지으면서 그녀는 창밖을 내다보며 말했다(혼자 생각하면서, 이 세상의 그 어느것도 이 행복과 비할 수는 없노라고)—

"그래요, 당신 말이 맞아요. 내일은 비가 올 겁니다. 갈 수 없을 거예요." 그리고 그녀는 미소를 지으며 그를 바라다보았다. 그녀는 또 승리했기 때문에. 그녀가 말을 하지 않았지만 그는 알고 있었으니까.

2부 시간이 흐르다

1

"글쎄, 두고보아야지." 테라스에서 들어오면서 뱅크스 씨가 말했다.

해변에서 올라오면서 앤드루는 "너무 어두워서 아무것도 보이지 않네"라고 말했다.

"바다와 육지가 거의 구분이 안 되네." 프루가 말했다.

"등불을 그냥 켜둘까요?" 릴리는 그들이 안에서 코트를 벗을 때 말했다.

"아니요, 모두 들어왔으면 켜둘 필요가 없지요." 프루가 말했다.

"앤드루, 홀의 불 좀 꺼." 그녀는 다시 소리쳤다.

하나씩하나씩 등불은 모두 꺼지고 버질[1]을 읽느라고 조금 더 깨어 있고 싶어하는 카마이클 씨가 다른 사람들보다 좀더 오랫동안 그의 촛불을 켜놓았을 뿐이다.

1 로마의 시인, B.C. 70~19.

2

이리하여 등불이란 등불은 모조리 꺼지고, 달도 지고, 가느다란 줄기의 비가 지붕을 두들기는 가운데 어마어마하게 커다란 어둠이 억수같이 내리기 시작했다. 열쇠 구멍과 틈새로 새어 들어오고, 창문의 블라인드로 살며시 들어오고, 침실로 들어오고, 여기서는 주전자와 대야, 저기서는 빨갛고 노란 달리아가 담긴 화병, 또 저기서는 서랍장의 예리한 모서리와 단단한 몸체를 송두리째 삼켜버리는 이 어둠의 홍수를 견뎌낼 수 있는 것은 아무것도 없을 성싶었다. 형체를 알아보기 힘들게 된 것은 가구만이 아니었으니, '이것이 그 남자다' 아니면 '이것이 그 여자다'라고 말할 수 있는 근거가 되는 육체나 정신이 거의 남아 있지 않았다. 때로는 손 하나가 치켜올려져서 마치 무엇인가를 움켜쥐려는 듯, 아니면 무엇인가를 막으려는 듯했고, 아니면 누군가가 신음 소리를 내거나 아니면 누군가가 마치 허무의 존재와 농담을 하고 있기나 한 것처럼 소리를 내어 웃었다.

거실이건 식당이건 아니면 계단이건, 움직이는 것은 아무것도 없었다. 단지 녹이 슨 돌쩌귀와 바다 습기로 부풀어오른 목조물 사이로 큰 덩어리의 바람에서 떨어져나온 샛바람이 (어쨌거나 그 집은 건들거리고 있었으니) 귀퉁이 주위로 기어들어 용감하게도 안으로 들어왔다. 그 샛바람이 의아해하며 거실에 들어왔을 때 우리는 거의 샛바람이 너덜거리고 있는 벽지에게 더 오래도록 벽에 붙어 있을 건가, 언제 떨어질 건가를 물으며 장난을 치고 있다고 상상할 수 있을 정도였다. 그러고 나서는 매끈하게 벽들을 스치고 지나가 그 샛바람은 생각에 잠겨 마치 벽지에 그려져 있는 빨갛고 노란 장미들에게 그들이 퇴색할 것인가를 묻기라도 하는 듯, 그리고 이제는 샛바람에게 몸을 드러내 보이고 있는 쓰레기통에 들어간 찢어진 편지들, 꽃들, 책들에게, 저것들은 한 패거리인가? 적인가? 얼마나 버틸 것인가? 묻고 있었다(묻는 태도는 부드러웠으니, 그 이유는 시간적인 여유가 있었기 때문이다).

이리하여 구름에 가리우지 않은 별에서, 혹은 정처없이 방황하는 배에서, 심지어는 등대에서, 아무렇게나 비추는 빛의 인도를 받고 부는 이 작은 샛바람은 층계참을 올라와 침실 문들의 냄새를 맡으며 이리저리 돌아다녔다. 하지만 여기서는 확실히 바람이 쉴 수밖에 없다. 그 무엇이 부패하여 사라진다 하더라도 여기 놓여 있는 것은 굳건했다. 여기서 우리는 미끄러지는 불빛들과 숨을 내어 쉬고 바로 침대 위에 몸을 굽히며 뭉그적거리는 바람에게 여기는 당신이 건드릴 수도, 파괴시킬 수도 없노라, 하고 말할 수 있을 것 같다. 이 말에 바람은 깃털처럼 가벼운 손가락과 깃털의 가벼우면서도 질긴 힘을 가지고 있기나 한 것처럼 지친 듯, 유령과도 같이, 닫혀진 눈과 헐겁게 잡고 있는 손가락들을 한번 바라보고서는 피곤하다는 듯이 의상을 접고 사라질 것이었다. 그래서 코로 흥흥거리고, 문지르면서 바람은 층계참의 창문, 하인들의 침실, 다락방 안의 상자들 있는 데로 올라갔다가 내려오면서 식당 테이블 위의 사과들을 하얗게 비추고, 장미꽃잎들을 만지작거리고, 이젤 위에서 그림을 건드려보기도 하고는 매트를 스치고 지나가며 약간의 모래를 마루에 날렸다. 드디어 단념하고 모든 것이 함께 동작을 멈추었고, 함께 모였으며, 모두 함께 한숨을 내쉬었나니, 모두가 함께 무목적성 비탄의 돌풍을 일으켰는데 이에 부엌에 있는 문이 화답하여 활짝 열렸지만 들어온 것은 아무것도 없이 그대로 닫히고 말았다.

[이때 버질을 읽고 있던 카마이클 씨는 촛불을 입으로 불어 껐다. 때는 자정이었다.]

3

하지만 따지고 보면 도대체 하룻밤이란 무엇인가? 짧은 시간일 뿐이니, 특히 어둠이 그렇게나 쉽사리 사그라지는 이 계절에는, 그렇게나 금방 새가 노래를 부르며, 수탉이 울고, 희미한 녹색 하늘이 파도의 움푹 패인 곳에서 흔들리는 나뭇잎처럼 되살아날 때에는 더욱 그러하다. 그러나 겨울이라도 되면 밤은 밤으로 이어진다. 겨울은 밤을 한 묶음 쥐고서 지칠 줄 모르는 손가락으로 카드를 분배하듯 계절마다 고르게, 동등하게 나눠준다. 밤은 길어지고 어두워진다. 어떤 밤은 투명한 혹성들, 밝은 접시 같은 유성을 높직이 치켜든다. 황폐해지기는 했지만 가을 나무들은 대리석 위에 황금 글자로 전사자들을 묘사하고 어떻게 그들의 뼈들이 저 멀리 인도의 사막에서 썩거나 불타고 있는가를 적어놓은 냉기 서린 성당 지하실 어느 구석에 세워져 빛나고 있는 찢어진 군기와 같은 모습을 하고 있다. 가을의 나무들은 노란 달빛 속에서, 수확기의 달빛 속에서 번뜩이고 있는데, 이때의 빛은 노동의 에너지를 성숙시키고, 곡식을 베어낸 그루터기를 매만지고, 파도가 해안을 파란색으로 찰싹거리게 만든다.

마치 인간의 참회와 수고에 감동된 신성한 선善의 신이 커튼을 제끼고 그 뒤로 하나의 분명한 형태로 곧추선 암토끼를 보여주고 있는 듯했으니, 파도는 뒤로 물러나고 있었고, 배는 흔들거리고 있었는데, 이것은 우리가 그것들을 가질 자격만 있다면 항상 우리들의 것일 거였다. 그러나 슬프게도 선의 신은 코드를 건드려서 커튼을 잡아당기누나, 그의 기분이 좋지 않은 것이다. 그는 그의 보물들을 우박의 세례 속에 감추고, 그것들을 부수고, 어찌나 혼란스럽게 뒤섞어놓는지 그들의 고요함이 다시 돌아오거나 아니면 파편 조각들에서 완전한 전체를 다시 구성하거나 아니면 엉망이 된 조각들에서 분명한 진리의 단어들을 읽어낼 수 있을 것 같지 않았다. 우리의 참회는 일별一瞥만을 받아 마땅하고, 우리의 수고는 집행유예만 받아 마땅하니까.

이제 밤들은 바람과 파괴로 가득 차 있었고, 나무들은 돌진하여 몸을 굽히고, 잎들은 멋대로 흩날려서 잔디밭은 온통 잎들로 회칠이 되었고, 하수구 속에 빽빽하게 들어차서 빗물받이 파이프를 꽉 메우고 젖은 인도 위에 흩어져 있었다. 또한 바다도 가만히 있지 않고 요동을 친다. 그래서 잠자던 사람이 해안에 나가면 거기서 그의 의문들에 대한 해답이나 그의 고독의 공유자를 얻으리라고 생각하고 잠옷을 벗어던지고 혼자서 내려가 모래밭을 거닌다 하더라도, 밤에게 질서를 부여하고 세상이 영혼의 넓이를 드러내게 하는 신성하고 기민성을 겸비한 존재는 결코 나타나지 않는다. 무엇을 구하고자 꽉 쥔 주먹은 자기 손 안에서 여위어가고, 그 목소리는 귓전에서 공허하게 표효한다. 거의 이러한 혼란 가운데서 잠자는 사람이 잠자리에서 일어나 해답을 모색하도록 유혹하는 그 무엇, 왜 그랬고, 또 어디에서 연유한 것인지 따위를 그 밤에게 물어보았자 아무 소용이 없는 것 같았다.

[어느 날 새벽 복도를 비틀거리며 램지 씨는 그의 양팔을 벌려 보았으나 전날 밤 부인이 갑작스럽게 죽었기 때문에 뻗은 팔은 허공을 잡았을 뿐이었다.]

4

이리하여 집은 비고, 문마다 잠기고, 매트리스란 매트리스는 모조리 말아올려진 채 거대한 군대들의 척후병들인 길잃은 바람은 거칠게 몰아쳐 들어와서 벌거벗은 판자들을 스치고 지나갔고, 조금씩 물어뜯고 부채질했고, 전적으로 이 바람에 항의하는 침실이나 거실 안에서 펄럭이며 걸려 있는 물체들, 삐걱거리는 목조물, 테이블의 벗은 다리들, 이미 때가 끼고 더럽혀지고 금이 간 남비와 사기그릇 외에는 아무것도 만나지 못했다. 사람들이 벗어놓은 구두, 사냥 모자, 옷장 안에 들어 있는 빛바랜 스커트와 코트—이런 것들만이 인간의 형상을 유지하고 공허함 속에서, 어떻게 한때는 그들이 꽉 차고 활기가 넘쳤는가, 어떻게 한때는 사람들이 후크와 단추들을 만지느라고 분주했는가, 어떻게 한때는 거울이 하나의 얼굴을 담고 있었는가, 다시 말해 한 세상을 떠내어 그 속에서 한 사람의 모습이 몸을 돌리고, 손 하나가 번쩍하고, 문이 열리고, 애들이 넘어져가며 몰려 들어오고 다시 나가곤 했는가를 보여주었다. 이제는 매일같이 빛이 물속에 비친 꽃처럼 맞은편 벽 위에 밝은 영상으로 반사될 뿐이다. 단지 바람에 마구 흔들리는 나무들의 그림자들만이 벽에 대고 절을 하듯 꾸벅거렸고, 잠시 동안 빛이 반사되고 있는 연못을 어둡게 만들었다. 아니면 나는 새들의 그림자가 방바닥 위를 천천히 허덕이며 가로지를 따름이었다.

이리하여 사랑스러움이 그리고 정적이 이 세상을 지배했고, 그들이 함께 아름다움 자체의 형상, 그것에서 생명이 떨어져나간 형상을 만들어내었다. 저녁 때 멀리 떨어져 있는, 기차의 차창을 통해 본, 그렇게 빨리 사라지는 연못처럼 외로운 형상, 이 연못은 저녁이라 거의 그것의 외로움을, 비록 한때는 가시적이었지만, 빼앗겨버린 창백한 상태에 있었다. 아름다움과 정적이 침실에서 손을 굳게 잡고 있었고, 수의壽衣를 두른 주전자들과 시트로 덮어 놓은 의자들은 몰래 새어 들어오는 바람도, 물기 머금은 바다 바람이 몸을 비비고 흥흥거리며 "너도 시들 것이냐? 너도 죽을 것이냐?"라는 질문을 반복하는 부드러운 코도—마치 그들의 질문에 대답할 필요가 없는 것처럼, 우리는 그냥 남아 있겠다는, 이 평화, 이 무관심, 이 순수한 완결성의 분위기는 방해하지 못했다.

이 이미지를 깰 수 있는 것, 이 순진무구함을 타락시킬 수 있는 것, 이 너풀거리는 침묵의 망토를 범할 수 있는 것은 아무것도 없는 것 같았다. 이 침묵은 매주 빈방에서 새들의 자지러지게 울어대는 울음 소리, 배의 고동 소리, 들판에서 들려오는 윙윙거리는 소리, 개 짖는 소리, 사람의 고함 속으로 짜여 들어가서 집 주위를 감싸는 그러한 침묵이었다. 한번은 판자 한 장만이 층계참 위에 튀어올랐다. 또 한번은 한밤중에 마치 수백 년 동안 잠잠하게 있다가 요란한 함성과 함께, 파열음을 내며 바위 하나가 산에서 떨어져나와 골짜구니로 요란하게 충돌하고 나아갔는데, 숄의 한 자락이 늘어져 이리저리 흔들거리고 있었다. 그러다가 다시 평화가 내려앉았으며 그림자는 흔들리고 빛은 침실 벽 위에 숭배하는 자세로 자신의 이미지에 허리를 굽혔고, 맥냅 부인은 빨래통에서 견뎌낸 손으로 침묵의 베일을 찢고, 구두 소리 요란하게 자갈길을 걸어 들어와, 지시를 받은 대로 창문이란 창문은 모조리 열고, 침실마다 먼지를 털어내었다.

5

그녀는 비틀거리고 (그녀는 바다에 떠 있는 배처럼 흔들거렸으니까) 곁눈질하면서 (그녀의 눈은 아무것도 똑바로 보지 않고 세상의 비난과 분노를 못마땅하게 여기는 곁눈질로 바라보았다 — 그녀는 자기가 어리석다는 것을 알고 있었다), 또 난간을 꽉 잡고 이층에 올라가서 방마다 돌아다니며 노래를 불렀다. 기다란 거울의 유리를 문지르면서 그리고 그녀의 흔들거리는 모습을 곁눈질로 바라보면서, 그녀의 입술에서는 소리가 새어나왔다. 이십 년 전에는 어쩌면 무대 위에서 가수가 경쾌하게 불렀고, 사람들이 따라서 흥얼거리기도 하고 이 노래에 맞추어서 춤도 추었을 노래가 이제는 이도 다 빠지고 보네트를 쓰고 있는 청소부 여인에게서 흘러나오니까 의미도 없어지고 정신나간 상태, 유머, 계속 짓밟혀도 다시 솟아오르곤 하는 집요함, 그 자체의 소리로 들려서 그녀가 먼지를 털어내고 닦아내면서 비틀거릴 때 그녀는 인생이 어떻게 하나의 긴 슬픔이고 고통이었는가, 그것이 어떻게 일어났다 다시 잠자리에 드는 것이었고, 물건들을 꺼냈다가 다시 넣는 것이었는가를 말하고 있는 듯했다. 그녀는 이 세상이 살아가기 쉽고 편안한 곳이 아니라는 사실을 근 칠십 년 동안 알아왔다. 그녀는 지쳐서 허리가 구부러져 있었다. 그녀는 침대 밑에서 무릎을 꿇고 신음하고 끼익끼익거리면서 마루를 쓸며 이 일을 언제까지 해야 할 모양인가 자문해보았다. 심지어는 자신의 얼굴조차도 슬픔조차도 바로 보지 않고 곁눈질하면서. 그러나 다시 비실거리며 일어나 자세를 가다듬고, 거울 앞에 서서 다시 자기 얼굴에 나타난 슬픔을 똑바로 보지 못하고 곁눈질로 입을 벌린 채 바라보며, 무의미한 미소를 지어 보이고, 또다시 비실비실

바닥에 깔린 매트를 쳐들거나 도자기 그릇을 바로 놓거나, 결국엔 자기에게도 위안이 없지 않았고 마치 자기의 슬픔을 노래하는 만가輓歌 속에도 도저히 죽지 않는 희망의 불씨가 살아 있다고 말하듯 그녀는 거울 속을 곁눈질하는 것이다. 빨래통 앞에서 일을 할 때나 예를 들어 자식들을 생각하거나 주막집에서 술을 마실 때는, 또는 서랍 속의 잡동사니를 뒤적일 때, 그녀에게도 기쁨의 환상이 찾아오곤 했다. [그러나 아들 둘은 서출庶出이었고, 하나는 그녀를 버리고 달아났다.] 어둠의 갈라진 틈이 있었음에 틀림없나니, 깊은 어둠 속에 어떤 통로를 통하여 그녀를 거울 속에서 히죽이게 하고, 그녀가 다시 일을 하기 위하여 그 옛날의 음악당 노래를 흥얼거리게 할 만큼의 충분한 빛이 들어왔음에 틀림없다. 날씨 좋은 날 밤 해안을 거닐면서 물 웅덩이를 휘젓고, 돌멩이를 바라보면서, '나라는 존재는 도대체 누구인가' '이것은 무엇인가?'를 자문하면서 이 신비주의자, 이 환상가는 갑자기 하나의 해답을 받았나니(그들은 그것이 무엇인지 알 수 없었다), 그리하여 그들은 서리 속에서도 따뜻함을 느꼈고, 사막에서도 위안을 받았다. 그러나 맥냅 부인은 전처럼 계속 술을 마셨고 지껄였다.

6

흔들거릴 수 있는 이파리 하나 없는 봄, 정절의식이 치열하고, 순수성을 지키느라 사나워진 처녀처럼 단도직입적이고 밝은 봄이 눈을 크게 뜨고 사방을 지켜보며, 구경꾼들의 행위나 생각에는 전혀 개의치 않고 들판에 펼쳐져 있었다.

[프루 램지는 아버지의 팔에 기대어서 결혼을 했다. 사람들은

이 부부 이상 더 잘 맞는 짝이 어디 있겠느냐고 했다. 그리고 그들은 신부가 얼마나 아름다우냐고 덧붙였다.]

여름이 다가오고 저녁이 길어짐에 따라 해안을 거닐며, 웅덩이를 휘젓고, 희망에 차 있는 자들, 깨어 있는 자들은 그지없이 이상한 상상의 날개를 폈다 — 육체가 분자로 변해서 바람에 밀려다니는 상상, 별들이 그들의 가슴에서 번쩍이는 상상, 벼랑, 바다, 구름 그리고 하늘이 의도적으로 모여서 그 안의, 표면상으로는 흩어져 있는 통찰력의 부분들을 집결시킨 것을 상상한다. 이러한 거울 속에서, 사람들의 마음속에서, 그 불안한 물 웅덩이 속에서, 그곳에서는 끊임없이 움직이는 구름과 그림자가 형성되고, 꿈들이 집요하게 존재하고, 모든 갈매기, 꽃, 나무, 남녀 그리고 하얀 땅 자체가 선은 승리하고, 행복이 주도하고, 질서가 판을 칠 거라고 (그러나 막상 물으면 즉시 철회한다) 선언하는 것 같은 이 신비한 정보를 거부하기는 불가능했다. 아니면 절대선, 이미 알려진 쾌락과 우리가 잘 알고 있는 덕목들과는 상관없는 크리스탈과도 같은 강렬함, 소유주를 안전하게 해줄 모래 속의 다이아몬드처럼 단 하나이고 단단하며 빛나는, 가정 생활의 여러 가지 과정들과는 무관한 어떤 것을 찾아서 이리저리 돌아다닐 비상한 충동에 저항하기는 불가능했다. 더욱이, 부드러워지고 고분고분해진 봄은 벌들이 윙윙거리고 각다귀들이 춤을 추는 가운데 그녀의 외투를 입고, 눈을 가린 채로 머리의 방향을 돌려 지나가는 그림자들과 흩날리는 가랑비 가운데서 인류의 갖가지 슬픔을 떠맡은 듯했다.

[프루 램지는 그해 여름 출산의 후유증으로 죽었는데, 이것은 정말 하나의 비극이라고 사람들은 말했으니, 그들은 이 두 사람의 전망이 그리도 밝았는데, 하고 말했다.]

이제 찌는 듯한 여름에 바람이 척후병들을 다시 그 집 주위에 파견했다. 햇빛이 드는 방에는 날것들이 거미줄을 쳤고, 밤에 유리창 가까이에서 자란 잡초들은 유리창을 규칙적으로 두드렸다. 어둠이 내려앉았을 때 그 어둠 속에서 카펫 위에 그렇게나 권위를 지니고 비추던 등대의 불빛은 카펫의 무늬를 추적하면서 이제는 마치 애무하고 남몰래 뭉그적거리며 바라보고 다시 사랑스럽다는 듯이 다가오는 것처럼 부드럽게 미끄러지는 달빛과 섞인 한결 더 부드러운 봄빛 속에 찾아왔다. 하지만 바로 이 사랑의 애무의 정적 가운데서, 긴 줄기의 빛이 사선으로 침대에 비쳤을 때 바위가 쩍 갈라지고, 숄의 다른 한쪽이 느슨해지더니, 걸린 채 흔들거렸다. 짧은 여름 밤과 긴 여름 낮에 빈방들이 들판의 메아리와 날것들의 윙윙거림으로 속삭이는 듯이 보였고, 길게 늘어진 숄의 술장식은 조용히 그리고 하릴없이 흔들거리고 있었다. 그러는 동안에 태양은 그 방들 가득히 줄무늬를 만들어놓았고, 노란 안개로 가득 채워서 맥냅 부인이 돌진해 들어와 비틀거리며 먼지를 털어내고 비질을 했을 때 그 모습은 햇빛의 창槍을 맞은 바다에서 노를 저어가는 열대어의 그것이었다.

그러나 이와 같이 여름이 조는 동안에도 후반에 접어들어서는 상서롭지 못한 소리들이 들렸으니 그것은 규칙적으로 되풀이되어 둔탁하게 느껴진 망치질 소리 같은 것이었으니, 그것은 반복된 충격으로 인하여 숄을 한층 더 늘어지게 했으며 찻잔들을 금가게 했다. 이따금씩 마치 거대한 목소리가 고통스러워 너무 크게 비명을 질러서 찬장 안의 큰 컵들마저 진동하는 것처럼 약간의 유리잔이 찬장에서 덜거덕거렸다. 그리고 다시 침묵이 내려앉았고, 그리고는 밤마다, 또 때로는 장미가 밝게 피어나 뚜렷하게 그 모습을 벽 위에 비추는 한낮에도 무엇인가가 쿵 하고 이 침묵 속으로, 이 무관심 속으로, 이 완결성 속으로 떨어지는 것 같았다.

[탄환이 폭발했다. 이삼십 명의 젊은이들이 프랑스에서 탄환에 맞았는데, 그 가운데는 앤드루 램지가 끼어 있었는데, 다행스럽게도 그는 즉사했다.]

이 시기에 해안으로 걸어 내려가 바다와 하늘에게 그들의 메시지 혹은 그들이 확인한 통찰력이 무엇이냐고 물은 사람들은 신의 자비의 늘상 있는 표적들 가운데서 심사숙고하지 않으면 안 되었나니 — 바다의 낙조, 파리한 여명, 떠오르는 달, 달을 향한 어선 그리고 진흙 파이를 만들거나 풀을 한 움큼씩 손에 들고 서로 때리는 아이들이 그것들이었다. 이 기쁨과 이 고요함과는 조화를 이루지 못하는 그 무엇인가를 생각하지 않을 수 없었다. 예를 들면 말없는 회색빛 유령과도 같은 배가 오가는 것, 마치 무엇인가가 저 아래에서 보이지 않게 끓고 있었고, 피를 흘린 것처럼 고요한 바다의 표면 위에는 보라색 반점이 있었다. 가장 숭고한 사색을 뒤흔들어놓고 가장 안일한 결론으로 유도하기로 계산이 된 한 장면으로의 침입은 그들의 걸음을 저지시켰다. 그들을 평온하게 간과하기는 어려웠나니, 풍경에서 그들의 의미를 없애버리는 것, 우리가 바닷가를 거닐 때 외부의 아름다움이 내면의 아름다움을 어떻게 반영하는가에 계속 경탄해 마지않는 일은 대단히 어려웠다.

자연의 여신은 인간이 발전시킨 것을 보완하는가? 자연의 여신은 인간이 시작한 작업을 완성하는가? 자연은 인간의 비참함을 자기 만족의 눈으로 보았고, 인간의 사악함을 묵살하였고, 인간의 고통을 묵인하였다. 공유하고, 완성하고, 해안의 고독 속에서 하나의 해답을 찾으리라는 꿈은 그렇다면 거울 속의 환영에 불과했고, 그 거울 자체는 더 고귀한 힘들이 그 밑에서 잠을 잘 때 다소곳이 형성하는 번쩍이는 표면에 불과했던가? 초조해지고, 실망스럽지만 자리를 뜨기는 싫었다. (아름다움은 매력이 있고 위안을 주는 것이니까.) 그러나 해안을 거닌다는 것은 불가능했다. 명상에 잠기는 것이 참을 수 없어진다. 거울이 깨진 것이다.

[카마이클은 그해 봄에 시집 한 권을 내놓았는데, 기대 이상의 성공을 거두었다. 사람들은 전쟁이 시에 대한 관심을 부활시켰다고 했다.]

7

밤이면 밤마다, 여름 그리고 겨울에, 불어닥치는 폭풍우의 괴롭힘과 맑은 날씨의 화살과도 같은 정적은 아무런 방해도 받지 않고 온누리를 지배했다. 빈집의 이층방들로부터 귀를 기울이며 (귀기울일 사람이 있기나 했으면) 바람과 파도가 전혀 이성을 갖추지 못한, 형체 없는 바다 괴수의 덩치로 어둠 속에서 서로 밀치고 덮치며 흥겹게 놀았을 때나 혹은 대낮에도 바보 같은 게임을 하느라고 돌진하다가 드디어는 마치 우주 전체가 잔인한 혼돈과 난잡한 탐욕 속에 그 자체가 무목적적으로 전투에 참여하여 난동을 부리고 있는 듯했고 (밤과 낮, 달과 해가 두루뭉술하게 넘어갔기에) 단지 번개로 줄이 간 거대한 혼돈만이, 흔들리는 소리만이 들릴 뿐인 것 같았다.

봄이면 아무렇게나 바람에 날려와 돋아난 식물로 가득 찬 정원의 화분들이 언제나처럼 화사했다. 오랑캐꽃도 피어났고 수선화도 피어났다. 그러나 한낮의 정적과 화사함은 밤의 혼돈과 법석 못지않게 기이하게 보인다. 나무들이 거기 서 있고 꽃들이 거기 서서 앞을 바라보고 위를 바라보지만 눈이 없어서 아무것도 보지 못하니 너무 끔찍했던 것이다.

8

이 집의 가족들은 다시는 오지 않을 것이라고, 그리고 이 집은 어쩌면 성 미가엘 축제 때쯤에 팔릴 것이라고 들었기 때문에 상관없을 거라고 생각하고 맥냅 부인은 허리를 굽혀서 자기 집에 가져가려고 꽃을 한 다발 꺾었다. 그녀가 청소를 하는 동안에는 꽃들을 테이블 위에 놓아두었다. 그녀는 꽃을 무척이나 좋아했다. 꽃들을 보는 이 없이 내버려두는 것은 안타까운 일이었다. 만약 집이 팔리면 (그녀는 거울 앞에 팔짱을 끼고 서 있었다) 아무도 이 집을 돌보지 않게 될 것이었다. 이 집은 아무도 살지 않는 채 이렇듯 여러 해 서 있었다. 책과 물건들에는 곰팡이가 피었으며, 전쟁이 나는 바람에 일손을 구하기가 힘들어서 그녀가 원하는 만큼 깨끗하게 치울 수가 없었다. 이제와서 제대로 치우기에는 혼자의 힘으로는 역부족이었다. 그녀는 너무 늙었다. 다리도 아팠고. 책이란 책은 모조리 잔디밭에 내다가 햇빛을 쪼여야 할 지경에 이르러 있었으며, 홀 안의 회반죽이 떨어져나갔고, 비받이 홈통이 서재 창문을 막아 물이 흘러 들어왔으며, 카펫은 완전히 망가져 있었다. 그러나 식구들이 직접 와야 하는데, 아니면 그들이 사람을 보내서 직접 보게 해야 하는데. 장 안에도 옷가지가 있었고, 그들은 침실에도 옷을 두고 떠났다. 그것들을 어떻게 해야 한단 말인가? 그 옷들—램지 부인의 옷들에는 좀이 슬었다. 안됐어라! 부인은 이 옷들을 다시는 입지 않을 것이었다. 부인은 벌써 여러 해 전에 런던에서 죽었다고 들었다. 부인이 정원 일을 하면서 입었던 낡은 회색 외투가 거기에 있었다. (맥냅 부인은 그것을 만지작거렸다.) 그녀는 빨랫감을 가지고 꽃들 위에 몸을 굽히면서 인도를 걸어 올라오는 부인의 모습을 머릿속에 생생하게 그려볼 수 있었다. (지금 정원은 엉망진창으로, 그 모습이 말이 아니었고, 토끼들이 그들의 잠자리에서 허둥지둥 달려나왔다.)—그녀는 부인이 그 회색 외투 속에 자녀 중 한 명을 감싸안고 있는 모습을 그려볼 수 있었다. 구두도 여러 켤레 있었고, 화장대 위에는 브러시와 빗이 있었다. 무슨 일이 있어도 부인은 내일 돌아오리라고 생각했던 것 같다. (그녀는 갑자기 죽었다고 들었다.) 그리고 한번은 그들이 돌아오려고 했는데, 전쟁도 나고, 요즈음은 여행이 그리 쉽지 않아서 최근 몇 년 그들은 오지 못하고 돈만 보내고, 편지도 못하고, 직접 오지도 못하고, 그러면서 모든 것이 그들이 떠날 때와 다르지 않기를 바라다니! 화장대 서랍에는 (그녀는 서랍들을 빼내어 열었다) 물건들—손수건들, 리본 조각들—이 가득 차 있었다. 그래, 그녀는 부인이 빨랫감을 들고 인도를 걸어 올라오는 모습을 그려볼 수 있었다.

"안녕하세요, 맥냅 부인"이라고 그녀는 말하곤 했다.

부인은 그녀에게 친절하게 대해주었다. 여자 아이들이 모두 그녀를 좋아했다. 하지만 그때 이후로 많은 것들이 변했다. (그녀는 서랍을 닫았다.) 많은 가족이 사랑하는 식구들을 잃었다. 부인도 죽었고, 앤드루 씨도 죽고, 프루 양도 첫애기 낳다가 죽었다고 들었지만 요즈음 식구 중 누군가 죽지 않은 집은 거의 없었다. 물가도 말도 안 되게 치솟았고, 한번 올라간 물가는 다시 내려올 줄을 몰랐다. 그녀는 회색 외투를 입고 있던 부인의 모습을 생생하게 기억할 수 있었다.

"안녕하세요, 맥냅 부인"이라고 부인은 인사하고, 요리사에게 그녀를 위해 따로 우유수프 한 접시를 마련해놓게 했다—그 무거운 바구니를 마을에서부터 쭉 들고 오니까 배가 고프리라고 생각한 것이다. 이제 부인이 몸을 굽혀 꽃을 돌보는 모습이 눈에 선했다. 맥냅 부인이 절룩거리며 먼지를 털어내고 잘못 놓인 물건들을 바로잡을 때, 망원경 끝의 동그라미 아니면 노란 빛줄기처럼 회색 망토를 입은 귀부인 한 사람이 몸을 굽혀 꽃을 돌보거나 침실 벽이나 화장대를 더듬다가 세면대 쪽으로 건너가는 모습이 보였다. 그런데 요리사의 이름은? 밀드레드? 마리안? —뭐 그 비슷한 이름이었는데. 아아, 생각이 나지 않았다—이것뿐이 아니라 뭐든지 다 잊어버렸다. 그 요리사는 성질이 불 같았지, 머리칼이 빨간 여인들이 다 그렇듯이. 그들은 웃기도 많이 했지. 그녀는 부엌에서 항상 환영이었다. 그녀는 정말 그들을 웃겼었다. 그때는 지금보다는 사정이 나았었다.

한 여인이 하기에는 작업량이 과다해서 그녀는 한숨을 쉬었다. 그녀는 머리를 이리저리 흔들었다. 이것이 예전에는 육아실이었지. 그래 이 안이 몹시 눅눅했지, 회반죽이 떨어져나가고 있었지. 도대체 왜 그들은 짐승의 두개골을 거기에 걸려고 했을까? 그것에도 곰팡이는 피었다. 다락방마다 쥐들이 우글거렸다. 비도 새어 들어왔다. 그러나 그들은 결코 사람을 보내지도 않았고, 직접 와보지도 않았다. 자물쇠 몇 개는 고장이 나서 문마다 쾅 하는 소리를 내며 닫혔다. 그녀도 이곳에 저녁 때 혼자 서성거리기를 좋아하지 않았다. 여자 혼자 감당하기에는 지나치게 역부족이었다. 그녀의 뼈는 삐걱댔고, 그녀는 신음 소리를 연발했다. 그녀는 문을 쾅 하고 닫았다. 그녀는 자물쇠의 쇠를 돌리고 떠났다. 문을 닫고 자물쇠를 잠그고, 혼자서 집을 나섰다.

9

집은 내팽개쳐졌다. 집은 사람들이 버리고 떠났다. 집은 마치 모래언덕 위에 조개껍질처럼 남겨져서, 생명이 그것을 떠났기 때문에 마른 소금 가루로 가득 찼다. 긴 밤이 자리잡고 들어온 듯하며 장난치는 대기가 물어뜯기도 하고, 허우적거리는 끈적한 입김이 승리를 거둔 것같이 보이기도 했다. 남비에는 녹이 슬었고 매트는 망가졌다. 두꺼비들이 코를 디밀고 들어왔다. 하릴없이, 목적 없이 숄은 이리저리 흔들렸다. 엉겅퀴가 식료품 저장실의 타일들 사이에 자리를 잡고 자라고 있었다. 제비들은 거실에 둥지를 틀고 있었으며, 마루에는 지푸라기가 흐트러져 있었으며, 회반죽이 부삽으로 하나 가득씩 떨어져내렸으며, 서까래들이 벌거벗은 모양을 드러내었고, 쥐들은 이것저것 물어다가 벽의 널빤지 뒤에서 갉아먹었다. 거북이 껍질을 한 나비들이 번데기를 깨고 나와서 유리창문에 후두둑 소리를 내며 생명의 출발을 알렸다. 양귀비들은 달리아 가운데 퍼졌고, 잔디는 길게 자란 풀로 물결쳤으며, 거대한 엉겅퀴는 장미 가운데 우뚝 그 자태를 뽐냈고, 가장자리에 장식을 단 카네이션은 양배추들 사이에서 꽃을 피웠으며, 그러는 동안에 잡초가 부드럽게 창문을 때리는 소리는 겨울철 밤이 되면 여름에 온 방 안을 녹색으로 만들어주었던 교목이나 가시 돋친 월계수가 울리는 북소리로 변했다.

이제 그 어떤 힘이 자연의 이 비옥함, 이 무감각함을 억제할 수 있단 말인가? 맥냅 부인의 귀부인 아니, 한 접시의 우유수프에 대한 꿈은? 그것은 벽 위에 비친 한 점의 햇빛처럼 흔들거리더니 사라졌다. 그녀는 문을 잠그고 떠났다. 한 여자가 감당하기에는 역부족이라고 그녀는 말했다. 그들은 사람을 보내는 법도 없었다. 그들은 편지를 보내는 법도 없었다. 저기 서랍 속에서는 물건들이 썩어가고 있었다—물건들을 이렇게 내버려두는 것은 말이 안 된다고 그녀는 말했다. 이곳은 이제는 완전히 파괴되었다. 단지 등대에서 비치는 빛줄기만이 잠시 방에 들어와서 그것의 갑작스러운 강한 시선을 겨울의 어둠 속에서 침대와 벽 위로 보낼 뿐이었고, 엉겅퀴와 제비, 쥐와 지푸라기를 담담하게 바라보았다. 이제 이것들을 저지시킬 것은 아무것도 없었으니, 그 어느것도 그들에게 안 된다고 하지 않았다. 바람이 마음대로 불게 하라, 양귀비도 번식하게 하고 카네이션이 양배추와 짝을 짓는 것도 내버려두자. 제비가 거실에 둥지를 트는 것도 상관 말고, 엉겅퀴가 타일을 밀어붙여도 내버려두고, 나비가 안락 의자의 빛바랜 커버 위에서 햇빛을 쪼이게 내버려두자. 깨진 유리와 사기 조각이 잔디 위에 널려 있고 풀과 야생의 열매들과 엉키게 내버려두자.

이제 여명이 떨고 밤이 멈칫거릴 때, 저울에 깃털 하나가 내려앉아도 저울이 한쪽으로 기울어질 그 순간이 당도했으니까. 깃털 하나의 무게만 더하여도 그 집은 가라앉고 넘어져 어둠의 심연으로 곤두박질했을 것이다. 폐허가 된 방에서 피크닉 나온 사람들이 주전자에 불을 댕기고 연인들은 여기 헐벗은 판자 위에 누워서 안식처를 구하고, 목동은 벽돌 위에 그의 정찬을 차리고, 거지는 추위를 막기 위해 코트를 뒤집어쓰고 잤다. 이제 지붕이 무너져내릴 수도 있었고, 가시나무와 독미나리가 길, 층계 그리고 유리창의 모습을 완전히 없애버릴 것이고, 둔덕 위로 아무렇게나 그러나 탐욕스럽게 자라서 어떤 침입자가 길을 잃고 쐐기풀 속에서 새빨간 포커꽃을 발견하거나 독미나리 속에서 사기그릇 조각을 발견하고 비로소 한때 여기에도 누군가가 살았다는 사실, 집이 한 채 있었다는 사실을 알게 될 것이다.

그 깃털 하나가 내려앉았던들, 그래서 그것이 저울을 아래쪽으로 기울게 했던들, 그 집은 폭삭 주저앉아 망각의 모래밭 속으로 몸을 던졌을 것이었다. 하지만 거기에는 역사하고 있는 힘이 있었나니, 무엇인가 근엄한 의식儀式과 노래와 더불어 일손을 바삐 놀리는 일손들이 있었다. 맥냅 부인은 신음했고, 바스트 부인은 끽끽거렸다. 그들은 늙어 몸이 경직되서 다리에 통증을 느꼈다. 마침내 그들은 빗자루와 물통을 가지고 와서 작업을 하기 시작했다. 느닷없이 맥냅 부인은 주인집 젊은 딸 중의 하나가 이 집을 원상복구시킬 수 있느냐고, 즉 이 작업을 해낼 수 있겠느냐고, 서둘러서 이 일을 해낼 수 있겠느냐고 편지에 물어왔다고 했다. 그들은 이곳에 와서 여름을 지내게 될지도 모른다는 것이었는데, 모든 것을 마지막 순간까지 내버려두었다가 원상복구되기를 기대하는 것이었다. 천천히 그리고 힘겹게 빗자루와 물통을 가지고 닦아내고, 문질러대면서 맥냅 부인, 바스트 부인은 붕괴와 타락을 저지시켰으니, 빠른 속도로 어떤 때는 대야를, 또 어떤 때는 찬장을 덮쳐오는 시간의 웅덩이로부터 구조했으니, 어느 날 아침에는 망각의 늪에서 모든 웨벌리 소설과 차 세트를, 오후에는 놋쇠로 된 난로 망과 한 세트의 쇠 부젓가락을 햇볕과 바람을 쏘이게 했다. 바스트 부인의 아들은 쥐를 잡고 잔디를 깎았다. 그들은 건축업자도 데려왔다. 돌쩌귀들의 찍찍거리는 소리와 볼트들이 내는 비명, 젖어서 부풀어오른 목조 부분이 내는 요란한 소리를 들으면서 녹이 슨 고통스러운 출생이 일어나고 있는 듯하다고 느꼈다. 여인들이 허리를 굽혔다 폈다, 신음 소리를 내었다가 노래를 불렀다가, 한때는 이층에서 또 다른 때는 저 아래 지하실에서 탁탁 치는 소리를 낼 때 그러했다. 오오, 힘들기도 한 일이로다, 라고 그들은 말했다.

때로는 그들은 침실 혹은 서재에서 차를 마셨고, 한낮에 얼굴에는 검뎅이를 묻힌 채 일을 중단하고, 그들의 늙은 손은 빗자루의 손잡이를 잡고 있었다. 의자에 털썩 주저앉아서 그들은 수도꼭지와 목욕탕을 훌륭하게 복구시킨 것을 응시하기도 하고, 또 때로는 힘은 더 들었지만 아직 완전히 정복하지 못한, 긴 줄을 이루고 있는 책들 — 한때는 까마귀들처럼 새까맸지만 지금은 드문드문 흰색이 드러나고 파리한 버섯을 키워내고 은밀히 거미들을 분비하는 — 을 관상하기도 했다. 그녀가 위胃 안에서 차가 아직도 따뜻하다고 느꼈을 때 다시 한 번 망원경은 맥냅 부인의 눈에 맞추어지고 둥근 빛 안에서 그녀는 빨랫감을 들고 올라오면서 갈쿠리처럼 바싹 마른 그 늙은 신사가 머리를 흔들며, 짐작건대 잔디 위에서 자기 자신에게 말하고 있는 모습을 목격했다. 그는 그녀를 주목하는 법이 없었다. 그가 죽었다고 누군가에게서 들었는데, 또 어떤 이는 부인이 죽었다고 하기도 했다. 과연 누가 죽었을까? 바스트 부인도 확실히는 몰랐다. 젊은이는 죽었다. 그것은 그녀가 확실히 알고 있었다. 그녀는 그의 이름을 신문 부고란에서 보았다.

그리고 요리사가 있었는데, 밀드레드, 마리안, 뭐 그런 이름이었는데 — 빨간 머리칼의 여인들이 대개 다 그러하듯이 빨간 머리의 그녀도 성질이 급했지만 제대로 다룰 줄만 알면 상냥하기도 했다. 그들은 같이 많이 웃었다. 그녀는 매기를 위해서 한 그릇의 수프를 남겨두었고, 무엇이고 남은 것은 — 때로는 한 입 분량의 햄 — 챙겨두었다 주었다. 그들은 그 당시에는 잘살았다. 그들은 원하는 것은 모두 가지고 있었으니. (매끄럽게 명랑하게 아직도 차가 그녀의 위 안에서 따뜻함을 느끼면서 그녀는 육아실 칸막이 옆 버드나무 안락 의자에 앉아서 추억의 실타래를 술술 즐겁게 풀어나가고 있었다.) 항상 일감이 많았지, 집 안에는 사람들이 그득하고, 어떤 때는 이십 명 가량이나 되는 사람들이 머물고 있어서 자정이 훨씬 지나도록 설거지를 하기도 했지.

바스트 부인은 (그녀는 그 당시 글래스고에 살고 있었기 때문에 그들을 전혀 알지 못했다) 찻잔을 내려놓으면서 무엇 때문에 짐승의 두개골을 거기다 걸어놓았을까, 하고 의아해했다. 틀림없이 이국 땅에서 사냥한 것일 텐데.

자유분방하게 추억들을 가지고 놀면서 그럴지도 모른다고 맥냅 부인은 말했다, 그들은 동방의 나라들에 친구들이 있었으니까. 그 곳에 머무는 신사들, 야회복 차림의 숙녀들, 그녀는 한번은 이 모든 사람들이 앉아서 만찬을 들고 있는 모습을 식당 문을 통해 본 적이 있었다. 감히 말하건대 이십여 명이 모두 보석 장신구로 단장을 하고 앉아 있었는데, 그날 램지 부인은 맥냅 부인보고 가지 말고 설거지가 끝날 때까지 도와달라고, 자정이 지나야 끝날 것 같다고 말했다.

아아, 그들은 이곳이 변했다고 할 거라고 바스트 부인은 말했다. 그녀는 몸을 비스듬히 해서 창문 밖을 내다보았다. 그녀는 아들 조지가 풀을 베는 모습을 지켜보았다. 그들은 어떻게 했길래 이렇게 달라졌느냐고 물을지도 모르는데, 늙은 케네디가 맡아 관리하기로 되어 있었는데, 그가 짐마차에서 낙상한 이래 다리의 통증이 악화되었고, 어쩌면 그러고 나서 일 년 혹은 그 이상 동안 아무도 돌보는 사람이 없다가 데이비드 맥도널드가 온 것이었다. 그러니 씨앗을 보낸다 한들 그것들을 심었다고 그 누가 장담하겠는가? 그들이 와서 보면 많이 변했다고 할 것이었다.

그녀는 아들이 낫질하는 모습을 지켜보았다. 그는 대단한 일꾼이었으니 — 말없이 일만 하는 타입이었다. 자 이제 찬장들을 치울 차례라고 생각했다. 그들은 몸을 일으켰다.

드디어 여러 날 안에서 수고하고, 밖에서 자르고, 파고, 털이개들이 창문들에서 번뜩이고, 창문들이 분주하게 닫히고, 온 집 안의 열쇠들이 돌려지고, 앞문이 쾅 하고 닫히고, 작업은 끝났다.

그리고 이제 마치 박박 문질러 닦아내고 낫질하는 일들이 그동안 가라앉혔던 것처럼 반쯤 들리는 멜로디, 귀가 반쯤은 듣지만 나머지는 떨구어버리는, 간간이 들리는 음악 소리가 다시 고개를 들었다. 개 짖는 소리, 염소 우는 소리 그리고 불규칙하고 간간이 들리지만 뭔가 맥락 있는 멜로디가 들려왔다. 곤충의 흥얼대는 소리, 이미 잘려나갔지만 어떻게 해서인가 아직도 뿌리가 붙어 있는 듯이 보이는 깎여진 풀의 전율, 풍뎅이 소리, 때로는 높다가 낮아지는 신비스럽게도 연관된 달구지 바퀴의 끼익거리는 소리가 들려왔다. 귀가 애를 써서 이것들을 모으고 항상 조화시키려 하지만 결코 완전히 조화를 이루는 법은 없었다. 그러다가 드디어는 저녁에 하나씩하나씩 이 소리들이 사그라지고, 조화는 비틀거리고, 침묵이 내려앉는다. 해가 짐에 따라 예리한 맛은 사라지고 솟아오르는 안개와도 같은 고요함이 조용히 일어나서 퍼지고. 바람이 가라앉고 헐겁게 이 세상은 몸을 흔들며 잠이 드는데, 나뭇잎들 사이로 충만하게 들어온 녹색, 아니면 창가 침대에 있는 하얀 꽃 위의 파리한 색조를 제외하고는 한 줄기의 빛도 없이 어둠 속에서 세상은 잠이 든다.

[릴리 브리스코우는 사람을 시켜서 구월 어느 날 저녁 늦게 그녀의 가방을 이 집에 운반시켰다.]

10

그때 정말 평화는 찾아왔다. 평화의 메시지들이 바다에서 해안으로 불어왔다. 다시는 평화의 잠을 망치는 일이 없고, 오히려 그것을 더 잘 달래서 쉬게 하고, 꿈꾸는 사람들이 성스럽게 현명하게 무슨 꿈을 꾸든지 간에 그것을 확인하도록—또 그것은 무엇을 속삭이고 있는 걸까—릴리 브리스코우가 깨끗하고 조용한 방에서 베개를 베고 누워 바다 소리를 듣고 있었을 때 평화는 그렇게 찾아왔다. 열려진 창을 통해 세상의 아름다움의 목소리가 내용을 정확하게 알아듣기에는 너무나도 부드럽게 속삭여왔다—하지만 그 의미가 분명하다 한들 무슨 대수냐? 잠자는 사람들에게 (그 집은 다시 만원이었으니, 벡위스 부인이 거기 머물고 있었으며, 카마이클 씨도 머물고 있었다) 만약에 그들이 실제로 해안에 내려오지 않는다면 적어도 블라인드를 제끼고 내다보기라도 하라고 간청하면서. 그러면 그들은 밤이 보랏빛으로 흘러내려오는 것을 보게 될 것이었으니, 밤은 머리에는 왕관을 쓰고, 그의 홀笏에는 보석 장식이 되어 있고, 눈에는 어린아이라도 볼 수 있을 정도의 자애를 담고. 그리고 만약에 그들이 아직도 비틀거리면, (릴리는 여행하느라고 완전히 지쳐서 거의 즉시 잠이 들었으나 카마이클 씨는 촛불을 밝히고 책을 읽었다) 만약 그래도 그들이 아니라고 하면, 이 찬란함이 덧없는 수증기이고, 이슬이 그보다 힘이 더 강하다고 한다면, 그리고 그들이 잠자기를 더 좋아하면, 그러면 부드럽게 불평이나 논쟁을 하지 않고 노래를 부를 것이었다. 부드럽게 파도는 부서질 것이었다. (릴리는 자면서 파도 소리를 들었다.) 부드럽게 빛이 떨어졌다. (그것은 그녀의 눈꺼풀을 통해서 오는 듯했다.) 그리고 카마이클은 책장을 덮고 잠이 들면서 늘 그랬던 것처럼 그 모든 것이 늘 그랬던 것처럼 그렇게 보인다고 생각했다.

진실로 어둠의 커튼이 집, 벡위스 부인, 카마이클 씨 그리고 릴리 브리스코우를 덮어씌워서 그들이 눈 위에 몇 겹의 어둠을 느끼고 누워 있을 때 그 북소리는 다시 왜 이것을 받아들여서 이것에 만족하고 순종하고 체념하지 않느냐고 말할 것이다. 섬들 주위에서 규칙적으로 부서지는 파도의 한숨은 그들을 위로해주었고, 밤은 그들을 감싸주었으며, 그들의 잠을 방해하는 것은 아무것도 없었는데, 마침내 새들이 노래부르기 시작하고, 여명이 그들의 가느다란 목소리들을 하얀색으로 끼워넣고, 짐마차가 소리를 내며 지나가고, 개가 어디선가 짖고, 태양은 장막들을 거두고, 그들의 눈 위의 베일을 치우고, 릴리 브리스코우는 자면서 몸을 뒤척이고 있었다. 그녀는 추락하는 자가 절벽의 가장자리에 있는 잔디를 움켜잡듯이 담요를 부여잡았다. 그녀의 눈은 이제 활짝 열렸다. 침대에서 벌떡 일어나 똑바로 앉으면서 드디어 이곳에 다시 왔구나, 하고 생각했다.

3부 등대

1

그러면 이것은 무엇을 의미하는가, 이것은 모두 무엇을 의미할 수 있는 것인가? 릴리 브리스코우는 홀로 남게 되자 부엌으로 가서 커피 한 잔을 더 가져와야 하나, 아니면 여기서 기다려야 하나, 망설이면서 이렇게 자문해보았다. 그것의 의미는 무엇인가—이것은 어떤 책에서 우연히 읽은 구절이었는데, 그녀의 생각을 정확하게 나타내고 있는 것도 아니었다. 램지 가의 사람들과 함께 있게 된 이 첫날 아침 그녀의 감정은 분명한 결말을 맺지 못하고, 무럭무럭 피어오르는 증기와 같은 것들이 잦아들 때까지 이 한 구절이 그녀의 마음의 텅 빈 공간을 덮도록 내버려둘 수밖에 없었다. 사실상, 이 모든 세월이 지나고 램지 부인이 죽고 난 후에 돌아온 그녀는 무엇을 느꼈던가? 그것은 허무였다, 무無—그녀가 전혀 표현할 수 없는 공허였다.

사위가 온통 신비롭고 어두울 때 그녀는 어젯밤 늦게 왔다. 이제 그녀는 잠이 깨어 아침식탁 늘 그녀가 앉던 자리에 앉아 있었지만, 혼자였다. 시간도 대단히 일러서, 여덟시도 채 안 되었었다. 그들—램지 씨, 캠 그리고 제임스—은 등대에 갈 계획이었다. 그들은 이미 갔어야 했다—썰물을 타야 한다던가, 뭐 그랬다. 그런데 캠은 준비가 되지 않았고, 제임스도 준비가 되지 않았으며, 낸시도 샌드위치 주문할 것을 잊어버려서, 그래서 램지 씨는 화를 내면서 문을 쾅 닫고 방을 나갔다.

"이제 떠나서 뭘 해?" 그는 고함을 질렀다.

낸시는 사라졌다. 그는 그곳에서 격노한 상태로 테라스를 오르락내리락하고 있었다. 온 집 안에서 문들이 쾅쾅거리는 소리와 외치는 소리가 들리는 듯했다. 이제 낸시가 휑하니 들어와서 방을 한번 둘러본 다음에 이상하게 반쯤은 멍해진 상태에서 거의 필사적으로, 마치 그녀가 결코 할 수 없는 일을 억지로 하려고나 하는 것처럼, "등대에는 보통 무엇을 가지고 가지요?" 하고 물었다.

정말 사람들은 등대에 무엇을 보내지? 다른 때라면 릴리는 합리적으로 차, 담배, 신문 등을 제안했을 것이었다. 그러나 이 아침에는 모든 것이 그렇게나 이상해 보여서 낸시의 질문과 같은 질문—사람들이 등대에 무엇을 보내지요?—이 쾅쾅거리고 이리저리 흔들거리는 사람들의 마음의 문을 열어서 계속 멍청해져 입을 벌리고 무얼 보내지? 사람들은 어떻게 행동하지? 도대체 왜 사람들은 여기 앉아 있지? 하고 계속 묻게 했다.

긴 테이블 위의 깨끗한 컵들 사이에 홀로 앉아서 (낸시가 다시 나갔기 때문에) 그녀는 타인들에게서 소외되어, 단지 계속 지켜보고 질문을 던지고 의아해할 수 있을 따름이라고 느꼈다. 이 집도, 이 장소도, 이 아침도 모두 그녀에게는 생소했다. 그녀는 이곳에 전혀 애정이 없고, 이곳과 아무런 연관이 없으며, 어떤 일이라도 일어날 수 있다고 느꼈다, 그리고 한 발자국 밖에서 실제로 일어난 일은, 외치는 목소리였는데 ("그건 찬장에 없어, 층계참에 있어." 누군가가 외쳤다) 그것이 하나의 의문을 불러일으켰다. 마치 통상적으로 사물을 한데 묶었던 고리가 끊어지기라도 한 것처럼, 그리하여 사물들이 여기서 떠올라가고 저기서는 떠내려오고, 어쨌건 떠나가듯이. 그녀는 텅 빈 커피잔을 바라보면서 이것은 얼마나 무목적적이고, 혼란스럽고, 비사실적인가, 하고 생각했다. 부인은 죽고, 앤드루도 전사하고, 프루도 죽었다—이 구절을 되풀이해봐도 그녀의 내면에 아무런 느낌이 일지 않았다. 그리고 우리 모두는 이와 같은 아침에 이와 같이 어떤 집에 모여 있노라고 창밖을 내다보며 말했다. 아름답고 조용한 날이었다.

램지 씨는 지나가면서 갑자기 머리를 쳐들어 마치 그가 당신을 처음으로 한 순간 영원히 본 것처럼, 하지만 사물을 꿰뚫어보는 넋나간 듯한 시선으로 거칠게 그녀를 똑바로 바라보았고, 그녀는 빈 커피잔에서 커피를 마시는 시늉을 했으니, 이는 그를 피하기 위함이었다—그의 요구를 피하기 위하여, 그 집요한 요구를 한 순간 더 제껴놓기 위해서였다. 그리고는 그는 그녀를 보고 고개를 흔들며 활보해나아갔다. ("홀로, 죽어가노라." 그녀는 그가 읊조리는 소리를 들었다.) 이 신비한 아침에 다른 모든 것들처럼 이 단어들은 상징이 되어 회색빛이 도는 초록색 벽 전체에 각인되었다. 만약 그녀가 이것들을 한데 모을 수만 있다면, 어떤 문장으로 써낼 수만 있다면, 그러면 그녀는 사물의 진수에 도달할 수 있을 것이었다. 늙은 카마이클은 커피를 가지고 조용히 걸어들어와서 자기 잔을 들고는 햇볕이 비치는 곳에 앉으려고 밖으로 나갔다. 이 이상한 비현실성은 무서울 정도였으나 또한 이것은 재미있기도 했다. 등대행. 그러나 등대에는 무얼 가지고 가지? 죽어가노라. 홀로. 맞은편 벽 위에 회색으로 빛나는 초록색 불빛.

빈 공간들. 몇 부분은 이러했는데, 하지만 이것들을 어떻게 종합하나? 그녀는 생각했다. 그녀가 테이블 위에 세우고 있는 나약한 형상을 누군가가 침입해서 부수게 될까봐 그녀는 램지 씨가 그녀를 보지 못하도록 창문 쪽으로 등을 돌렸다. 그녀는 어디론가 도망가서 어딘가에 혼자 있어야 한다. 갑자기 그녀는 생각해냈다. 십 년 전 그녀가 마지막으로 거기에 앉아 있었을 때 식탁보 위에는 작은 나뭇가지, 아니면 나무 이파리의 무늬가 있었는데, 바로 그것을 그녀가 계시의 순간에 보았던 것이다. 그림의 앞부분 처리에 문제가 있었다. 나무를 가운데로 옮기라고 그녀는 말했었다. 그녀는 그 그림을 결코 완성하지 못했다. 이제 그 그림을 그릴 참이었다. 이 모든 세월 동안 이 그림이 그녀의 정신세계에서 그녀를 괴롭히고 있었다. 물감들이 어디 있지, 그녀는 생각해보았다. 그래, 물감들 말이야. 그녀는 어젯밤에 그것들을 홀 안에 놔두었다. 그녀는 즉시 시작할 것이었다. 그녀는 램지 씨가 몸을 돌리기 전에 재빨리 일어났다.

그녀는 의자 하나를 직접 가져왔다. 그녀는 잔디밭 가장자리에 그녀 특유의 노처녀답고 정확한 동작으로 카마이클 씨와 너무 가깝지는 않지만 그가 보호해줄 수 있을 정도로는 충분히 가까운 곳에 이젤을 펼쳐놓았다. 그렇다, 그녀가 십 년 전 서 있었던 곳이 바로 여기였음에 틀림없었다. 벽이 있었고, 울타리 그리고 나무가 있었다. 문제는 이 물체들 사이의 모종의 관계였다. 이 모든 세월 동안 이 문제는 그녀의 마음속에 계속 존재했다. 마침내 그 해결책이 떠오른 것 같은 느낌이었으니, 이제는 그녀 자신이 원하는 것이 무엇인지를 알 것 같았다.

그러나 램지 씨가 그녀에게 덮치고 있어서 그녀는 아무것도 할 수 없었다. 그가 다가올 때마다 — 그는 테라스를 오르락내리락하고 있었는데 — 파괴가 다가왔고, 혼돈이 다가왔다. 그녀는 그림을 그릴 수가 없었다. 그녀는 허리를 굽혔고, 몸을 돌렸으며 이 헝겊 조각을 집어 들어보기도 했고, 저 물감 주머니를 비틀어 물감을 짜내보기도 했다. 하지만 이 모든 동작은 잠시 동안 그를 피하기 위한 방편일 따름이었다. 그는 그녀로 하여금 아무 일도 하지 못하게 했다. 만약에 그녀가 그에게 눈꼽만큼의 기회만 주어도, 만약에 그녀가 잠시라도 그가 있는 쪽을 바라보며 손을 놓고 있는 모습을 보기만 하면 그는 어젯밤에 했던 것과 같이 "우리가 많이 변했지요"라고 하면서 그녀에게 덮칠 것이었다. 어젯밤에 그는 벌떡 일어나더니 그녀의 앞에서 걸음을 멈추고 그렇게 말했다. 그들은 모두 멍청히 서로 쳐다보기만 하고 앉아 있었지만 그들이 영국의 왕들과 여왕들의 이름을 본떠서 부르곤 하던 여섯 명의 자녀가 — 홍발왕, 금발여왕, 사마왕, 잔혹왕 — 얼마나 격분하고 있는가를 그녀는 알 수 있었다. 친절하고 늙은 벡위스 부인은 현명한 말을 했다. 그럼에도 불구하고 서로 상관이 없는 격정으로 가득 찬 집이었다 — 그녀는 저녁 내내 그런 느낌을 받았다. 그리고 설상가상으로 이 혼돈의 와중에 램지 씨가 일어나더니 그녀의 손을 꼭 쥐면서 "우리가 많이 변했다는 것을 알게 될 거요"라고 했던 것이고, 그들 가운데 어느 누구도 움직이거나 말을 하지 않았고, 그들이 그 말을 하도록 강요하기라도 한 것처럼 그는 거기에 앉아 있을 따름이었다. 제임스만이 (확실히 샐쭉이인) 낯을 찡그리고 램프 불을 바라볼 뿐이었고, 캠은 손수건을 손가락 주위에 돌돌 말았다. 그러고 나서 그는 그들에게 내일의 등대행을 상기시켰다. 일곱 시 반을 치는 시계 소리가 나면 그들은 홀에 만반의 준비를 갖추고 나와 있어야 한다. 그러더니 손을 문에 대고 걸음을 멈추었고, 그들을 향해서 몸을 돌렸다. 그는 그들에게 등대에 가고 싶으냐고 물었다. 만약에 감히 그들이 가고 싶지 않다고 하면 (그는 왠지 등대행을 원했는데) 그는 쓰디쓴 절망 속으로 비극적으로 뒷걸음질쳐서 자신을 던졌을 것이었다. 그의 제스처 재주는 비상했다. 그는 유배된 왕처럼 보였다. 제임스는 고집스럽게 등대에 가고 싶다고 말했다. 캠은 더 비참하게 더듬었다. 네, 오오, 네. 그들은 둘 다 만반의 준비를 하겠노라고 말했다. 그런데 갑자기 이것은 비극이라는 생각이 릴리의 뇌리를 스치고 지나갔다 — 그래서 그녀는 관이나 시체나 수의가 비극이 아니라 바로 이런 것 — 아이들이 기가 죽고 강요당하고 하는 것 — 이런 것이 진짜 비극이라는 생각을 그 순간에 했다. 그녀는 거기에 있지 않은 어떤 사람을, 아마도 램지 부인이었겠지, 두리번거리며 찾았다. 그러나 단지 친절한 벡위스 부인만이 램프불 밑에서 그녀의 스케치들을 들춰보고 있을 따름이었다. 그러고 나서 피곤해서 그녀의 정신은 파도와 함께 여전히 솟아올랐다가 내려가고, 오래 떠나 있다가 돌아왔을 때 집들이 갖는 특이한 맛과 냄새에 사로잡힌 채 눈가에서는 촛불들이 어른거리는 상태에서 이성을 잃고 말았다. 그날 밤은 유난히 별이 초롱초롱한 멋있는 밤이었으며, 이층에 올라갔을 때 파도 소리가 들려왔고, 층계참을 지나가게 되었을 때 그들이 본 무지무지하게 크고 창백한 달은 그들을 거의 놀라게 했다. 그녀는 즉시 잠이 들었다.

그녀는 깨끗한 캔버스를 이젤에 단단히 받쳐놓았는데, 장벽으로서는 나약한 것이었으나 그것이 램지 씨와 그의 강요를 막아내기에 충분한 역할을 해주기를 바랐다. 그녀는 그가 등을 돌렸을 때 그림을 열심히 보려고 최선을 다했으니, 저기 있는 저 선, 저기 있는 저 덩어리, 하면서 말이다. 하지만 불가능했다. 그가 오십 피트는 떨어져 있게 해야지, 말도 걸 수 없게 해야지, 심지어는 그의 눈에 띄지도 않게 해야지, 그렇지 않으면 그는 슬그머니 다가와 위세를 떨쳤고, 부담스러운 존재가 되었다. 그는 모든 것을 변경시켰다. 그녀는 색깔도, 선도 볼 수 없었으며, 심지어는 그가 등을 돌리고 있는 상태에서도, 곧 내게 덮쳐 그에게 도저히 줄 수 없다고 느끼는 어떤 것을 요구할 것이라고 생각할 수 있을 뿐이었다. 그녀는 브러시 하나를 던져버리고 다른 것을 골라 들었다. 이 아이들은 언제 올 건가? 그들은 모두 언제 떠날 건가? 그녀는 안절부절을 못했다. 그녀는 자신의 내면에서 분노가 끓어오르는 상태에서 저 남자는 결코 주는 법은 없고 취하기만 한다고 생각했다. 부인은 계속 주었다. 주고, 주고, 또 주다가 그녀는 결국 죽고—이 모든 것을 남겨놓았다. 그녀는 정말 부인에 대하여 화가 나 있었다. 그녀의 손가락 사이에서 브러시가 약간 떨리는 채 그녀는 울타리, 계단, 벽을 바라다보았다. 이게 모두 부인의 짓이었다. 그녀는 죽었다. 릴리가 마흔네 살이나 되어가지고서도 한 가지 일도 할 수 없는 상태로 여기 서서 그림 그리는 척하며, 그런데 이것만은 장난삼아 해서는 안 되는 일인데도, 시간을 낭비하고 있었다. 부인이 늘상 앉아 있곤 하던 자리는 지금 비어 있다. 그녀는 죽은 것이다.

한데 왜 이것을 되풀이하는 것인가? 왜 그녀가 느끼지 못하는 감정을 항상 내어놓으려고 하는 건가? 이 현상에는 일종의 신성모독이 깃들여 있었다. 이것은 온통 메말랐고, 온통 시들어 있었으며, 온통 탕진되어 있었다. 그들은 그녀를 초청하지 말았어야 했는데, 그녀는 오지 말았어야 하는 건데. 마흔네 살씩이나 되어서 시간을 낭비할 수는 도저히 없는 일이라고 생각했다. 그림 그리는 척하는 것을 싫어했다. 투쟁, 파멸, 혼돈의 세계에서 단 하나 믿을 만한 것인 브러시—장난인 줄 알면서 하는 경우에도 그것은 안 된다. 그녀는 그런 행위를 끔찍이 싫어했다. 그러나 그는 그녀가 그렇게 하도록 했다. 내가 당신에게서 원하는 것을 줄 때까지는 당신의 캔버스를 건드리지 못하게 할 거요, 라고 그는 그녀에게 덮치면서 말하는 듯했다. 여기 그는 다시 그녀 곁에 바짝 다가와서 탐욕스럽고 정신 산란하게 접근했다. 절망한 릴리는 오른손을 축 늘어뜨리면서 좋다, 그렇다면 끝장내버리는 편이 더 간단할 것이라고 생각했다. 이런 경우에 많은 여자들이 — 동정심과 그 보상으로 느낀 황홀감에 젖어 얼굴에 홍조를 띨 때 그 여자들의 얼굴에서 볼 수 있었던 광채와 열광의 자기포기를 지금 흉내 낼 수 있었다. 그런 경우 그런 보상이 생기는 이유는 알 수 없었지만, 어쨌든 인간의 능력의 한계 내에서는 최고의 행복감을 그들에게 안겨주었음은 분명했다. 여기 그는 바로 그녀 옆에 걸음을 멈추고 있었다. 그녀는 자신의 능력이 허락하는 범위 내의 모든 것을 그에게 주고 싶었다.

2

릴리가 약간 오그라든 것 같다고 램지 씨는 생각했다. 그녀는 다소 마르고 빈약해 보이기는 했으나, 그렇다고 매력이 전혀 없지는 않았다. 그는 그녀를 좋아했다. 한때는 그녀가 윌리엄 뱅크스와 결혼한다는 이야기가 떠돈 적이 있었지만 성사되지는 않았다. 그의 아내는 그녀를 좋아했었다. 그는 아침식사 때에도 약간 화를 냈다. 그러고 나서, 그러고 나서 — 지금 이 순간은 그것의 정체는 모르는 채 거대한 욕구가 그를 부추겨서 어떤 여인에게라도 접근해서 그들에게, 욕구가 하도 거대해서 방법 따위는 상관하지 않았는데, 그가 원하는 것, 즉 동정을 강요했다.

그녀를 돌봐주는 사람은 있느냐? 하고 그는 물었다. 필요한 물건은 없느냐고?

"오오, 고마워요, 없어요." 릴리 브리스코우는 불안해하며 말했다. 아니다, 그녀는 그럴 수 없었다. 그녀는 즉시 동정의 파도 위에 떠내려갔어야 했으니, 그녀가 느끼는 압박감은 대단했다. 하지만 그녀는 꼼짝 않고 그대로 있었다. 무거운 침묵이 흘렀다. 그들은 둘 다 바다를 바라보았다. 왜 내가 여기 있는데 그녀는 바다를 바라보아야 한단 말인가? 램지 씨는 생각했다. 그녀는 바다가 잔잔해져서 그들이 등대에 갈 수 있기를 바란다고 말했다. 등대! 등대! 그게 이것과 무슨 관계가 있지? 그는 짜증스럽게 생각했다. 즉시 어떤 원시적 질풍의 힘으로, (사실 그는 더 이상은 자제할 수 없었으니까) 그는 이 세상의 어느 여인이라도 어떤 일을 했거나 어떤 말을 하지 않고서는 배기지 못할 정도의 신음 소리를 내었다—자기는 여자도 아니라고, 까다롭고 성미 고약하고, 말라 비틀어진 노처녀인 자신을 신랄하게 조롱하면서 자기만 빼고는 어떤 여인이라도 그렇게 했을 것이라고 릴리는 생각했다.

램지 씨는 땅이 꺼지게 한숨을 내쉬었다. 그는 기다렸다. 그녀는 아무 말도 하지 않으려나? 그녀는 그가 바라는 것이 무엇인지를 모른단 말인가? 그때 그는 등대에 가고 싶어하는 특별한 이유가 있노라고 했다. 그의 아내가 살아생전에 늘 그곳 사람들에게 물건을 보냈노라고. 등대지기 아들이 그곳에서 불쌍하게도 결핵성 둔부 질환을 앓고 있다고. 그는 한숨을 깊이 내쉬었다. 그는 의미심장하게 한숨을 내쉬었다. 릴리가 원하는 것은 이 거대한 슬픔의 홍수, 이 지칠 줄 모르는 동정에 대한 갈증, 그녀가 그에게 완전히 굴복하기를 바라는 것, 심지어는 그래도 그는 그녀에게 끝없이 공급할 수 있는 충분한 슬픔을 가지고 있다는 사실을 거부하는 것이었다. 슬픔의 홍수가 그녀를 휩쓸어 내려가버리기 전에 그녀는 계속 그 집을 바라보면서 뭔가 이 분위기를 깨뜨려줄 만한 일이 생겨나기를 바라는 것이었다.

"이런 여행은," 램지 씨는 발끝으로 땅을 긁으면서 "대단히 힘들지요" 하고 말했다. 그래도 릴리는 아무 말도 하지 않았다. (이 여자는 필시 목석이구나, 라고 그는 생각했다.) "이런 여행은 대단히 피곤하지요." 그는 그녀를 역겹게 만드는 감상적인 시선으로 그의 잘생긴 손을 바라보며 말했다. (그녀는 그가 연극을 하고 있다고, 이 덩치 큰 남자가 연극을 하고 있는 것이라고 생각했다.) 이것은 끔찍했고, 점잖지 못했다. 그들은 결코 오지 않을 것인가, 그녀는 물었다, 그녀는 이 거대한 슬픔의 무게를 지탱할 수가 없었던 것이다. 이 무거운 슬픔의 휘장들을 한순간도 더 떠받치고 있을 수 없었다. (그는 극도로 노후한 인간의 포즈를 취하고 있었는데, 심지어는 거기에 서 있을 때 비틀거리기까지 했다.)

그래도 그녀는 아무 말도 할 수가 없었다. 넓은 지평선을 훑어보아도 화제거리라고는 하나도 찾을 수 없었다. 다만 거기에 서 있는 램지 씨의 시선이 햇볕을 받은 풀밭에 서글프게 떨어져 그 풀밭을 퇴색시키고, 또 일광욕용 의자에서 얼굴은 불그레한 채 졸음이 오는 듯 매우 만족한 자세로 프랑스 소설을 손에 들고 읽고 있는 카마이클 노인 위에 우울한 크레이프[1] 베일을 던지고 있는 듯하다고 느낄 수 있을 뿐이었다. 마치 근심 걱정으로 가득한 이 세상에 이 노인과 같은 존재가 버젓이 잘살고 있다는 사실 자체가 가장 우울한 생각을 자아내기에 충분하다는 듯이. 그를 보라, 그리고 나를 보라고 그는 말하고 있는 것 같았다. 그리고 사실

1 주로 상복용의 검은 옷감.

상 계속해서 그가 생각하고 있는 것은 나를 생각하라, 내 생각을 하라, 라는 것이었다. 아아, 저 덩치가 그들 옆으로 떠내려갈 수만 있다면, 하고 릴리는 바랐다. 그녀가 이젤을 그에게 일이 야드만 더 가까이 펼쳐놓을 수 있다면, 한 남자의, 그 남자가 어떤 남자일지라도, 이 감정의 지나친 분출을 저지시킬 것이었다. 이 한탄들을 막을 것이었다. 그녀가 여자이기 때문에 이 끔찍한 상황을 야기시킨 것이었으니, 여자이므로 그녀는 이 상황을 다루는 방법도 알았어야만 했다. 거기에 말 못하고 서 있는 것은 여성으로서 말도 안 되게 불쾌한 것이었다. 누군가 말했다—뭐라고 했더라? —오오, 램지 씨! 친애하는 램지 씨! 스케치를 하던 친절하고 늙은 벡위스 부인이었다면 즉시, 그리고 당연히, 이런 유의 말을 했을 터였다. 하지만 아니다. 그들은 나머지 세상과는 격리된 채 그곳에 서 있었다. 그의 어마어마한 자기 연민, 동정의 요구가 쏟아져내려와 그녀의 발치에 웅덩이를 이루며 펼쳐졌고, 천하의 죄인인 그녀가 한 일이라고는 치맛자락이 젖지 않게 복사뼈 주위로 치맛자락을 조금 더 바싹 끌어당긴 것뿐이었다. 말 한마디 하지 않고 그녀는 그림 그리는 브러시를 움켜잡고 그곳에 서 있었다.

천만다행히도 그녀는 집 안에서 인기척이 나는 것을 들었다. 제임스와 캠이 오고 있는 것이 분명했다. 그러나 램지 씨는 마치 시간이 없다는 사실을 알아차리기라도 한 듯이, 외로운 그녀를 압박했으니, 그의 슬픔의 거대한 무게로, 그의 노령, 연약함, 비참함의 무게로 압력을 가했다. 그때 갑자기 짜증이 나는 듯 머리를 성급하게 흔들면서—결국 따지고 보면 그 어떤 여인이 그에게 항거할 수 있단 말인가? —그는 그의 구두끈이 풀려 있는 모습을 목격했다. 조각이 되어 있으며, 커다랗고 멋진 그의 구두를 내려다보며 그녀는 램지 씨가 입거나 신고 있는 것이 모두 그렇듯이 — 닳아빠진 넥타이에서부터 단추를 반쯤밖에 안 잠근 조끼, 모두에 그의 독특한 개성이 배어 있었으니, 그녀는 그것들이 그의 페이소스의 부재, 고약한 성깔, 매력을 드러내며 그의 방까지 스스로 걸어가는 모습을 상상해볼 수 있었다.

"구두가 참으로 훌륭하군요!" 그녀는 탄성을 발했다. 그녀는 자신이 부끄러웠다. 영혼을 위로해주기를 요청했는데 구두를 칭찬하다니, 피를 흘리고 있는 손, 상처받은 가슴을 보여주며 측은하게 여겨달라고 청했는데, 경쾌하게 "아아, 하지만 당신은 기가 막히게 훌륭한 구두를 신으셨네요!"라고 말하는 것은 예의 갑작스러운, 기분나쁠 때 지르는 고함과 함께 아주 철저히 욕을 먹어도 할 수 없는 일이라고 각오하고, 그를 올려다보았다.

그런데 화를 내기는커녕 램지 씨는 미소를 지었다. 관 덮개도, 저 무거운 천도, 허약함도, 그에게서 다 떨어져나갔던 것이다. 아아, 그래요, 그는 말했다. 그녀가 잘 볼 수 있도록 발을 치켜들면서, 자기 구두는 정말 일류 구두라고. 영국에서 이와 같은 구두를 만들 수 있는 사람은 단 한 사람뿐이라고. 구두는 인류의 크나큰 저주 중의 하나라고, 그는 말했다. "제화공들은 인간의 발을 절룩거리게 만들어 고문하는 것을 업으로 삼는 사람들이에요"라고 외쳤다. 또한 제화공들은 가장 고집 세고 괴팍한 족속들이라고 했다. 젊은 시절을 거의 다 보내고 나서야 제대로 만들어진 구두를 얻어 신을 수 있었던 것이다. 그는 그녀가 이전에는 이런 형상의 구두를 본 적이 없다는 사실을 말하게 하고 싶어했다. (그는 오른발을 쳐들었고, 다음에는 왼발을 치켜들었다.) 그들은 이 세상에서 가장 좋은 가죽으로 만든 것이기도 했다. 대부분의 가죽은 그저 갈색의 종이일 뿐이고 판지板紙에 불과해요. 그는 유유자적하게 아직도 공중에 치켜올려져 있는 발을 바라다보았다. 그들은 평화가 깃들여 있고, 건전함이 판을 치고, 태양이 영원히 빛나는, 좋은 구두의 축복받은 섬, 햇빛이 내리쬐는 섬에 도달했다고, 그녀는 느꼈다. 그녀의 가슴은 그에게 따뜻하게 다가갔다. "자 이제 당신의 끈 매는 솜씨를 구경합시다." 그는 말했다. 그는 그녀의 약한 몸을 경멸했다. 그는 그녀에게 자신이 고안한 방법을 보여주었다. 일단 끈을 묶으면, 결코 풀리지 않아요. 세 번이나 그는 그녀의 구두끈을 이 방식으로 맸다가 풀었다.

그가 그녀의 구두에 엎드려 있는 이 어색하기 이를 데 없는 순간에 그에 대한 동정심이 어찌나 고통스럽게 치밀어 오르는지 그녀도 허리를 굽히자 피가 솟구쳐올라 얼굴이 화끈거렸다. 그녀 자신의 지각없는 행동을 생각했을 때 (그녀는 그를 연극 배우라고 불렀던 것이다) 두 눈에 눈물이 고여서 쑤시고 아픈 까닭은 무엇일까? 이렇게 몰두해 있는 그가 그녀에게는 무한히 애수에 찬 인물로 보였다. 그는 끈을 묶었다. 그가 하려 하고 있는 여행을 막을 수는 없었다. 그러나 지금 바로 그녀가 무슨 말인가를 하고 싶을 때, 어쩌면 무슨 말인가를 할 수도 있었을 때에 캠과 제임스가 나타났다. 그들은 테라스에 나타났다. 그들은 나란히 심각하고 우울한 모습으로 머뭇거리면서 오고 있었다.

그러나 왜 그들은 그런 식으로 오고 있는 것일까? 그녀는 그들에게 신경이 쓰이지 않을 수 없었는데, 그들은 더 쾌활하게 올 수도 있었고, 이제 떠나니까 그녀가 서비스할 기회를 놓쳐서 그에게 주지 못한 것을 그들은 아버지에게 제공할 수 있을 것이다. 그녀는 갑작스레 허전함을, 좌절을 느꼈기 때문이다. 그녀의 감정이 너무 늦게 찾아온 것이었으니, 거기에 그것은 준비되어 있었으나 그는 이제 더 이상 그것을 필요로 하지 않았다. 그는 그녀를 전혀 필요로 하지 않는 대단히 준수하고, 나이 지긋한 사람이 되어버렸다. 그녀는 따돌림당한 기분이었다. 그는 어깨에 배낭을 매고 있었다. 그는 짐들을 각자에게 나누어주고 있었다—갈색 종이로 어설프게 묶은 짐들이 많았다. 그는 캠을 보내서 외투를 가져오게 했다. 그는 탐험대를 조직하는 인솔자의 모습을 완벽하게 갖추고 있었다. 그러고 나서 그는 획 돌아서서 군대식 걸음걸이로 그 훌륭한 구두를 신고, 갈색 종이 꾸러미들을 들고, 애들이 따라오는 가운데 앞장서서 길을 걸어 내려갔다. 그들은 마치 운명적으로 어떤 엄숙한 일에 종사하게 되어 그 일에 착수한 것 같이 보인다고 그녀는 생각했다. 아직 아버지가 하는 대로 말없이 따라할 정도로 어리기는 하지만 그들 눈에는 나이에 어울리지 않게 엄청난 고통을 묵묵히 참고 있는 듯한 엄격함이 깃들여 있는 듯하다고 그녀는 생각했던 것이다. 이리하여 그들은 잔디밭의 가장자리를 지나 걸어갔다. 릴리는 그 행렬을 지켜보면서 그 행렬이 공통된 감정에 밀려가는 것처럼 보인다고 생각했다. 그 때문에 발은 주저하는 것처럼 피곤한 모양이지만 그들은 확실히 결속된 작은 단체를 이루고 있어서 매우 인상적이었다. 그들이 지나갈 때 램지 씨는 정중하지만 대단히 초연하게 손을 치켜들고 그녀에게 인사를 했다.

그러나 그녀는 요청받지 않은 동정이 제발 좀 표현하라고 그녀를 들볶는 것을 즉시 느끼며, 얼마나 대단한 얼굴이냐, 하고 생각했다. 그 무엇이 그의 얼굴을 저렇게 만들었을까? 밤마다 사색에 잠기는 탓일 거라고 그녀는 생각해본다. 램지 씨의 사상이 모호하다고 했을 때 앤드루가 예로 들은 상징물이 생각난 그녀는, 부엌 식탁의 실재성에 관한 사색 때문일 거라고 덧붙였다. (그녀는 앤드루가 탄환의 파편에 맞아서 즉사한 사실을 상기했다.) 부엌 식탁은 엄숙하고 사변적인 것이었으니, 헐벗고, 딱딱하고, 장식적이지 않은 것이었다. 그것에는 색깔이 없었고, 온통 모서리뿐이었으며, 완전무결하게 순수했다. 그러나 램지 씨는 항상 그의 눈을 그것에 고정시키고 있었고, 결코 자신을 흐트러뜨리거나 미망에 빠지게 하는 법이 없어서, 드디어는 그의 얼굴도 금욕적이 되어 그렇게나 깊은 인상을 준 이 무장식의 아름다움에 참여했던 것이다. 그리고, 그녀는 (그가 그녀를 남기고 떠난 곳에 그대로 서서 붓을 든 채) 갖가지 근심 걱정이 그의 얼굴을 그다지 고상하지 못하게 마모시켰다는 생각을 했다. 그도 그 식탁에 관하여 나름대로 여러 가지 의문을 품고 있었음에 틀림없다고 그녀는 생각했는데, 이를테면 저 식탁이 실제로 존재하는 것인가 아닌가, 그것에 시간을 바칠 만한 것인가 아닌가, 궁극적으로 그것의 실재를 찾아낼 수 있는 것인가 아닌가, 그가 계속 의문을 품어왔다고 그녀는 느꼈다. 아니면 그는 사람들에게 그렇게 많은 것을 요구하지는 않았을 것이다. 때때로 밤늦게 사람들은 이런 이야기를 하지 않았나, 하고 그녀는 생각해보았고, 그런 다음날 부인은 어김없이 지쳐보였으며, 릴리는 아무것도 아닌 일을 가지고 그에게 벌컥 화를 내곤 했다. 그러나 이제 그는 이 식탁, 혹은 그의 구두, 그것도 아니면 그의 구두끈에 관해서 이야기할 대상이 없었던 것이고, 따라서 그는 통째로 삼켜버릴 수 있는 먹이를 찾고 있는 사자와도 같았고, 얼굴에는 그녀를 놀라게 하는 필사적이고 과장적인 어떤 것의 기미가 나타나 있어서 그녀가 치맛자락을 끌어당기게 만들었던 것이다. 그러다가는 갑자기 생기가 소생하고 갑자기 불꽃이 활활 불붙고 (그녀가 그의 구두를 칭찬했을 때) 예사로운 인간사에 대한 관심과 활기가 느닷없이 회생한다는 사실을 그녀는 회상했다. 그러나 그것도 이내 지나가고 (그는 언제나 변화하고 아무것도 숨기지 않았으니까) 그 마지막 단계로 돌입했다. 그것은 그녀로서는 처음 겪는 경험이고 그녀가 성깔을 부렸던 것을 수치스럽게 자책하게 되는 그런 단계였다. 그는 거기서 모든 근심과 걱정과 야심을 떨쳐버리고 동정을 바라는 마음, 또는 칭찬을 듣기를 바라는 욕심도 다 떨쳐버리고, 마치 호기심에 이끌리어 자신을 아니면 타인을 상대로 말없이 대화를 나누면서 작은 행렬의 선두에 서서 우리의 손길이 닿지 않는 다른 세계로 옮아간 것이다. 참으로 이상한 얼굴인지고! 문이 쾅 하고 닫혔다.

3

그녀는 안도감과 실망이 뒤섞인 한숨을 내쉬면서, 그렇게 그들은 떠났구나, 하고 생각했다. 그녀의 동정심은 마치 튕겨진 가시돋친 관목처럼 그녀의 얼굴을 향해 되돌아온 것 같았다. 그녀는 마치 그녀의 일부는 저곳으로 끌려나가기라도 한 듯이, 이상하게도 마음이 갈라지는 것을 느꼈다 ― 조용하고 안개 낀 날이었는데, 등대는 오늘 아침 대단히 멀리 떨어져 있는 것처럼 보였고, 그녀의 다른 일부는 집요하고 육중하게 그리고 착실하게, 여기 잔디 위에 고정되어 있었다. 릴리는 마치 자신의 캔버스가 부상해서 바로 그녀 앞에 하얗고, 타협을 모르는 엄숙함을 지니고 자리를 잡기라도 한 듯이 캔버스를 바라보았다. 그것은 그녀가 이렇듯 야단스럽게 서둘고 동요하는 것에 대하여, 이 어리석음과 감정의 낭비에 대하여 차가운 시선으로 질책하는 것처럼 보였고, 이것은 그녀를 극단적으로 몰아세워서 그녀의 산만한 감정들이 (그는 떠났고 그녀는 그에 대하여 그렇게나 미안해했고, 그녀는 아무 말도 하지 않았다) 떼를 지어서 현장을 떠나고, 그녀의 마음에 처음에는 평화가, 그 다음에는 공허감이 퍼지게 했다. 그녀는 타협을 모르는 캔버스를 멍청하게 바라보았는데, 처음에는 캔버스를 바라보다가 그 다음에는 정원을 바라보았다. 거기에는 새로운 것이 있었다. (그녀는 작고 주름투성이인 얼굴에 중국인의 눈을 닮은 작은 눈을 찌푸린 채 서 있었다.) 저기를 가로질러 휘어진 저 선과 푸른빛과 갈색으로 움푹움푹 팬 곳이 있는 저 산울타리의 덩어리가 주는 질감, 그것이 그녀의 뇌리에 남아 있었던 것이다. 그것이 그녀의 마음속에 매듭과도 같은 것을 지어놓았기 때문에 브롬튼 로드를 거닐며 머리를 손으로 빗질할 때, 우연히 본의 아니게 머릿속에 그림을 그려보고 눈길을 돌려 훑어보고 그 매듭을 풀어보곤 하였던 것이 바로 거기에 있었다. 하지만 캔버스를 떠나서 가상적으로 계획을 하는 것과 실제로 붓을 들고 첫 획을 긋는 것 사이에는 이루 말할 수 없는 차이가 있는 것이다.

그녀는 램지 씨가 나타나는 바람에 마음이 산란해져서 브러시를 잘못 골라잡았고, 그렇게나 신경질적으로 땅속으로 때려박아서 이젤은 각도를 잘못 잡고 있었다. 그러나 이제는 그것을 바로잡고, 그렇게 하는 과정에서 집중력을 산만케 하는 쓸모없고 관계없는 잡념을 진정시킬 수 있었기에, 그리하여 그녀가 자신은 이러이러한 사람이고, 사람들과도 이러이러한 관계를 맺고 있다는 사실을 상기하고 브러시를 치켜들었다. 한순간 브러시는 고통스럽지만 흥분되는 희열 속에 공중에서 떨고 있었다. 어디서 시작을 할까? —어느 지점에서 첫 획을 그을까가 문제였다. 캔버스에 그은 선 하나가 무수한 모험들, 빈번하고 돌이킬 수 없는 결단들을 무릅쓰게 하는 것이다. 머릿속에서는 단순한 듯했던 모든 것이 실제로는 시도하자마자 복잡해졌다. 이는 절벽 꼭대기에서 내려다보면 파도의 모양은 고른 것 같지만 표면에서는 여러 갈래로 갈려 있는 듯이 보이는 것과 유사하다. 그래도 모험은 행해져야 하느니, 첫 획은 그어져야 하느니.

마치 심한 재촉을 받는 동시에 자제하면서 몸을 뒤로 사려야 하기나 하는 것처럼, 이상한 감각을 느끼면서, 그녀는 빠르고 결정적인 첫번째 획을 그었다. 브러시가 내려앉았다. 그것은 하얀 캔버스 위에 갈색빛을 어른거리게 하면서, 마치 쉬는 것도 율동의 일부이고, 획들은 또 다른 일부이며, 모든 것이 연관이 있기나 한 것처럼, 춤추는 듯 리드미컬한 동작의 궤도에 올랐다. 그리하여 가볍게 재빨리 쉬고 긋고 하면서 캔버스에 불안정한 갈색 선들을 그어나갔는데, 그 선들은 거기에 그어지자마자 (그녀는 그것이 아련히 떠오르는 것을 느꼈다) 하나의 공간을 형성했다. 한 파도의 우묵 패인 곳 아래에서 그녀는 다음 파도가 그녀 위로 점점 더 높이 솟아오르고 있는 것을 보았다. 이 공간보다 더 무서운 것이 있을 수 있겠는가? 그림을 바라보기 위하여 뒤로 물러서면서 여기서 그녀는 다시 한담閑談, 삶, 인간 공동체를 벗어나서 이 무시무시한 숙적과 마주치게 되는 것이라고 생각했으니 — 느닷없이 그녀를 휘어잡은 이 색다른 것, 이 진리, 이 실재가 외양의 이면에서 직접 나타나 그녀의 주의를 독차지했다. 그녀는 반쯤은 내키지 않는 심정이었다. 왜 항상 밖으로 그리고 저리로 끌어내지는가? 왜 평화롭게 잔디밭 위에 있는 카마이클 씨에게 이야기를 건네도록 내버려두어지지 않는가? 어쨌거나 이것은 강요된 교섭이었다. 다른 경배의 대상들은 경배로 만족하는데, 남자들, 여자들, 하나님, 모두가 우리를 무릎 꿇고 엎드리게 하지만 유독 이 형태는, 고리버들 세공 식탁 위에서 빛을 발하는 하얀 램프갓의 모양에 지나지 않는다 해도, 끊임없는 전투에 임하게 만들었고, 필히 패배하게 되어 있는 싸움에 도전하게 했다. 항상 (그것은 그녀의 천성, 아니면 여성성, 그 어느것인지는 그녀 자신도 몰랐지만 둘 중의 하나에 내재해 있었다) 인생의 유동성과 그림 그리는 일에의 집중을 교환하기 전에 그녀는 몇 순간의 발가벗은 기분을 느꼈는데, 그때 그녀는 태어나지 않은 영혼, 육체가 없어진 영혼이 어떤 바람 부는 산꼭대기에서 미적거리며 보호받지 못하고 모든 의구심의 질타에 노출되어 있는 것 같은 기분을 느꼈다. 그러면 왜 그녀는 그림을 그리는가? 그녀는 가볍게 흐르는 선이 그어진 캔버스를 바라다보았다. 이 그림은 하인들의 침실에나 걸릴는지 모른다. 둘둘 말아서 소파 밑에 처박혀질지도 모른다. 그렇다면 그려서 무엇하는가, 그리고 누군가가 그녀는 그림을 그릴 수 없어, 그녀는 창조할 수 없어, 라고 말하는 것을 들었는데, 마치 일정한 시간이 지나면 애초에 그 말을 누가 했는지 의식조차 하지 않고 그 말을 반복하여 듣게 되는 듯했다.

그림을 그릴 수 없어, 글을 쓸 수 없어, 공격 계획이 어떠해야 하겠는가를 열심히 궁리하면서 그녀는 단조롭게 중얼거렸다. 덩어리가 그녀 앞에 서서히 그 모습을 드러내었으니까. 그것이 돌출해나와서, 안구를 누르는 것을 느꼈다. 그러자 마치 그녀의 오관 기능이 원활하게 작용하는 데에 필요한 액체가 자연발생적으로 분출되듯이 위태롭게 브러시를 이리저리 움직이면서 그녀는 파란색과 호박색 물감을 찍어내기 시작했다. 그러나 이제 그 붓의 움직임은 전보다 둔하고 속도도 느렸다. (그녀는 계속 울타리를, 캔버스를 바라보았다.) 그녀는 보이는 물체들이 강요하는 어떤 리듬에 맞추기 때문에 비록 손이 생명으로 떨리는 동안에도 이 리듬은 충분히 강해서 그녀를 억제하여 자기 공간으로 몰고 가기에 충분했다. 확실히 그녀는 외계의 사물에 대한 의식을 잃어가고 있었다. 그리고 그녀가 외계의 사물에 대한 의식을 잃어가서, 그녀의 이름과 인품과 외모를 의식하지 못하고, 카마이클 씨가 거기에 있는지 없는지조차 모르고 있을 때, 마음 밑바닥으로부터 가지가지의 장면, 이름, 말, 기억 그리고 생각 따위가 초록색과 파란색으로 그 공간을 그려나가고 있는 동안에 이 눈망울을 부라리는 성미 고약한 하얀 공간에, 분출하는 샘물과도 같이 그 화폭 위에 계속 쏟아지고 있었다.

여자는 그림을 그릴 수 없어, 글을 쓸 수 없어, 라고 늘상 말한 사람은 찰스 탠슬리라고 그녀는 기억해냈다. 그녀 뒤로 와서, 바로 이 장소에서 그림을 그리고 있을 때 옆에 바싹 다가서곤 했는데, 이것을 그녀는 몹시 싫어했다. "싸구려 담배." "일 온스에 오 전짜리." 그는 그의 가난과 원칙에 충실한 삶을 과시하면서 위와 같이 말하곤 했다. (그러나 세계대전은 나약한 여성으로서의 아픔을 없애주었다. 여성, 남성, 모두 다 불쌍한 존재들이라고 생각하게 되었기에.) 그는 항상 겨드랑이에 보랏빛 책을 끼고 다녔다. 그는 "연구를 하고 있었다." 작열하는 태양 속에 앉아서도 연구하고 있던 것을 그녀는 기억했다. 정찬 때에는 그는 언제나 좌중 한복판에 앉곤 했다. 그러나 결국 해안가에서의 그 사건이 있었노라고 그녀는 회고했다. 다시 생각하지 않을 수 없는 사건이다. 바람 부는 아침이었다. 그들은 모두 해안으로 내려갔다. 부인은 바위 옆에 앉아서 편지를 쓰고 있었다. 그녀는 쓰고 또 썼다. "오오." 그녀는 바다에 무엇인가가 부유하고 있는 것을 올려다보면서, "저건 바다가재를 잡는 통인가? 전복된 배인가?" 하고 말했다. 그녀는 심한 근시여서 잘 보지를 못했고, 그때 찰스 탠슬리는 더할 수 없이 친절했다. 그는 물에 돌을 던져 튀게 하는 장난을 하기 시작했다. 그들은 작고 반반한 검은 돌들을 주워 그것들을 파도를 건드리고 지나가게 던졌다. 이따금 부인은 안경 너머로 그들을 바라보며 웃었다. 그들이 무슨 말을 했는지는 생각나지 않지만 릴리와 찰스는 돌을 던지면서 갑자기 사이가 좋아졌고 부인은 그들을 지켜보았다. 릴리는 그것을 예리하게 의식하고 있었다. 부인은 뒤로 물러서면서 눈을 가늘게 떴다고 릴리는 기억했다. (그녀가 층계 위에 제임스와 앉아 있을 때는 구도가 매우 달라졌을 것이 틀림없다. 여기에는 그늘이 있었을 것이다.) 릴리가 자신과 찰스가 바다에다 돌팔매질을 하며 놀던 생각, 해안에서의 장면 전체를 생각했을 때 그것은 웬일인지 무릎 위에 편지지를 놓고 바위 옆에서 여러 장의 편지를 쓰던 램지 부인의 모습이 없이는 전체가 완결되지 않는 듯했다. (부인은 헤아릴 수 없이 많은 편지를 썼고, 때로는 바람이 그것들을 날려버려서 릴리와 찰스가 바다에서 한 페이지를 겨우 건지기도 했다.) 그러나 인간의 영혼에는 얼마나 큰 힘이 존재하는가! 릴리는 생각했다. 거기 바위 밑에 앉아서 편지를 쓰고 있는 그 여인이 모든 것을 간단하게 단순화했고, 이 분노들, 초조들을 헌 누더기처럼 떨어져나가게 했으니, 그녀는 이것과 저것 그리고 이것을 종합해서 이 비참한 우둔과 악의를 (아웅다웅 다투고 있는 릴리와 찰스는 우둔하고 악의에 차 있었다) 무엇인가 의미 있는 것으로 변화시켰다—예컨대 해변에서의 이 장면, 우정과 사랑의 이 순간—이것은 이렇듯 오랜 세월이 흐른 뒤에도 온전하게 남아 있었다. 릴리가 그 순간에 담아서 그에 대한 기억을 부활시켰으며, 그 순간은 거의 예술품과도 같이 인간에게 영향력을 행사하면서 계속 마음속에 머물렀다.

"예술품처럼." 릴리는 캔버스에서 시선을 떼어 거실을, 그리고 다시 캔버스를 바라보면서 되뇌이었다. 그녀는 잠시 쉬어야 한다. 그리고 쉬면서, 멍청하게 이것저것에 시선을 보내고 있는데 끊임없이 영혼의 창공을 가로지르는 해묵은 질문이 또 고개를 들었다. 이와 같은 순간에, 그녀가 이렇게 정신적인 긴장을 풀어 주었을 때 그 모습을 드러내기 십상인 거대하고 일반적인 질문이 그녀를 굽어보며 머리 위에 머물며 덮치는 것이다. 인생의 의미는 무엇인가? 그것이 그 질문의 전부였다—간단한 질문이다. 가는 세월과 더불어 우리를 죄어오는 질문이다. 아마도 이 질문에 대한 위대한 계시 같은 것은 결코 찾아온 적이 없을 것이었다. 대신에 작은 일상의 기적들, 조명들, 깜깜한 가운데 예기치 않게 켜진 성냥불과 같은 순간은 있었는데, 지금이 그중의 하나라고 하겠다. 이것, 저것 그리고 또 다른 것, 부인이 그것들을 통합하고 있나니, 부인이 "인생이 여기에 정지한다"라고 말하고 있나니, 부인이 그림을 통해서 순간을 영원한 것으로 만들고 있었는데 (다른 영역에서 릴리 자신이 순간을 영원한 것으로 만들려고 노력했듯이)—이것은 진실로 계시의 성격을 띤 것이었다. 혼돈 가운데 형태가 있었으니, 이 영원한 지나감과 흐름이 (그녀는 흘러가는 구름들과 흔들리는 잎사귀들을 바라다보았다) 갑자기 안정감을 찾았다. 삶이 여기서는 정지한다고 부인은 말했다. "램지 부인! 램지 부인!" 그녀는 되풀이해서 불렀다. 릴리는 이 모든 것을 부인에게 빚지고 있었다.

사위가 고요했다. 아무도 아직은 집 안에서 움직이고 있는 것 같지 않았다. 릴리는 이른 아침 햇살 속에 나뭇잎이 반사하여 유리창들이 초록색과 파란색으로 물든 가운데 거기 잠들어 있는 별장을 바라다보았다. 그녀가 부인에 대하여 하고 있는 희미한 생각이 이 조용한 집과 어울리는 것처럼 보였으니, 이 연기, 이 상쾌한 이른 아침 공기와 어울리는 것처럼 보였던 것이다. 희미하고 비현실적인 상태에서 그것은 놀랍게도 순수하고 감동적이었다. 그녀는 아무도 창문을 열지 말기를, 그 집에서 나오지 말기를 바랐고, 홀로 남겨져 계속 사색하고 그림을 그릴 수 있기를 바랐다. 그녀는 캔버스 쪽으로 몸을 돌렸다. 그러나 어떤 호기심에 쫓겨서, 그녀가 보여주지 못한 동정 때문에 불편해서 잔디밭의 끝쪽으로 한두 걸음 걸어가서 저 아래 해안에 돛을 올리고 있는 작은 무리가 보이나 안 보이나 확인했다. 저 아래쪽에 작은 선박들 사이에 몇 척의 배가 돛을 말아 올리고 약간은 느릿느릿 움직이며 떠 있었는데, 그 이유는 바다가 대단히 잔잔해서 배 한 척이 다른 배들과 뚝 떨어져 있었기 때문이다. 심지어는 이제는 돛까지 막 펼쳐지고 있었다. 그녀는 바로 저 대단히 멀고 완전히 고요한 작은 배 안에 램지 씨가 캠과 제임스와 함께 앉아 있다고 확신했다. 이제 그들은 돛을 올렸고, 이제 조금 처지고 머뭇거리더니 돛들이 바람을 안고, 심오한 침묵 속에 둘러싸인 채 그녀는 배가 용의주도하게 다른 배들을 지나서 멀리 바다로 나아가는 것을 지켜보았다.

4

돛들은 그들의 머리 위에서 펄럭였다. 바닷물은 배의 옆구리를 찰싹거렸는데, 배는 햇볕 속에서 움직이지 않고 졸고 있었다. 이따금 돛들이 미풍을 받아 잔물결쳤으나 그 잔물결은 곧 잠잠해졌다. 배는 전혀 움직이지 않았다. 램지 씨는 배의 한가운데 앉아 있었다. 제임스는 그가 곧 조바심을 낼 것이라고 생각했고, 그들 사이에 배의 한가운데에 다리를 단단히 꼬고 앉아 있는 아버지를 바라보면서 (제임스가 노를 저었고, 캠은 혼자서 뱃머리에 앉아 있었다) 캠은 생각했다. 아버지는 지체되는 것을 끔찍이 싫어했다. 아니나다를까, 일이 초 좌불안석하더니 그는 매칼리스터의 아들에게 무슨 말인지 날카롭게 내뱉었다. 그러자 그 아이는 노를 꺼내서 젓기 시작했다. 그러나 아버지는 배가 쏜살같이 달릴 때까지는 결코 만족하지 않을 것을 그들은 알고 있었다. 그는 계속해서 좌불안석하며 숨을 죽이고 말을 하면서 바람이 불어줄 것을 고대했는데, 이 말을 매칼리스트와 그의 아들은 엿듣게 될 것이기 때문에, 제임스와 캠은 둘 다 끔찍이 불안해하게 될 것이었다. 아버지가 그들을 오게 한 장본인이었다. 아버지가 그들을 강제로 데리고 왔다. 그가 그들의 의사에 반해서 강제로 오게 했기 때문에 그들은 화가 나서 바람이 결코 일지 않기를 바랐고, 아버지의 계획이 실패하기를 바랐다.

해안으로 내려가는 동안 내내 비록 아버지가 그들에게 '빨리 걸어, 빨리 걸어'라고 말없이 명령했지만 그들은 뒤로 처졌다. 그들은 머리를 숙였다. 인정사정없는 질풍에 그들의 머리는 아래로 숙여진 것이었다. 그들은 아버지에게 말을 건넬 수는 없었다. 그들은 따라가는 수밖에 없다. 그들은 갈색 종이 꾸러미들을 들고 그의 뒤에서 걸어가야 한다. 그러나 그들은 걸으면서 말없이 서로 힘을 모아 폭정에 죽음으로 항의할 것이라는 그 위대한 협정을 완수하기로 맹세했다. 이리하여 그들은 하나는 배의 이쪽 끝에, 하나는 다른 쪽 끝에 말없이 앉을 것이었다. 다리를 꼬고, 얼굴을 찡그리고 안절부절못하면서 식식거리고 혼잣말을 중얼거리며 바람이 불기를 애타게 기다리고 있는, 아버지가 있는 쪽을 바라보기만 하면서 그들은 아무 말도 하지 않을 것이었다. 그러고는 바다가 잔잔하기를 바랐다. 그들은 아버지의 기대가 무너지기를 바랐다. 그들은 이번 탐험이 완전히 실패하기를 바랐고, 꾸러미를 든 채 해안에 되돌아오기를 바랐다.

그러나 매칼리스터의 아들이 노를 저어나가자 돛들이 흔들거리더니 배에 속력이 붙으면서 납작해져가지고는 쏜살같이 앞으로 나아갔다. 즉시 마치 커다란 긴장에서 헤어난 것처럼 램지 씨는 꼬았던 다리를 풀고, 담배 주머니를 꺼내 약간 투덜거리면서 매칼리스터에게 건네주었다. 그들이 그렇게나 고통을 받았는데도 불구하고 이제 아버지는 완전히 행복하다는 사실을 그들은 알아차렸다. 이제 그들은 이런 식으로 여러 시간 계속해서 항해할 것이었고, 램지 씨는 늙은 매칼리스터에게 질문을 던질 것이었으니 ─ 어쩌면 그 질문은 작년 겨울에 있었던 폭풍우에 관한 것일는지도 몰랐다 ─ 그리고 늙은 매칼리스터는 이 질문에 대답을 할 것이고, 그들은 함께 파이프를 피우고, 매칼리스터는 매듭을 묶거나 풀면서 타르를 바른 밧줄을 쥘 것이었고, 그의 아들은 낚시질을 하면서 아무에게도 한마디도 하지 않을 것이었다. 제임스는 계속해서 돛을 주시하도록 강요될 것이었다. 만약 그가 방심하면, 그러면 돛은 주름이 잡혀서 떨게 되고, 그렇게 되면 배는 속력을 잃게 되고, 램지 씨는 "조심해! 조심하라니까!" 하고 날카롭게 외칠 것이었고, 늙은 매칼리스터는 앉은 자리에서 서서히 방향을 바꿀 것이었다. 그래서 그들은 램지 씨가 크리스마스 때 불어닥친 굉장한 폭풍우에 대하여 질문하는 것을 들었다. "폭풍우가 저기 곶을 돌아 휘몰아쳤습죠." 작년 크리스마스 때 불어닥친 폭풍우를 묘사하면서 매칼리스터는 말했다. 그 당시 열 척의 배가 만으로 피난했고, 그는 "저기 한 척, 저기에 한 척, 또 저쪽에 한 척"을 보았다. (그는 천천히 만의 주위를 손가락으로 가리켰다. 램지 씨는 고개를 돌리면서 그가 가리키는 쪽을 따라갔다.) 그는 네 사람이 돛대에 매달려 있는 것을 보았다. 그러고 나서 그

배는 사라졌다. "그래서 마침내 우리가 구조선을 보냈습죠." 그는 계속했다. (하지만 그들은 화가 나서 침묵하고 있는 상태에서, 폭정에 죽음으로 대항한다는 그들의 협정에 묶여 배의 반대 끝에 각각 앉아서 간헐적으로 한두 마디를 들었을 뿐이었다.) 마침내 그들은 구조선을 출동시켜 곶을 돌아 바다로 나갔었다. 그들은 저 지점을 지나서 배를 건져냈다—매칼리스터는 이야기를 했고 비록 그들이 간헐적으로 한두 마디 밖에는 듣지 못했지만 그들은 계속 아버지의 존재를 의식하고 있었다—그가 어떻게 앞으로 몸을 굽히는가, 어떻게 그의 목소리를 매칼리스터의 목소리와 맞추어나가는가, 파이프를 피우면서 그리고 매칼리스터가 손가락으로 가리키는 곳을 바라보면서 그는 폭풍우와 캄캄한 밤과 거기서 고투하는 어부들의 생각을 음미했다. 아버지는 남자들이 야밤에 해변에서 육체와 두뇌로 파도와 맞서 바람과 싸우며 애쓰고 땀 흘리는 것을 좋아했다. 그는 남자들은 이와 같이 일하고, 여자들은 남자들이 저기 바깥의 폭풍우 속에서 익사하는 동안 집 안에서 살림하고, 잠자는 아이들 옆에 앉아 있는 것을 좋아했다. 그렇게 제임스는 그의 동작과 그의 경계 태세와 목소리의 울림과, 아버지가 매칼리스터에게 폭풍우 속에서 만으로 쫓겨 들어온 열한 척의 배에 관하여 질문했을 때 그가 어김없는 농부처럼 보이게 만든 그의 목소리에 스며든 스코틀랜드 사투리를 섞어 쓰는 것 등으로 미루어 헤아릴 수 있었다. 그렇게 캠도 말할 수 있었다. (그들은 그를 바라보았고, 또한 그들은 서로를 바라다보았다.) 세 척의 배는 침몰했다.

아버지는 매칼리스터가 가리키는 곳을 자랑스럽게 바라다보았고, 캠은 정확한 이유는 모르는 채 아버지를 자랑스럽게 느끼면서, 만약 그가 그곳에 있었다면 그는 구명선을 진수시켰을 것이고, 파선 현장에 도달하고야 말았을 것이라고 생각했다. 아버지는 대단히 용감하고, 모험심이 무척 강하다고 캠은 생각했다. 그러나 그녀는 잊고 있지는 않았다. 폭정에 죽음으로 대항하자는 협정이 있었던 것이다. 그들의 원한은 그들을 짓눌렀다. 그들은 강요당하고 명령을 받았던 것이다. 아버지는 다시 한 번 그의 우울과 권위로 그들을 압박하고, 그의 명령에 복종케 하여, 이 좋은 아침에 단순히 그가 원하기 때문에 이 꾸러미들을 들고 등대에 오게 한 것이니, 죽은 사람들을 기리기 위하여, 그 자신의 기쁨을 위하여 치르는 이 의식들에 강제로 그들을 참가시킨 것이다. 그들은 이것이 싫어서 뒤로 처졌고, 그날의 모든 기쁨은 망쳐졌다.

그렇다, 바람은 다시 불고 있었다. 배는 기울어지고 있었고, 물이 예리하게 갈라지면서 방울방울 녹색 폭포를 이루었다. 캠은 물거품 속을, 바다의 모든 보물이 들어 있는 바닷속을 내려다보았는데, 물살의 속도가 그녀에게 최면을 걸어서 그녀와 제임스 사이의 연계가 약간 느슨해졌다. 헐거워진 것이다. 그녀는 물살이 빠르기도 하다고 생각하기 시작했다. 우리는 어디에 가고 있는가? 그리고 그 동작이 그녀에게 최면을 걸었는데, 반면 제임스는 시선을 돛과 수평선에 고정시키고 근엄한 표정으로 노를 저어 나아가고 있었다. 그러나 노를 저으면서 그는 도망갈 수 있다고 생각하기 시작했으니, 즉 이 모든 것을 떠날 수 있다고 생각하기 시작한 것이었다. 그들은 어딘가에 상륙할 것이었고, 상륙하면 그들은 자유로워질 것이라고. 한순간 서로를 바라보며 속도와 변화로 인하여 그들은 둘 다 도피감과 짜릿한 환희를 느꼈다. 그러나 바람은 램지 씨에게서도 똑같은 흥분을 자아내어, 늙은 매칼리스터가 그의 낚싯줄을 배 밖으로 던지려고 몸을 돌렸을 때, 그는 소리 내어 외쳤다, "우리는 죽는다." 그리고 다시, "각자 홀로." 그러고 나서 늘상 그런 것처럼 후회인지 수줍음인지 때문에 경련하고서는 몸을 추스리고 해안을 향해 손을 흔들었다.

"저 작은 집을 보아라." 아버지는 캠이 바라보기를 바라면서 손가락으로 그 집을 가리키며 말했다. 그녀는 마지못해 몸을 일으켜 바라보았다. 그러나 어느 집 말인가? 그녀는 저기 언덕 위에 어느것이 그들의 집인지 이제는 더 이상 분간할 수가 없었다. 모두가 아득히 멀고 평화롭고 이상야릇해 보였다. 해안도 세련되고, 아득히 멀고, 비현실적으로 보였다. 이미 그들이 항해해온 작은 거리가 그들을 육지에서 멀리 떼어놓고, 육지에다 어떤 색다른 표정, 태연한 표정을 부여했다. 어느것이 그들의 집인가? 그녀는 그것을 알아볼 수 없었다.

"그러나 나는 좀더 거센 파도 밑에서." 램지 씨는 웅얼거렸다. 그는 그 집을 발견하고 그것을 보면서, 또한 그곳에 있는 자신의 모습을 보았으니, 혼자 테라스 위를 거닐고 있는 모습을 보았던 것이다. 그는 화분 사이를 오르락내리락하고 있었고, 대단히 늙고 등이 구부정해 보였다. 배 안에 앉아서 그는 즉시 그의 맡은 역할—홀아비가 된 황량한 인간의 역할—을 연기하면서 몸을 웅크리고, 그의 앞에 그를 동정하는 수많은 사람들을 떠올리고, 배 안에 앉아 있을 때 하나의 작은 드라마를 자신을 위해 무대 위에 올려놓고 있었던 것인데, 이렇게 하기 위해서는 고뇌와 기진맥진과 슬픔을 드러내야 했던 것이다. (그는 양손을 들어올리고 그의 꿈을 확인하기 위하여 야윈 손을 바라보았다.) 그러고는 거기서 여인네들의 동정을 풍성하게 받고, 그들이 어떻게 그를 위로하고 동정할 것인가를 머릿속에 그려보고, 꿈속에서 여인들의 동정이 주는 정교한 즐거움을 상상하고는 한숨짓고, 부드럽고 슬프게 다음과 같이 말했으니

그러나 나는 좀더 거센 파도 밑에서
그보다 더 깊은 심연에 가라앉았노라,

그 슬픈 단어들을 캠과 제임스 둘 다 똑똑히 들었다. 캠은 앉은 자리에서 거의 까무러치게 놀랐다. 이것은 그녀에게 충격을 주었다—아니 그녀를 분노에 떨게 했다. 이와 같은 그녀의 거동이 아버지를 놀라게 했다. 그는 몸을 부르르 떨었고, "저것 봐! 저것 봐!" 하고 너무도 절실하게 울부짖으며 앞서 하던 말을 중단했기 때문에 제임스도 고개를 돌려 아버지의 어깨 너머로 섬을 바라보았다. 그들은 모두 섬을 바라보았다.

그러나 캠에게는 아무것도 보이지 않았다. 그녀는 그들이 그곳에서 영위했던 삶으로 인해 두터워지고 마디가 생긴 그 모든 길과 잔디밭이 어떻게 사라졌는가, 지워져버렸는가, 과거지사로 사라지고 비현실적으로 되었는가에 대하여 생각하고 있었다. 그런데 지금 이것은 현실이었으니, 배와 누더기로 기운 돛, 귀걸이를 한 매칼리스터, 파도 소리—이 모든 것은 실제로 존재하고 있었다. 이 생각을 하고 그녀는 "우리는 각자 혼자서 죽어간다"라고 중얼거리고 있었는데, 이는 그녀의 아버지가 한 말이 그녀의 머릿속에 계속 떠올랐기 때문인데, 그때 아버지는 그녀의 멍청한 시선을 바라보고서는 그녀를 놀리기 시작했다. 그녀는 나침반을 읽을 줄 모르지 않느냐고 물었다. 북쪽과 남쪽도 구분할 줄 모르지 않느냐고? 그녀는 정말 그들이 바로 저기 살고 있다고 생각하느냐고? 그리고 그는 다시 손가락으로 그곳을 가리켰고, 그녀에게 저기, 저 나무들 옆 그들의 집이 있는 곳을 가리켰다. 아버지는 그녀가 좀더 정확한 지식을 갖도록 노력하기를 바란다고 말했고 반쯤은 그녀를 비웃으면서, 그리고 반쯤은 그녀를 나무라면서

"자 말 좀 해봐 — 어느쪽이 동쪽이고, 어느쪽이 서쪽이지?"라고 말했는데, 이는 완전히 바보는 아니면서도 나침반을 해독하지 못하는 사람이 누구이든 상관없이 그는 그 사람의 정신 상태를 도저히 이해할 수 없었기 때문인 것이다. 하지만 그녀는 알지 못했다. 그녀가 멍청하고, 지금은 약간 겁에 질린 시선을 집이 전혀 없는 곳에 고정시키고 있는 것을 보고, 램지 씨는 곧 꿈에서 깨어났다. 그가 어떻게 테라스의 화분들 사이를 오르락 내리락했는지, 어떻게 팔들이 그를 향해 뻗쳐 있었는지도 잊었다. 그는 여자들이란 다 그렇다고, 머리가 나쁜 정도는 절망적이라고, 그런데 이것은 그가 결코 이해할 수 없었던 것이긴 했지만 사실이 그랬다. 하기사 그의 아내도 마찬가지였다. 여자들은 아무것도 머릿속에 분명하게 고정시킬 수가 없다. 하지만 그가 그녀에게 화를 낸 것은 잘못이었고, 게다가 그는 여자들이 이렇게 멍청한 것을 오히려 좋아하지 않았던가? 바로 이 점이 그들의 비상한 매력의 일부였다. 그는 캠이 그를 보고 미소짓게 하겠다고 생각했다. 캠은 놀란 표정이었다. 그녀는 도통 말이 없었다. 그는 주먹을 쥐고, 최근 여러 해 동안 사람들이 자유자재로 그를 동정하게 하고 칭찬하게 만들었던 그의 음성 그리고 얼굴 표정, 그 모든 재빠르고 표정이 풍부한 제스처들은 잠재워져야 한다고 결론을 내렸다. 그는 캠이 그를 바라보고 미소짓게 하고 싶었다. 그는 단순하고도 쉬운 어떤 말을 찾아내어 그녀에게 건네고 싶어했다. 그러나 무슨 말을? 그는 그의 일에 완전히 묻혀 있어서 사람들이 보통 하는 종류의 말을 잊어버렸다. 강아지 얘기나 하지. 그들은 강아지 한 마리를 키웠다. 오늘은 강아지를 누가 돌보지? 그는 물었다. 그렇다, 제임스는 그의 누이의 고개가 돛을 배경으로 하고 있는 것을 보고는 이제 그녀는 굴복할 것이라고 냉정하게 생각했다. 협정은 이제 나 혼자 수행하게 될 것이었다. 슬프고 화가 났지만, 굴복하려는 표정의 캠의 얼굴을 지켜보면서 캠은 결코 죽음으로 폭정에 저항하지 않을 것이라고 그는 엄숙하게 생각했다. 그리고 흔히 있는 일이지만, 푸른 산허리에 구름장이 드리워진 주변의 모든 산들이 암영과 슬픔에 잠기듯, 그리고 마치 그 산들 자체가 구름이 끼고 어둡게 된 세상의 운명을 곰곰이 생각하며 측은하게 여긴다든가, 아니면 그 불행을 보고 악의에 찬 기쁨을 맛본다든가, 하는 것처럼 보인다. 캠은 지금 차분하고 결의에 찬 사람들 사이에 앉아서 강아지에 관한 아버지의 질문에 어떻게 대답할까를 궁리하고 있을 때 슬픔으로 기분이 침울해졌다. 나를 용서해다오, 나를 좋아해다오, 하는 그의 탄원에 어떻게 저항할까를 궁리하며 우울해졌다. 반면에 법률 제작자인 제임스는 무릎 위에 영원한 지혜의 비문석碑文石을 펼쳐놓고, (키의 손잡이 위에 놓인 그의 손은 그녀에게 상징적으로 보였다) 아버지에게 대항하라고 말했다. 그와 싸우라고. 이를 데 없이 옳은 말이었고, 공정한 말이었다. 그들은 폭정에 죽음으로 싸워야 한다고 그녀는 생각했기에. 모든 인간의 자질 가운데서 그녀는 정의를 가장 존중했다. 오빠는 가장 신과 닮았고, 아버지는 더할 수 없이 애절하게 탄원하고 있었다. 그들 사이에 앉아서 그녀는 방향을 전혀 가늠하지 못하는 해안을 응시하면서, 그리고 어떻게 잔디밭과 테라스와 집 자체가 윤곽은 잃은 상태에서 평화를 누리고 있는가를 생각하면서 누구에게 굴복할까를 생각해보았다.

"재스퍼지요." 그녀는 무뚝뚝하게 말했다. 그가 강아지를 돌볼 거예요.

그 개를 뭐라고 부르겠느냐? 아버지는 집요했다. 그는 어렸을 때 프리스크라는 개를 한 마리 키웠다. 제임스는 그녀의 얼굴에 그가 익히 알고 있는 평정이 떠오르는 것을 지켜보고는 그녀가 굴복할 것이라고 생각했다. 뜨개질감 혹은 그런 것을 내려다볼 때의 표정이라고 그는 생각했다. 그때 갑자기 그들은 시선을 든다. 파란색이 번쩍 했다고 그는 기억했다. 그러고는 그와 함께 앉아 있는 누군가가 웃으며 굴복하여, 그는 대단히 화가 났었다. 그것은 틀림없이 아버지가 장승처럼 버티고 서 있고, 낮은 의자에 앉아 있는 어머니였을 것이라고 생각했다. 그는 그의 뇌리에 나뭇잎처럼 차곡차곡 겹겹이 끊임없이 쌓아올려진 무한한 인상의 연속을 찾아 더듬었다. 냄새와 음향, 거칠고 공허하고 감미로운 목소리, 흘러 지나가는 불빛과 덜그럭거리는 빗자루 소리, 철썩거리다가 숨을 죽이는 파도 소리 그리고 어떤 남자가 왔다갔다 하다가 그들이 있는 곳으로 와 우뚝 서서 그들을 굽어보던 일—이런 인상들 사이를 더듬어 헤매었다. 그러는 동안에 그는 캠이 물에 손을 담그고 해안을 응시하며 아무 말도 하지 않는 것을 목격했다. 아니다, 그녀는 굴복하지 않을 것이다, 라고 그는 생각했다, 그녀는 다르다고 그는 생각했다. 자, 캠이 그에게 대답하지 않는다면 그녀를 더 이상 귀찮게 할 필요가 없다고, 호주머니를 더듬어 책 한 권을 꺼내면서 램지 씨는 단호한 결의를 굳혔다. 그러나 그녀는 그에게 대답하고 싶었다. 그녀는 열정적으로 혀 위에 놓여 있는 장애물을 치워버리고 오오, 그래요, 프리스크, 나는 그를 프리스크라고 부르겠어요, 라고 말하고 싶었다. 심지어는 그 개가 혼자서 황무지를 가로질러 집을 찾아왔다는 바로 그 개인가요? 라고. 그러나 아무리 애를 써도, 그녀는 치열하고 협정에 충실하기 때문에 그렇게 할 생각을 할 수도 없었지만, 그래도 제임스가 눈치 못 채게 아버지에게 은밀히 느끼는 사랑을 전했다. 그녀는 손을 적시면서 (그리고 이제 매칼리스터의 아들은 고등어 한 마리를 잡았고, 그 고등어는 아가미에서 피를 흘리며 배 바닥에서 버둥거리고 있었다) 그녀는 무심하게 계속 돛을 바라보거나 이따금 제임스를 바라보면서 잠시 수평선을 바라보고 오빠는 이 중압감과 감정의 갈등, 이 기묘한 유혹에 노출되어 있지 않다고 생각했다. 아버지는 호주머니를 뒤적이고 있었다. 다음 순간 그는 책을 찾을 것이었다. 그녀에게는 그가 누구보다도 매력적이었기 때문에 그의 손, 발 그리고 목소리, 그가 하는 말, 서두름, 성깔, 기벽, 열정, 모든 사람 앞에서 '우리는 각자 홀로 죽어간다'라고 주저없이 내뱉어버리는 것, 그리고 그의 초연함, 모두가 아름다웠다. (그는 책을 폈다.) 하지만 그래도 참을 수 없는 것은 곧바로 앉아서 매칼리스터의 아들이 다른 물고기의 아가미에서 고리를 잡아당기는 것을 지켜보면서, 그녀의 어린 시절을 망치고 심한 폭풍우를 일으켜서 지금까지도 그녀가 분노에 몸을 떨며 한밤중에 잠이 깨어 그의 명령, "이것을 해라", "내게 굴복할 지니라"를 기억하게 한 그의 그 조야한 맹목과 폭정이었다.

그래서 그녀는 아무 말도 하지는 않고 집요하고 서글프게 평화의 망토에 감싸인 해안을 바라보았는데, 마치 그곳 사람들이 잠이 들어서 연기와도 같이 자유롭고, 유령들처럼 마음대로 오갈 수 있기나 한 것처럼 그녀는 생각했다. 그들은 그곳에서 아무런 고통을 받지 않을 것이라고 그녀는 생각했다.

5

그래, 저것이 분명히 그들의 배다, 라고 잔디밭 모서리에 서서 릴리 브리스코우는 생각했다. 그것은 회색빛 나는 갈색 돛들이 달린 배였는데, 그 배는 지금 물에 납작 붙어서 만을 지나 쏜살같이 앞으로 나아갔다. 저기에 램지 씨는 앉아 있을 것이고, 애들은 아직도 아무 말도 하지 않고 있을 거라고 그녀는 생각했다. 그리고 그녀도 그에게 다가갈 수가 없었다. 그에게 베풀지 못했던 동정이 그녀를 한없이 짓눌렀다.

그녀에게는 늘 대하기 어려운 상대였다. 그녀는 결코 램지 씨를 면전에서 칭찬할 수 없었던 기억이 났다. 그리고 이 사실은 그들의 관계를 중성적인 성격의 것이 되게 해서, 민터를 대하는 그의 태도를 대단히 기사적이게 만드는 성性의 요소가 그녀와의 관계에는 존재하지 않았다. 그는 민터에게 꽃 한 송이를 꺾어주거나 책들을 빌려주거나 했다. 그러나 그가 민터가 그것들을 읽는다고 생각할 수 있을까? 그녀는 그 책들을 가지고 정원을 돌아다니면서, 읽던 곳을 표시해두려고 나뭇잎들을 끼워두었다.

'생각나세요, 카마이클 씨?' 릴리는 노인을 바라보면서 이와 같이 묻고 싶은 충동을 느꼈다. 그러나 그는 벌써 이마 위에 모자를 반쯤 뒤집어쓰고 있었으니, 잠자고 있거나 아니면 꿈을 꾸고 있거나, 그것도 아니면 적당한 시구詩句를 생각해내려고 애쓰면서 거기에 누워 있는 것이라고 그녀는 생각했다.

'생각나세요?' 그녀는 카마이클 씨 옆을 지나면서, 다시 해안가의 부인을 생각하면서, 그렇게 묻고 싶은 충동을 느꼈다. 나무통은 두둥실 떠 있고 편지지가 바람에 흩날리는 해변에 앉아 있던 부인을 다시 생각하며 이렇게 묻고 싶었다. 이와 같이 여러 해가 지났는데, 그 사건 이전이나 이후는 완전한 공백 상태인데, 하필이면 그 사건만이 살아남아 동그랗게 밝혀지고 세세한 부분까지 완전히 기억되는 까닭은 무엇인가?

"저건 배인가? 코르크인가?"라고 부인은 말할 것이라고 릴리는 몸을 돌려서 마지못해 다시 캔버스를 향하면서 되뇌이었다. 감사하게도 공간의 문제가 그대로 남아 있다고 브러시를 다시 잡으면서 그녀는 생각했다. 공간은 그녀를 노려보았다. 그림 전체가 그 무게에 걸려 있었다. 표면적으로는 아름답고 찬란해야 한다, 불면 꺼질 듯 가벼워야 한다, 마치 나비의 날개 위의 색깔들처럼 하나의 색깔은 다른 색깔 안으로 녹아들어야 하지만 밑바닥에는 쬠못으로 조인 듯 튼튼한 구도를 지녀야 한다. 그것은 당신의 입김으로도 날려버릴 수 있을 정도로 가벼운 것이어야 하고 동시에 한 떼의 말馬들로도 분리시킬 수 없는 것이어야 한다. 그리고 그녀는 브러시로 빨간 물감, 회색 물감을 찍기 시작했고, 그 비어 있는 공간을 차츰 공략하기 시작하였다. 동시에 그녀는 해안가에서 램지 부인 옆에 앉아 있는 기분이 되었다.

"저건 배인가? 통인가?" 부인은 말했다. 그리고 그녀는 안경을 찾느라고 사방을 뒤졌다. 안경을 찾고서는 말없이 저 멀리 바다를 바라보며 앉아 있었다. 그리고 릴리는 꾸준히 그림을 그리면서 마치 문이 열리고, 누군가가 들어와 천정이 높다란 성당과도 같이 대단히 어둡고, 대단히 엄숙한 장소에서 사방을 응시하며 말없이 서 있는 것처럼 느꼈다. 멀리 떨어진 곳에서 함성이 들려왔다. 증기선들이 수평선에 연기를 뿜어내며 사라졌다. 찰스는 돌을 던져서 그 돌들이 바닷물을 스치고 지나가게 했다.

부인은 말없이 앉아 있었다. 부인은 제반 인간 관계가 극도로 모호해진 가운데 휴식을 취하고 있는 것을 기뻐하고 있다고 릴리는 생각했다. 우리의 정체성, 감정을 그 누가 알겠는가? 심지어는 서로 친밀한 순간이라 하더라도 이것이 진면목이라고 그 누가 말할 수 있겠는가? 그것들을 말로 표현함으로써 상황은 이미 망쳐진 것이 아니겠느냐고 부인은 말했을 것이었다. (그녀 옆에서의 이 침묵은 대단히 자주 있었다는 생각이 들었다.) 오히려 이런 식으로, 다시 말해 침묵에 의해 우리는 더 잘 표현하는 것은 아닌가? 이 순간은 적어도 비상하게 비옥한 것 같았다. 릴리는 모래밭에 작은 구멍을 팠다가 다시 메웠다. 마치 그 구멍 속에 그 완벽한 순간을 묻어 보존하기라도 하려는 듯이.

릴리는 뒤로 물러서서 캔버스의 전모를 관망했다. 이 그림 그리는 일은 참으로 이상한 일이었다. 멀리멀리 나가고, 더 멀리 더 멀리 나가서 드디어는 우리가 완전히 혼자가 되어 좁다란 판자 위에 서서 바다를 넘겨다보게 되는 것과도 같았다. 그리고 그녀가 파란 물감을 브러시로 찍었을 때, 그녀는 거기서 과거도 찍어내었다. 이제 부인은 정신이 들어서 일어섰다. 집으로 돌아갈 시간이었던 것이다—점심시간이었으니까. 그리고 그들은 모두 같이 해안가에서 걸어 올라갔는데, 그녀는 윌리엄 뱅크스와 함께 뒤로 처져서 걷고 있었고, 그들 앞에는 구멍 난 스타킹을 신고 있는 민터가 있었다. 분홍빛 발꿈치의 그 작은 동그란 구멍이 얼마나 뽐내는 듯이 보였던지! 윌리엄 뱅크스는 그녀가 기억하는 한 말은 하지 않았지만 구멍 뚫린 스타킹을 신고 있는 것을 얼마나 한심해하였던지! 그것은 그에게는 여성성의 전멸을 의미했고, 먼지, 무질서 그리고 하인들이 이미 떠난 한낮에도 침대를 정돈하지 않는 것 등을 의미했는데, 이 모든 것을 그는 끔찍이도 싫어했다. 그는 지금 하고 있는 것과 같이 마치 보기 흉한 물건을 가리기라도 하려는 것처럼 치를 떨고 손가락들을 활짝 펴는 습관이 있었다. 지금 그는 손을 눈앞에 쳐들어 눈을 가리고 있었다. 그리고 민터는 앞장서 걸어갔고, 아마 폴이 그녀와 만났을 것인데, 그녀는 폴과 함께 정원에서 어디론가 사라졌다.

릴리 브리스코우는 초록색 물감 튜브를 짜면서 래일리 부부를 생각했다. 그녀는 래일리 부부에 대한 인상들을 수렴했다. 그들의 삶은 그녀에게는 일련의 장면 속에 그 모습을 드러내었으니, 하나는 새벽녘 층계 위의 장면이었다. 폴이 들어와서 일찌감치 잠자리에 들었고 민터는 그날 귀가가 늦었었다. 새벽 세 시경 층계 위에 민터가 한껏 옷을 차려입고 멋을 낸 모습으로 나타났다. 폴은 도둑일지도 모른다고 부지깽이를 들고 파자마 바람으로 나왔다. 민터는 섬뜩한 아침 햇살을 받으며 창가에서 층계를 반쯤 올라와서 샌드위치를 먹고 있었고, 카펫에는 구멍이 나 있었다. 그러나 그들은 뭐라고 했더라? 릴리는 마치 바라봄으로써 그들의 말소리를 들을 수 있는 것처럼 자문했다. 민터는 신경에 거슬리게 계속 샌드위치를 먹고 있었고, 그는 두 꼬마 아들을 깨우지 않도록 작은 소리로 그녀를 격렬하게 나무라고 있었다. 그는 시들어버렸고, 야위어 있었고, 그녀는 화려하고 경박했다. 결혼하고 한두 해가 지난 후 모든 것이 느슨해졌기 때문이니, 즉 한마디로 이 결혼은 실패였던 것이다.

릴리는 브러시에 초록색 물감을 찍으면서 이렇게 그들의 생활을 상상해보는 것이 바로 소위 사람들을 '아는 것'이고, 그들을 '생각하는 것'이고, 그들을 '좋아하고 있는 것'이라고 생각했다. 이 장면의 한 단어도 사실은 아니지만 이것이 그럼에도 불구하고 그녀가 그들을 아는 매체인 것이다. 그녀는 그녀의 그림 속, 과거 속으로 동굴을 파나가는 행위를 계속했다.

또 한번은 그가 "커피 하우스에서 체스 게임을 하고 있었다"고 말한 적이 있다. 그때도 그녀는 그의 이 말 위에 상상의 나래를 폈었다. 그가 그 말을 했을 때 어떻게 그가 하녀를 불렀던가를 그녀는 기억했고, 그 하녀는 "래일리 부인은 외출 중이신뎁쇼"라고 말했으며, 그도 집에 들어오지 않으려고 마음먹은 것을 기억했다.

그녀는 그가 어떤 을씨년스러운 장소의 모퉁이에 앉아 있는 모습을 떠올렸다. 그 장소에서는 연기가 빨간 플러쉬천의 좌석에 달라붙어 있었다. 또한 그곳은 자주 드나들다 보면 자연히 웨이트리스들이 손님과 친하게 되는 그런 장소였다. 그리고 폴은 차 장사를 하며 서비톤에서 살고 있지만 그것이 그가 아는 전부인 체구가 작은 남자와 그곳에서 체스 게임을 했다. 그러고 나서 그가 집에 돌아왔을 때 민터는 돌아와 있지 않았고, 층계 위의 그 장면이 연출된 것이었으니, 그때 그는 도둑일지도 몰라서 부지깽이를 집어들었고 (물론 그녀를 놀래키려는 의도도 없지 않았다) 그리고 그녀가 그의 인생을 망쳤노라고 신랄하게 그녀를 비난했다. 어쨌거나 릴리가 리크만스워스 근처의 작은 집으로 그들을 보러 갔을 때 사태는 끔찍이 악화되어 있었다. 폴은 그녀를 데리고 정원으로 내려가서 그가 기르는 벨기에산産 암토끼들을 구경시켰고, 민터도 노래를 부르면서 뒤따라 와서 그가 릴리에게 아무 이야기도 하지 못하게, 그의 어깨 위에 아무것도 걸치지 않은 그녀의 팔을 얹었다.

민터는 토끼들을 지겨워한다고 릴리는 생각했다. 그러나 민터는 절대로 그런 내색은 하지 않았다. 그녀는 절대로 커피숍에서 장기두는 것에 관한 이야기를 하지 않았다. 그러기에는 그녀가 너무도 똑똑했고, 너무도 조심성이 많았다. 하지만 그들의 이야기를 계속한다면 — 그들은 이제는 위험한 고비는 넘겨놓고 있었다. 릴리는 작년 여름에 한동안 그들과 같이 지냈는데 그동안에 차가 고장나서 수리하느라고 민터가 폴에게 연장을 건네준 적이 있었다. 그때 그는 길가에 앉아서 차를 수리하고 있었는데, 문제는 그녀가 그에게 연장을 건네주는 태도였다 — 지극히 사무적이고, 직선적이며, 다정했다. 이것이 이제는 두 사람의 관계에 더 이상 문제가 없다는 것을 증명해주었다. 그들은 이제는 더 이상 '사랑하고 있지는' 않았다. 그는 머리를 땋아 늘어뜨리고 손에 가방을 든 대단히 심각한 여인과 사랑하고 있었는데, (민터는 그녀에게 감사하는, 거의 경탄의 어조로 그녀를 묘사했다) 폴의 연인은 회의에도 그와 같이 참석했고 지가地價의 세금 부과와 자본 징수 문제에 관하여 폴과 의견을 같이했다. (폴의 사회주의 사상은 점점 더 뚜렷해져갔다.) 역설적이지만 이 사건이 폴과 민터의 결혼을 파괴하기는커녕 오히려 바로잡아주었다. 그가 길가에 앉아 있고 그녀가 그에게 연장을 건네줄 때 그들은 분명히 좋은 친구들이었다.

그래 이것이 래일리 부부의 이야기라고 릴리는 생각했다. 그녀는 자신이 이 이야기를 부인에게 하는 장면을 머릿속에 그려보았는데, 부인은 래일리 부부가 어떻게 되었는지 몹시 궁금할 것이었다. 릴리는 이 결혼이 성공하지 못했다는 이야기를 부인에게 하면서 약간 의기양양해할 것이었다.

그림의 구성에서 잠깐 막히는 곳이 있어 손을 멈추고 생각에 잠긴 그녀는, 그러나 죽은 사람들이라니, 한 발자국 가량 물러서면서 죽은 자들이라니! 하고 생각하고는, 우리는 죽은 자들을 동정하고, 한쪽으로 밀어젖히고, 심지어는 약간 경멸하기까지 한다고 릴리는 중얼거렸다. 그들은 우리가 좌지우지할 수 있는 존재들인 것이다. 부인은 빛이 바래 사라졌다고 릴리는 생각했다. 우리는 죽은 부인의 욕망들을 무시하고, 그녀의 한계가 있는 구식 생각들을 얼마든지 개선할 수 있는 것이다. 부인은 우리에게서 점점 더 멀어진다. 속으로 비아냥거리며 릴리는 부인이 저기 세월의 복도 끝에서 말도 안 되는 많은 것 가운데서도 "결혼해라, 결혼해라!" 하고 말하고 있는 모습을 보는 듯했다. (바깥 정원에서 새들이 삐악거리기 시작하는 이른 아침에 몸을 꼿꼿이 세우고 앉아서.) 그리고 우리는 부인에게 래일리의 결혼이 당신의 소망과는 정반대로 되어버렸다고 말해야 할 것이었다. 그들은 그렇게 행복하고, 나는 이렇게 행복하다. 인생은 완전히 바뀌어버렸다. 그러고 보니 부인의 전 존재, 심지어는 그녀의 아름다움조차 한순간 먼지투성이이고 시대에 뒤떨어진 것처럼 보였다. 잠시 동안 릴리는 잔등이에 따가운 햇살을 받으며 거기에 서서 래일리 부부를 요약하면서 부인을 이긴 승리감을 맛보았는데, 부인은 폴이 어떻게 커피숍들을 드나들며 연애를 했는지 결코 모를 일이었고, 어떻게 그가 땅에 앉아 있고 민터가 그에게 연장을 건네주었는지, 어떻게 릴리가 여기 서서 그림을 그리고 있고 결코 결혼하지 않았으며 심지어는 윌리엄 뱅크스와도 결혼하지 않았는지 모를 일이었다.

부인은 릴리를 윌리엄 뱅크스와 결혼시킬 계획이었다. 어쩌면 만약 부인이 살아 있었더라면, 그녀는 이 일을 강제로라도 성사시켰을 것이었다. 이미 그해 여름에 그는 "가장 친절한 사람"이었다. 그는 "우리 남편이 그러는데 당대의 일류 과학자"였다. 그는 또한 "꽃을 꽂을 사람도 없는—그를 찾아갔을 때 집에 좋은 물건이라고는 하나도 없는 것을 보면 나는 우울해져요—불쌍한 윌리엄"이었다. 그래서 그들은 함께 산보도 했고, 또 부인은 이따금 남들에게서 동조받지 못하는 부인 특유의 비꼬는 어조로 릴리를 가리켜 과학적인 두뇌의 소유자이고, 꽃을 좋아하고, 대단히 정확하다는 말을 서슴지 않고 했다. 부인의 이 누구나 결혼시키려는 열망의 정체는 무엇이겠는가? 릴리는 그녀의 이젤에서 이리저리 움직이면서 생각해보았다.

(갑자기, 마치 별이 하늘에서 미끄러지듯이, 그렇게 갑자기, 붉

은 빛이 폴 래일리에게서 솟아나와 그녀의 두뇌를 불타게 하고 폴을 뒤덮는 것 같았다. 이 불은 멀리 있는 해안에서 원주민들이 축제의 표시로 피어올린 불처럼 치솟아올랐다. 그녀는 함성과 탁탁 불꽃 튀는 소리를 들었다. 여러 마일에 걸친 바다 전체가 빨간색과 금색으로 변했다. 포도주 냄새가 그것과 섞여서 그녀를 취하게 했는데, 이는 그녀가 또다시 벼랑 끝에서 몸을 던져 해안에 있는 진주 브로치를 찾아내려고 물에 빠져들고 싶은 강렬한 욕망을 느꼈기 때문이었다. 그리고 그 황황대고 툭탁거리며 타는 소리가 그녀에게 불쾌감을 안겨주면서 두려움과 지겨운 감정을 불러일으켰다. 마치 그 속의 화려함과 위력을 그녀는 인정할 수 있으면서도 동시에 그 불길은 집 안의 보물들을 탐욕스럽게, 그리고 진절머리나게 희생시키고 있기나 한 듯이. 그래서 그녀는 그 불길을 저주했다. 하지만 하나의 볼거리로서, 하나의 영광으로서 그것은 그녀가 여지껏 경험한 모든 것을 능가하고 바다의 가장자리에 있는 사막의 섬에서 신호의 불처럼 해마다 타고 있었고, 우리는 "사랑하고 있다"고 말만 하면 즉시 지금처럼 폴의 불이 다시 치솟았다. 그리고 그것은 사그라졌고 그녀는 웃으면서 '래일리 부부', 하고 생각했다. 즉 폴이 어떻게 커피숍들을 드나들며 장기를 두었는가를 생각했다.)

릴리는 가까스로 모면했을 따름이라고 생각했다. 그녀는 식탁보를 바라보고 있었는데, 갑자기 나무를 중앙으로 옮겨놓고, 절대로 아무와도 결혼을 할 필요가 없다는 생각이 떠올라서 대단히 기뻤다. 그녀는 이제는 부인과 당당히 맞설 수 있다고 느꼈다. 이는 말하자면 사람을 제압하던 부인의 놀라운 힘에 대한 찬사였던 것이다. 그녀가 이렇게 하세요, 하면 우리는 그렇게 했다. 심지어는 제임스와 함께 있는 그녀의 그림자가 창에 비친 모습에도 권위가 충만해 있었다. 릴리가 모자상母子像의 의미를 무시한다고 윌리엄 뱅크스가 몹시 충격을 받던 일을 기억했다. 저 모자의 아름다움을 경탄하지 않아요? 그는 말했다. 하지만 릴리가 그것은 불경이 아니라고, 한쪽이 밝으면 다른 쪽은 어두워야 한다는 식으로 설명하자 윌리엄은 현명한 어린아이와도 같은 눈으로 그녀의 말을 경청했던 일을 기억했다. 그녀는 그들이 둘 다 인정하는, 라파엘이 신성하게 다룬 이 모자상의 주제를 비방하려는 의도가 아니었다. 그녀는 절대로 냉소적이 아니었다. 오히려 그 반대였다. 그의 과학적 두뇌 덕분에 그는 이해했는데—이것은 그녀를 굉장히 기쁘게 하고 위로한 공평무사한 지력의 증거였던 것이다. 그렇다면 우리는 남자에게 그림 이야기를 진지하게 할 수도 있는 것이다. 진정으로 그의 우정은 그녀의 인생의 기쁨 중 하나였다. 그녀는 윌리엄 뱅크스를 사랑했다.

그들은 함께 햄톤 코트 공원[2]으로 놀러도 갔었고, 그럴 때면 그는 늘 그녀에게 완벽한 신사답게, 그녀가 화장실에 가면 강변을 거닐면서 그녀에게 충분한 시간 여유를 주었다. 이것이 그들 관계의 전형적인 모습이었다. 많은 것들이 말해지지 않은 채로 남겨졌다. 그러고 나서 그들은 궁정의 뜰을 거닐며, 해마다 여름이면 균형잡힌 건축미나 꽃들을 찬탄했으며, 그는 걸으면서 원근법과 같은 건축에 관한 이야기를 했고, 걸음을 멈추고 나무 아니면 호수 위의 경치를 바라보고 어린아이를 귀여워하곤 했다—(이것은 그의 커다란 슬픔이었는데—그에게는 딸이 없었다.) 이때의 그의 태도는 멍청하고 초연한 것이었는데, 그도 그럴 것이 주로 실험실에서 많은 시간을 보내는 그가 실험실 밖으로 나오면 세상은 그를 현기증나게 했기 때문이다. 그래서 그는 천천히 걷

2 런던의 교외, 템즈 강변에 있는 왕실 별궁이 있는 곳.

고, 머리를 위로 젖히고 단순히 숨을 쉬기 위하여 손을 들어 눈을 가리고 걸음을 멈추었다. 그러고 나서 그는 그녀에게 그의 가정부가 휴가 중이라고 말하곤 했다. 그는 층계에 깔 카펫을 새로 사야 하는데, 그녀는 어쩌면 그와 함께 갈는지도 모를 일이었다. 그리고 한번은 무엇인가가 계기가 되어 그가 램지 부부에 관하여 이야기하게 되었고 그가 부인을 처음 보았을 때 그녀는 회색 모자를 쓰고 있었다고 말한 적이 있었는데, 그때 그녀는 열아홉 혹은 스물을 넘기지 않고 있었다고 했다. 부인은 기가 막히게 아름다웠다. 마치 그가 분수들 사이에서 그녀의 모습을 볼 수 있기나 한 것처럼 햄톤 코트 공원의 거리를 내려다보고 서 있었다.

이제 릴리는 거실의 층계를 바라다보았다. 그녀는 윌리엄의 눈을 빌어 평화롭고 말이 없으며 눈을 내리깔고 있는 한 여인의 모습을 보았다. 그녀는 골똘하게 생각에 잠겨 앉아 있었다. (그녀는 그날 회색 옷을 입고 있었다고 릴리는 생각했다.) 부인은 눈을 내리깔고 있었다. 그녀는 절대로 시선을 들지 않을 것이었다. 그렇다, 주의깊게 바라보면서, 그러한 모습의 부인은 틀림없이 보았을 테지만 회색 옷을 입고 있지는 않았고, 그렇게 조용한 모습도, 그렇게 젊고, 그렇게 평화로운 모습도 분명히 아니었다고 릴리는 생각했다. 그렇게 부인의 모습은 곧 떠올랐고, 부인은 윌리엄이 말한 것처럼 기막히게 아름다웠다. 하지만 아름다움이 전부는 아니었다. 아름다움은 벌점을 가지고 있었나니 ― 그 대가는 너무도 완벽하게 찾아온다. 그것은 삶을 정지시켰다 ― 삶을 냉각시켰다. 우리는 홍조라든가 창백한 안색이라든가 어떤 일그러짐이라든가 명암 따위처럼 일순간 사람의 얼굴을 몰라보게 만들면서도 그 뒤로는 영구히 그 얼굴에 어떤 새로운 성질을 부여하는 각종의 자질구레한 홍분을 잊어버리기 일쑤이다. 그런 것들을 일관해서 아름다움이라는 덮개 밑에 뭉뚱그려 생각하면 간단해진다. 하지만 부인이 머리에 사슴 사냥꾼의 모자를 아무렇게나 뒤집어 쓰고 있었을 때, 혹은 잔디밭을 가로질러 달리거나 정원사 케네디를 나무랄 때 그녀의 표정은 어떠했던가, 릴리는 생각해보았다. 누가 그녀에게 알려줄 수 있겠는가? 누가 그녀를 도와줄 수 있겠는가?

그녀의 의지에 반反하여 그녀는 표면 위로 올라와서, 마치 비현실적인 것들을 바라보는 것마냥 약간 멍청해져서 카마이클 씨를 바라보면서 그림에서 반쯤 떠나 있는 자신을 발견했다. 그는 양손을 배 위에 깍지낀 채, 책을 읽는 것도 아니고 그렇다고 잠을 자는 것도 아니고, 삶의 포만감을 느끼는 사람처럼 햇볕을 쪼이고 있었다. 그의 책은 잔디밭 위에 떨어져 있었다.

그녀는 곧바로 그에게 다가가서 "카마이클 씨!" 하고 부르고 싶었다. 그러면 그는 늘 그런 것처럼 안개 낀 것처럼 희미한 초록빛 눈으로 인자하게 올려다볼 것이었다. 하지만 우리는 용건이 분명할 때만 사람을 깨우는 법이다. 그런데 그녀는 한 가지가 아니라 모든 것을 말하고 싶었다. 생각을 파괴하는 작은 말들은 사실은 아무 말도 아닌 것이다. '인생에 관해서, 죽음에 관해서, 램지 부인에 관해서'—아니다, 우리는 아무에게도 아무 이야기도 할 수 없다고 릴리는 생각했다. 그 순간의 절박감으로 인해 항상 이야기를 정확하게 하지 못하게 된다. 단어들은 옆으로 펄럭이고 따라서 몇 인치 낮게 있는 물체를 맞히게 된다. 그렇게 되면 우리는 포기하고, 또 그렇게 되면 그 생각은 다시 가라앉고, 우리는 대부분의 중년의 사람들처럼 양미간에 주름살이 생기고 끊임없이 근심하는 표정을 지니게 되고, 조심스럽고 은밀해진다. 어떻게 우리가 육체가 느끼는 이 감정들을 말로 표현할 수 있는가? 저기 있는 저 공허를 표현할 수 있단 말인가? (그녀는 거실 층계들을 바라보고 있었는데, 그것들은 유난히 공허해 보였다.) 이것은 지력의 느낌이 아니라 육체의 느낌이었다. 층계들의 그 헐벗은 모습과 어울리는 육체적 감각들이 갑자기 극도로 불쾌해졌다. 원하면서 갖지 못하는 것이 그녀의 몸에 온통 경직감, 공허감, 긴장감을 올려보냈다. 그러고 나서 원하면서 갖지 못하는 것—원하고 또 원하는 것—이것이 얼마나 그녀의 가슴을 쥐어짜고 또 쥐어짰던가! 오오, 램지 부인! 그녀는 조용히 배 옆에 앉은 그 진수眞髓, 부인으로 이루어진 저 추상적인 것, 회색 옷의 그 부인에게 마치 떠났고 그리고 떠났다가 다시 돌아온 부인을 나무라듯이 외쳤다. 부인 생각을 하는 것이 예전에는 그렇게나 안전해 보였었다. 유령, 공기, 공허, 낮이나 밤 어느 때에나 쉽고 안전하게 가지고 놀 수 있는 존재, 부인은 바로 그런 존재였는데, 그때 갑자기 부인은 손을 내밀어 이렇게 릴리의 가슴을 쥐어짰다. 갑자기 텅 빈 거실의 층계들, 실내 의자의 수실 장식, 테라스에서 재주를 넘는 강아지, 파도 전체 그리고 정원의 속삭임, 이 모두가 완전한 공허를 중심으로 수놓아진 곡선이나 아라베스크 무늬의 그림같이 되어버렸던 것이다.

"이것은 무슨 뜻인가? 당신은 이 모든 것을 어떻게 설명하는가?" 온 세상이 이 이른 아침 시간에 사색의 웅덩이 깊숙한 실재의 대야로 용해되어버린 것처럼 보여. 그녀는 다시 카마이클 씨에게로 돌아서면서 이렇게 말하고 싶었다. 예컨대 카마이클 씨가 말을 했더라면 작은 눈물 방울이 표면의 웅덩이를 갈라놓았을 것이라고 생각할 수 있을 지경이었다. 그 다음에는? 무엇인가가 나타날 것이다. 손이 하나 밀어올려지든지, 면도칼 날이 번쩍일 것이었다. 물론 이것은 말도 안 되는 이야기였다.

결국 그녀가 말로 할 수 없는 것들을 그가 들었다는 이상한 느낌이 들었다. 그는 턱수염에 노란색 물질을 묻히고 다니는 이해하기 힘든 노인이었는데, 그의 시詩하며, 그의 수수께끼들이 그의 모든 욕구를 충족시켜주는 세상을 통하여 조용하게 항해해나아가서 그녀는 그가 잔디밭에 누운 채로 원하는 것 무엇이든지 손만 내밀면 건질 수 있다고 생각했다. 그녀는 자기의 그림을 바라보았다. 어쩌면 그것이 그의 해답이었는지도 모를 일이었다. '당신' 그리고 '나' 그리고 '그녀'가 지나가 사라지고, 머무는 것이라고는 아무것도 없으며, 모든 것이 변하지만 단어들이나 그림은 변하지 않는다는 사실. 하지만 내 그림은 다락방에나 걸릴 것들이라고 그녀는 생각했으니, 그것은 둘둘 말려서 소파 밑에 처박힐 것이었지만 설사 그렇다손치더라도 심지어 이 그림같이 하찮은 경우에도 예술의 영원성만은 진실로 담겨져 있는 것이다. 이것과 같이 극적거린 것에 불과한 이 그림에 대해서도, 어쩌면 이 실제의 그림이 아니라 이 그림이 시도한 것, 바로 그것이 '영원히 남는 것'이라고 말할 수 있는 것이라고 그녀는 말하려 하고 있었다. 아니 그렇게 말하는 것은 지나치게 자화자찬을 하듯이 들릴지 모르니까 그런 뜻을 암시해보려 했던 것이다. 그러나 그런 생각을 하며 그녀가 자기 그림을 바라보려 했을 때에 눈이 안 보이는 것을 깨닫고 그녀는 깜짝 놀랐다. 그녀의 눈에는 뜨거운 액체가 가득 차 있었는데 (그녀는 처음에는 눈물이라는 생각을 미처 하지 못했다) 잠시 후 그 액체는 굳게 다문 입술이 전혀 일그러지지도 않았는데 코가 매캐해지며 양볼을 타고 흘러내렸다. 그녀는 자신을 완벽하게 제어했다 — 오오, 그렇다! — 다른 모든 면에서는. 그렇다면 그녀는 어떤 불행도 의식하지 못한 채 램지 부인 때문에 울고 있었던가? 그녀는 늙은 카마이클 씨에게 말을 건넸다.

그렇다면 이것은 무엇인가? 이것은 무엇을 의미하는가? 사물이 손을 치켜 들고 우리를 잡을 수 있는가, 면도칼 날이 자를 수 있는가, 주먹은 잡을 수 있는가? 전혀 안전성은 없단 말인가? 이 세상의 운행 방식들을 암기한다는 것은 불가능하단 말인가? 안내도 없고, 안식처도 없으며, 모든 것은 기적이고, 첨탑에서 튀어올라 공중으로 사라지는가? 심지어는 나이 먹은 사람들에게조차도 인생은 이런 것이란 말인가? ―인생은 이토록 우리를 놀라게 해주고, 예기치 못한 것이고 미지의 것이란 말인가? 한순간 그녀는 만약 그들이 둘 다 일어난다면, 여기, 잔디에서 지금, 그리고 하나의 해명을 요구한다면, 왜 인생은 이리도 짧으냐고, 왜 인생은 이리도 해명 불가능한 것이냐고, 그들에게 아무것도 숨길 수 없는 두 명의 완전무결한 성인으로서 격렬하게 설명을 요구한다면, 그렇다면 아름다움이 부스스 몸을 일으켜 일어나고 공간이 충만해지고, 그 공허한 몸짓들이 어떤 형체를 이룰 것 같다고 릴리는 느끼고 있었다. 만약에 그들이 충분히 크게 소리를 지른다면 부인은 돌아올 것이었다. "램지 부인!" 그녀는 소리를 내서 "램지 부인!" 하고 불렀다. 눈물이 그녀의 얼굴에 마구 흘러내렸다.

6

[매칼리스터의 아들은 물고기 하나를 잡고 그 물고기의 옆구리에서 네모로 살을 떼어내어 낚싯밥으로 썼다. 살을 떼낸 물고기는(아직도 살아 있었는데) 다시 바닷속으로 던져졌다.]

7

"램지 부인!" 릴리는 외쳤다, "램지 부인!" 그러나 아무 일도 일어나지 않았다. 고통은 증폭되었다. 이 고뇌는 나를 이렇게 어리석게 만들 수 있구나, 하고 그녀는 생각했다! 어쨌거나 그 노인은 그녀의 말을 듣지 못했다. 그는 여전히 인자하고 태연자약했다—아니 숭고하다고 할 수 있었다. 천만다행히도 그녀의 고통을 중지시켜달라는 그 창피한 외침을 아무도 들은 사람이 없었다. 아무도 그녀가 작은 판자에서 전멸의 바다로 걸어 들어가는 것을 보지 못했다. 그녀는 여전히 화필을 들고 서 있는 삐쩍 마른 노처녀였다.

그리고 이제 천천히 욕구의 아픔 그리고 그 신랄한 노여움이(그녀가 다시는 부인 때문에 슬퍼하지 않을 것이라고 생각했을 때 다시 불려진 데 대한 분노. 그녀가 아침식사 때 커피잔들 사이에서 부인을 그리워했던가? 전혀 아니었다) 감소되었고, 그리고 그 아픔과 노여움의 고뇌는 그녀에게 그 자체가 시원한 선약仙藥과 같은 구실을 하는 해방감을 제공하여주었고, 또 신비스럽게도 거기 누군가가 있다는 느낌, 부인이 있다는 느낌, 이 부인은 세상이 릴리에게 부과한 무게를 한순간 면제해주는 듯 그녀 옆에 날렵하게 자리잡고 그러고는 (이것이 부인의 최고로 아름다운 모습이었다) 그녀가 죽어서 묻힐 때 가지고 간 화환을 이마에 대고 서 있는 것이었다. 릴리는 튜브에서 물감을 다시 짜내었다. 그녀는 울타리 문제를 공격했다. 램지 부인이 그녀 특유의 잽싼 걸음걸이로, 보랏빛의 보드라운 들판과 히야신스와 백합 꽃밭 사이를 총총히 걷다가 사라지는 모습을 또렷하게 릴리가 볼 수 있었음은 참으로 신기하였다. 이것은 화가의 눈이 요술을 부리는 것이었다. 부인의 죽음에 대한 이야기를 듣고 난 후 여러 날 동안 릴리는 이렇게 부인의 모습을 보아왔는데, 즉 이마에 화환을 얹고 들판을 가로질러 그림자처럼 그녀의 동반자인 죽음의 그림자와 더불어 무조건 가는 것이었다. 그 모습, 그 구절은 마음을 달래주는 힘을 지니고 있었다. 그녀가 어디서 그림을 그리고 있든지, 여기 시골에서 혹은 런던에서, 이 환영은 그녀를 찾아오곤 했고, 그녀는 눈을 반쯤 지그시 감으면서 통찰력의 기반이 될 그 어떤 것을 모색했다. 그녀는 시선을 떨구어 기차, 합승버스를 바라보고, 사람들의 어깨나 볼을 더듬었고, 맞은편의 유리창들과 저녁 때에 가로등들이 즐비한 피카딜리 거리를 바라다보았다. 이 모든 것이 죽음의 들판 일부를 이루어왔다. 하지만 언제나 어떤 것이—그것은 하나의 얼굴일 수도, 하나의 목소리, 신문 사라고 외쳐대는 신문팔이 소년일 수도 있었는데,—밀치고 지나가고, 그녀를 팔꿈치로 밀어붙이고, 그녀를 깨우고, 통찰력이 영구하게 재창조되도록 주의할 것을 요구했고, 종국에 가서는 그것을 획득했다. 이제 또다시 거리와 파란색에 대한 본능적인 욕구에 의하여 그녀는 발 밑의 굽이굽이 줄지어진 푸른 파도를 굽이치는 산맥이라 생각하고 돌이 많은 들판을 보랏빛 짙은 공간이라고 생각했다. 다시 그녀는 늘 그랬던 것처럼 무언가 어울리지 않는 것을 발견하고는 정신이 번쩍 들었다. 만의 한가운데에 갈색 점이 하나 있었다. 그것은 한 척의 배였다. 그렇다, 그녀는 잠시 후에 이 사실을 인지했다. 하지만 누구의 배지? 램지 씨의 배, 그녀는 대답했다. 램지 씨, 그녀 옆으로 손을 들고 초연하게, 아름다운 구두를 신고 그녀에게 동정을 요구하면서 행렬을 앞장서서 행군해간 사람, 그런데 그녀는 그의 요구를 거절했던 것이다. 그 배가 지금 만을 가로질러 반쯤 가고 있었다.

여기저기에 불어대는 한 줄기의 바람을 제외한다면 아침은 너무도 상쾌해서 마치 돛들이 하늘 높직이 걸려 있거나 아니면 구름들이 바닷속으로 떨어져내리기나 한 것처럼 바다와 하늘이 맞닿아 있는 듯했다. 바다 저 멀리 떠 있는 증기선 한 척이 대기 속으로 거대한 연기의 두루마리를 뿜어내어 연기는 발이 고운 가제 조각이 물건을 감싸고 이리저리 흔드는 것과 같은 공기 속에서 정체하고, 맴돌아 무슨 장식 무늬를 그리는 듯이 보였다. 그리고 날씨가 유난히 좋을 때 이따금 그렇듯이 절벽들이 마치 배들을 의식하고 있고, 배들은 절벽을 의식하고 있어서 그들이 서로서로에게 자신들 고유의 어떤 메시지를 보내는 것처럼 보였다. 등대는 이따금 육지에서 근거리에 있는 것처럼 보일 때도 있었지만, 오늘 아침처럼 아지랑이로 몽롱한 날에는 엄청나게 먼 곳에 있는 것도 같았다.

'그들은 지금쯤 어디에 있을까?' 릴리는 바다를 내다보면서 생각했다. 말없이 그녀를 지나쳐 옆구리에 갈색 종이 꾸러미를 들고 간 바로 그 노인은 어디 있는가? 배는 만의 한가운데에 있었다.

8

캠은 파도가 일었다 가라앉았다 하면서 꾸준히 더 멀어지고 더 평화로워지는 해안을 바라보며 그들은 저기서 아무것도 느끼지 않는다고 생각했다. 그녀가 손을 바다에 담궈 물살을 그었을 때 그녀의 마음은 그 초록색 속의 작은 소용돌이와 물결 속에서 솟아나온 질서정연한 무늬를 구성하였다. 그리고 해저 식물의 흰 가지 사이에 진주알이 송아리져 있었고, 반투명의 초록빛에 감싸여 있는 인간의 정신과 육체 전체를 변화시킬 초록색 광선이 지배하는 그 바다 밑바닥을 상상 속에서 헤매며 죽은 듯이 앉아 있었다.

그러자 소용돌이는 그녀의 손 주위에서 느슨해졌다. 급류는 멎었고, 세상은 찍찍거리는 소리로 가득 차게 되었다. 마치 그들이 항구에 정박하기나 한 것처럼 배의 옆구리에 파도가 부서지며 찰삭거리는 소리가 들렸다. 모든 것이 대단히 가까워졌다. 제임스가 눈을 고정시키고 있던 돛이 그가 잘 아는 사람같이 되더니 완전히 늘어져버렸다. 그 배는 완전히 정지했다. 육지에서나 등대에서나 여러 마일 떨어진 이곳 뙤약볕 속에서 바람이 불어주기를 기다리며 서성거리게 된 것이다. 전세계의 모든 것이 정지한 것 같았다. 등대는 부동 자세였고, 먼 해안선은 고정이 되어버렸다. 태양은 점점 더 뜨거워졌고 모든 사람이 매우 가깝게 모여들어서, 거의 잊어버렸던 서로서로의 존재를 느끼는 듯했다. 매칼리스터의 낚싯줄은 곧바로 바닷속으로 들어갔다. 그러나 램지 씨는 다리를 꼬고 앉아서 계속 책을 읽고 있었다.

램지 씨는 물가에서 노는 새의 알과도 같은 얼룩덜룩한 표지의 작고 반짝이는 책을 읽고 있었다. 이따금 그들이 이 끔찍한 고요 속에서 어슬렁거리고 있었을 때 그는 책장을 한 장 넘겼다. 그리고 제임스는 각 장이 자기를 노리고 특이한 제스처로 넘겨지고 있다는 사실을 느꼈는데, 어떤 때는 자신만만하게, 또 어떤 때는 경련적으로, 또 다른 때는 사람들이 그를 동정하게 만들 의도로. 그리고 항상 그의 아버지가 책을 읽고 그 작은 페이지들을 한 장씩 넘길 때 제임스는 아버지가 시선을 들고 이러저러한 것에 관하여 그에게 날카롭게 말을 건넬 순간을 계속 두려워했다. 왜 여기서 꾸물대는 거지? 라고 그는 물을 것이었다. 아니면 이와 유사한 완전히 비합리적인 질문을 던질 것이었다. 그리고 만약 아버지가 이런 질문을 던지면, 그러면 나는 칼을 꺼내 그의 심장을 찔러야지, 하고 제임스는 생각했다.

그는 칼을 뽑아 아버지의 심장을 내리친다는 해묵은 상징을 언제나 마음속에 간직하고 있었다. 단지 이제 그가 점점 나이를 먹고 격노의 불발탄을 마음속에 지닌 채 그의 아버지를 노려보고 앉아 있을 때 그가 죽이고 싶어한 사람은 책을 읽고 있는 저 노인이 아니라 아버지에게 내려앉은 것—어쩌면 아버지 자신은 그것을 모르고 있을지도 몰랐다. 검은 날개와 냉정하고 야무진 부리와 발톱을 가진 그 하피 독수리[3], 우리를 연방 공격하는 바로 그놈임을 (그가 어렸을 때 그의 종아리를 쪼아대던 그 부리의 아픔을 지금도 느낄 수 있다) 깨달았다. 그 하피 독수리는 그를 공격한 다음 슬쩍 몸을 피해 저리로 옮겨 앉으면서 다시 책을 읽고 있는 슬픈 노인으로 돌변한다. 제임스는 죽이고 싶었다, 그는 심장을 찌르고 싶었다. 그가 무엇을 하든지—(그리고 그는 어떤 일이라도 할 수 있다고 등대와 먼 해안을 바라보면서 생각했다) 그가 사업을 하고 있든지 은행에 근무하든지 법정변호사이든지 어떤 기업체의 장이든지 간에 그는 바싹 쫓아가서 발을 구르고 싶었다—폭정, 전제주의, 그는 그것을 그렇게 불렀다—사람들에게 그들이 하고 싶지 않은 것을 강제로 하게 만들고, 그들의 말할 권리를 말살해버리는 것. 그들 중의 그 누가 아버지가 등대에 가자, 이것을 해라, 저것을 가져와라 했을 때 어떻게 "하지만 나는 하지 않겠어요"라고 말할 수 있는가. 검은 날개들은 펼쳐졌고, 단단한 부리는 쪼아대었다. 그러고 나서 다음 순간에 거기 그는 책을 읽으면서 앉아 있었던 것이니, 그는 언제라도 시선을 들 수 있었던 터이다. 그는 매칼리스터에게 말을 건넬 수도 있다. 그는 거

3 신화에 나오는 괴물, 얼굴은 여자, 날개와 발톱이 있는 욕심꾸러기.

리에 있는 어떤 얼어붙은 늙은 여인의 손에 일 파운드짜리 금화를 쥐어줄 수도 있고, 어부의 놀이를 구경하다 고함을 칠 수도 있으며, 흥분해서 양팔을 공중에 휘두르고 있을 수도 있다고 제임스는 생각했다. 아니면 그는 식사하는 동안 내내 한마디 말도 하지 않고 식탁의 상좌에 앉아 있을 수도 있다. 배가 찰싹거리고 작열하는 태양 속에서 꾸물거리고 있을 때 제임스는 그렇게 생각했고, 거기에는 눈밭과 바위가 대단히 외롭고 엄숙하게 펼쳐져 있었고, 그리고 최근에는 대단히 자주 거기에서 그의 아버지가 다른 사람들을 놀라게 하는 어떤 말을 하거나 어떤 행위를 할 때면 단지 두 쌍의 발자국만, 그 자신의 것과 그의 아버지의 것만이 있을 뿐이라는 사실을 느끼기에 이르렀다. 그들만이 서로를 이해했다. 그렇다면 이 공포, 이 증오는 또 무엇이란 말인가? 과거가 그의 내면에 끼워넣은 많은 휘장 사이에서 몸을 돌려 빛과 그림자가 서로 얽혀 바둑무늬를 만들어 모든 형태가 일그러지고, 한 번은 눈에 햇빛이 들어오는 바람에, 또 어떤 때에는 어두운 그림자 때문에 큰 실수를 범하고 그 숲의 한가운데를 노려보면서, 그는 그의 감정을 구체적인 형상으로 식히고 떼어내고 매듭을 지을 수 있는 이미지를 모색했다. 그렇다면 만약에 무기력하게 유모차를 타고 있거나 누군가의 무릎 위에 안겨 있는 아이였을 때 마차가 누군가의 발을 으깨는 것을 아무것도 모르는 채 보았다면? 만약에 매끈하고 온전한 잔디밭에서 그가 발을 먼저 보고, 그 다음에 바퀴 그리고 같은 발이 으깨져서 보라색이 된 것을 보았다면? 그러나 바퀴는 죄가 없었다. 그래서 지금 아버지가 성큼성큼 복도를 걸어 내려와 이른 아침에 등대에 가자고 그들을 깨웠을 때 그것은 그의 발 위에, 캠의 발 위에 누구의 발 위에도 내려왔다. 우리는 앉아서 그것을 지켜본 것이다.

그러나 누구의 발을 그는 생각하고 있는 것이며, 어떤 정원에서 이 모든 일이 일어났는가? 이 장면들에는 배경이 있는 것이다. 거기서 자라는 나무들, 꽃들, 어떤 빛, 몇몇 인물들. 모든 것이 이 우울감이 전혀 없는 정원에서 자리잡는 경향이 있다. 절망적으로 손을 사방에 휘두르는 것도 없고, 사람들이 보통 목소리로 말을 주고 받는 정원을 배경으로 하는 듯이 보였다. 사람들은 온종일 들락거렸다. 부엌에서는 늙은 여인이 한담하고 있었고, 커튼은 바람에 빨려 들어갔다 나왔다 했고, 꽃들은 한창 피고 있었고, 모든 것은 자라고 있었고, 그 모든 접시와 그릇 위로, 키가 크고 흔들리고 있는 빨갛고 노란 꽃들 위로 대단히 얇은 노란 베일이 밤이면 담쟁이덩굴처럼 드리워지곤 했다. 밤이면 사물은 더 조용해졌고 더 검어졌다. 그러나 잎사귀와도 같은 베일은 너무도 섬세해서 빛들이 그것을 들어올렸고, 못 고리들은 그것을 바스락거리게 했으며, 그는 베일을 뚫고 허리를 구부리고 있는 한 사람을 볼 수 있었고, 가까이 가자 떠나면서 옷자락이 서걱거리는 소리, 체인이 쩔렁거리는 소리를 들을 수 있었다.

바퀴가 그의 발 위로 지나간 것은 이런 세계에서 있었던 일이었다. 무엇인가가 남아서 그의 위에 그림자를 드리우고, 움직이려 들지 않았던 일을, 무엇인가가 공중에서 번뜩였고, 털도 없이 예리한 어떤 것이 마치 칼날처럼, 언월도처럼, 그 행복한 세계 속으로까지 침입하고 난폭하게 그들을 움츠리고 쓰러지게 만들었음을 그는 회상하였다.

"비는 올거야." 그는 그의 아버지가 하던 말을 기억했다. "너희들은 등대에 갈 수 없을 거야."

그때 등대는 저녁의 어스름 속에서 부드럽게 떠도는, 노란 눈을 가진 은빛의 안개처럼 보이는 탑이었다. 그런데 지금은—

제임스는 등대를 바라보았다. 그는 하얗게 파도에 씻긴 바위들을 볼 수 있었는데, 탑은 헐벗은 상태에서 곧바로 치솟아 있었다. 그는 탑이 흑색과 백색으로 알록달록하게 칠해져 있음을 볼 수 있었고, 그 안의 유리창들을 볼 수 있었으며, 심지어는 바위 위에 말리기 위하여 널어놓은 빨래까지 볼 수 있었다. 그래, 저것이 등대였단 말인가?

아니, 다른 것도 등대였다. 아무것도 단순히 한 가지는 아니니까. 다른 등대도 진짜였다. 등대는 때로는 저편에서는 잘 안 보일 때도 있었다. 저녁이면 우리는 눈을 들어 떴다 감았다 하는 모습을 보았고, 빛은 그들이 앉아 있는 그 공기 맑고 양지바른 정원에까지 다을 듯이 보였다.

그러나 그는 정신을 차렸다. 그가 "그들" 혹은 "한 사람"이라고 말할 때마다, 그러고 나서 누군가가 오고 있는 서걱거리는 소리, 누군가가 떠나느라고 절그럭거리는 소리를 듣기 시작할 때마다 그는 방에 있는 사람이 누구이든 간에 그 존재에 대하여 극도로 민감해졌다. 지금은 그 존재가 그의 아버지였다. 긴장감은 대단했다. 만약에 즉시 바람이 불지 않으면 아버지는 책 표지를 철썩하고 닫아버리고 "무슨 일이야? 왜 우리가 여기서 꾸물대고 있는 거지, 응?" 하고 말할 것이었는데, 전에도 한번 테라스에서 제임스와 어머니 사이에 그의 칼날을 내리쳐서 그녀가 온통 경직된 적이 있었는데, 그때처럼, 그리고 만약에 가까이에 도끼나 칼이나 끝이 예리한 것이 있었다면 그는 그것을 쥐고 아버지의 심장을 푹 찔러버리고 말았을 것이었다. 그는 전신이 경직되었고, 그러고 나서 그녀의 팔이 느슨해져서 그녀가 더 이상 그의 이야기를 듣고 있지 않다는 것을 느꼈다. 그녀는 어떻게 해서인가 일어나서 가버리고 그는 가위를 잡고 마루에 앉아서 홀로 남아 무기력하고 우스꽝스러운 꼴이 되어 있었다.

바람 한 점 불지 않았다. 바닷물은 서너 마리의 고등어가 그들의 몸을 덮어줄 만큼 충분히 깊지 않은 물 웅덩이에서 꼬리를 위아래로 흔들어대고 있는 배의 밑바닥에서 킬킬거리고 그르럭거리고 있었다. 언제라도 램지 씨는 (제임스는 아버지를 바라다볼 용기가 없었다) 정신을 차리고, 읽던 책을 덮고, 날카로운 말을 할 것이었으나 당장은 책을 읽고 있어서 제임스는 몰래, 마치 판자가 삐걱거려서 파수 개를 깨우지 않을까 염려하듯이 은밀히 그날 어머니의 모습은 어떠했으며, 어디로 갔는가를 계속 생각했다. 그는 그녀를 따라 이 방 저 방으로 가기 시작했고 드디어는 마치 많은 사기접시에서 반사되기나 한 것 같은 파란 빛 속에서 그녀가 누군가에게 이야기하는 방에 다다라서, 귀를 기울였다. 그녀는 그저 생각나는 대로 하인에게 이야기하고 있었다. 그녀만이 진실을 말했고, 그녀에게만 그는 말할 수 있었다. 어쩌면 이것이 그녀의 영원한 매력의 원천이었으니, 그녀는 우리가 머리에 떠오르는 대로 이야기할 수 있는 사람이었다. 그러나 그녀 생각을 하고 있는 동안 내내 그는 아버지가 그의 생각을 따라오면서 관측하고, 그것을 떨게 만들고, 더듬거리게 하는 것을 의식하고 있었다. 드디어 그는 생각을 멈추었다.

그곳에서 그는 키의 손잡이에 손을 얹은 채 햇빛을 받으며, 등대를 노려보며, 움직일 힘도 없이, 하나씩 마음속에 자리잡은 이들 비참의 낱알들을 떨구어버리지 못한 채 앉아 있었다. 밧줄이 그를 묶는 듯했고, 아버지가 그것의 매듭을 지었으며 그는 단지 칼을 잡아 그것을 찔러야만 이 상황을 모면할 수 있었다. 그러나 바로 그 순간 돛이 천천히 둥글게 흔들거리고, 천천히 바람을 받아, 배는 흔들리는 듯했고, 반쯤 잠든 상태에서 움직여나가기 시작했다. 그러고 나더니 배는 깨어나 쏜살같이 파도를 가르고 질주해갔다. 안도감은 대단했다. 그들은 또다시 서로서로에게서 떨어져나가 편안한 것 같았고, 낚싯줄들이 배의 옆구리를 가로질러 팽팽하게 비스듬히 드리워졌다. 하지만 아버지는 깨어나지 않았다. 그는 단지 오른손을 신비롭게 공중 높직이 치켜들고, 마치 어떤 은밀한 교향악을 지휘라도 하듯이 손을 다시 무릎에 떨어뜨렸다.

9

[릴리 브리스코우는 아직도 서서 만 저 너머를 바라보면서, 오점 하나 없는 바다라고 생각했다. 바다는 만을 가로질러 비단처럼 뻗쳐 있었다. 거리란 비상한 힘을 발휘했으니, 그들은 그 속에 삼켜져 영원히 살아가면서, 자연의 일부가 되어버렸다고 그녀는 생각했다. 바다는 매우 잔잔했다. 증기선은 자취를 감추었으나 거대한 연기의 두루마리는 아직도 공중에 걸려 있었고, 슬프게 이별을 고하는 깃발처럼 늘어져 있었다.]

10

캠은 다시 한 번 손가락으로 파도를 가르면서, 그러니까 섬이란 이런 것이었구나, 하고 생각했다. 그녀는 여지껏 섬을 바다에 나와서 본 적이 없었다. 섬이란 바다 위에 이렇게 놓여 있는 것이구나, 중간이 쑥 들어가고, 두 개의 가파른 바위가 있고, 그것들을 바다가 휩쓸고 지나, 섬의 양켠에 그 바다가 여러 마일 퍼져나가는 것이구나. 섬은 대단히 작았다. 마치 잎사귀가 거꾸로 서 있는 형상이었다. 그래서 우리는 작은 배를 타고 침몰하는 배에서 도망치는 모험담을 이야기하기 시작하고 있다고 그녀는 생각했다. 그러나 바닷물이 손가락 사이를 흘러나가고, 손가락들 위에서 해초의 물보라가 사라지자 그녀는 진지하게 이야기하고 싶지 않았다. 그녀가 원하는 것은 모험과 도피의 느낌뿐이었다. 그녀는 배가 계속 항해해나아가는 동안에 방위方位에 대한 아버지의 노여움이나, 협정 이행에 대한 제임스의 집념, 그리고 그녀 자신의 고민, 이 모든 것이 미끄러져나가고, 모두 지나가버리고, 모두 흘러가버렸다고 생각하고 있었기 때문이다. 그러면 다음에는 무엇이 오지? 그들은 어디로 가고 있지? 바닷물에 깊숙이 담가서 얼음처럼 차디찬 그녀의 손에서 이 변화, 이 도피, 이 모험에서 기쁨의 분수가 (이렇게 그녀가 살아 있고, 현재 여기에 있다는 사실 그 자체가 기쁨이었다) 뿜어 올라왔다. 그리고 이 갑작스럽고 자연발생적인 기쁨의 샘에서 떨어지는 방울들이 어두운 그녀의 마음속에서 잠자고 있는 형체들 위에 떨어졌다. 그것은 실현되지는 않았지만 어둠 속에서 이따금 완전하게 불꽃에 반사되기도 하는 어떤 세계의 형체였다. 그것은 고대 희랍일 수도 있고, 로마나, 콘스탄티노플일 수도 있다. 비록 조그맣지만, 그리고 금이 뿌려진 물이 그것 안으로 또 그 주위로 흐르는, 거꾸로 선 나뭇잎 같은 형상이지만, 우주 가운데 확실히 자리잡고 있는 한 장소라고 그녀는 생각했다—심지어는 저 작은 섬도? 서재 안의 노신사들이 그녀에게 알려줄 수 있다고 그녀는 생각했다. 때때로 그녀는 일부러 정원에서 길을 잘못 든 듯이 서재로 들어가보았다. 거기에 그들은 나지막한 안락의자에 서로 마주보고 앉아 있었다. (그녀의 아버지와 같이 앉아 있는 사람은 카마이클 씨이거나 뱅크스 씨일 수 있다.) 누군가가 예수에 관해서 뭐라고 이야기한 일이나, 런던의 거리에서 매머드의 잔해가 발굴되었다든가, 아니면 나폴레옹은 어떤 인물이었나 따위에 관해서 해답을 얻지 못해 머리가 무척이나 혼란스러운 캠이 정원에서 들어섰을 때 그들은 『런던 타임스』를 읽고 있었다. 그때 그들은 그녀의 의문을 고매한 태도로 받아들이고 (그들은 회색빛 옷을 입고 있었으며, 그들에게서는 히드풀 냄새가 났다) 무릎을 꼬고 앉아서 신문을 뒤적이며 이따금 대단히 짤막한 말을 했다. 그냥 즐기기 위해서 그녀는 책장에서 책 한 권을 꺼내고, 아버지가 글을 쓰는 것을 지켜보며 거기에 서 있곤 했는데, 아버지는 이따금 작은 기침을 하면서, 아니면 맞은편에 앉은 다른 노신사에게 짤막한 이야기를 하면서, 노트의 한쪽에서 다른 쪽까지 대단히 깔끔하게, 대단히 고르게 글을 써나갔다. 그리고 그녀는 책을 펼쳐든 채 서서 우리는 여기서 우리의 생각이 무엇이든지 간에 물 속에 잠긴 나뭇잎처럼 팽창시킬 수 있다고, 그리고 만약 담배를 피우고 『타임스』를 소리 내어 뒤적거리고 있는 노신사들에게 아무 일이 없으면 이 세상은 무사한 것이라고 생각했다. 그리고 서재에서 글을 쓰고 있는 아버지를 지켜보면서 그녀는 (지금은 배 안에 앉아 있는) 아버지는 허영심의 노예도 아니고, 폭군도 아니며, 사람들이 그를 동정하기를 원하지도 않는다고 생각했다. 사실상 그는 그녀가 거기서 책을 읽고 있는 것을 본다면 그녀에게 될 수 있는 대로 부드럽게 그가 그녀에게 줄 수 있는 것이 없는가고 물을 것이었다.

이 사실이 틀리지 않도록 그녀는 물가에 사는 새의 알처럼 얼룩덜룩하고 반짝이는 표지를 한 작은 책을 읽고 있는 그를 바라보았다. 아니다, 그것은 옳았다. 지금 나를 바라보아, 그녀는 제임스에게 소리를 내어 말하고 싶었다. (그러나 제임스는 시선을 돛에 고정시키고 있었다.) 그는 냉소적인 짐승 같은 인간이야, 라고 제임스는 말할 것이었다. 그는 화제를 언제나 자기 자신과 그의 책들로 돌려, 라고 제임스는 말할 것이었다. 그는 참을 수 없을 정도로 이기적이야. 그중에서도 가장 나쁜 것은 그가 폭군이라는 점이지, 그러나 보라니까! 그녀는 그를 바라보며 말했다. 지금 그를 바라봐. 그녀는 다리를 꼬고 작은 책을 읽고 있는 그를 바라보았는데, 책의 내용은 모르지만 그녀는 노란 책장의 이 작은 책을 알고 있었다. 이 책은 작고, 빽빽하게 인쇄되어 있고, 그 안의 백지에는 그가 정찬에 십오 프랑을 썼다고 적어놓았으며, 포도주는 너무 많았다고, 그가 웨이터의 팁을 지나치게 많이 주었다고 써놓았으며, 그 종이의 하단에는 깔끔하게 합계가 나와 있었다. 하지만 그의 주머니 안에서 모서리들이 모두 떨어져나간 책에 씌어 있는 것이 무엇인지 그녀는 알지 못했다. 그가 무슨 생각을 하는지 그들 가운데 아는 사람이 하나도 없었다. 하지만 그는 그 일에 몰두해서, 그가 시선을 들었을 때에는 지금 잠시 그가 한 것과 같이 그것은 무엇을 보려고 든 것이 아니라 어떤 생각을 좀더 정확하게 분명히 하려는 것이었다. 그렇게 하고 나서는 그의 지력은 다시 달아났고 그는 독서에 뛰어들었다. 그는 마치 무엇인가를 안내하고 있거나, 아니면 거대한 양떼를 구슬리고 있거나, 그것도 아니라면 하나밖에 없는 좁은 길을 계속 올라가고 있기나 한 것처럼 책을 읽는다고 그녀는 생각했고, 때로는 그는 재빨리 그리고 곧바로 가서, 가시나무를 뚫고 지나갔고, 또 때로는 가지 하나가 그를 내리친 듯도 했고, 가시나무가 그를 눈멀게 하였으나 그는 그것 때문에 넘어지지 않으려 애를 썼고, 책장을 넘기면서 계속 읽어나갔다. 그리고 그녀는 침몰하는 배에서 도망치는 것에 관한 이야기를 자신에게 계속 하고 있었는데, 왜 그랬느냐 하면 그가 거기 앉아 있는 동안에는 안전했기 때문이다. 그녀가 정원에서 기어 들어와서 책 한 권을 꺼내었을 때 자신이 느낀 대로 안전했고, 노신사는 갑자기 신문을 내려놓고 나폴레옹의 인품에 관하여 신문 꼭대기 너머로 대단히 짤막한 말을 했다.

그녀는 바다를 넘어서 섬을 응시했다. 그러나 그 잎사귀는 예리함을 잃어가고 있었다. 그것은 무척이나 작았고, 대단히 멀리 있는 듯이 보였다. 이제는 해안보다 바다가 더 중요했다. 그들 주위에서는 파도가 일었다 가라앉았다 하고 있었고, 나무 토막 하나가 파도에 휘말려 미역을 감고 있었고, 갈매기 한 마리는 다른 갈매기를 타고 달리고 있었다. 그녀는 손가락을 물에 담그면서 여기쯤에서 배 한 척이 가라앉았는데, 하고 생각했고, 반쯤 잠든 상태에서 꿈꾸듯이 어떻게 우리는 각자 홀로 죽어가는가, 하고 중얼거렸다.

11

한 점의 오점도 없이 깨끗하고 또 어찌나 부드러운지, 돛이나 구름이 그 푸른 물 표면에 새겨져 있는 듯이 보이는 바다를 바라보면서 릴리 브리스코우는 그렇다면 대단히 많은 것이 거리에 달려 있는 것이라고 생각했다. 즉 사람들이 우리들 가까이에 있는가 멀리 떨어져 있는가에 많은 것이 달려 있다는 말이다. 램지 씨에 대한 그녀의 감정이 그가 만을 가로질러 점점 더 멀리 항해해가는 것에 비례해서 달라졌다. 그것은 더 길어지고 확산된 듯이 보였으며, 그는 점점 더 멀어지고 있는 것 같았다. 그와 그의 자녀들은 그 파란색, 그 거리에 삼켜져버린 것 같았다. 그러나 여기 잔디밭 위 가까이에서 카마이클 씨는 갑자기 투덜거렸다. 그녀는 웃었다. 그는 잔디밭에서 그의 책을 집어들었다. 그는 다시 바다 괴물처럼 푸푸거리면서 의자에 앉았다. 그것은 완전히 다른 모습을 그려냈으니, 그 이유는 그가 그렇게나 가까이에 있었기 때문이었다. 이제 다시 사위는 조용해졌다. 그들은 지금쯤은 잠자리에서 일어났을 거라고 집을 바라보면서 생각했으나 그곳에는 아무것도 모습을 드러내지 않았다. 그러나 그때, 그녀는 그들이 항상 식사가 끝나자마자 자신들의 일로 곧바로 떠났다는 사실을 기억해냈다. 이것은 이 침묵, 이 공허감 그리고 이 이른 아침 시간의 비현실성과 완전히 조화를 이루고 있었다. 그녀는 잠시 머뭇거리면서 길고 반짝이는 유리창문들과 깃털과도 같은 파란 연기를 바라보면서 이것이 때때로 사물들이 취하는 태도라고 생각했다. 그것들은 비현실적이 되었다. 그래서 긴 여행에서 돌아오면서, 혹은 앓고 난 후, 관습이 표면을 가로질러 뱅글뱅글 돌기 전에 우리는 이와 똑같은 비현실감을 느끼는데, 이것은 대단히 놀라운 것이었으니, 다시 말하자면 무엇인가가 나타나는 것을 느끼는 것이다. 그때 삶이 가장 생생했다. 우리는 편안할 수 있다. 다행히도 우리는 대단히 활기차게 잔디밭을 가로질러 가서, 앉을 자리를 찾으러 나오고 있을 늙은 벡위스 부인에게 다음과 같이 말할 필요가 없는 것이니, "오오, 안녕하십니까, 벡위스 부인! 날씨 좋지요! 용감하게도 햇빛 속에 앉으시려고요? 재스퍼가 의자들을 모두 치웠어요. 제가 하나 찾아드리지요!" 그러고는 늘상 하는 한담들. 우리는 전혀 이야기할 필요가 없다. 우리는 미끄러지고, 돛들을 사물들 사이로 사물들 너머로 흔들었다. (만에는 활동이 많았으니, 배들은 출발하고 있었다.) 만은 가장자리까지 가득 차 있었다. 그녀는 어떤 물질 속에 입술 있는 데까지 잠겨 있는 것 같았는데, 그 속에서 부유하고 침잠하고, 그렇다, 이 물은 그 깊이를 측정할 수 없을 정도로 깊었으니까. 그 물 속으로 그렇게나 많은 생명들이 흘러 들어갔다. 램지 가족의, 아이들의 그리고 모든 종류의 잡동사니들까지. 바구니를 들고 있는 빨래하는 여인네, 갈가마귀, 새빨간 포커꽃, 보랏빛과 회색빛 나는 초록색 꽃들, 이 모든 것을 어떤 공통된 감정이 받쳐주고 있었다.

어쩌면 완결성에 대한 바로 이러한 느낌이 십 년 전 그녀가 지금 서 있는 곳에 서서 이 장소를 사랑한다고 말하게 한 것인지도 모를 일이다. 사랑은 수많은 형태를 지니고 있다. 사랑을 하는 사람들 가운데는 사물의 요소들을 선택하여 그것들을 잘 배합함으로써 그들의 생애에는 존재하지 않는 전체감을 부여하고, 어떤 장면이나 어떤 사람들과의 만남을 (지금은 모두 뿔뿔이 떠나버린), 우리의 생각이 정체하고 사랑이 넘나드는 압축된 공 같은 것으로 만드는 재능을 가진 사람이 있을 수 있다.

그녀는 램지 씨의 돛단배의 갈색 점을 계속 바라보았다. 점심때쯤이면 등대에 다다를 것이라고 그녀는 생각했다. 그러나 바람이 다시 불기 시작하고 하늘 빛깔이 약간 변하고 바다 빛깔도 약간 변하여 배들이 그들의 위치를 바꾸더니 조금 전까지만 해도 기적적으로 고정된 듯하던 전망이 이제는 불안정해졌다. 바람은 연기의 자락을 이리저리 흔들고 다녔으며, 배들의 위치에는 뭔가 기분나쁜 구석이 있었다.

그녀 자신의 마음의 조화를 깨뜨리는 불균형이 있는 듯했다. 그녀는 이름 모를 슬픔을 느꼈다. 그녀가 그림 쪽으로 몸을 돌렸을 때 이 슬픔은 확인되었다. 그녀는 오전을 낭비하고 있었던 것이다. 이유야 어쨌거나 간에 그녀는 램지 씨와 그림이라는 두 개의 상반된 힘 사이에서 그 면도날 같은 균형을 달성해낼 수 없었으니까. 그런데 그것은 꼭 필요한 것이었다. 어쩌면 디자인에 무엇이 잘못되었는지도 몰라. 벽선을 없애버려야 하는 것일까, 나무들이 너무 무거운 건가? 그녀는 아이러니컬하게 미소를 지었는데, 시작할 때는 문제를 해결했다고 생각했기 때문이었다.

그때 문제가 무엇이었던가? 기억을 빠져나간 어떤 것을 잡기 위해 애를 써야 한다. 그것은 그녀가 부인을 생각했을 때 뇌리에서 빠져나갔는데, 이제 그림 생각을 했을 때 다시 그녀의 뇌리를 빠져나갔다. 문구들이 생각났다. 환영들이 찾아왔다. 아름다운 그림들, 아름다운 문구들. 그러나 그녀가 포착하기를 바라는 것은 바로 다름아닌 신경에 걸리는 소리, 그것이 어떤 것으로 만들어지기 전의 그것 자체였다. 그것을 잡아서 다시 시작하라, 그것을 잡아서 다시 시작하라고 그녀는 이젤 앞에 다시 견고하게 서면서 필사적으로 말했다. 그림을 그린다든가 어떤 감정을 느낀다든가 하는 인간의 장비는 비참하고, 효율성이 대단히 낮은 기계라고 그녀는 생각했다. 이 기계는 항상 중요한 순간에 고장이 난다. 우리는 용감무쌍하게 그 기계가 계속 가동되도록 해야 한다. 그녀는 상을 찌푸리고 노려보았다. 과연 거기에는 울타리가 있었다. 그러나 간곡하게 애원해봐도 얻는 것은 아무것도 없었다. 다만 벽선을 바라보거나 또는 부인이 회색 모자를 쓰고 있었다는 생각 따위를 하는 것의 대가가 고작 아플 정도의 눈부심에 지나지 않을 수도 있다. 부인은 말할 수 없이 아름다웠다. 올 테면 오라고 그녀는 생각했다. 우리가 생각도 할 수 없고 느낄 수도 없는 순간들이 있는 법이니까. 그리고 만약 우리가 생각할 수도 없고 느낄 수도 없으면 우리는 어디에 있는 거지? 하고 그녀는 생각했다.

그녀는 앉아서 브러시로 질경이들의 작은 땅을 면밀히 검사하면서 내가 설 땅은 여기 잔디밭 위, 이 땅 위라고 생각했다. 잔디는 대단히 거셌다. 여기 세상 위에 앉아서, 그녀는 생각했는데, 모든 것이 오늘 아침 처음으로, 아니 어쩌면 마지막으로 일어나고 있다는 느낌에서 해방될 수가 없었기 때문에, 마치 여행자가 비록 반쯤은 잠이 든 상태에 있다 하더라도 차창 밖을 내다보면서 바깥 경치를 지금 보아두어야 한다는 사실을 아는 것처럼, 그는 이 도시, 혹은 이 노새가 끄는 마차 혹은 들판에서 일하는 저 여자를 결코 다시는 보지 못할 것이기 때문에. 잔디밭이 곧 세상이었으니, 그들은 이 높은 곳에 함께 올라와 있는 것이라고 그녀는 자기의 생각을 공유하고 있는 듯이 보이는 (비록 그들이 내내 말은 한마디도 하지 않았지만) 늙은 카마이클 씨를 바라보며 생각했다. 그리고 어쩌면 그녀는 그를 결코 다시는 보지 못할는지도 몰랐다. 그는 늙어가고 있었다. 또한, 그녀는 그의 발에 대롱대롱 매달려 있는 슬리퍼를 보고 웃으며 그가 유명해지고 있다는 사실을 기억했다. 사람들은 그의 시가 "대단히 아름답다"고 했다. 그들은 사십 년 전에 그가 쓴 시들을 출판했다. 지금 거기에는 카마이클이라고 불리는 유명한 사람이 있노라고, 그녀는 다음과 같이 생각하면서 미소 지었으니, 즉 한 인간은 얼마나 많은 형상을 지닐 수 있는가, 신문에서는 이러한 인물이지만 그러나 여기서는 늘상 그래왔던 바와 다를 게 없는 인간임을 상기했던 것이다. 그는 모습이 달라진 데가 없었으니 — 약간 머리가 좀더 희어졌을까. 그랬다, 그는 모습이 변하지는 않았으나 앤드루 램지가 죽었다는 말을 들었을 때 (그는 총탄에 맞아서 즉사했는데, 그렇게 죽지 않았더라면 위대한 수학자가 됐을 것이었다) 카마이클 씨가 "인생에 대한 모든 흥미를 잃었다"는 말을 누군가가 한 것을 그녀는 기억해냈다. 그것이 무슨 뜻이었을까 — 그것이? 그녀는 궁금했다. 그는 트라팔가 광장을 커다란 지팡이를 짚고 걸었는가? 세인트 존스 우드에서 홀로 방에 앉아 읽지는 않으면서 책장만 계속 넘겼던가? 그녀는 그가 앤드루의 사망 소식을 들었을 때 무엇을 했는지 알지 못했으나 안 것과 진배없이 그의 내면의 충격을 느꼈다. 그들은 층계참에서 서로서로에게 웅얼거렸을 뿐이었으며, 하늘을 올려다보며 날씨가 좋을 거라든가 아니면 나쁠 것이라는 이야기를 나누었을 뿐이다. 그러나 이것은 단지 사람을 알게 되는 하나의 방법에 지나지 않는다고 그녀는 생각했다. 세세한 부분은 아니고 개요를 파악하고, 자기 집 정원에 앉아서 멀리 떨어진 히드밭 속으로 보랏빛으로 내려가는 언덕들을 바라다보는 것. 그녀가 그를 아는 것은 이런 식이었다. 그녀는 그가 변했다는 사실을 알았다. 그녀는 그의 시를 한 줄도 읽은 적이 없었다. 하지만 그녀는 그의 시가 어떻게 천천히 울려 퍼져나가는가를 알고 있었다. 그의 시는 세련되고 성숙되어 있었다. 시의 주제는 사막과 낙타였다. 야자수와 노을에 관한 것들이었다. 시는 극도로 담담한 것이었는데, 그것은 죽음에 관한 이야기를 했고, 사랑에 관한 이야기는 거의 하지 않았다. 그의 분위기에는 담담함이 배어 있었다. 그는 타인에게서 요구하는 것이 대단히 적었다. 그는 항상 약간 어색하게 팔 밑에 신문을 끼고 왠지 그가 썩 좋아하지 않는 램지 부인을 피하려고 애를 쓰면서 거실을 비틀거리며 지나가지 않았던가? 그래서 물론 부인은 그를 멈추게 하고 싶어했다. 그는 그녀에게 절을 하곤 했다. 그는 마지못해 걸음을 멈추고는 허리를 깊숙이 숙여 절을 했다. 그가 그녀에게 아무것도 청하지 않는 것이 신경이 쓰여서 부인은 그에게 (릴리는 그녀가 하는 말을 똑똑히 들을 수 있었다) 코트, 양탄자, 신문, 이런 것이 필요하지 않으냐고 묻곤 했다. 아니요, 그는 필요한 것이 없었다. (이 대목에서 그는 절을 했다.) 그녀에게는 그가 썩 좋아하지 않는 어떤 특성이 있었다. 어쩌면 그것은 그녀의 독재, 적극성, 내면에 도사리고 있는 지극히 사무적인 태도, 그런 것이었을지도 몰랐다.

(소음이 그녀의 주의를 거실 창문 쪽으로 잡아끌었다—돌쩌귀가 삐걱거리는 소리였다. 가벼운 미풍이 창문과 장난을 치고 있었다.)

부인을 대단히 싫어한 사람이 많았음에 틀림없다고 릴리는 생각했다. (그렇다, 그녀는 거실 층계가 비어 있지만 그 사실이 그녀에게 아무런 영향도 미치지 못한다는 사실을 깨달았다. 그녀는 지금은 부인을 원하지 않았다.)—사람들은 부인이 지나치게 자신감이 강하고, 지나치게 급진적이라고 생각했다. 또한 그녀의 아름다움도 어쩌면 사람들의 기분을 상하게 했는지도 모를 일이었다. 얼마나 단조로운가, 항상 같으니!라고 그들은 말하고 싶었을 것이다. 그들은 다른 타입을 더 좋아했으니—피부도 검고, 활기찬 유형. 그리고 또 부인은 남편에게 약했다. 그녀는 그로 하여금 그러한 장면을 연출하게 했다. 그리고 그녀는 과묵했다. 아무도 그녀에게 무슨 일이 일어났었는지 정확하게 알지 못했던 것이다. 그리고 (카마이클 씨와 그가 부인을 싫어하는 문제로 돌아가보면) 우리는 부인이 잔디밭에서 오전 내내 그림을 그리며 서 있든가, 책을 읽으며 누워 있든가 하는 모습을 상상해볼 수가 없다. 그것은 생각도 할 수 없는 노릇이었다. 한마디 말도 없이 그녀의 용무의 유일한 표적으로 팔에 바구니 하나 들고 마을로 갔고, 가난한 사람들을 찾아가서 숨막히는 작은 침실에 앉아 있었다. 점점 더 자주 릴리는 그녀가 어떤 게임을 하다가, 토론을 하다가 팔에 바구니를 들고 몸을 곧추세우고 조용히 나가는 것을 보았다. 릴리는 부인이 돌아오는 것도 지켜보았다. 릴리는 반쯤은 웃으면서, (부인은 찻잔을 용의주도하게 다루었다) 반쯤은 감동된 상태에서, (그녀의 아름다움은 우리의 숨을 넘어가게 할 정도였다) 고통으로 눈을 지긋이 감은 환자들이 당신을 바라보았겠지요, 라고 생각했다. 당신은 그 환자들과 함께 계시다 오셨지요.

그러고 나서 부인은 누군가가 늦거나, 버터가 신선하지 않아서, 혹은 찻주전자에 금이 가서 신경을 쓰고 있을 것이었다. 그리고 그녀가 버터가 신선하지 않다고 말하는 동안 내내 우리는 그리스의 사원들을 생각하고 있을 것이었고, 거기 그 숨막히는 작은 방에서 그 빼어난 미인이 어떻게 환자들과 함께 있었는가를 생각하고 있을 것이었다. 그녀는 결코 그것에 관한 이야기를 하지 않았다—그녀는 시간을 꼭 맞추어서, 곧바로 갔다. 떠나는 것은 그녀의 본능이었다. 마치 제비들이 남쪽으로 떠나듯, 엉겅퀴 식물이 본능적으로 태양을 향하듯, 어김없이 인류를 향하고 사람들 한가운데에 그녀의 보금자리를 만드는 것이 그녀의 본능이었다. 그런데 이것은 모든 다른 본능과 마찬가지로 그것을 공유하지 않은 사람들에게는 약간 괴로운 것이었으니, 어쩌면 카마이클 씨에게 그랬을지도 모르고, 릴리에게는 확실히 그랬다. 카마이클 노인과 릴리에게는 행위의 비효율성, 사고의 우월성에 관한 공통된 견해가 있었다. 그녀가 떠나가는 것은 그들에게는 비난이었으며, 세상사를 색다르게 왜곡하는 것이어서 그들은 그들 자신의 선입관들이 사라지는 것을 보고 항의하기에 이르렀으며, 사라지는 그것들을 움켜잡기에 이른 것이다. 찰스 탠슬리도 그랬으니, 그것은 부인이 그를 싫어하는 이유의 일부이다. 그가 세상의 균형을 뒤집어엎었다. 그녀는 브러시로 질경이들을 하릴없이 저으면서 탠슬리에게 어떤 일이 일어났나 하고 생각해보았다. 그는 연구원직을 따냈다. 그는 결혼해서 골더스 그린에서 살고 있었다.

릴리는 어느 날 강연장에 가서 전쟁 중에 그의 강연을 들었다.

그는 무엇인가 비난하고 있었고, 누군가를 저주하고 있었다. 그는 형제애를 설파하고 있었다. 그녀가 받은 느낌이라고는 그림의 우열도 감식하지 못하는 그가 어떻게 인류를 사랑할 수 있는가, 하는 것뿐이었는데, 그녀 뒤에 서서 싸구려 담배를 피우면서("브리스코우 양, 일 온스에 오 페니짜리예요") 무슨 괴상한 이유 때문인지 그렇게 되기를 바라는 마음에서 여자는 글도 못 쓰고 그림도 못 그린다고 하며 이죽거리던 그런 사람이 어찌 누군가를 사랑할 수 있을까? 거기에 그는 야위고 얼굴색은 붉고 목소리는 쉰 상태로, 연단 위에서 사랑을 설파하고 있었다. (그녀가 브러시로 교란시킨 질경이들 가운데에는 개미들이 이리저리 기어 다니고 있었는데—붉고, 활기차고, 반짝이는 개미들이었는데, 그들은 약간 찰스 탠슬리와 비슷했다.) 그녀는 반쯤은 비어 있는 홀 안의 자기 자리에서 그 싸늘한 공간에 사랑을 펌프질해 넣으면서 아이러니컬하게 그를 바라다보았는데, 갑자기 거기에는 오래된 통 같은 것이 파도 가운데서 올라왔다 내려갔다 하는 것이 보였고 부인은 안경집을 자갈 가운데서 찾고 있었다. "오오, 맙소사! 성가시기도 하지! 또 잃어버렸네. 내버려두세요, 탠슬리 씨. 여름마다 수천 개를 잃어버려요." 이 말에 마치 이러한 과장을 허락하기는 두렵지만 그가 좋아하는 그녀의 과장벽은 참을 수 있기나 한 것처럼 그는 턱을 다시 옷깃에 대고 눌렀고, 대단히 매력적으로 미소를 지었다. 그는 사람들이 뿔뿔이 흩어져서 단둘이서만 걸어 돌아오게 되었던 그 긴 탐험 중에 한 번은 그녀에게 흉금을 털어놓았음에 틀림이 없었다. 그가 누이동생 학비를 대고 있다고 부인이 릴리에게 말한 적이 있었다. 이 사실은 그에게 점수를 듬뿍 주게 하는 것이었다. 그에 대한 릴리 자신의 생각은 그가 괴짜라는 것이라고 브러시로 질경이들을 휘저으면서 생각했다.

우리가 다른 사람들을 생각할 때는 거의 대부분 그들이 괴짜라고 생각한다. 타인들은 우리 자신의 개인적인 목적들에 봉사하는 것이다. 그는 그녀에게는 매질당하는 소년을 대행해주었다. 그녀는 자신이 기분이 나쁠 때에는 그의 야윈 종아리에 매질하는 자신을 발견했다. 만약 그녀가 그에 관해서 진지하기를 원한다면 그녀는 부인의 말을 들어야 할 것이니, 즉 부인의 눈을 빌어서 그를 바라보아야 하는 것이다.

그녀는 작은 언덕을 쌓아올려서 개미들이 넘어다니게 했다. 그녀는 그들의 우주에 이렇게 끼어듦으로써 그들에게 주저의 광란을 일으키게 했다. 어떤 개미들은 이쪽으로 달렸고, 다른 개미들은 저쪽으로 달렸다.

오십 쌍의 눈이 필요하다고 그녀는 생각했다. 심지어는 오십 쌍의 눈도 저 한 여자를 제대로 보기에 충분하지가 않다고 릴리는 생각했다. 그들 가운데에는 부인의 아름다움을 전혀 못 보는 사람도 있을 것이었다. 부인이 뜨개질하며, 이야기하며, 홀로 창가에 말없이 앉아 있는 모습을 열쇠 구멍으로 몰래 들여다보며 마치 기선이 연기를 고이 간직하는 공기층처럼 부인의 생각과 상상력과 욕망을 보물 모시듯 소중히 간직하는 그런 감각이 필요한 것이다. 그녀에게 울타리는 무엇을 의미하며, 정원은 무엇을 뜻하며, 파도가 치는 것은 어떤 의미를 지녔는가? (릴리는 부인이 시선을 드는 것을 본 대로 올려다보았고, 릴리도 파도가 해안에 부딪히는 소리를 들었다.) 그리고 아이들이 크리켓 게임을 하면서 "저건 어떻게 된 거지? 저건 어떻게 된 거야?" 하고 외쳤을 때 그녀의 마음속에서는 무엇이 술렁거렸고 떨렸는가? 부인은 잠시 뜨개질을 멈추곤 했다. 그녀는 집중하고 있는 표정을 짓곤 했다. 그러고 나서는 다시 긴장을 풀었고, 갑자기 램지 씨가 그녀 앞에서 걸음을 딱 멈추어 섰고 그러면 어떤 묘한 충격이 그녀의 몸을 관통해 지나갔고, 그곳에서 걸음을 멈추면서 그녀를 굽어볼 때 램지 씨는 그녀를 심오한 동요 속에서 흔들어놓는 것 같았다. 릴리는 그를 볼 수 있었다.

그는 손을 내밀어 부인을 의자에서 일으켜세웠다. 왠지 모르지만 마치 전에도 그가 그렇게 했던 것 같았는데, 마치 그가 같은 자세로 몸을 굽혀서 그녀를 배에서 일으켜세웠던 것 같았다. 그런데 그 배는 어떤 섬에서 몇 인치 떨어진 곳에 있었기 때문에 신사들이 부인들을 이런 식으로 도와서 해안으로 나오게 해야 했던 것이다. 이것은 거의 버팀대를 넣은 패티코트와 팽이 모양의 바지를 등장시켜야 하는 구식 장면이었다. 그의 도움을 거부하지 않고 부인은 (릴리가 생각하기에) 이제는 바야흐로 때가 되었다고 생각했었다. 그렇다, 부인은 이제 말할 것이었다. 그랬다, 그녀는 그와 결혼할 것이었다. 아마도 그녀는 그녀의 손을 그의 손 안에 둔 채로 단지 한 단어만 말했을 것이었다. 그의 손에서 손을 빼내지 않은 채 그녀는 당신과 결혼하겠어요, 라고 말했을 것이지만 그 이상은 아무 말도 더 하지 않았을 것이었다. 되풀이해서 꼭 같은 스릴이 그들 사이를 지나갔을 것이다—분명히 그랬을 것이라고 릴리는 개미들이 지나갈 수 있는 매끈한 길을 내주면서 생각했다. 그녀는 새로이 만들어내고 있지는 않았으니, 단지 여러 해 전에 접힌 채 받았던 어떤 것을, 그녀가 이미 본 어떤 것을 매끈하게 펴려고 하고 있었을 뿐이었다. 그 모든 애들이 돌아다니고 그 모든 방문객들이 드나드는 거친 일상의 어수선함 속에서 우리는 끊임없이 반복의 감각을 가지고 있었으니—한 물체가 떨어진 곳에 다른 것이 떨어지고 그리하여 대기 속에서 울려퍼지는 메아리를 만들어내고 그것을 진동으로 가득 채우는 그러한 일은 끊임없이 반복되었던 것이다. 그렇지만 어떻게 그들이 팔장을 끼고 온실을 지나 그들의 관계를 단순화하기 위하여 걸어 지나갔는가를 생각하고서 그것은 실수라고 릴리는 생각했다. 그것은 단조로운 축복은 아니었으니 ― 부인은 대단히 충동적이고 민첩했으며, 램지 씨는 치를 떨고 우울에 빠지는 타입이었다. 오오, 절대로 축복만은 아니었다. 침실문이 이른 아침에 쾅 하는 소리를 내며 닫히곤 했다. 그는 식탁에서 화를 내며 나가곤 했다. 그는 창문 밖으로 접시를 던지곤 했다. 그런가 하면 온 집 안에는 마치 돌풍이 불어닥쳐 선원들이 사방으로 뛰어다니면서 갑판의 출입문을 닫아 질서를 잡으려 애쓰듯이 여기저기서 문을 쾅쾅 닫고 블라인드가 덜커덕거리는 듯한 어수선한 분위기가 감도는 것이었다. 릴리는 그런 상태에서 어느 날 층계에서 폴 래일리를 만났다. 그들은 어린애들 모양으로 배를 쥐고 웃어댔다. 아침 식탁에서 램지 씨가 우유 속에 집게벌레 한 마리가 빠진 것을 발견하고 그릇째 집어들어 밖의 테라스로 팽개쳐버렸기 때문이었다. 겁에 질린 프루는 아버지 우유에 집게벌레가 빠지다니, 하고 중얼거렸다. 다른 사람들은 지네가 빠졌어도 참는다. 그러나 램지 씨는 이렇게 자기 주위에다 권위의 울타리를 높이 쌓아 올리고 그 안에 군림하였기 때문에 비록 집게벌레 한 마리라 하더라도 그것은 괴물이 빠진 것과 똑같았다.

그러나 이 일은 ― 접시들이 날아다니고 문들이 쾅쾅 닫히는 것 ― 부인을 지치고 움츠러들게 했다. 그런가 하면 그들 사이에는 이따금씩 길고 딱딱한 침묵이 내려앉기도 했는데, 이럴 때면 그녀는 단순히 웃어넘길 수만은 없다는 듯이 반쯤은 탄식조로 또 반쯤은 분개조로 그 폭풍우를 침착하게 아니면 가볍게 넘길 수 없는 듯이 보였다. 그러나 부인의 피로 속에 어쩌면 무엇인가를 숨기고 있을지도 모를 일이었다. 그는 우울하게 생각에 잠겨서 말없이 앉아 있었다. 한동안의 시간이 지난 후 그는 살금살금 부인의 주위를 서성이고 — 그녀가 편지를 쓰거나 이야기를 하며 앉아 있는 창 밑을 배회했는데, 왜 그랬느냐 하면 그가 지나갈 때마다 그녀는 신경을 써서 바쁜 척하면서 그를 피하고 일부러 보지 않는 척했기 때문이다. 그러면 그는 비단처럼 매끈해지고 사랑스럽고 점잖아져서 그녀도 그렇게 해보려고 노력한다. 그래도 그녀는 초연한 상태를 고수하고 이제는 잠시 동안 보통 때는 전혀 보이지 않던 그녀의 아름다움의 몫인 그 자존심과 거만을 주장하고 머리를 돌리고, 항상 민터, 폴 아니면 윌리엄 뱅크스를 옆에 대동하고 어깨 너머로 쳐다보는 것이었다. 드디어 이 그룹 바깥에 서서 굶주린 사냥개 같은 그런 형상으로, (릴리는 잔디밭에서 일어나 그를 본 적이 있는 층계와 창문을 바라보고 서 있었다) 그는 눈 구덩이 속에서 짖어대고 있는 늑대처럼 부인의 이름을 딱 한 번 부르곤 했는데, 그래도 그녀는 초연했다. 그러면 그는 그녀의 이름을 한 번 더 부르곤 했는데, 이번에는 그 어조가 그녀를 정신차리게 해서 갑자기 그들을 떠나 그에게로 가곤 했고, 그들은 함께 그 자리를 떠나 양배추밭 사이 그리고 나무딸기밭 사이를 거닐곤 했다. 그들은 서로 시비를 가릴 것이었다. 그러나 어떤 태도, 그리고 어떤 말로? 그들의 관계의 품위가 대단해서 몸을 돌리며 그녀와 폴과 민터는 호기심과 불안을 감추고 정찬 시간이 될 때까지 꽃을 따기 시작하거나 공을 던지기 시작하거나 잡담을 하기 시작하곤 했는데, 정찬 때에는 늘 그랬던 것처럼 램지 씨는 식탁의 한쪽 끝에, 부인은 다른 쪽 끝에 앉았다.

"왜 너희들 가운데 누가 식물학을 전공하지 않지? ……저런 다리와 팔을 가지고 왜 너희 중의 하나가……?" 그들은 아이들 사이에서 웃으면서 늘상 그런 것처럼 이렇게 이야기하곤 했다.

단지 마치 늘상 보던 그들의 수프 접시들 주위에 앉아 있는 아이들의 모습이 배와 양배추 사이에서 보낸 시간 이후 신선해지기나 한 것처럼 그들 사이에서 오간 대기 중의 칼날과도 같은 어떤 떨림만을 제외한다면, 모든 것이 보통 때와 다를 바가 없을 것이었다. 특히 부인은 프루를 흘끗 볼 것이라고 릴리는 생각했다. 프루는 형제 자매들 사이에서 한가운데에 앉아 있었는데, 항상 무슨 생각에 몰두한 것같이 보였으며, 아무것도 잘못되는 것이 없다는 것을 알고는 아무 말도 하지 않았다. 프루는 우유 속의 집게벌레 때문에 자신을 얼마나 욕했을까! 램지 씨가 접시들을 창밖으로 던졌을 때 얼마나 낯빛이 창백해졌던가! 그들의 그 기나긴 침묵 속에서 얼마나 축 처져 있었던가! 어쨌거나 어머니는 지금 그녀에게 모든 것이 잘되었다고 확신시키고, 그녀에게 조만간 이와 똑같은 행복이 그녀의 것이 될 것을 약속하면서 보상하려는 것 같았다. 그러나 프루는 그 행복을 채 일 년도 즐기지 못했다.

프루가 꽃바구니에 든 꽃을 엎질렀었지, 하고 릴리는 눈살을 찌푸리며 자기 그림을 노려보기라도 하듯 뒤로 물러서며 생각했다. 그러나 그녀의 모든 감각 기능이 마비되고, 표면은 얼어붙었지만 그 밑바닥에서는 대단한 속도로 움직이는 급류와 같은 심리 상태로 있으면서 릴리는 그림에 손은 대지 않고 있었다.

릴리도 바구니에서 꽃들을 떨어지게 내버려두고, 그것들을 잔디밭 위에 흐트러져 구르게 하고, 그러고는 내키지 않는 듯이 머뭇거리면서, 그러나 의문이나 불평 없이 떠나지 않았던가? 들판들 아래로, 골짜기들을 지나서, 하얗게 꽃들을 뿌린 상태로—이렇게 그녀는 그림을 그렸을 것이었다. 언덕들은 엄숙했다. 그것은 바위로 이루어져 있었으며 가팔랐다. 파도 소리는 그 밑의 돌들 위에서 쉰 소리를 내었다. 그들은 셋이서 함께 갔고, 램지 부인은 마치 모퉁이를 돌아서 누군가를 만날 것을 기대하는 것처럼 앞장서서 조금 빨리 걸었다.

갑자기 릴리가 바라보고 있던 유리창이 그 뒤의 어떤 가벼운 물질에 의하여 하얗게 변했다.

그때 드디어 어떤 사람이 거실 안으로 들어왔는데, 누군가가 의자에 앉아 있었다. 맙소사, 그녀는 제발 그들이 거기에 조용히 앉아서 그녀에게 말을 건네기 위하여 허둥지둥 다가오지 않기를 빌었다. 천만다행히도 그것이 누구였든지 간에 조용히 안에 머물렀고, 운이 좋아서 층계 위에 자리하고 묘한 모양의 삼각형 그림자를 드리웠다. 그녀의 무드는 다시 돌아오고 있었다. 우리는 감정의 강도를 이완시키기 위하여 잠시 바깥을 계속 바라보아야 하는데, 이 결심은 연기되어서도 안 되고, 속임을 당해서도 안 된다. 우리는 이 장면을 바이즈 기계로 꽉 조이고 아무것도 들어와서 그것을 망치지 못하게 해야 한다. 브러시를 신중하게 물감에 적시면서 우리가 일상적인 경험과 같은 수준에 있기를 원한다고 그녀는 생각했으니, 단순히 저것은 의자, 저것은 식탁, 이라고 느끼지만 그러나 동시에 그것은 기적, 그것은 황홀이라고 느낄 수 있어야 하는 것이다. 결국 문제는 풀릴 수도 있는 것이다. 아아, 하지만 무슨 일이 일어났는가? 어떤 하얀 물결이 창유리 위로 지나갔다. 대기가 방 안의 분위기를 휘저어놓았음에 틀림없었다. 그녀의 가슴은 부인을 보고 뛰었고, 그녀를 잡았고, 그녀를 고문했다.

"램지 부인! 램지 부인!" 그녀는 해묵은 공포가 돌아오는 것을 느끼면서 ―원하고 또 원하면서 갖지는 못하는 것에 대한 공포― 소리쳤다. 부인은 아직도 이 고통을 가할 수 있단 말인가? 그러고 나서 조용하게 마치 그녀가 자제하기나 하는 것처럼, 그것도 일상적인 경험의 일부가 되어버려서, 의자, 식탁과 같은 수준에 있었다. 램지 부인은—그것은 완전한 선善의 일부였다—아주 소박하게 의자에 앉아서 바늘을 이리저리 번쩍이면서 붉은빛이 도는 갈색 양말을 짜고 있었고, 층계 위에 부인의 그림자를 드리우고 있었다. 거기에 부인이 앉아 있었다.

그리고 마치 그녀가 나누어 가져야 할 어떤 것을 가지고 있지만 이젤을 떠날 수가 없어서 그녀가 생각하고 있는 것, 보고 있는 것에 대하여 뿌듯한 심정으로 릴리는 잔디밭 가장자리까지 브러시를 든 채 카마이클 씨를 지나쳐갔다. 지금 그 보트는 어디 있지? 그리고 램지 씨는? 그녀는 그를 필요로 했던 것이다.

12

램지 씨는 거의 다 읽었다. 마치 그가 다 읽자마자 책장을 넘길 준비를 하고 있기나 한 것처럼 한 손이 책장 위를 맴돌고 있었다. 그는 이상하게도 모든 것에 노출된 채 바람에 머리칼을 날리며 모자도 안 쓰고 앉아 있었다. 그는 대단히 늙어 보였다. 어떤 때는 머리를 등대에 기대기도 하고, 또 어떤 때는 망망하게 펼쳐진 바다가 배경이 되기도 하였다. 아버지의 머리를 바라보던 제임스는 아버지가 해변 모래톱에 있는 바윗돌같이 보인다고 생각했다. 아버지는 그들 두 자녀의 마음속에 언제나 자리잡고 있던—그 두 삶에게는 세상사의 본질적 진리라고 생각되던 그 고독감—그것을 몸으로 표상하고 있는 것처럼 보였다. 아버지는 마치 빨리 다 읽어버리고 싶은 듯이 매우 빠른 속도로 읽었다. 사실상 이제 그들은 등대에 대단히 가까이 와 있었다. 그곳에 등대의 자태가 떠올랐는데, 그것은 헐벗은 모습으로 곧바로 뻗어 올라갔으며, 눈부신 흑백 얼룩으로 칠해져 있었다. 그리고 산산조각이 난 유리처럼 바위 위에 하얀 조각들로 부서지고 있는 것을 볼 수 있었다. 바위의 선들과 주름들도 볼 수 있었다. 창문들도 선명하게 볼 수 있었고, 그들 중 하나에 흰 페인트를 칠한 것도 보였고, 바위 위에 약간의 초록색 이끼가 낀 것도 보였다. 남자 한 사람이 나와서 망원경으로 바라보고는 다시 들어갔다. 그래, 여러 해 동안 만 건너편에서 보아왔던 등대가 저런 것이었구나, 헐벗은 바위의 헐벗은 탑의 등대였구나, 제임스는 생각했다. 이 발견이 그를 흡족하게 해주었다. 이것이 자기 자신의 성격에 관해서 그가 어렴풋이 생각하던 바를 확인시켜주었다. 자기 집의 정원을 생각하면서 늙은 부인들이 잔디밭에서 의자를 이리저리 끌고다녔다고 그는 생각했다. 예컨대 늙은 벡위스 부인은 항상 인생이 얼마나 멋있는지, 얼마나 아름다운지 그리고 얼마나 그들이 자랑스럽게 여겨야만 하고 행복해해야 하는지 말하고 있었지만 사실은 인생이란 저 등대의 모습과 같은 것이라고, 거기 바위 위에 서 있는 등대를 바라보면서, 제임스는 생각했다. 그는 아버지가 다리를 꼬고 앉아서 맹렬하게 책을 읽고 있는 모습을 바라보았다. 그들은 그런 사실을 함께 알고 있었다.

"우리는 질풍을 무릅쓰고 달리고 있다 — 우리는 침몰할 것이 분명하다." 그는 아버지가 했던 것과 꼭 같이 반쯤은 소리를 내어서 자신에게 말하기 시작하고 있었다.

오랫동안 아무도 말을 하지 않은 것 같았다. 캠은 바다를 바라보는 일에 싫증을 느꼈다. 까만 코르크 조각들이 떠내려갔고, 물고기들은 배의 밑바닥에 죽어 있었다. 제임스와 캠은 아버지를 바라보면서 죽음으로 폭정에 항거할 것을 서약했고, 아버지는 그들의 생각을 전혀 의식하지 못하고 책만 계속 읽어나갔다. 이런 식으로 아버지가 피했다고 그녀는 생각했다. 그랬다, 커다란 이마와 코를 가지고, 그의 작고 얼룩덜룩한 책을 단단히 잡고 그는 피했다. 그에게 손을 얹으려는 시도를 할 수는 있지만, 그러면 새처럼 그는 날개를 펴고, 부유해가서 멀리 떨어져 있는 어떤 황량한 그루터기 위에 내려앉는다. 그녀는 광대한 바다를 응시했다. 그 섬은 너무도 작아져서 이제는 더 이상 나뭇잎같이 보이지도 않았다. 그것은 보통보다 좀더 큰 파도가 덮어버릴 바위의 꼭대기처럼 보였다. 그러나 그것의 연약함속에는 그 모든 길들, 테라스들, 침실들이 있었으니, 이 모든 셀 수 없이 많은 것들이. 하지만 마치 잠들기 직전에 사물들은 단순해져서 모든 세부 사항 중에서 하나만이 자신을 주장할 힘을 갖듯이 그렇게 졸린 시선으로 섬을 바라보면서 캠은 수많은 오솔길과 테라스와 침실이 희미해지고 사라지고 있다고 느꼈으며, 아무것도 남지 않고 단지 창백한 푸른빛의 향로가 리드미컬하게 마음속에서 이리저리 흔들거리고 있다고 느꼈다. 그것은 절벽 중턱에 만든 정원이고, 그것은 새들과 꽃들과 영양들……로 가득 찬 골짜구니였다. 그녀는 잠에 빠져들고 있었다.

"자 가자." 갑자기 책을 덮으면서 램지 씨가 말했다.

어디로 가자는 거지? 어떤 이상한 모험을 떠나자는 거지? 캠은 놀라서 잠에서 깨어났다. 어디에 착륙하나, 어디를 기어오르나? 그는 그들을 어디로 인도하고 있는 것인가? 거대한 침묵 위에 아버지가 던진 말들은 캠과 제임스를 놀라게 했으니까. 하지만 그것은 아무것도 아니었다. 배가 고프다고 아버지는 말했다. 바야흐로 점심 먹을 때가 되었다고. 게다가 보아라, 그는 말했다. "등대가 보이지 않느냐. 거의 다 왔다."

"참 잘하는데요." 매칼리스터는 제임스를 칭찬했다. "안정감 있게 노를 젓고 있어요."

그러나 아버지는 결코 그를 칭찬하는 일이 없다고 제임스는 엄숙하게 생각했다.

램지 씨는 꾸러미를 풀더니 샌드위치를 나누어 돌렸다. 이제 그는 이 어부들과 빵과 치즈를 먹으면서 행복했다. 그는 오두막집에 살면서 다른 노인들과 씹는 담배를 피우며 이 항구에서 빈둥빈둥 놀며 지내기를 좋아할 것이라고 제임스는 아버지가 주머니칼로 노란 치즈를 얇게 자르는 모습을 지켜보면서 생각했다.

맞아, 바로 이것이야, 캠은 삶은 달걀 껍질을 벗기면서 계속 이같이 느끼고 있었다. 이제 그녀는 노인들이 『타임스』를 읽고 있던 서재에서 느꼈던 대로 느끼고 있었다. 이제 나는 내가 하고 싶은 대로 계속 생각할 수 있고, 나는 절벽에서 넘어지거나 익사하는 법이 없을 것이었으니, 그 이유는 아버지가 나를 바라보며 거기 있기 때문이라고 캠은 생각했다.

동시에 그들은 바위들 옆을 그렇게나 빠르게 항해하고 있었기 때문에 대단히 신이 났다—마치 그들이 두 가지 일을 동시에 하고 있는 듯했으니, 그들은 여기 햇빛 속에서 점심을 먹고 있으면서 동시에 파선 이후의 거대한 폭풍우 속에서 안전 지대를 향해 가고 있었던 것이다. 물은 모자라지나 않을까? 양식은 딸리지나 않을 건가? 머릿속에서 공상의 날개를 펴는 동시에 사실이 그렇지 않음을 잘 알고 있으면서도 이런 질문을 스스로에게 계속 했다. 우리네 늙은이들이야 곧 이 세상을 떠나겠지만 자식들은 살아남아서 신기한 것들을 많이 구경하게 될 것이라고 램지 씨는 늙은 매칼리스터에게 말하고 있었다. 매칼리스터는 지난 삼월 일흔다섯의 나이가 되었다고 말했는데, 램지 씨는 일흔한 살이었다. 매칼리스터는 의사에게 가서 치료를 받아본 적이 없노라고 말했고, 치아도 빠져본 적이 없다고 했다. 그리고 그의 자손도 이렇게 살게 하고 싶다고 했다—캠은 아버지가 다음과 같이 생각하고 있는 것이 확실하다고 믿었다. 즉 아버지는 그녀가 샌드위치를 바닷속에 던지지 못하게 하고 그녀에게 마치 그가 어부들 생각을 하고 그들의 생활 방식을 생각하고, 만약에 그녀가 그것을 먹고 싶지 않으면 그것을 다시 꾸러미 안에 넣는 것이 좋다고 생각했던 것이다. 그녀는 그것을 낭비해서는 안 되는 것이다. 그는 이 말을 마치 그가 이 세상에서 일어나는 모든 일을 너무도 잘 알고 있어서 그녀는 그것을 즉시 도로 넣고, 그리고 그는 자신의 꾸러미에서 마치 창가에서 숙녀에게 한 송이의 꽃을 바치는 (그의 태도는 그렇게 정중했다) 위대한 스페인의 신사처럼 과자를 건네주었다. 그는 초라했고, 빵과 치즈를 먹는 모습은 소박했으나 그는 그들을 위대한 탐험으로 인도하고 있었는데, 아마도 거기서 그들은 익사하게 될 것이라고 그녀는 생각했다.

"저기가 그 배가 침몰한 곳이에요"라고 매칼리스터의 아들이 갑자기 말했다.

세 사람이 지금 우리가 있는 곳에서 익사했노라고 노인은 말했다. 그는 그들이 돛대에 매달려 있는 것을 직접 목격했다. 그리고 램지 씨는 그 장소를 한번 바라보고 폭발 직전에 있는 것 같아서 제임스와 캠은 겁이 더럭 났다.

그러나 나는 더 험한 바다에서,

그리고 만약에 그가 폭발하면, 그들은 그것을 참을 수 없을 것이라고, 그들은 비명을 질러대리라고, 그들은 아버지의 내면에서 부글거리고 있는 격정의 폭발을 다시는 견뎌낼 수 없을 것이라고 생각했다. 그러나 놀랍게도 아버지가 한 말이라고는 마치 왜 그런 일에 소동이야? 라고 하는 것처럼 "아아"가 전부였다. 폭풍우 속에서 사람들이 익사하는 것은 당연한 것인데, 바다의 심연은 (그는 샌드위치 종이에서 떨어진 빵 부스러기를 바다에 뿌렸다) 따지고 보면 물일 따름인데. 그러고 나서 파이프에 불을 붙이고서 시계를 꺼냈다. 그는 주의깊게 시계를 들여다보았다. 어쩌면 그는 어떤 수학 계산을 하고 있는지도 몰랐다. 드디어 그는 의기양양하게 말했다.

"잘했다!" 제임스는 타고난 뱃사람처럼 노를 잘 저었던 것이다.

자! 캠은 묵묵히 제임스에게 말을 건네면서 생각했다. 드디어 너는 얻어내었다. 그녀는 이것이 바로 제임스가 원해온 것이라는 것을 알고 있었고, 그녀는 이제 그가 그것을 얻어내어서 너무도 기쁘니까 그는 그녀나, 아버지나 그 누구도 바라보지 않을 것이라는 사실을 알았다. 거기에 그는 약간 기분이 언짢은 상태에서 그리고 약간 낯을 찡그리고 키의 손잡이에 손을 얹고 몸을 곧추 세우고 앉아 있었다. 그는 너무도 기분이 좋아서 그 누구도 그의 기쁨을 눈꼽만큼도 공유하게 하지 않을 것이었다. 아버지가 그를 칭찬했던 것이다. 사람들은 제임스가 전혀 신경을 쓰지 않는다고 생각할 것임에 틀림없다. 그러나 너는 이제 그것을 얻어내고 말았다고, 캠은 생각했다.

배는 바람을 타고 달렸다. 길게 요동하며 밀려오는 파도를 타고 배는 재빨리 그리고 경쾌하게 항해하고 있었다. 왼쪽에는 일련의 바위가 물속에서 갈색으로 자태를 드러내었는데, 수심이 얕아진 곳의 바닷물은 더욱 그 빛깔이 엷어져서 초록색으로 변하더니, 좀더 높은 바위 위에서 파도 하나가 끊임없이 부서져 소나기를 이루며 떨어지는 물방울의 작은 기둥들을 뿜어내었다. 우리는 파도가 철썩대는 소리, 떨어지는 물방울의 후두둑거리는 소리, 그리고 마치 그들이 완전히 자유로워서 영원히 이와 같이 철썩이고 뛰노는 무릇 야생의 짐승같이 굽이치고 있는 파도들이 시근대는 소리를 들었다.

이제 그들을 지켜보면서 그들을 맞이할 채비를 하고 있는 등대 위의 두 남자를 볼 수 있었다. 램지 씨는 코트의 단추를 끼우고, 바지를 걷어올렸다. 그는 낸시가 준비해준 크고 엉성하게 꾸린 갈색 종이 꾸러미를 무릎 위에 올려놓고 앉아 있었다. 이와 같이 착륙할 준비를 완료하고 그는 섬을 돌아보며 앉아 있었다. 원시의 눈으로 어쩌면 그는 금접시 위에 거꾸로 선 오그라든 나뭇잎 형상의 섬을 볼 수 있었는지도 몰랐다. 그는 무엇을 볼 수 있을까, 하고 캠은 생각했다. 그녀에게는 모든 것이 뿌옇고 아무것도 보이지 않았다. 그는 지금 무슨 생각을 하고 있을까? 그녀는 궁금했다. 그렇게 고정적으로 그렇게 열심히 그렇게 묵묵히 그가 추구하는 것은 무엇일까? 그들은 둘 다 무릎 위에 꾸러미를 놓고 모자도 쓰지 않고 앉아서 다 타버린 어떤 것의 증기와도 같이 약한 파란 형상을 계속 노려보고 있는 그를 지켜보았다. 당신이 원하는 것은 무엇인가요? 캠과 제임스는 둘 다 그것이 묻고 싶었다. 그들은 우리에게 무엇이건 요구하세요, 그러면 우리가 그것을 드리겠어요, 라고 말하고 싶었다. 하지만 그는 그들에게 아무것도 요구하지 않았다. 그는 그냥 앉아서 섬을 바라보고 우리는 각자 외로이 죽어간다, 아니면 드디어 나는 그것에 도달했다, 나는 드디어 그것을 찾아내었다, 라고 생각하고 있는지도 몰랐지만 말은 하지 않았다.

그러고 나서 그는 모자를 썼다.

"그 꾸러미들을 가져와." 그는 낸시가 그들이 등대에 가지고 가도록 꾸려준 것들을 보고 고개를 끄덕이면서 말했다. "이 꾸러미들은 등대에 사는 사람들에게 줄 것이야." 그는 말했다. 그는 일어나서 몸을 꼿꼿이 세우고 뱃머리에 서 있었는데, 제임스는 어쩌면 그가 마치 "신은 없다"라고 말하고 있는 것 같다고 생각했고, 캠은 마치 그가 공중으로 뛰어들어가고 있는 것 같다고 생각했으며, 그들은 둘 다 일어나서 그가 젊은이처럼 가벼운 발걸음으로 꾸러미를 들고 용수철을 튀긴 듯이 바위 위로 올라갈 때 그를 따라갔다.

13

"램지 씨는 그곳에 도착했음에 틀림없다." 릴리 브리스코우는 갑자기 완전히 지친 기분에 빠져들면서 소리 내어 말했다. 등대는 거의 보이지 않게 되었고, 그것은 녹아들어서 파란 안개가 되었으며, 그것을 바라보려는 노력과 그가 거기에 착륙하는 생각을 해보려는 노력이, 이 두 가지가 하나인 것처럼 보였는데, 이것이 그녀의 몸과 마음을 극도로 긴장시켰기 때문이었다. 아아, 그러나 이제 그녀는 안도의 숨을 내쉬었다. 그가 그날 아침 그녀를 떠났을 때 그에게 주고자 한 것이 무엇이었든지 간에, 드디어 그녀는 그것을 그에게 주었던 것이다.

"램지 씨는 착륙했다." 릴리는 소리 내어 말했다. "이제는 끝났다." 그리고 약간 푸푸거리면서 카마이클 씨가 그녀 옆에 서 있었는데, 텁수룩하고, 머리칼에는 잡초가 듬성듬성 끼어 있으며, 손에는 삼지창을 (그러나 그것은 사실은 한 권의 프랑스 소설이었

다) 들고 있는 모습이 옛날 이교도의 신과 같아 보였다. 그는 잔디밭 가장자리 그녀 옆에 서 있었는데, 거대한 체중을 약간 흔들면서 손으로 눈을 가리고 "그들은 이제 착륙했을 거예요"라고 말했다. 그녀는 자기가 옳았다고 느꼈다. 릴리와 카마이클은 말할 필요가 없었던 것이다. 그들은 똑같은 생각을 하고 있었으며 그는 그녀가 아무것도 묻지 않았는데 대답을 했던 것이다. 그는 거기에 서서 인류의 약점과 고통을 손으로 가리고 있었다. 그녀는 그가 그들의 숙명을 관대하게 그리고 동정심을 가지고 관망하고 있다고 생각했다. 마치 그가 높은 곳에서 오랑캐꽃이나 수선화 송이들을 흘려 떨어뜨려 그것들이 하늘하늘 날아서 땅바닥에 떨어지게 하는 것을 보았듯이, 그가 서서히 눈 위에 대었던 손을 내렸을 때, 그녀는 이제 저분이 이 기회를 더욱 빛내고 계시리라고 생각했다.

재빨리, 마치 그녀가 저기 있는 어떤 것에 의하여 상기된 것처럼 그녀는 캔버스를 향해 돌아섰다. 거기에 그녀의 그림이 있었다. 그렇다, 그 모든 초록색들과 파란색들을 가지고 선들이 달려 올라가고 가로질러 가면서 무엇인가를 시도하고 있었다. 그녀는 이 그림이 다락방에 걸리게 될 것이라고 생각했으니, 그것은 결국은 파괴되고 말 것이었다. 하지만 그것이 무슨 문제인가? 그녀는 브러시를 다시 잡으면서 생각했다. 그녀는 층계를 바라보았는데 비어 있었고, 캔버스를 바라보니까 시계視界가 뿌옇게 흐려져서 아무것도 보이지 않았다. 마치 그녀가 그것을 한순간 명확하게 본 것처럼 갑자기 강렬하게 그녀는 그림의 한가운데에 선을 하나 그려 넣었다. 됐다, 끝났다. 그래, 브러시를 내려놓으면서, 극도의 피로를 느끼면서, 나는 드디어 통찰력을 획득했다고 그녀는 생각했다.

해설

이타적利他的 세계로의 긴 여정

이 작품을 구상하고 있었을 당시 작가는 일기에 다음과 같이 적고 있다.

> 이 소설은 비교적 짤막한 것이 될 것이다. 나는 이 소설에서 아버지를 완벽하게 묘사하고자 한다. 그리고 어머니, 세인트 아이브즈 그리고 나의 유년 시절을 그려넣을 것이다. 그러고는 내가 늘 작품에 담아내고자 하는 것들, 즉 삶, 죽음 등을 다룰 것이다. 그러나 작품의 중심을 이루는 것은 배를 타고 앉아 죽어가는 고등어를 짓이기며 "우리는 모두 외롭게 죽어간다"라고 읊조리고 있는 아버지이다.
>
> 1925년 5월 14일

이 소설은 작가가 양친에 대한 강박관념에서 헤어나려고 시작한 작품이라고 할 수 있다. 열세 살 때 사랑하는 어머니와 어처구니없게 사별한 후, 졸지에 홀아비가 된 아버지 뒷바라지에 시달리다가 그 짐스럽게 여겨지던 아버지마저 세상을 떠난 뒤 작가는 나름대로 부모에 대한 자신의 복잡미묘한 감정을 정리할 필요가 있었을 것이다. 그러니까 일종의 살풀이로 이 작품을 썼다는 푸념은 확실히 음미해볼 만한 것이다.

그러나 작품을 조금 더 면밀히 살펴보면, 표면에 나타난 자전적인 요소 뒤에 숨겨진 심오하면서도 탄탄한 주제가 릴리 브리스코우라는 인물에 얽혀져 있다는 사실을 알게 된다. 릴리는 세인트 아이브즈에 있는 램지 가의 여름 별장에 초대된 손님 중의 한 사람이다. 작품 서두의 그녀는 대수롭지 않은 것처럼 보인다. 그러나 작품의 중간에서, 주인공으로 보이던 램지 부인은 오히려 죽고, 십여 년이라는 세월이 흐른 뒤에 폐가가 되다시피한 이 별장에 릴리가 나머지 다른 인물들과 함께 다시 찾아온다. 작품의 마지막 부분에서 그녀는 생의 통찰력을 얻고, 이 작품을 종결짓는 중요한 인물이 된다.

램지 부인의 다음 세대 여성이고, 화가라는 자기 일을 가지고 있는 릴리는 사물의 표면 너머에 있는 실재를 볼 수 있는 형안을 지닌 인물로 묘사되고 있다. 그녀는 램지 가의 손님으로 그 가정생활을 관찰하면서, 결혼한 당대 여성의 운명의 허와 실을 모두 간파하게 된다.

이 작품에서 릴리는 도도하게 밀려드는 사회 관행의 압력에 두 번 힘겹게 항거하는 것으로 되어 있다. 첫 번째는 램지 부인이 애정을 가지고 강요하다시피한 윌리엄 뱅크스라는 홀아비와의 결혼 권유이고, 두 번째는 부인이 죽은 뒤 램지 씨가 끈질기게 요구하는 재혼의 압력이다. 릴리가 끝까지 결혼하지 않을 수 있었던 것은 가부장 사회 결혼 제도의 모순을 일찌감치 꿰뚫어 보고 있었기 때문이다.

이와 같은 릴리의 눈에 비친 램지 부부의 모습에 우리는 주목

할 필요가 있다. 램지 부인은 인생에 대하여 대단한 확신을 가지고 있는 것으로 그려져 있다. 그녀는 자기 자신도 상처받기 쉬운 예민한 신경의 소유자이면서도 모든 것을 포용하려 하고, 모두를 행복하게 해주고 싶은 욕구로 가득 차 있는 여인이다. 그렇게 하기 위해서 그녀가 보이는 섬세한 배려와 행동은 거의 측은하게 보이기까지 한다. 살아가는 데 필요한 활기를 사람들의 내면에 불어넣어주려고 항상 열심이고, 열심인 나머지 때로는 현실을 환영화하기까지 한다. 막내아들 제임스에게는 저 우화적인 등대에 데리고 갈 것을 약속하고, 민터와 폴을 결혼시키고, 아들인 앤드루는 장차 훌륭한 수학자가 될 것이라고 확신한다. 사실상 이 소설은 이 부인의 다음과 같은 긍정적인 발언으로 시작된다. "그럼, 물론이지, 내일 날씨만 좋으면 말이야." 이론을 초월한 그녀의 적극적인 생활 태도는 페이소스의 경지에 이른다.

사실의 논리밖에 믿지 않는 램지 씨는 그러한 아내의 태도를 못마땅하게 여긴다. 그는 매사에 정확하며 오로지 사실만을 고집한다. 이리하여 부인의 희망적인 발언에 그는 다음과 같이 찬물을 끼얹는 것이다. "하지만, 내일 날씨는 좋지 않을걸."(12쪽) 이 두 사람이 삶에 임하는 자세는 '그럼yes'과 '하지만but'으로 압축된다고 할 수 있다.

이렇듯 대조적인 두 개의 방법에 대해서 어느 쪽이 옳고 어느 쪽이 틀렸는가, 혹은 어느 쪽이 구식이고 어느 쪽이 신식인가 하는 것을 따질 수는 없다. 왜냐하면 인생 자체가 본질적으로 양면성을 지닌 이율배반적인 것이기 때문이다. 단지 문제가 되는 것은 이와 같이 상충되는 요소들을 어떻게 조화시킬 것인가 하는 것이다.

사실상 램지 씨는 부인을 비판하면서도 끊임없이 그녀에게 애정을 구한다. 아마도 똑같은 사정에 의해 릴리도, 무신론자 탠슬리도, 뱅크스도 그녀에게 일종의 연정을 품고 있는 것이다. 이렇듯 비판과 존경을 동시에 받는 이 패러독스가 부인을 입체적인 인물로 만든다.

이 소설의 중심적 상징인 등대는 바다 한가운데에 견고하게 서 있지만, 바다를 떠나서는 존재할 수 없는 것이기도 하다. 등대에서 나오는 빛줄기는 시간의 진행과 흡사한 리듬을 갖고 있어서 부인은 그것을 "인정사정없고 냉혹한 것"(94쪽)이라고 말한다. 그러나 또 다른 한편으로는 그것이 그녀에게 안정감을 주어 등대를 바라보며 다음과 같이 외치게도 한다. "이 평화 속에, 이 휴식 속에, 이 영원성 속에."(91쪽) 등대 그 자체는 변화하지 않지만 그것은 변화와 분리시켜 생각할 수 없는 것이므로 유한한 시간과 영원의 복합성을 나타내게 된다. 이리하여 등대는 부인의 통찰력에 대한 객관적 상관물objective correlative이 되는 것이다.

이와 같이 울프의 소설에 드러나는 현실감은 단순한 것이면서도 순간순간 변화한다는 것이 그 특징이다. 램지 부인도 보는 사람에 따라 다르게 보인다. 때로는 보는 사람이 같아도 다르다. 인물도 사물도 사건도 거의 다 분명한 윤곽을 지니지 않으며, 인상파의 점묘화와도 같이 항상 모순에 가득 찬 데생의 단편으로 제시된다.

여하간 이 두서없는 현실 속에서는 당연히 인물들이 모두 허둥대고 번민하고 고립되어 있기 마련이다. 램지 씨는 자신의 저서가 언제까지 읽힐 것인가를 염려하는 허영심과, 진실만을 지키고 타인의 감정 따위는 쉽사리 무시하는 이기주의 가운데서 구원의 전망이 보이지 않는 고독의 포로이다.

그의 전공인 철학에서 그가 도저히 도달할 수 없는 단계를 멀리서 깜박거리는 붉은색으로 상상하는 그는 파랑과 초록색 물감을 가지고 그림을 그리는 릴리와, 그리고 그녀의 캔버스 위에 '세모꼴의 보랏빛 형태'로 나타나는 부인과 좋은 대조를 이룬다. 붉은색과 갈색은 개성과 이기주의를 나타내는 것 같고, 파랑과 초록은 이타성을 나타내는 것 같다. 소설의 거의 마지막 부분까지 램지 씨는 이기주의자로 그려져 있고, 그의 색깔은 붉은색 아니면 갈색이다. 사물을 객관적으로 보아야 하는 예술가 릴리의 색깔은 항상 파랑이다. 부인은 이 두 인물의 중간쯤에 있는 존재이기 때문에 그녀의 빛깔은 보라색이다. 이와 같은 논리를 따른다면, 등대로의 여행은 갈색(이기주의)에서 파란색(이타주의)으로의 여행인 셈이다. 이 소설의 제목이 '등대'가 아니라 '등대로'인 것은 그 까닭이다.

고독한 것은 램지 씨뿐만이 아니다. 가난하게 자란 탠슬리는 열등의식 때문에 끊임없이 열광적으로 자기를 주장하지 않으면 안 될 정도로 고독하다. 뱅크스 씨는 항상 냉정하고, 누구나 또 무엇이나 냉정하게 이해함으로써 삶 그 자체까지 객관시하는 늙은 홀아비이고, 릴리도 자신을 억제하는 일에 길들여져 있어서 램지 부인이 있는 풍경에 무한한 애정을 느끼면서도 모든 사물을 비판적으로 이해하며 계속 독신으로 남아 있다. 폐쇄적인 카마이클 씨는 물론이고, 아버지를 미워하면서 동시에 존경하지 않을 수 없는 캠, 제임스, 낸시도 고독하기는 마찬가지이다.

언제나 인생에 대하여 확신을 갖고 견실한 현실관을 지닌 램지 부인이 이와 같이 고독한 존재들을 모두 싸안으려고 했던 것이다. 누구든지 사랑하고 축복하고 싶어 하는 그녀의 욕구는 대부분의 경우 자신을 희생하고, 타인들 가운데 녹아들고, 그들을 충만하게 해주고, 그들의 중심이 된다. 만찬의 테이블에서 남몰래 몸을 흔들어 자신에게 활기를 불어넣고, 모두가 제각기 흩어져 있는 것을 한데 모으면서 그녀는 아름다운 모습으로 모든 장소의 중심이 되며, 누구든지 결혼해야 한다고 말하고, 창은 열고 문은 닫는 것이라고 일러준다. 창은 열고 문은 닫으라는 말은 자아의 독자적인 개체성은 유지하면서도 타인과의 마음의 교류를 위해 각자가 마음의 창은 열어야 함을 의미한다고 해석할 수 있다.

부인의 삶의 자세에 대한 램지 씨의 용서없는 비난은(허위와 도피를 못 견디는 램지 씨 편에서 보면 당연한 일이긴 하지만) 그녀의 생명을 단축시키면서, 어디까지나 사실의 정당성을 증명해 나간다. 그러나 모두가 행복하기를 바라는 부인의 대단한 포용력, 남편의 잔혹한 자기 주장조차도 용인하려 드는 애정의 능력은 로맨티시즘이라든가 고풍이라고 불리는 차원을 넘어선 곳에서 전통 그 자체, 문화 그 자체가 되며, 심지어는 생명 그 자체가 되는 것이다. 독자의 의식 속에서 부인이 좀처럼 소멸되지 않는 것은 끊임없이 변모하는 현실을 어디까지나 통일되게 지켜보려는 전망이 밝지 않은 싸움에서 비극의 주인공처럼 끝까지 싸워준 때문이다.

그러나 삶 자체가 본질적으로 이율배반적이고 애매모호하고 모순투성이이므로 부인도 명쾌히 긍정적일 수만은 없다. 그녀는 눈이 원시인 남편과는 반대로 근시이며, 과장벽이 심한가 하면 지나치게 무식하다는 등의 부정적인 면도 가지고 있다.

페미니즘 시각에서 이 부부를 조명해보는 것도 흥미롭다. 가부장 사회의 남성성의 대변자인 램지 씨는 우선 당연히 그 자신이 행복하지 못하다. 한 인간으로서 남성성만을 행사하고 자기 내부에 엄연히 공존하고 있는 여성성을 짓밟기 때문에 그는 항상 불안하고 불행하다. 따라서 그는 부인과 자식들을 포함한 주위 사람들을 무한히 지치게 만든다. 사실상 그는 늘 타인들, 특히 여성성의 대명사와도 같은 존재인 부인에게 병적으로, 어린애처럼 애정과 동정을 요구한다.

가부장 사회에서 여성성만을 발휘하도록 강요당한 부인도 불행하기는 마찬가지다. 이기주의의 화신인 남편의 성화에 그녀는 늘 지쳐 있으며, 실제로 그녀는 작품의 중간에서 죽고 만다. 죽기 전에도 그녀는 가부장 사회에서 소위 '집 안의 천사'라는 미명하에, 도저히 온전한 인간으로서는 성취감을 느낄 수 없는 가정사에만 묶여 있다. 그러나 그녀가 진실로 하고 싶었던 일은 모범적인 낙농업이나 병원 경영이었던 것이다(84쪽).

이 부부의 결혼 생활이 완벽한 것이 못 된다는 사실을 이해하는 데 도움이 되는 것으로 그림Grimm의 동화「어부와 그의 아내」가 있다. 램지 부부는 서로에게 이 동화의 부부처럼 파괴적이다. 또한 릴리는 바야흐로 사랑에 빠진 젊은 폴과 민터의 대화에 귀를 기울이고 그들의 표정을 지켜보면서 그들의 열정과 활력에 비해 자신이 너무도 초라하고 초연하며 비판적이고 소외되어 있다는 느낌을 떨쳐버리지 못한다. 그러면서도 소위 사랑이라는 것의 열기와 두려움과 잔혹함과 무분별에 빠지지 않고, 폴과 민터처럼 결혼이라는 제단의 희생양이 되지 않을 수 있는 자신의 처지가 더 낫다고 생각한다.

만약에 가부장 사회가 여성에게 강요하는 소위 '집 안의 천사'라는 역할이 삶을 정지시키고, 궁극적으로 삶을 냉각시키는 것이라면, 그렇다면 자신과 뱅크스의 관계에도 분명히 저주할 만한 점이 있을 것이라고 릴리는 생각한다. 즉 그녀는 가부장 사회의 가정이라는 곳이 알고 보면 결코 조화를 이룰 수 없는 장소라는 사실을 깨달았던 것이다. 그러니 어떻게 그녀가 결혼할 수 있었겠는가?

릴리는 램지 씨의 극단적인 이기주의와 가정에서의 폭군적 행동에 몸서리를 치면서 부인의 이타주의의 세계, 즉 그녀의 사랑의 품에 자신도 안겨서 무한한 위안을 받고 싶어 한다. 그러다가 서서히 부인이 대변하는 여성 원리의 세계의 허점 내지 단점도 꿰뚫어 보게 되고, 그렇게나 혐오하던 램지 씨의 세계, 즉 각이 진 식탁으로 상징되는 남성 원리의 세계의 준엄한 아름다움도 알게 된다.

본격적으로 릴리가 이 부부의 결혼 생활에 의문을 품게 되는 것은 작품의 2부인 '시간이 흐르다'에서이다. 다시 말해 그녀는 우선 1부 '창'에서 램지 가의 정신적인 관점과 이 작품의 중심적 모랄을 탐구하고, 그다음에 이에 대해 의문을 제기하기에 이른다.

1부에 등장하는 사건들은 소설이 진전됨에 따라 그 힘이 점점 강해지다가 2부의 자연과 시간의 익명성의 영역에서는 가라앉아버린다. 그러다가 다시 3부에서 1부의 인물들과 사건들이 재등장해서 중간부의 세월을 가로질러 메아리친다. 2부는 기술적으로 대단히 중요한 기능을 갖는데, 인간의 경험이 시간의 연금술에 의하여 추억으로 변모할 수 있다는 사실을 우리에게 일깨워준다.

3부에서는 앞에서 잠깐 언급한 것처럼 작가가 램지 부부의 결혼 생활의 이면을 보여주고, 예술가인 릴리가 그것을 탐구하여 부인의 로맨틱한 환상의 베일을 벗길 수 있게 해준다. 이러한 과정을 거친 후 드디어 그녀는 예술가로서 그리고 한 인간으로서, 삶에 대한 통찰력을 얻게 되어 그림을 완성하면서 삶의 철학을 얻게 된다. 다시 말해서 작가는 인생이란 여성의 원리만으로, 혹은 남성의 원리만으로는 불완전하며, 두 원리를 모두 인정하고 이 두 원리가 상호 보완하고 조화를 이룰 때에야 비로소 우리의 삶이 진정으로 완전해질 수 있다는 사실을 역설하고 있는 것이다. 같은 논리는 예술에도 그대로 적용되어 진정한 의미에서의 예술 작품이란 양성적인 작가의 정신 세계에서만 탄생할 수 있다는 주장이다. 듀플러시스R. B. Duplessis는 릴리가 그림에 마지막 선을 긋고 분리된 그림에 일체감을 부여해서 그림을 완성하게 되는 상태를 남성과 여성 간의 '이것 아니면 저것either/or'식의 분리가 여성 예술가의 작품에서 '둘 다both/and'의 경지에 다다르는 것이라고 설명하고 있다(듀플러시스, 『종결 너머의 저술 *Writing Beyond the Ending*』, 1985: 97).

이제는 소위 울프의 '통찰력'을 얻은 인물이 이 작품에서는 독신녀이고 그녀의 직업이 하필이면 화가인 이유에 대해 생각해보아야 할 것 같다. 작가는 양성론을 주창하면서도 항상 여성성을 더 중히 여기는 경향을 보여왔다. 따라서 많은 작품에서 이상형 인물의 육체적인 성이 여성인 경우가 많으므로 이 작품에서 여성인 릴리가 그 대상으로 설정된 점에는 이상할 것이 없다고 하겠다.

그러나 왜 릴리가 하필이면 노처녀인가 하는 문제에 대해서는 페미니즘적 시각에 입각한 보충 설명이 필요할 것 같다. 적어도 작가가 이 소설을 쓸 무렵까지는 여성이 가부장 사회에서 결혼한 상태에서는 온전한 인간으로 존재하는 것이 불가능하다는 사실을 암시한다고 풀이할 수 있다. 또한 왜 하필 이 작품에서 그녀의 직업이 화가인가에 대해서도 생각해보아야 한다. 언어를 소재로 해서 예술활동을 하고 있던 작가 자신이, 비록 실험에 실험을 거듭했지만 언어 예술의 한계를 절감하고 있었기 때문에 언어를 매체로 하지 않는 미술과 같은 예술을 생각해내었을 것이라고 추정해볼 수 있다.

그러나 페미니즘적인 시각에서는 또 다른 추론이 가능하다. 가부장 사회가 내세우는 이성에 근거한 언어logos로는 사물의 본질에 도달할 수 없음을 램지 씨의 경우를 통해 작품의 초반부에서 이미 명백하게 보여주었다. 따라서 이제는 남성의 언어 이전의 사물의 언어, 즉 회화로 작가가 추구하는 양성적 비전의 세계를 제시한다고 할 수도 있는 것이다. 재미있는 사실은 작가 자신도 남성들이 전통적으로 구사해온 소설작법을 거부하고 '의식의 흐름 수법'이라는 새로운 방법을 고안해내어 이용했고, 또 이 작품을 완성한 것이 릴리가 그림을 완성한 나이와 같은 마흔네 살 때였다는 점이다.

작가는 이 작품에서 의식의 흐름 수법을 탁월하게 구사해서 그녀가 모든 작품에서 다루는 주제(삶의 정체)도 미진함 없이 다루었고, 아울러 릴리라는 인물을 통해 가부장 사회의 모순과 부정적인 면도 예리하고 심도 있게 공격했다고 할 수 있다.

언제부터인가 옮긴이는 울프의 작품 몇 편을 번역하고 싶은 생각을 지녀왔다. 내용이 심오하면서도 표면이 그지없이 아름다운 그녀의 작품들을 번역해서 옮긴이가 읽으면서 느낀 기쁨을 많은 독자와 나누고 싶었기 때문에 언젠가 시간이 허락한다면 작가가 작품에 바친 노고와 시간에 버금가는 시간을 할애해서 그녀의 작품들을 공들여 번역하리라 다짐했었다. 그러던 중 솔출판사 임양묵 사장님께서 울프 전집의 발간 제의를 해오셔서 예정을 앞당겨 이 작품의 번역 작업을 시작하게 되었다.

모더니즘 계열의 작품이 다 그렇듯이, 산문을 시의 경지로 끌어올린 이 작품은 매우 난해하다. 원본이 주는 진한 감동을 옮긴이가 과연 얼마나 전달할 수 있었는지는 독자의 심판에 맡길 수밖에 없다.

번역하느라 고생한 것은 사실이지만 번역하면서 한없이 행복했던 것 또한 부정할 수 없는 사실이다. 이른바 '고전'의 신비한 매력 때문일까? 여러 번 읽은 작품인데도 한 문장 한 문장 다시 접하면서 '세상에, 이 소설이 이런 작품이었던가?'라는 감탄과 경외감 속에 펜을 놓고 멍청히 앉아 있던 적이 한두 번이 아니다. 이번 번역이 계기가 되어 울프의 다른 작품들에 대해서도 독자들이 보다 많은 관심을 갖게 되기를 기대해본다.

원본은 1955년 판 Harcourt, Brace & World, Inc.의 『*To the Lighthouse*』를 사용했고, 1992년 스텔라 맥니콜Stella McNichol이 편집하고 주석을 단 맥밀란Macmillan 판의 『*Collected Novels of Virginia Woolf: Mrs. Dalloway, To the Lighthouse, The Waves*』를 참조했다. 아울러 몇 군데 분명치 않은 부분의 번역을 위해 필자와 같은 과에 근무하는 시드니George Sidney 교수의 도움을 받은 사실도 밝혀두고자 한다.

박희진

버지니아 울프 연보

1882년	1월 25일, 런던 켄싱턴에서 출생.
1895년	5월 5일, 어머니 사망, 이해 여름에 신경증 증세 보임.
1899년	'한밤중의 모임Midnight Society'을 통해 리튼 스트레이치, 레너드 울프, 클라이브 벨 등과 친교를 맺음.
1904년	아버지, 레슬리 스티븐 사망. 5월 10일, 두 번째 신경증 증세 보임. 이 층 창문에서 투신자살을 시도하나 미수에 그침. 10월, 스티븐 가의 네 남매, 토비, 바네사, 버지니아, 에이드리안은 아버지의 빅토리아 시대를 상징하는 하이드 파크 게이트를 떠나 블룸즈버리로 이사함. 12월 14일, 서평이 『가디언*The Guardian*』에 무명으로 실림.
1905년	3월 1일, 네 남매가 블룸즈버리에서 파티를 열면서 이후 '블룸즈버리 그룹Bloomsbury Group'이라는 예술가들의 사교적인 모임을 탄생시킴. 정신 질환 앓음. 네 남매가 함께 대륙 여행을 함. 근로자들을 위한 야간 대학에서 가르침. 『타임스*The Times*』의 문예 부록에 글을 실음.
1906년	오빠인 토비가 함께했던 그리스 여행에서 돌아온 후 장티푸스로 사망.
1907년	블룸즈버리 그룹을 통해 덩컨 그랜트, J. M. 케인스, 데스몬드 매카시 등과 친교를 맺음.

1908년	후에 『출항*The Voyage Out*』으로 개명된 『멜림브로지어』를 백 장가량 씀.
1909년	리튼 스트레이치가 구혼했으나, 결혼이 성사되지 않음.
1910년	1월 10일, 변장을 하고 에티오피아 황제 일행이라 사칭하고 전함 드래드노트 호에 탔다가 신문 기삿거리가 됨. 7~8월, 요양소에서 휴양. 11~12월, 여성해방 운동에 참가.
1911년	4월, 『멜림브로지어』를 8장까지 씀.
1912년	1월 11일, 레너드 울프가 구혼함. 5월 29일, 구혼을 받아들여 8월 10일 결혼.
1913년	1월, 전문가로부터 아기를 낳는 것이 건강에 좋지 않다는 진단 결과를 들음. 7월, 『출항』 완성. 9월 9일, 수면제 백 알을 먹고 자살 기도.
1914년	8월 4일, 제1차 세계대전 발발. 리치몬드의 호가스 하우스로 이사.
1915년	최초의 장편소설 『출항』을 이복 오빠가 경영하는 덕워스 출판사에서 출간.
1917년	수동 인쇄기를 구입하여 7월에 부부가 각기 이야기 한 편씩을 실은 『두 편의 이야기*Two Stories*』를 출간.
1918년	3월, 두 번째 장편 『밤과 낮*Night and Day*』 탈고. 몽크스 하우스를 빌려 서재로 사용.
1920년	7월, 단편 「씌어지지 않은 소설An Unwritten Novel」 발표. 10월, 단편 「단단한 물체들Solid Objects」 발표, 『제이콥의 방*Jacob's Room*』 집필.
1921년	3월, 실험적 단편집 『월요일 아니면 화요일*Monday or Tuesday*』을 호가스 출판사에서 출간. 「유령의 집A Haunted House」, 「현악 사중주The String Quartet」, 「어떤 연구회A Society」, 「청색과 녹색Blue and Green」

등이 수록됨. 11월 14일, 세 번째 장편 『제이콥의 방』 완성.

1922년 심장병과 결핵 진단을 받음. 9월에 단편 「본드 가의 댈러웨이 부인Mrs Dalloway in Bond Street」을 씀. 10월 27일, 『제이콥의 방』 출간.

1923년 진행 중인 장편 『댈러웨이 부인*Mrs Dalloway*』을 『시간들*The Hours*』로 가칭함.

1924년 5월, 케임브리지의 '이단자회'에서 현대 소설에 대해 강연. 그 원고를 정리한 『베넷 씨와 브라운 부인*Mr Bennet and Mrs Brown*』을 10월 30일에 출간. 『댈러웨이 부인』 완성.

1925년 5월, 『댈러웨이 부인』 출간. 장편 『등대로*To the Lighthouse*』 구상, 장편 『올랜도*Orlando*』 계획.

1927년 1월 14일, 『등대로』 출간. 5월에 단편 「새 옷The New Dress」 발표.

1928년 1월, 단편 「슬레이터네 핀은 끝이 무뎌Slater's Pins Have No Points」 발표. 3월, 『올랜도』 탈고. 4월에 페미나Femina상 수상 소식 들음.

1929년 3월, 강연 내용을 보필한 『여성과 소설*Woman and Fiction*』 완성. 10월에 『여성과 소설』을 『자기만의 방*A Room of One's Own*』으로 개명하여 출간. 12월에 단편 「거울 속의 여인: 반영The Lady in the Looking-Glass: A Reflection」 발표.

1931년 『파도*The Waves*』 출간.

1933년 1월, 『플러쉬*Flush*』 탈고.

1937년 3월 15일, 장편 『세월*The Years*』 출간.

1938년 1월 9일, 『3기니*Three Guineas*』 완성. 4월, 단편 「공작부인과 보석상The Dutchess and the Jeweller」 발표, 20년

전의 단편 「라뺑과 라삐노바Lappin and Lapinova」 개필.

1939년 리버풀 대학에서 명예박사 학위를 수여하려 했으나 사양함. 9월, 독일의 침공, 런던에 첫 공습이 있었음.

1940년 8~9월, 런던에 거의 매일 공습이 있었음. 10월 7일, 런던 집이 불탐.

1941년 2월, 『막간*Between the Acts*』 완성. 3월 28일 오전 11시경, 우즈 강가의 둑으로 산책을 나간 채 돌아오지 않음. 강가에 지팡이가, 진흙 바닥에 신발 자국이 있었음. 오랫동안의 정신 집중에서 갑자기 해방된 데서 오는 허탈감과 재차 신경 발작과 환청이 올 것에 대한 공포 등이 자살 원인이라고 추측함. 7월 17일, 유작 『막간』 출간.

옮긴이 **박희진**

서울대학교 영문과와 동 대학원을 졸업하고 미국 인디애나대학교에서 박사학위를 받았다. 논문집으로 "The Search beneath Appearances: The Novels of Virginia Woolf and Nathalie Sarraute", 역서로 『의혹의 시대』 『잘려진 머리』 『영문학사』 『등대로』 『파도』 『올랜도』 『상징주의』 『다다와 초현실주의』 『어느 작가의 일기』 등, 저서로 『버지니아 울프 연구』 『페미니즘 시각에서 영미소설 읽기』 『그런데도 못 다한 말』이 있다. 현재 서울대학교 명예교수이다.

버지니아 울프 전집 1

등대로 To the Lighthouse

1판 1쇄 발행　2019년 4월 15일
1판 3쇄 발행　2023년 4월 6일

지은이　버지니아 울프
옮긴이　박희진
펴낸이　임양묵
펴낸곳　솔출판사

편집장　윤진희
편집　윤정빈 임윤영
경영관리　이슬비

주소　서울시 마포구 와우산로29가길 80(서교동)
전화　02-332-1526
팩스　02-332-1529
블로그　blog.naver.com/sol_book
이메일　solbook@solbook.co.kr
출판등록　1990년 9월 15일 제10-420호

ISBN　979-11-6020-073-7　(04840)
979-11-6020-072-0　(세트)

• 잘못된 책은 구입한 곳에서 바꿔드립니다.
• 책값은 뒤표지에 표시되어 있습니다.